Max Lucado

3 Minuten mit Gott

365 Powerpacks für deinen Glauben

Über den Autor

Max Lucado ist Pastor der *Oak Hills Church* in San Antonio, Texas. Er ist verheiratet, Vater von drei Töchtern und Verfasser vieler Bücher. Über 130 Millionen Exemplare seiner Werke wurden inzwischen weltweit verkauft. Die Zeitschrift *Christianity Today* zählt ihn zu den bekanntesten christlichen Autoren unserer Zeit.

Max Lucado

3 Minuten mit Gott

365 Powerpacks für deinen Glauben

Für Teens überarbeitet von James Lund

GerthMedien

MIX
Papier | Fördert gute Waldnutzung
FSC® C014496

9. Auflage 2025
Bestell-Nr. 817151
ISBN 978-3-95734-151-8

Umschlaggestaltung: Björn Steffens unter Verwendung von Shutterstock
Für die deutsche Ausgabe bearbeitet von: Verena Keil, Vanessa Weirich
Satz: Uhl + Massopust, Aalen
Druck und Verarbeitung: GGP Media GmbH, Pößneck
Printed in Germany

www.gerth.de

Januar

Doch hängt nicht wehmütig diesen Wundern nach! Bleibt nicht bei der Vergangenheit stehen! Schaut nach vorne, denn ich will etwas Neues tun! Es hat schon begonnen, habt ihr es noch nicht gemerkt? Durch die Wüste will ich eine Straße bauen, Flüsse sollen in der öden Gegend fließen.

JESAJA 43,18–19

1. Januar

Du sollst den Herrn, deinen Gott, lieben von ganzem Herzen, mit ganzer Hingabe und mit deinem ganzen Verstand!
(Matthäus 22,37)

Der Sinn des Lebens

Wenn man in seinem Herzen nur tief genug gräbt, findet man sie: die Sehnsucht nach einem Leben, das Bedeutung hat. So sicher wie ein Baby von allein anfängt zu atmen, so fragt sich garantiert jeder früher oder später: *Welchen Sinn hat mein Leben?*

Manche Leute suchen den Sinn in ihrer beruflichen Karriere. „Mein Sinn im Leben ist es, Zahnarzt zu werden." Toller Job, aber wohl kaum ein Grund, um dafür zu leben. Solche Menschen sind, was sie tun – und deshalb tun sie sehr viel. Sie arbeiten viel, denn wenn sie nicht arbeiten, verlieren sie ihre Identität.

Andere sind, was sie haben. Sie finden ihren Sinn in einem neuen Auto, einem neuen Tablet, in neuen Klamotten. Diese Menschen kurbeln die Wirtschaft an und strapazieren ihr Konto, weil für sie der Sinn in den Dingen liegt, die sie besitzen.

Manche versuchen es mit Sport, Filmen, Drogen, Freunden, Sex, mit allem Möglichen. Aber alle diese Dinge sind nur Täuschungen.

Willst du die Wahrheit wissen? Der Sinn unseres Lebens ist es, Gott zu lieben. Nichts anderes wird uns wirklich zufrieden machen.

Zum Nachdenken

Dein Leben ist so verwirrend. Es gibt so viele Fragen. Was soll ich werden? Worin bin ich gut? Warum bin ich hier? Es gibt einen, der die Antworten kennt, nach denen du suchst, einen, der deine

Zukunft kennt. Der einen Plan für dich hat. Etwas, wofür es sich zu leben lohnt. Liebe ihn, dann wird sich alles andere ergeben.

2. Januar

Ich will euch ein anderes Herz und einen neuen Geist geben. Ich nehme das versteinerte Herz aus eurer Brust und gebe euch ein lebendiges Herz. (Hesekiel 36,26)

Das Abenteuer der Gnade

Weißt du, was Gnade ist? Wir reden meist davon, als wüssten wir es. Wir bekommen eine „Gnadenfrist" für ein Referat. Ein Politiker fällt in Ungnade. Manche sprechen vom „gnädigen Herrn" und der „gnädigen Dame". Das Wort macht sich gut in christlichen Songtexten. Gnade ist ein Wort, auf das wir nicht weiter reagieren müssen.

Aber ist das wirklich alles? Was ist Gnade *wirklich*?

Die Gnade ist komplett Jesus in Person. Sie lebt, weil er lebt. Sie wirkt, weil er wirkt. Sie ist wichtig, weil er wichtig ist. Durch Gnade gerettet zu sein heißt, durch Jesus gerettet zu sein – nicht durch einen Gedanken, eine Regel, die Gemeindemitgliedschaft, sondern durch Jesus selbst, der jeden mit sich in den Himmel ziehen wird, der ihm auch nur die geringste Zustimmung dazu gibt. Nicht weil wir mit dem Finger geschnippt oder religiöse Sprüche von uns gegeben haben oder wegen einer geheimen Abmachung. Gnade lässt sich nicht „organisieren". Sie ist wie Jesus: unkontrollierbar und unbezähmbar. Sie ist wie eine Fahrt im Wildwasserkajak, so aufregend und beängstigend und beglückend. Gnade ist keine App zum Runterladen. Sie ist ein Abenteuer zum Erleben.

Zum Nachdenken

Hast du schon mal Gnade erlebt? Hat es dich verändert? Hat es dich stark gemacht? Hat es dich sanft gemacht? Wenn nicht, halte dich an Jesus und lass dich von der Gnade wegspülen. Seine mitreißende Gnade ist genau das, was du brauchst.

3. Januar

Wir lieben, weil Gott uns zuerst geliebt hat. (1. Johannes 4,19)

Liebt mich jemand?

Gott liebt dich mit einer unerschütterlichen Liebe.

Ein Hauch dieser Liebe wurde im Jahr 1878 in England sichtbar: Der kleine Sohn von Prinzessin Alice hatte sich mit der schrecklichen Krankheit Diphtherie infiziert. Die Ärzte stellten den Jungen unter Quarantäne und sagten der Mutter, sie solle sich von ihm fernhalten. Aber das konnte sie nicht. Eines Tages hörte sie, wie er der Krankenschwester zuflüsterte: „Warum gibt mir meine Mama keinen Kuss mehr?" Bei diesen Worten brach der Mutter das Herz. Sie lief zu ihrem Sohn und bedeckte ihn mit Küssen. Nach wenigen Tagen starb sie.[1]

Was trieb eine Mutter dazu, so etwas zu tun? Was trieb Gott dazu, etwas noch viel Größeres zu tun? Liebe. Und was für eine Liebe – „die wir doch mit unserem Verstand niemals fassen können" (Epheser 3,19). Du musst dieser Liebe vertrauen. Vielleicht sehnst du dich nach dieser Liebe. Vielleicht haben diejenigen, die dich hätten lieben sollen, es nicht getan. Diejenigen, die dich hätten lieben können, wollten es vielleicht nicht. Du wurdest nicht zu der Party eingeladen. Oder mit zerbrochenem Herzen zurückgelassen. Oder mit der Frage „Liebt mich irgendjemand?“ allein gelassen.

Hör auf Gottes Antwort. Wenn du über Jesus am Kreuz nachdenkst, dann hör, wie Gott dir versichert: „Ja, ich! Ich liebe dich!“

Zum Nachdenken

Du kennst die Tage, an denen du dich ungeliebt fühlst. Deine Mutter schnauzt dich an. Deine beste Freundin, dein bester Freund will nichts von dir wissen. Sogar dein Hund scheint dich schräg anzuschauen. Und Gott? Es gibt niemals auch nur einen einzigen Augenblick, in dem er dich nicht von ganzem Herzen liebt. Verlass dich drauf. Immer. Auf ewig.

4. Januar

Lasst die Botschaft von Christus ihren ganzen Reichtum bei euch entfalten. (Kolosser 3,16)

Gottes Wort lebt

In Hebräer 4,12 heißt es: „Gottes Wort ist voller Leben und Kraft. Es ist schärfer als die Klinge eines beidseitig geschliffenen Schwertes; dringt es doch bis in unser Innerstes, bis in unsere Seele und unseren Geist, und trifft uns tief in Mark und Bein. Dieses Wort ist ein unbestechlicher Richter über die Gedanken und geheimsten Wünsche unseres Herzens.“ Gibt es irgendein anderes Buch außer der Bibel, das mit diesen Worten beschrieben wird?

„Voller Leben und Kraft.“ In den Worten der Bibel steckt Leben. Gott wirkt durch diese Worte.

Spätabends, wenn du ganz alleine bist, liest du: „Ich lasse dich nicht im Stich, nie wende ich mich von dir ab“ (Hebräer 13,5). Der Satz tröstet dich wie eine beruhigende Hand auf der Schulter. Sorgen nagen an deinem inneren Frieden, und dann spricht dir jemand den Vers zu: „Macht euch keine Sorgen! Ihr dürft Gott um alles bitten. Sagt ihm, was euch fehlt, und dankt ihm!“ (Philipper 4,6). Diese Worte lassen dich innerlich aufseufzen.

Mach dir diese Worte zu eigen. Triff keine Entscheidung, ganz egal, wie klein oder groß sie ist, ohne vorher mit der offenen Bibel, einem offenen Herzen und offenen Ohren zu Gott zu kommen.

Zum Nachdenken

Von deinen Lehrern bekommst du stapelweise Bücher zu lesen. Englischbuch, Mathebuch, Geschichtsbuch, im Deutschunterricht gleich ganze Romane. Aber nichts davon wird einen solchen Einfluss auf dein Leben haben wie die Bibel. Vergiss die allerwichtigste Lektüre nicht.

5. Januar

Wer also von Herzen glaubt, wird von Gott angenommen; und wer seinen Glauben auch bekennt, der findet Rettung.
(Römer 10,10)

Sprich es aus und glaube daran

Zweifelst du manchmal daran, ob du wirklich zu Gott gehörst und nach diesem Leben in den Himmel kommst? Fragst du dich, ob du wirklich gerettet bist? Wie kannst du dir tatsächlich sicher sein?

Die Bibel sagt: „Denn wenn du mit deinem Mund bekennst: ‚Jesus ist der Herr!', und wenn du von ganzem Herzen glaubst, dass Gott ihn von den Toten auferweckt hat, dann wirst du gerettet werden" (Römer 10,9). *Bekenne* zuerst, dass Jesus der Herr ist. Sprich es laut aus oder sag es leise in deinem Herzen – ganz egal. Du musst es nur ernst meinen. Und dann *glaube*, dass Jesus auferstanden ist. Er ist kein Toter in irgendeinem Grab, sondern der lebendige Gott, der die Macht über den Tod hat.

Beachte, was in Römer 10,9 *nicht* steht: Führe ein perfektes Leben, sei nett zu allen Menschen, bau keinen Mist, zweifle nicht, lächle immer … dann wirst du gerettet werden. Nein! Wir müssen einfach nur bekennen und glauben. Dann folgt die Rettung – und auch der Frieden und die Freude im Herzen, weil du deinen letztendlichen Bestimmungsort kennst.

Zum Nachdenken

Wir machen es uns selbst oft ganz schön schwer. In Gedanken erfinden wir noch mehr Bedingungen, um zu Gott kommen zu können: noch mehr gute Werke, bessere Noten in der Schule, heiligere Gedanken. Aber Gott will, dass die Sache einfach und unkompliziert ist. Sprich von der Größe und Macht, die Jesus hat. Glaube, dass er getötet wurde und ins Leben zurückgekehrt ist. Ganz einfach. Das ist die Rettung.

Doch was er sich vorgenommen hat, das tut er; seine Pläne sind gültig für alle Zeit. (Psalm 33,11)

Gott verändert sich nicht

Gott wird immer der Gleiche sein. Das kann man von niemand sonst sagen. Freunde rufen dich heute an und ignorieren dich morgen. Den Lehrern gefällt diese Woche dein Aufsatz und nächste Woche finden sie ihn schlecht. Deine Eltern schwanken zwischen verständnisvoll und kritisch. Aber Gott nicht. „Er, der Vater des Lichts, ändert sich nicht; niemals wechseln bei ihm Licht und Finsternis" (Jakobus 1,17).

Hast du Gott schon mal mit schlechter Laune erlebt? Wird nicht vorkommen. Hast du Angst, dass du seine Geduld überstrapaziert hast? Glaubst du, er hat dich aufgegeben? Falsch. Hat er dir nicht etwas versprochen? „Gott ist kein Mensch, der lügt. Er ist nicht wie einer von uns, der seine Versprechen bald wieder bereut. Was er sagt, das tut er, und was er ankündigt, das führt er aus" (4. Mose 23,19). Er ist nie eingeschnappt oder sauer, schmollt nicht und ist nicht gestresst. Seine Kraft, seine Wahrheit und seine Liebe ändern sich nie. „Jesus Christus ist und bleibt derselbe, gestern, heute und für immer" (Hebräer 13,8).

Die Auferstehung von Jesus verliert nie ihre Kraft. Das Blut von Jesus verliert seine Wirkung nicht. Gott verändert sich nicht. Darauf kannst du dich verlassen.

Zum Nachdenken

Veränderung ist aufregend. Aber wenn sich alles um dich herum ständig verändert – deine Freunde, deine Klasse, deine Familie, deine Schule, dein Körper, deine Träume –, dann ist es manchmal ganz schön, jemanden zu kennen, der beständig ist und auf den du dich verlassen kannst. Und wenn dieser Jemand zufällig der allmächtige Schöpfer des Universums ist, dessen Liebe zu dir überfließt? Ich finde, das ist wirklich eine großartige Sache.

7. Januar

Denn das ist mir klar geworden: Gegenüber dem unvergleichlichen Gewinn, dass Jesus Christus mein Herr ist, hat alles andere seinen Wert verloren. (Philipper 3,8)

Die Belohnung

Die Belohnung dafür, dass man an Jesus glaubt, ist Jesus selbst.

Reist du zum Grand Canyon, weil du von dort ein T-Shirt oder so eine Schneekugel zum Schütteln als Souvenir haben möchtest? Nein. Die Belohnung für eine Reise zum Grand Canyon ist der Grand Canyon. Es ist das ungläubige Staunen darüber, dass du Anteil hast an etwas so Uraltem, Wunderbarem und Mächtigem, das so viel größer ist als du.

Die Belohnung für unseren Glauben ist derjenige, den Gott geschickt hat, um für unsere Sünden zu bezahlen. Nicht das Geld auf deinem Konto, der Computer in deinem Zimmer, Gesundheit oder ein besseres Selbstwertgefühl. Natürlich sind diese Dinge etwas wert. Aber der ganz große Ironman des Glaubens ist Jesus.

Das Geschenk? Zeit mit ihm zu verbringen. Mit ihm unterwegs zu sein. Über ihn nachzudenken. Ihn zu erforschen. Die atemberaubende Erkenntnis, dass du durch ihn Teil von etwas Uraltem, Unendlichem, Unaufhaltsamem, Unergründlichem bist. Und dass der, der mit seinem kleinen Finger den Grand Canyon erschaffen kann, auch glaubt, dass du es wert bist, dass er an einem Kreuz starb. Jesus Christus ist die Belohnung für deinen Glauben.

Zum Nachdenken

Du glaubst vielleicht, dass du jeden Gedanken an Belohnungen aufgeben musst, wenn du Christ wirst. Das stimmt nicht. Du bekommst deine Belohnung nur nicht in Form von Geld oder guten Noten, sondern in Form einer engen Beziehung mit dem Schöpfer. Das ist schwer zu bewerten. Es ist sogar schwer, sich das vorzustellen. Aber was für eine großartige Belohnung ist das!

8. Januar

Führe mich und lehre mich, nach deiner Wahrheit zu leben, denn du bist der Gott, der mich rettet. (Psalm 25,5; NL)

Ehrliche Selbsteinschätzung

Heb die Hand, wenn irgendeiner der folgenden Punkte auf dich zutrifft. *Du lebst in Frieden mit allen.* Jede deiner Beziehungen ist so süß wie Honig. Sogar deine früheren Freunde sagen nur Gutes über dich. Du liebst alle und wirst von allen geliebt. Trifft das auf dich zu? *Oder du hast vor nichts Angst.* In Französisch durchgefallen – kein Problem. Bei dir wurde ein Herzfehler festgestellt – gähn!

Du bist einfach Superman. Trifft das auf dich zu? *Oder du brauchst keine Vergebung.* Du hast nie etwas falsch gemacht. Du bist so geradlinig wie die Linien auf dem Schachbrett. Dein Gewissen ist so rein wie Großmutters Küche. Trifft das auf dich zu? Nein?

Nehmen wir das mal unter die Lupe. Einige deiner Beziehungen sind brüchig. Du hast vor manchen Dingen Angst und machst Fehler. Willst du damit wirklich ganz alleine durchs Leben gehen? Der Weg vor dir sieht schwierig aus. Das klingt, als könntest du einen Führer, einen Hirten gebrauchen. „Und geht es auch durch dunkle Täler, fürchte ich mich nicht, denn du, Herr, bist bei mir" (Psalm 23,4).

Zum Nachdenken

Mal ehrlich: Ganz egal, wie sehr dich deine eigenen Leistungen vielleicht aufbauen (die Eins in Englisch, die Tore beim Fußball, die Auszeichnung für deine ehrenamtliche Mitarbeit), Hilfe im Leben könntest du schon brauchen, nicht wahr? Einen Freund. Jemand, der dich leitet. Einen Hirten. Einen Retter.

9. Januar

Auch der Menschensohn ist nicht gekommen, um sich bedienen zu lassen. Er kam, um zu dienen ... (Markus 10,45)

Stinkige Füße

Am Abend vor seinem Tod band sich Jesus „ein Tuch aus Leinen um. Er goss Wasser in eine Schüssel und begann, seinen Jüngern die Füße zu waschen ..." (Johannes 13,4–5).

Ich weiß nicht, wie es dir geht, aber wenn ich wüsste, dass ich bald sterben müsste, dann wäre es sicher nicht mein erster Gedanke, mir Seife, Wasser und den Fuß von jemand anderem zu schnappen. Ich bin kein Fan von Füßen. Dir ins Gesicht schauen? Kein Problem. Dir die Hand schütteln? Gerne. Dir den Arm um die Schulter legen? Mit Freude. Aber deine Füße schrubben? Nicht wirklich. Füße stinken und sind hässlich. Und genau darum geht es, glaube ich, in dieser Geschichte.

Jesus berührte die stinkigen, hässlichen Füße seiner Jünger. Er wusste, dass er von Gott gekommen war. Er wusste, dass er zu Gott gehen würde. Er wusste, dass ihm alle Macht gegeben war, und tauschte seinen Mantel gegen den Lendenschurz eines Sklaven, ging auf die Knie und fing an, die dreckverkrusteten Füße seiner Jünger zu schrubben.

Ehrlich – er möchte auch aus deinem Leben allen Schmutz wegwaschen!

Zum Nachdenken

Verstehst du, wie sehr Jesus dich liebt? Wie viel du ihm wert bist? Genug, um sich mit dir auf eine Ebene zu begeben. Genug, um auch die hässlichsten Flecken deiner Vergangenheit zu berühren und abzuwaschen. Genug, um für dich zu sterben. Das ist Gnade. Das ist Liebe!

10. Januar

Für Menschen ist es unmöglich, aber nicht für Gott.
(Lukas 18,27)

Trau dich zu träumen

Gott freut sich immer, wenn wir uns trauen zu träumen. Wir sind Gott sogar sehr ähnlich, wenn wir träumen. Der große Meister jubelt über neue Dinge. Er hat Freude daran, alte Dinge über ihre Grenzen zu dehnen. Er hat ein ganzes Buch darüber geschrieben, wie aus dem Unmöglichen das Mögliche wird.

Beispiel gefällig? Schau mal in die Bibel. Achtzigjährige Hirten lassen sich normalerweise nicht auf eine Mutprobe mit einem Pharao ein … aber sag das nicht Mose. Hirtenjungen im Teenager-Alter lassen sich normalerweise nicht auf einen Kampf mit einem Riesen ein … aber sag das nicht David. Hirten bei der Nachtwache hören normalerweise keine Engelschöre singen und begegnen nicht Gott in einem Stall … aber sag das nicht den Jungs aus Bethlehem.

Und vor allem: Sag das nicht Gott. Er hat schon immer denen, die an die Schwerkraft gebunden sind, das Fliegen beigebracht. Und er wird böse, wenn man seinen Menschen die Flügel stutzt. Also überlass deine Träume Gott und schau, wie er aus einem kaum wahrnehmbaren Gedanken eine Realität erschafft, die deine wildesten Träume übersteigt.

Zum Nachdenken

Schränke dich nicht selbst ein. Nicht jeder Traum wird wahr und nicht jeder Traum ist von Gott. Aber wenn deine Träume zu

Gottes Plänen passen, dann wirst du offene Türen finden, wo du es nie erwartet hättest. Trau dich zu träumen. Think big!

11. Januar

So wie der Körper ohne den Geist tot ist, so ist auch der Glaube tot ohne Taten. (Jakobus 2,26)

Pack es an

Glaube ist nicht die Überzeugung, dass Gott tun wird, was du willst. Glaube ist die Überzeugung, dass Gott das Richtige tun wird. „Der Mensch plant seinen Weg, aber der Herr lenkt seine Schritte" (Sprüche 16,9). Gott ist immer da und immer erreichbar. Er wartet nur darauf, dass du dich nach ihm ausstreckst. Sag ihm einfach Bescheid. Zeig ihm deine Hingabe:

Schreib jemandem einen ermutigenden Brief. Bitte um Vergebung. Lass dich taufen. Gib einem hungrigen Menschen etwas zu essen. Lade einen Mitschüler, der einen Freund braucht, in den Gottesdienst ein. Erzähl jemandem von Jesus.

Bete.

Bete Gott an.

Geh.

Tu irgendetwas, das deinen Glauben durchscheinen lässt. Denn Glaube ohne jede Anstrengung ist überhaupt kein Glaube. Gott wird reagieren. Er hat noch nie eine echte Glaubenstat zurückgewiesen. Nie.

Zum Nachdenken

Lies mal Jakobus 2,14–26. Beweisen deine Taten deinen Glauben? Unsere Liebe zu Gott ist nichts, was wir in der Tasche verstecken sollen. Sie sollte uns bewegen zu handeln. Was kannst du diese Woche tun, um deinen Glauben zu „zeigen"? Gott wird sich freuen und wird dir dabei begegnen.

12. Januar

Allerdings genügt es nicht, seine Botschaft nur anzuhören; ihr müsst auch danach handeln. (Jakobus 1,22)

Gute Gewohnheiten

Jemand hat einmal zu mir gesagt: „Ich bin gerade erst Christ geworden. Früher habe ich mir einige schlechte Gewohnheiten angeeignet. Wie werde ich die jetzt wieder los?" Meine Antwort und mein Rat an dich? Entwickle gute Gewohnheiten. Hier einmal vier Sachen für den Anfang:

Erstens: Bete. „Lasst euren Alltag vom Gebet geprägt sein" (Römer 12,12; Das Buch). Gott möchte jeden Tag deine Stimme hören.

Zweitens: Vertiefe dich in Gottes Wort: „Wer sich jedoch in das vollkommene Gesetz vertieft … und es ständig vor Augen hat, wer also das Gehörte nicht vergisst, sondern es in die Tat umsetzt, der ist glücklich zu preisen" (Jakobus 1,25; NGÜ).

Drittens: Gib: „An jedem Tag des Herrn soll jeder von euch so viel Geld beiseitelegen, wie es ihm möglich ist, und für diese Sammlung aufbewahren" (1. Korinther 16,2; NL). Du gibst nicht für Gott, sondern um deinetwillen.

Und viertens: Suche Gemeinschaft: „Deshalb ist es wichtig, dass wir unseren Zusammenkünften nicht fernbleiben, wie einige sich das angewöhnt haben …“ (Hebräer 10,25; NGÜ). Du brauchst jede Woche die Unterstützung anderer Christen.

Das sind vier wertvolle Gewohnheiten. Ist es nicht gut zu wissen, dass es auch Gewohnheiten gibt, die gut für dich sind?

Zum Nachdenken

Wenn du dein Herz Gott gibst, ist dein Zimmer im Himmel für alle Ewigkeit reserviert. Du brauchst nicht mehr dafür zu bezahlen. Aber wenn du im Glauben wachsen und Jesus ähnlicher werden willst, ist es hilfreich, dir ein paar gute Gewohnheiten anzueignen, solche, die Gott gefallen.

13. Januar

Jeder, der vorhat, sich mir anzuschließen, muss von sich selbst loskommen, denn es kann sein, dass es ihn viel, vielleicht sogar sein Leben kosten wird. (Markus 8,34; WD)

Deine Entscheidung

Auf der einen Seite steht die Menge. Manche davon gehören zu den „angesagten“ Leuten. Manche sind deine Freunde. Oder gehören zu deiner Familie. Sie sticheln. Pfeifen dich aus. Fordern dich heraus.

Auf der anderen Seite steht ein ärmlicher Bauer. Er ist alleine. Er hat geschwollene Lippen. Glubschaugen.

Die einen versprechen Anerkennung, der andere das Kreuz.

Die einen bieten alles für Wohlbefinden und Ansehen, der andere bietet Glaube an.

Die Menge fordert: „Folge uns und füge dich ein!“

Jesus sagt: „Folge mir und pass dich nicht an!“

Die einen versprechen, es dir recht zu machen; Gott verspricht, dich zu retten.

Gott schaut dich an und fragt: „Wofür entscheidest du dich?“

Zum Nachdenken

Es mag zwar sicher sein, dass du gerettet bist, aber die Entscheidung, Jesus nachzufolgen, muss man täglich tausendmal neu treffen. Im ersten Augenblick kann es sehr unangenehm sein, sich für Gott statt für die beliebten Leute zu entscheiden. Aber langfristig gibt es nichts, was sich besser anfühlt.

14. Januar

Obwohl er in göttlicher Gestalt war, hielt er nicht selbstsüchtig daran fest, Gott gleich zu sein. Nein, er verzichtete darauf und wurde einem Sklaven gleich. (Philipper 2,6–7)

Warum hat er das getan?

An Feiertagen zu Familienmitgliedern oder Freunden zu reisen, die weiter entfernt wohnen, ist gar nicht so easy. Warum machen wir es dann? Warum stopfen wir unsere Klamotten in Rucksäcke und Koffer und ertragen Staus und überfüllte Bahnhöfe? Du weißt natürlich, warum. Weil wir gerne mit den Menschen Zeit verbringen möchten, die wir lieben.

Der Vierjährige, der die Grundstückseinfahrt in die Arme seines Opas läuft. Eine Schüssel Cornflakes frühmorgens mit Oma, noch bevor die anderen aufwachen. Dieser Augenblick, wenn alle einen Moment lang still sind, während wir um den Tisch sitzen und Gott für unsere Familie, unsere Freunde und die Weihnachtsgans danken. Wir sind gerne mit den Menschen zusammen, die wir lieben.

Darf ich dich daran erinnern, dass es Gott genauso geht? Er ist gerne mit den Menschen zusammen, die er liebt. Wie könnten wir sonst erklären, was er getan hat? Zwischen ihm und uns war eine große Entfernung – ein großer Abstand. Und das konnte er nicht ertragen. Er hielt es nicht mehr aus. Also unternahm er etwas dagegen.

Er verzichtete darauf, wie Gott zu sein. Er kam zu uns herab und nahm die niedrige Stellung eines Dieners an.

Zum Nachdenken

Gibt es in deinem Leben liebe Menschen, die du nur selten zu sehen bekommst? Freunde, die weggezogen sind? Eine Großmutter im Ausland? Würdest du nicht fast alles tun, um mehr Zeit mit diesen Menschen zu verbringen? Genau das hat Gott getan. Er konnte die Trennung nicht ertragen, also hat er etwas dagegen unternommen. In Jesus stieg er herab zu uns.

Nicht uns, Herr, nicht uns, sondern dir steht Ehre zu für deine Gnade und Treue! (Psalm 115,1; NL)

Wir brauchen seine Ehre

Gott hat ein Ziel: Das ist er selbst. „Um meinetwillen will ich euch jetzt retten, nur um meinetwillen!" (Jesaja 48,11). Überrascht? Ist so eine Einstellung nicht egoistisch, wenn man das so sagen darf? Warum präsentiert Gott sich so?

Aus dem gleichen Grund, weshalb der Kapitän eines Rettungsschiffes auf sich aufmerksam macht. Sieh es einmal so. Du zappelst in finsterster Nacht im kalten Wasser. Dein Boot ist gesunken, deine Schwimmweste verliert Luft. Durch die Dunkelheit dringt die Stimme des Kapitäns eines Rettungsbootes. Aber du kannst ihn nicht sehen. Was möchtest du, dass er tut? Soll er still sein? Nichts sagen?

Auf keinen Fall! Er muss so laut wie möglich rufen! *Dreh den Lautsprecher auf, Junge!*, denkst du verzweifelt. Mit den Worten der Bibel ausgedrückt, möchtest du, dass er „seine Herrlichkeit zeigt". Du verlangst danach, ihn sagen hören: „Hier bin ich! Ich bin stark! Ich kann dich retten!" Menschen, die kurz vor dem Ertrinken sind, wollen sehen, dass die Rettungsmannschaft alles kann und alles im Griff hat.

Erwarten wir das nicht auch von Gott? Sieh dich um. Wir Menschen zappeln in einem Meer von Schuld, Wut und Verzweiflung. Das Leben funktioniert nicht. Wir sinken immer schneller. Aber Gott kann uns retten. Und nur auf eine Botschaft kommt es an: seine! Wir verlangen danach, Gottes Herrlichkeit zu sehen.

Zum Nachdenken

Versteh das nicht falsch. Gott hat kein Problem mit seinem Ego. Er zeigt seine Herrlichkeit nicht zu seinem eigenen Vorteil. Wir brauchen seine laute Stimme, damit wir ihn finden und uns seine starke Hand in das rettende Boot ziehen kann. Danke Gott dafür, dass er der Kapitän deines Lebens ist.

16. Januar

Herr, was du tust, macht mich froh, und ich juble über deine großen Taten. (Psalm 92,5)

Hartnäckige Freude

Mein Freund Rob weinte hemmungslos, als er von den Herausforderungen im Leben seines kleinen Sohnes erzählte. Daniel kam mit einer Gaumenspalte zur Welt, die sein Gesicht sehr entstellte. Er wurde operiert, aber man sieht die Spuren immer noch und andere bemerken es und machen hin und wieder eine Bemerkung darüber.

Aber Daniel beeindruckt das nicht. Er erzählt allen, dass Gott ihn so gemacht hat und was dann das Problem daran sei? Einmal war er „Schüler der Woche" und sollte etwas mitbringen, wozu er seinen Klassenkameraden etwas erzählen konnte. Daniel sagte zu seiner Mutter, er wolle die Bilder von vor der Operation mitnehmen. Seine Mutter war besorgt. „Wirst du dir dabei nicht komisch vorkommen?", fragte sie.

Aber Daniel blieb dabei. „Nein, ich will doch, dass alle sehen, was Gott für mich getan hat!"

Versuch es einmal mit einer so hartnäckigen Freude wie Daniel, und schau, was dann passiert. Gott hat dir einen Becher voller Segen gegeben. Ich schlage vor, du versüßt ihn noch mit einem großen Löffel Dankbarkeit.

Zum Nachdenken

Man könnte sagen: Glücklich zu sein ist ein vorübergehendes, gutes Gefühl, wenn man zum Beispiel Eis isst oder einen Wettkampf gewinnt. Aber Freude ist etwas Tieferes. Sie widersetzt sich schlechten Tagen und schwierigen Umständen. Ganz gleich, in welcher Situation du steckst, sie lässt das Licht und die Liebe Gottes herein.

17. Januar

Jesus Christus musste mit denselben Versuchungen kämpfen wie wir, doch im Gegensatz zu uns hat er nie gesündigt.
(Hebräer 4,15)

Nur einer ist perfekt

Jesus steht vor Pilatus und wird wegen Verbrechen angeklagt, die er nicht begangen hat. Der römische Regierungsbeamte tut alles, um Jesus freizubekommen. Warum? „Ich kann keine Schuld an ihm finden" (Johannes 18,38; NeÜ). Mit diesen Worten schlüpft Pilatus unbewusst in die Rolle eines religiösen Lehrers. Er spricht das aus, was Paulus später niederschreibt: Jesus ist der, „der ohne Sünde war" (2. Korinther 5,21). Er hat nie gesündigt – diese krasse Wahrheit ist genauso bedeutungsvoll wie die Tatsache, dass Jesus übers Wasser ging, Tote auferweckte und Kranke heilte.

Jesus war vollkommen. Mitten unter Heuchlern immer ehrlich. Kompromisslos freundlich in einer grausamen Welt. Trotz zahlloser Ablenkungen immer auf den Himmel ausgerichtet. Jesus hat nicht nur jeden Test bestanden, er hat in jedem Test auch noch Bestnoten erreicht.

Kannst du dir so ein Leben vorstellen? Keine Fehler? Keine einzige Korrektur an deinen Aufsätzen? Ich mir auch nicht. Deshalb hat Gott sich einen Weg ausgedacht, wie er die Sünde bestrafen kann, ohne den Sünder zu vernichten. Jesus nahm deine Strafe auf sich, und Gott sieht dich als vollkommen an, so wie Jesus.

Klingt für mich irgendwie perfekt.

Zum Nachdenken

Wir alle wünschen uns die perfekte Frisur, die perfekte Haut, perfekte Noten, ein perfektes Leben. Das schaffen wir nie, nicht wahr? Werden wir auch nicht. Deshalb haben wir Jesus so bitternötig. Er ist der, der unsere Macken ausbügelt und unsere Lücken füllt. Nur das, was er tut, ist absolut vollkommen.

18. Januar

So wie ich euch geliebt habe, so sollt ihr euch auch untereinander lieben. (Johannes 13,34)

Gottes Familie

Gott bietet dir eine Familie aus Freunden, und Freunde, die wie eine Familie sind, nämlich seine Gemeinde. Wenn du dein Vertrauen auf Jesus setzt, nimmt er dich in seine Familie auf.

„Familie“ übertrifft bei Weitem alle anderen biblischen Begriffe, die die Gemeinde beschreiben. „Brüder“ oder „Geschwister“ kommen von Apostelgeschichte bis Offenbarung geschlagene 148-mal vor. Die Gemeinde ist kein Ort, an den man geht, sie ist eine Gruppe von Menschen, die im Glauben füreinander sorgen.

Gott heilt seine Familie *durch* seine Familie. In der Gemeinde setzen wir unsere Gaben ein, um einander zu lieben, einander zu ehren, ein Auge auf Unruhestifter zu haben und einander die Lasten zu tragen. Als seine Kinder gehören wir zu ihm, unserem Vater. Das hatte er von Anfang an vorgehabt: „Von Anfang an war es sein unveränderlicher Plan, uns durch Jesus Christus als seine Kinder aufzunehmen“ (Epheser 1,5; NL).

Zum Nachdenken

Zu Gottes Familie zu gehören ist eine Freude und ein Vorrecht. Wenn wir unser Vertrauen auf Jesus setzen, bekommen wir augenblicklich Millionen von Geschwistern auf der ganzen Welt. Eine perfekte Familie? Nein. Aber wenn wir uns auf den Vater konzentrieren, erleben wir die vollkommene Liebe.

19. Januar

Ich bestaune den Himmel, das Werk deiner Hände ...
(Psalm 8,4; GN)

Verlerne nie zu staunen

Wir wissen, wie Stürme entstehen. Wir Menschen zeichnen Karten von Sonnensystemen und transplantieren Herzen. Wir messen die Tiefe der Ozeane und schicken Signale zu weit entfernten Planeten. Wir haben unser Universum beobachtet und fangen an zu begreifen, wie es funktioniert.

Aber je mehr wir wissen, desto weniger glauben wir. Seltsam, findest du nicht? Nur weil wir wissen, wie die Dinge funktionieren, sollte uns das nicht davon abhalten, darüber zu staunen. Es sollte uns noch viel mehr zum Staunen bringen. Wer hätte mehr Grund, Gott zu loben, als der Astronom, der all die Sterne durch sein Teleskop gesehen hat?

Es ist irgendwie seltsam, aber je mehr wir wissen, desto weniger beten wir Gott an. Die Erfindung des Lichtschalters beeindruckt uns mehr als derjenige, der die Elektrizität gemacht hat. Statt den Schöpfer anzubeten, beten wir die Schöpfung an (lies mal Römer 1,25!).

Kein Wunder, dass wir nicht mehr staunen können. Wir glauben, wir hätten alles verstanden. Soll ich dir einen Rat geben? Verlerne nie zu staunen!

Zum Nachdenken

Was wir über die Welt wissen, verändert sich ständig. Ganz früher einmal war es zum Beispiel eine anerkannte Wahrheit, dass die Erde flach wie ein Pfannkuchen sei … Schau nicht so sehr auf das, was du über diese Welt weißt, sondern vielmehr auf Gott, der sie erst ins Dasein gerufen hat.

Von ganzem Herzen freut er sich über euch. (Zefanja 3,17)

Gott vergisst dich nicht

Gott ist *für* dich. Schau mal an den Spielfeldrand: Von dort feuert Gott dich an. Schau hinter die Ziellinie: Dort klatscht Gott dir Beifall. Hörst du, wie er von den Zuschauerrängen deinen Namen ruft? Du kannst nicht mehr weiter? Er wird dich tragen. Du hast keine Kraft mehr, um weiterzukämpfen? Er fängt dich auf. Gott ist *für* dich!

Gott ist für *dich*. Wenn er einen Terminkalender hätte, wäre dein Geburtstag darin rot angestrichen. Wenn er ein Auto hätte, würde dein Name an der Heckscheibe kleben. Wenn im Himmel ein Baum stünde, hätte er deinen Namen in die Rinde geritzt.

„Kann eine Mutter ihren Säugling vergessen?“, fragt Gott in Jesaja 49,15. Was für eine absurde Frage. Kannst du dir vorstellen, dass deine Mutter dich als Baby gestillt hätte und kurz darauf gefragt hätte: „Wie heißt das Baby noch mal?“ Nein. Ich habe gesehen, wie fürsorglich Mütter sich um ihre Kinder kümmern. Sie streicheln ihnen übers Haar und über das Gesicht und flüstern immer und immer wieder den Namen ihres Babys. Kann eine Mutter ihr Kind vergessen? Niemals. Und Gott sagt: „Und selbst wenn sie es vergessen würde – vergesse ich dich niemals!“ (Jesaja 49,15).

Zum Nachdenken

Gott hat ein besseres Gedächtnis als jeder Computer. Er erinnert sich an deinen Namen. Er erinnert sich an das Gute, das du getan hast, und an den Glauben in deinem Herzen. Er erinnert sich an seinen aufregenden Plan für deine Zukunft. Dich vergessen? Das kannst du getrost vergessen.

21. Januar

Dann sagte Gott: „Jetzt wollen wir den Menschen machen, unser Ebenbild, das uns ähnlich ist.“ (1. Mose 1,26)

Geschaffen nach seinem Bild

Überleg dir doch mal, wie unendlich kreativ Gott sein muss. Bei allem, was wir über die Entstehung der Welt – über die Schöpfung – nicht wissen, gibt es doch eine Sache, die wir wissen: Gott hat alles mit einem Lächeln erschaffen. Es muss ihm tierischen Spaß gemacht haben, dem Zebra Streifen aufzumalen, Sterne an den Himmel zu hängen, den Sonnenuntergang zu vergolden, der Amsel das Fliegen beizubringen und die Hyäne zum Lachen zu bringen.

Was für einen Spaß er dabei gehabt haben muss! Wie ein Zimmermann, der bei der Arbeit fröhlich vor sich hin pfeift, so hat Gott jeden Handgriff bei der Erschaffung der Welt gerne getan. Er hat sich ganz in seiner Arbeit verloren. Seine Kreativität war so übersprudelnd, dass er am Ende einen Tag freimachte, um sich auszuruhen.

Und als Höhepunkt seiner großartigen Arbeit schuf er den Menschen. In seiner typischen kreativen Art fing Gott an, mit einem Haufen Dreck zu spielen, und hatte am Schluss ein unglaublich wertvolles Wesen erschaffen, das von ihm „Mensch“ genannt wurde. Ein Mensch, der die einmalige Ehrenbezeichnung „nach seinem Bild“ trägt.

Zum Nachdenken

Wenn du das nächste Mal daran zweifelst, dass du etwas ganz Besonderes bist, dann denk daran, dass du Gottes krönender Abschluss der Schöpfung bist. Er schuf Himmel und Erde, Meere, Pflanzen und Tiere. Aber er schloss sein Werk mit der Erschaffung des Menschen ab – Mann und Frau machte er nach seinem Bild. Und er hat gesagt: „Es ist sehr gut." Du trägst das Label „Sehr gut und wunderbar gemacht".

22. Januar

Lasst nicht nach im Beten; seid dabei wachsam und dankbar! (Kolosser 4,2; EÜ)

Beten ist angesagt

Die meisten von uns haben so ihre Probleme mit dem Beten. Wir vergessen zu beten, und wenn wir dann daran denken, dann beten wir hastig und mit leeren Worten. Unsere Gedanken driften ab und sind schneller in alle Richtungen zerstreut als eine Schulklasse, wenn der Unterricht vorbei ist.

Satan möchte unsere Gebete stören. Er weiß, was passiert, wenn wir mit Gott reden. „Meine Waffen in diesem Kampf sind nicht die eines schwachen Menschen, sondern die mächtigen Waffen Gottes. Mit ihnen zerstöre ich feindliche Festungen" (2. Korinther 10,4; GN). Satan bekommt keine weichen Knie, wenn du in eine Kirche gehst. Die Dämonen werden nicht nervös, wenn du dieses Buch hier liest. Aber die Mauern der Hölle erbeben, wenn ein Mensch mit einem aufrichtigen, treuen Herzen betet: „Gott, du bist so groß!"

Satan macht sich aus dem Staub wie ein streunender Köter, wenn wir im Gebet nach vorn gehen. Also sollten wir das tun. „Deshalb ordnet euch Gott unter! Leistet dem Teufel Widerstand, und er wird vor euch fliehen. Nähert euch Gott, und er wird sich euch nähern“ (Jakobus 4,7–8; GN).

Zum Nachdenken

Bist du dir der Macht des Gebets bewusst? Eine Möglichkeit, wie du diese Macht in deinem Leben beobachten kannst, ist, ein Gebetstagebuch zu führen. Halte deine Gespräche mit Gott und wie er darauf antwortet, schriftlich fest. Du wirst vielleicht überrascht sein, was du daraus lernen und wie viel näher du ihm kommen kannst.

23. Januar

Gepriesen sei der Herr! Tag für Tag trägt er unsere Lasten. Gott ist unsere Hilfe. (Psalm 68,20)

Leg dein Versagen ab

Bestimmt gehst du mit einem Rucksack in die Schule. Gibt es Tage, an denen sich das Herumschleppen deiner Schulbücher wie ein Krafttraining anfühlt? So schwer dein Rucksack auch sein mag, die schwerste Last, die wir zu tragen versuchen, dürfte die Last unserer Fehler und unseres Versagens sein. Was machst du mit deinem Versagen?

Auch wenn du versagt hast, wenn alle anderen dich ablehnen, wird Jesus sich nicht von dir abwenden. Er kommt zuallererst zu denen, die keine Hoffnung mehr haben. Er geht zu denen, zu denen niemand gehen will, und tröstet sie.

Nur du kannst deine eigenen Sorgen zum Vater bringen. Niemand sonst kann sie dir abnehmen und zu Gott tragen. Nur du kannst deine Sorgen ablegen und sie dem überlassen, der für dich sorgt. Gibt es einen besseren Start in den Tag, als ihm deine Sorgen zu übergeben?

Zum Nachdenken

Auch die erfolgreichsten Menschen versagen einmal. Ich verspreche dir, dass du auch scheitern wirst. Wie wirst du reagieren, wenn du es vermasselt hast? Die Sache in Gedanken immer wieder durchzugehen und dir selbst zu sagen, wie blöd du dich angestellt hast, ist keine Lösung. Leg diese Last ab. Lass Gott sie tragen. In seinen Rucksack geht viel mehr rein als in deinen.

24. Januar

Denn mein Plan mit euch steht fest: Ich will euer Glück und nicht euer Unglück. (Jeremia 29,11; GN)

Ein Teller voll Erfahrungen

Gestern Abend, bei unserer Familienandacht, habe ich meine Töchter an den Esstisch gerufen und jeder einen Teller hingestellt. In die Mitte des Tisches habe ich verschiedene Nahrungsmittel gelegt: Obst, rohes Gemüse und ein paar Oreo-Kekse. „Gott bereitet für uns jeden Tag einen Teller voller Erfahrungen vor“, erklärte ich. „Was davon mögt ihr am liebsten?“

Die Antwort war ganz einfach. Sara legte drei Kekse auf ihren Teller. An manchen Tagen ist es doch so, oder? Manche Tage sind „Keks-Tage". Aber viele Tage sind das nicht. Manchmal liegt nur rohes Gemüse auf unserem Teller – vierundzwanzig Stunden lang nur Kohlrabi, Karotten und Paprika. Offensichtlich weiß Gott, dass wir etwas Kraft brauchen, und obwohl diese Portion schwer zu schlucken ist, ist sie zu unserem Besten. Die meisten Tage bringen allerdings ein bisschen was von allem.

Das nächste Mal, wenn auf deinem „Teller" mehr Brokkoli als Kuchen ist, denk daran, wer die Mahlzeit zubereitet hat, und lang kräftig zu. Du kannst dem Küchenchef vertrauen.

Zum Nachdenken

Was isst du am liebsten? Pizza? Eis? Spaghetti? Ich wette, dass du dein Lieblingsessen nicht jeden Tag isst. Wir alle wissen, wie wichtig eine ausgewogene Ernährung ist. Auch bei unseren Lebenserfahrungen ist Ausgewogenheit wichtig. Gott weiß das, und er kann dir helfen, dankbar zu sein, ganz egal, was das Leben dir serviert.

25. Januar

Greift zu den Waffen Gottes, damit ihr alle heimtückischen Anschläge des Teufels abwehren könnt! (Epheser 6,11)

Verloren in der Wüste

Die Wüste kann ein finsterer und einsamer Ort sein. Ein Ort, der manchmal auch durch hässliche Gedanken verfinstert ist. Dahin ist Jesus gegangen. Er ging „in die Wüste, wo er sich vierzig Tage aufhielt. Dort war er den Versuchungen des Teufels ausgesetzt“ (Lukas 4,1–2). Ich frage mich, ob ihm seltsame Gedanken gekommen sind. Sich mit Satan verbünden? Diktator werden statt Retter? Die Erde verbrennen und auf dem Pluto noch mal ganz neu anfangen? Wir wissen nicht, was er gedacht hat. Wir wissen nur, dass er in Versuchung geführt wurde.

„Jeder Mensch wird durch seine eigenen Begierden dazu verleitet, Böses zu tun“ steht in Jakobus 1,14. Was jenseits der Wüste noch undenkbar schien, wird dort auf einmal möglich. Tratschen. Betrügen. Einen Freund demütigen. Drogen. Alkohol. Pornografie. Selbstmord. Wenn es in deiner Welt so finster ist, dass du keinen Ausweg mehr erkennst, dann fängt man an, das Undenkbare zu denken.

Wie können wir der Falle der Versuchung entgehen? Stütze dich auf das Wort Gottes. „Er wird euch in der Versuchung einen Ausweg schaffen“ (1. Korinther 10,13; EÜ). Hör genau auf seine Stimme und lass die Wüste hinter dir.

Zum Nachdenken

Wir alle wachen irgendwann einmal in der Wüste auf. Vielleicht bist du gerade dort. Es fühlt sich ziemlich erdrückend an, nicht wahr? Verlass dich auf eines: Gott hat immer einen Ausweg für dich. Halte Ausschau danach. Greife danach, sobald sich die Gelegenheit bietet. Er wird dich bei jedem Schritt führen.

26. Januar

„Und für wen haltet ihr mich?", fragte er sie. (Markus 8,29)

Die Frage aller Fragen

Jesus wendet sich an seine Jünger und stellt ihnen eine Frage. *Die* Frage. „Und für wen haltet ihr mich?"

Er fragt nicht: „Was haltet ihr von dem, was ich getan habe?" Er fragt: „Für wen haltet ihr mich?" Er fragt nicht: „Für wen halten mich eure Freunde? Für wen halten mich eure Eltern? Für wen halten mich eure Klassenkameraden?" Die Frage ist vielmehr zutiefst persönlich. „Für wen haltet *ihr* mich?"

Dir wurden in deinem Leben schon einige wichtige Fragen gestellt: Gehst du mit mir zum Abschlussball? Was hältst du davon, wenn wir umziehen? Was willst du nach der Schule machen?

Ja, dir wurden schon einige wichtige Fragen gestellt. Aber selbst die schwerwiegendste davon ist nur ein Ameisenhaufen im Vergleich zu diesem Mount Everest, der hier im achten Kapitel des Markusevangeliums zu finden ist. *Für wen hältst du mich?* Deine Antwort wird dein Leben verändern. Sie wird deine Zukunft bis in alle Ewigkeit bestimmen.

Zum Nachdenken

Wir beantworten den ganzen Tag Fragen. Was willst du zum Frühstück? Wie heißt die Hauptstadt von Panama? Magst du ihn? Aber keine lässt sich mit der Frage von Jesus vergleichen: „Für wen hältst du mich?" Wenn du dir deiner Antwort nicht sicher bist, dann lies noch einmal die Berichte über sein Leben. Bei dieser Antwort *musst* du einfach richtig liegen!

27. Januar

Ihr dürft sicher sein: Ich bin immer bei euch, bis das Ende dieser Welt gekommen ist! (Matthäus 28,20)

„Hier ist Gott"

Wenn die Seefahrer früherer Zeiten Karten von den Ozeanen gezeichnet haben, haben sie auch ihre Ängste aufgeschrieben. Auf die weiten, unentdeckten Wasserflächen schrieben die Landkartenzeichner Worte wie: „Hier sind Drachen" oder „Hier sind Dämonen".

Wenn du eine Karte von deiner Welt malen würdest, würden dann auch solche Sätze draufstehen? Würdest du zum Beispiel über dem „Meer" deiner Schule und deiner Klasse schreiben: „Hier sind Dämonen"? Würdest du über das, was dir Angst macht oder unheimlich ist, schreiben: „Hier sind Drachen"?

Wenn ja, dann kann dir das Beispiel von Sir John Franklin Mut machen. Er war zur Zeit König Heinrichs V. ein Meister der Seefahrt. Weit entfernte Gewässer waren ein Geheimnis für ihn, genau wie für alle anderen Seefahrer auch. Aber im Gegensatz zu seinen Kollegen war Sir John ein gläubiger Mann. Auf seinen Karten hatte er die Sätze „Hier sind Drachen" und „Hier sind Dämonen" durchgestrichen. An ihre Stelle schrieb er: „Hier ist Gott."[2]

Schreib dir das auch auf. Du kannst nirgends hingehen, wo Gott nicht schon ist. Du kommst vielleicht in eine neue Klasse, in eine neue Schule oder eine neue Stadt, aber – präge dir diese Wahrheit tief ein – du kannst nirgends hingehen, wo Gott nicht schon ist. „Ich bin immer bei euch", hat Jesus versprochen (Matthäus 28,20). Also: Hab keine Angst!

Zum Nachdenken

Wenn du dich das nächste Mal in unbekannte Gewässer wagst, sprich mit Gott darüber. Du sollst beim Konzert der Band ein Solo spielen? Du sollst für die Theater-AG vorsprechen? Du willst mit einem Klassenkameraden über den Glauben reden? Wo auch immer du bist, Gott ist direkt neben dir. Immer.

28. Januar

Ich bin der Weg, die Wahrheit und das Leben. Niemand kommt zum Vater außer durch mich. (Johannes 14,6; NL)

Nur ein einziger Weg

Toleranz. Heutzutage ein hoher Wert. Die Fähigkeit, Verständnis für Menschen zu haben, die anders sind als du, beweist, dass du Klasse hast. Auch Jesus war ein Verfechter von Toleranz:

Er war tolerant seinen Jüngern gegenüber, als sie zweifelten.

Er war tolerant der Menge gegenüber, als sie ihn falsch verstanden.

Er ist tolerant uns gegenüber, wenn wir es vermasseln.

Aber auf einem Gebiet war Jesus total intolerant. Bei einer Sache gab er nicht nach und ging keine Kompromisse ein.

Was ihn angeht, gibt es, wenn es um Rettung geht, nicht mehrere Wege, sondern nur *einen* Weg. Und dieser Weg ist Jesus selbst.

Deshalb fällt es den Menschen so schwer, an Jesus zu glauben. Es ist viel einfacher, ihn als eine von mehreren Möglichkeiten zu sehen, statt als die eine einzige. Aber diese Philosophie steht für ihn nicht zur Debatte.

Zum Nachdenken

Es gibt Gelegenheiten, bei denen man tolerant sein muss, und solche, bei denen das keine gute Idee wäre. Dein Freund oder deine Freundin quatscht zu viel. Damit kannst du leben. Dein Freund hat vor, das Auto des Schulleiters zu klauen? Auf keinen Fall. Auch wenn es um deinen Glauben geht, wird es Zeit, die Toleranz auf den Mond zu schießen. Jesus ist *der* Weg zu Gott. Der einzige Weg.

29. Januar

Das alles tut Gott mehr als einmal im Leben eines Menschen. (Hiob 33,29)

Gott will dich zurückhaben

Als ich fünfzehn war, beschloss ich einmal, mich zu betrinken. Zu meinem Plan gehörten ich, ein Freund und eine Kiste Bier. Ich trank so lange Bier, bis ich nicht mehr geradeaus gucken konnte, ging dann nach Hause und kotzte, bis ich nicht mehr stehen konnte. Mein Vater kam ins Bad, roch das Bier, warf mir ein Handtuch zu und ging angewidert weg.

Das war der Anfang der Irrwege des Max Lucado. Ich belog meine Eltern. Ich belog meine Freunde. Ich konzentrierte mich nur auf mich, mich, mich. Und ich trank. Mit Genuss.

Als ich das letzte Mal betrunken war, war ich in meinem zweiten Jahr auf dem College. Ich hatte aufgehört, in die Kirche zu gehen, weil ich glaubte, Gott wolle mich nicht mehr. Aber der Einfluss einiger weniger guter Freunde und eines Pastors halfen mir zu erkennen, dass Menschen wie ich der einzige Grund waren, weshalb Jesus am Kreuz gestorben war.

Das war eine lebensverändernde Entdeckung. Mir wurde klar, dass Gott immer bereit ist, uns eine zweite Chance zu geben. Also ergriff ich sie – und bin seither sehr dankbar dafür.

Zum Nachdenken

Verstehst du? Nichts, was du tust, kann Gottes Liebe zu dir ein Ende setzen. Nicht der Alkohol. Keine Drogen. Nicht die schlimmen Dinge, die du deinem Vater, deiner Schwester oder deinen Freunden angetan hast. Also übernimm die Verantwortung für deine Fehler und bitte Gott um Vergebung dafür. Fang wieder an zu leben. Er will dich zurückhaben!

30. Januar

Alle, die sich vom Geist Gottes regieren lassen, sind Kinder Gottes. (Römer 8,14)

Wer ist der Heilige Geist?

Die Dreieinigkeit – Vater, Sohn und Heiliger Geist – ist keine typische Familie. Sie ergibt für dich vielleicht gar keinen Sinn. Wir reden über den Vater und lesen vom Sohn, aber wenn es um den Heiligen Geist geht, sind viele von uns zumindest verwirrt, wenn nicht sogar verängstigt. Verwirrt, weil uns nichts über ihn beigebracht wurde. Verängstigt, *weil* es uns beigebracht wurde.

Darf ich die Dinge einmal etwas vereinfacht ausdrücken? Der Heilige Geist ist Gottes Gegenwart in unserem Leben, der das Werk von Jesus fortführt. Der Heilige Geist hilft uns in drei Richtungen: nach innen (indem er uns die „Frucht des Geistes" gibt, siehe Galater 5,22–24), nach oben (indem er für uns betet, siehe Römer 8,26) und nach außen (indem er Gottes Liebe in unsere Herzen ausgießt, siehe Römer 5,5).

Wenn du Gott in dein Leben einlädst, lädst du auch den Heiligen Geist ein. „Gottes Geist selbst gibt uns die innere Gewissheit, dass wir Gottes Kinder sind" (Römer 8,16). Man könnte sagen, es ist das beste Familientreffen, bei dem du je gewesen bist.

Zum Nachdenken

Es gehört zu den wunderbaren Geheimnissen unseres Glaubens. Jesus ist Gottes Sohn, eine eigenständige Person und doch zugleich auch Gott. Das Gleiche gilt auch für den Heiligen Geist. Er wirkt in uns, zusammen mit Gott und als Gott, und führt uns in das Leben, zu dem wir bestimmt sind.

31. Januar

Ich laufe mit aller Kraft auf das Ziel zu, um den Siegespreis zu gewinnen, für den Gott uns durch Jesus Christus bestimmt hat. (Philipper 3,14; NeÜ)

Ein höherer Standard

Die meiste Zeit meines Lebens war ich schrecklich unordentlich. Dann habe ich geheiratet. Ich ging zu einer Selbsthilfegruppe für Unordentliche. („Ich heiße Max und ich hasse Staubsaugen.") Ein Physiotherapeut hat mir geholfen, die Muskelpartien zu entwickeln, die man braucht, um Kleider aufzuhängen. Meine Nase lernte den Geruch von Reinigungsmitteln kennen.

Und dann kam der Augenblick der Wahrheit. Meine Frau, Denalyn, war eine Woche lang verreist. Anfänglich war ich wieder ganz der Alte. Ich dachte, ich könnte sechs Tage lang unordentlich sein und dann am siebten Tag alles aufräumen. Aber dann geschah etwas Seltsames, ein eigenartiges Gefühl des Unwohlseins überkam mich. Ich konnte mich nicht entspannen, wenn die Spüle voll dreckigem Geschirr stand. Was war mit mir geschehen? Ganz einfach: Ich war einem höheren Standard ausgesetzt gewesen.

Ist das nicht mit uns allen passiert? Bevor wir Jesus kannten, war uns die Welt um uns herum ziemlich egal. Wir waren ganz auf uns selbst fixiert. Unser Leben war das blanke Chaos. Aber jetzt sind wir uns Gottes Standard bewusst. Jetzt haben wir ein neues Vorbild, dem wir folgen – das beste überhaupt.

Zum Nachdenken

Jesus ist unser Vorbild im Leben. Das kann manchmal etwas einschüchternd sein, denn schließlich ist er vollkommen. Gott erwartet von uns keine Vollkommenheit, dennoch fordert er uns auf zu versuchen, jeden Tag ein Stückchen mehr wie Jesus zu sein. Das Schöne daran ist: Je näher wir dem kommen, umso mehr Freude macht es.

Februar

Wir haben erkannt, wie sehr Gott uns liebt, und wir glauben an seine Liebe. Gott ist Liebe, und wer in der Liebe lebt, der lebt in Gott und Gott lebt in ihm.

1. JOHANNES 4,16; NL

Ihr habt den Geist empfangen, der euch zu Kindern Gottes macht, den Geist, in dem wir „Abba!“, Vater, zu Gott sagen.
(Römer 8,15; NeÜ)

Vertraue Gottes Urteil

Gottes Gnade anzunehmen bedeutet, sein Angebot zu akzeptieren. Und sein Angebot ist: Er will dich in seine Familie aufnehmen. Wer du bist, bestimmen nicht deine Freunde, dein Besitz, deine Begabungen, deine Tätowierungen, deine Noten oder deine Leistungen. Auch die Scheidung deiner Eltern oder deine eigenen falschen Entscheidungen bestimmen nicht, wer du bist. Du bist Gottes Kind. Du darfst ihn „Papa“ nennen. Du erfährst den Segen seiner ganz besonderen Liebe (1. Johannes 4,9–11) und seiner Fürsorge (Lukas 11,11–13). Du wirst den ganzen Reichtum von Jesus erben und mit ihm in alle Ewigkeit regieren (Römer 8,17).

Gott hat dich als sein Kind adoptiert. Diese Adoption hat natürlich Auswirkungen: Du bist in seine ewige Familie aufgenommen – eine Gemeinschaft, die dadurch entsteht, dass sie einen gemeinsamen Vater hat. Du gehörst zu einer weltweiten Familie!

Statt zu versuchen, Gründe zu erfinden, um mit dir selbst zufrieden zu sein, solltest du Gottes Urteil vertrauen. Wenn Gott dich liebt, dann musst du für ihn liebenswert sein. Wenn er dich in seinem Königreich haben will, dann musst du es ihm wert sein. Gottes Gnade lädt dich ein – nein, sie verlangt von dir –, dass du deine Einstellung zu dir selbst änderst und dich auf Gottes Seite stellst, entgegen deinem Gefühl, abgelehnt zu werden.

Zum Nachdenken

Wie zufrieden bist du im Augenblick mit dir – auf einer Skala von eins bis zehn? Wenn es dir schwerfällt, deinen Wert zu sehen, solltest du dir vielleicht eine zweite Meinung einholen. Gott liebt dich und will dich in seiner Familie haben. Meinst du nicht, dass er weiß, was wirklich wertvoll ist?

2. Februar

Früh am Morgen juble ich dir zu, weil du so gnädig bist. Du bietest mir Schutz wie eine sichere Burg; zu dir kann ich fliehen, wenn ich weder aus noch ein weiß. (Psalm 59,17)

Eine starke Hand, die dich hält

Im Leben gibt es immer wieder Veränderungen. Veränderungen bringen Angst, Unsicherheit, Sorgen, Stress. Was tust du in so einem Fall? Dich verkriechen und Winterschlaf halten? Kein Risiko eingehen, aus Angst zu versagen? Beschließt du, niemanden mehr zu lieben, aus Angst, einen Menschen zu verlieren?

Besser ist es, nach oben zu schauen. Orientiere dich an dem einzigen wichtigen Stern im Universum: Gott. Das Leben bringt Veränderung, aber Gott verändert sich nicht. Denk an seine Stärke. Seine unendliche Stärke. Paulus schreibt, dass Gottes Kraft ewig währt (Römer 1,20). Er hat noch nie gesagt: „Heute fühle ich mich stark.“ Denn er fühlt sich jeden Tag gleich stark.

Denk einmal darüber nach. Gott macht keine Mittagspause und bittet auch die Engel nicht, ihn mal zu vertreten, damit er sich kurz hinlegen kann. Bei ihm gibt es keine Auszeit, und er lenkt auch nicht die Gebete aus Russland in die Warteschleife, während er sich um die aus Südafrika kümmert. Er „schläft und schlummert nicht“ (Psalm 121,4). Brauchst du eine starke Hand, die dich hält? Bei ihm findest du sie immer. Seine Stärke lässt nie nach.

Zum Nachdenken

Du kennst wahrscheinlich ein paar starke Typen aus der Schule. Ihr Hauptfach scheint Gewichtheben zu sein, und bei ihnen sieht alles ganz leicht aus. Aber wenn du ihre Stärke einmal mit Gottes Kraft vergleichst, sind sie nur noch so mickrig wie eine Stubenfliege. Ganz egal, wie stark das, was dir im Leben begegnet, auch sein mag: Gottes Kraft ist viel größer.

3. Februar

Dies ist der Tag, den der Herr gemacht hat. Lasst uns jubeln und fröhlich sein. (Psalm 118,24; NL)

Gott hat diesen Tag gemacht

Und was ist mit den ganz düsteren Tagen? Mit den Tagen, an denen die Hoffnung vor lauter Katastrophen regelrecht absäuft? Du wachst auf und erinnerst dich daran, dass du euer Auto geschrottet hast. Oder dass dein Vater gerade arbeitslos geworden ist. Oder dass deine Mutter erfahren hat, dass sie Krebs hat. Wer kann an einem solchen Tag schon jubeln und fröhlich sein?

Die meisten Menschen nicht … Aber könnten wir es nicht wenigstens versuchen? Denn schließlich ist „dies … der Tag, den der Herr gemacht hat.“ Beim ersten Wort dieses Verses kratzen wir uns am Kopf. „*Dies* ist der Tag, den der Herr gemacht hat“?!

Feiertage sind vielleicht Tage, die der Herr gemacht hat. Hochzeitstage sind Tage, die der Herr gemacht hat. Ostern … und Ferientage … und Geburtstage … Aber *dieser* Tag?

„Dies ist der Tag" schließt jeden Tag ein. Auch Prüfungstage, Operationstage, Tage, an denen du nachsitzen musst. Gott hat diesen Tag gemacht. Auch wenn er mit schweren Stunden gespickt ist. Gott ist nicht im Urlaub. Er sitzt immer noch im Cockpit deines Lebensflugzeugs. Er sitzt auf dem einzigen Thron über dem ganzen Universum. Jeder Tag kommt aus Gottes Hand. Auch dieser.

Zum Nachdenken

Jeder Tag ist ein Geschenk Gottes. Das mag schwer zu glauben sein, wenn du das Gefühl hast, dass es überall brennt. Aber genauso wie der Wald sich nach einem Brand aus der Asche erneuert und neues Leben entsteht, benutzt Gott die noch glühenden „Überreste" deines Tages, um eine tiefere Hoffnung und einen tieferen Glauben in dir zu schaffen.

4. Februar

Dein Wort ist wie ein Licht in der Nacht, das meinen Weg erleuchtet. (Psalm 119,105)

Gottes GPS

Die Bibel ist deshalb geschrieben worden, damit den Menschen Gottes Rettungsplan verkündet wird. Die Bibel sagt uns, dass wir verloren sind und gerettet werden müssen. Und sie enthält die Nachricht, dass Jesus Gott in menschlicher Gestalt ist, der geschickt wurde, um seine Kinder zu retten.

Obwohl die Bibel über einen Zeitraum von 1600 Jahren von mindestens vierzig verschiedenen Autoren geschrieben wurde, hat sie ein zentrales Thema: Rettung durch den Glauben an Jesus Christus. Von Moses in der einsamen arabischen Wüste bis zu Johannes auf der einsamen Insel Patmos wird sie von einem starken Band zusammengehalten: Gottes Leidenschaft und Gottes Plan, seine Kinder zu retten.

Das ist wichtig! Den Sinn der Bibel zu verstehen, ist, wie ein GPS-Gerät lesen zu können. Wenn du weißt, was du vor dir hast und deine Richtung entsprechend anpasst, kommst du sicher ans Ziel. Aber wer weiß, wo du landen wirst, wenn du nicht auf die Koordinaten achtest… Wenn du wissen willst, wohin du unterwegs bist, benutze Gottes GPS für dein Leben. Lies jeden Tag in deiner Bibel.

Zum Nachdenken

Bei uns allen gibt es Zeiten, in denen wir nicht wissen, was wir tun oder wohin wir gehen sollen. Wenn du im Wald bist, dann ist es sehr hilfreich, eine Karte, einen Kompass oder ein GPS-Gerät dabeizuhaben. Aber wenn du dich im Leben verlaufen hast, ist die sicherste Methode, den Weg wiederzufinden, dich mit Gott zu verbinden. Er hat das GPS, das dich sicher aus dem Dschungel herausnavigiert.

5. Februar

Christus Jesus selbst ist ja für uns gestorben ... Er sitzt auf dem Ehrenplatz zur rechten Seite Gottes und tritt für uns ein.
(Römer 8,34; NL)

Jesus tritt für dich ein

Stell dir eine schlafende Frau vor. Sie wird von Stimmen aus dem Schlaf gerissen. „Hoch mit dir, du Hure." „Was bist du nur für eine!" Ihre Ankläger zerren sie durch enge Straßen und schleppen sie vor den heiligsten aller Richter. „Lehrer, diese Frau wurde auf frischer Tat beim Ehebruch ertappt. Im Gesetz hat Mose uns befohlen, eine solche Frau zu steinigen. Was meinst du dazu?" (Johannes 8,3–5).

Dieser Richter war Jesus. Aber er trat *für* die Frau ein, stellte sich zwischen sie und die mordlustige Menge und sagte: „‚Wer von euch noch nie gesündigt hat, soll den ersten Stein auf sie werfen!' Dann bückte er sich wieder und schrieb weiter auf die Erde." (Johannes 8,7–8). Diejenigen, die sie beschimpft hatten, wurden plötzlich ganz still. Steine plumpsten zu Boden. Die Ankläger schlichen sich einer nach dem anderen davon.

Jesus tritt auch für dich ein. In der Gegenwart Gottes stellt er sich als Verteidiger an deine Seite und bietet dir eine Zukunft ohne Schuld an. Eine Zukunft frei von deinen Fehlern, die du in der Vergangenheit gemacht hast, und frei von den Fehlern, die du noch machen wirst. Jesus Christus wird in alle Ewigkeit für dich eintreten.

Zum Nachdenken

Es wird immer Menschen geben, die dich kritisieren. Lehrer. Eltern. Feinde. Freunde. Große Brüder. Aber du wirst auch immer einen Anwalt haben. Derjenige, der dich so sehr geliebt hat, dass er für dich starb, ist bereit, für dich einzutreten. Jederzeit. Überall.

6. Februar

Deshalb wollen wir jetzt die Anfangslektionen der christlichen Botschaft hinter uns lassen und uns dem zuwenden, was für die im Glauben Erwachsenen bestimmt ist. (Hebräer 6,1; GN)

Komm näher

Ich mag die Geschichte von dem kleinen Jungen, der aus dem Bett gefallen war. Als seine Mutter ihn fragte, was passiert sei, sagte er: „Ich weiß nicht. Vielleicht bin ich zu nahe an der Stelle geblieben, wo ich reingestiegen bin."

Im Glauben kann es uns genauso gehen. Es ist sehr verführerisch, einfach dort stehen zu bleiben, wo wir eingestiegen sind, und nicht weiterzugehen.

Denk an einen Zeitpunkt, der noch nicht allzu weit zurückliegt. Vielleicht ein oder zwei Jahre zurück. Jetzt stell dir einmal folgende Fragen: Sprichst du heute mehr mit Gott als damals? Hast du mehr Freude gefunden? Wie steht es mit dem Bibellesen und -verstehen? Kannst du feststellen, dass du im Glauben gewachsen bist? Ist dein Glaube tiefer und deine Liebe zu Jesus stärker geworden?

Die Beziehung zu Gott funktioniert am besten, wenn du dich bemühst, ihm näherzukommen – genau wie in Freundschaften auch. Mach nicht den gleichen Fehler wie der kleine Junge. Bleib nicht dort, wo du eingestiegen bist. Es ist ziemlich riskant, am Bettrand liegen zu bleiben …

Zum Nachdenken

Im Schwimmbad halten manche Leute erst mal nur den großen Zeh ins Wasser, um zu sehen, ob es kalt ist. Stell dir mal vor, wie viel Spaß ihnen entgehen würde, wenn sie keinen Schritt weitergehen würden! Genauso ist es auch mit dem Glauben. Gib dich nicht damit zufrieden, nur den großen Zeh reinzustecken. Spring voll rein!

7. Februar

Denn nur durch seine unverdiente Güte seid ihr vom Tod errettet worden ... Dies alles ist ein Geschenk Gottes und nicht euer eigenes Werk. (Epheser 2,8)

Er entschied sich für das Kreuz

Jesus war seinem himmlischen Vater gehorsam. Von Anfang an ... als Kind, als Jugendlicher. Als Azubi in der Zimmermannswerkstatt seines Vaters Josef. Jesu ungewöhnliche Einstellung zu seinem ganz gewöhnlichen Leben bereitete ihn auf seine ungewöhnliche Berufung vor. „Jesus trat zum ersten Mal öffentlich auf, als er ungefähr dreißig Jahre alt war" (Lukas 3,23). Damit Jesus die Welt verändern konnte, musste er sich von seiner Welt verabschieden.

Er musste seiner Mutter Maria einen Abschiedskuss geben. Es gab eine letzte gemeinsame Mahlzeit in der Küche, einen letzten Spaziergang durch die Straßen. Ob er wohl auf einen der Hügel um Nazareth gestiegen ist und dabei an den Hügel bei Jerusalem dachte, den er eines Tages hinaufsteigen würde – den Hügel mit dem Namen Golgatha?

Er wusste, was auf ihn zukam. „Ihn hatte Gott schon zu diesem Opfer bestimmt, bevor er die Welt schuf“ (1. Petrus 1,20; GN). Alles Schwere, alles Leid, war schon im Voraus bestimmt – Jesus stand nun nur noch vor der Aufgabe, seine Rolle in diesem Plan zu übernehmen.

Aber er musste es nicht. Nazareth war ein gemütliches Städtchen. Warum sollte er nicht einfach eine Zimmermannswerkstatt aufmachen? Und seine wahre Identität geheim halten? Einen erzwungenen Tod zu sterben ist eine Sache. Aber freiwillig das eigene Kreuz auf sich zu nehmen ist etwas ganz anderes.

Zum Nachdenken

Du denkst vielleicht: *Weil Jesus Gott war, war es leicht für ihn, sein Leben hinzugeben.* Überhaupt nicht! Weil Jesus beschloss, Mensch zu werden, litt er am Kreuz genauso, wie du oder ich leiden würden. Aber das wirklich Erstaunliche ist, dass er wusste, was auf ihn zukam – und es trotzdem tat. Für uns. Für dich.

8. Februar

Aber ich habe euch aus der Welt herausgerufen und ihr gehört nicht zu ihr. (Johannes 15,19; GN)

Zu Hause sein

Wir alle wissen, wie es sich anfühlt, wenn man in einem Haus ist, das einem nicht gehört. Du hast sicher schon mal bei Freunden übernachtet. Vielleicht hast du schon ältere Geschwister an einem anderen Wohnort besucht. Oder du hast schon öfter in Hotels oder Jugendherbergen übernachtet. Dort steht ein Bett, ein Tisch. Vielleicht gibt es dort etwas zu essen und es ist warm, aber es ist bei Weitem nicht so, wie es zu Hause ist.

Du fühlst dich hier in dieser Welt nicht immer willkommen. Du fragst dich, ob es hier einen Platz für dich gibt. Menschen beleidigen dich und lehnen dich ab. In schwierigen Zeiten fühlst du dich wie ein Fremder. Du scheinst einfach nicht dazuzugehören.

Weißt du was? Hier ist gar nicht unser wahres Zuhause. Sich nicht willkommen zu fühlen ist kein Drama. Wir sind hier nicht zu Hause. Die Sprache, die wir sprechen, ist nicht unsere. Der Körper, den wir haben, ist nicht unserer. Und die Welt, in der wir leben, ist nicht unser Zuhause.

Wo ist dann unser Zuhause? Im Himmel. Dort gibt es Zimmer, die extra für uns entworfen sind. Dieses Zuhause ist erfüllt von Liebe. Das ist der Ort, an den wir gehören. Dort ist unser Vater. Ich kann es kaum erwarten, bis ich wirklich zu Hause bin!

Zum Nachdenken

Du solltest nicht erwarten, dich in dieser Welt allzu heimisch zu fühlen. Auf dich wartet ein Haus, ja, sogar ein ganzes Königreich! Ein Ort, der deiner wahren Bestimmung entspricht und der mit Frieden und unendlicher Liebe erfüllt ist. Ein Ort, den du jetzt schon dein Zuhause nennen kannst.

Christus lebt in euch! Darin liegt eure Hoffnung: Ihr werdet an seiner Herrlichkeit teilhaben. (Kolosser 1,27; NL)

Jesus lebt in dir

Wenn uns die Gnade begegnet, zieht Jesus in uns ein. Diese Behauptung gibt es in keiner anderen Religion oder Philosophie. Keine andere Bewegung spricht davon, dass die lebendige Gegenwart ihres Gründers *in* seinen Nachfolgern ist. Mohammed lebt nicht in den Muslimen. Buddha lebt nicht in den Hindus. Lady Gaga lebt nicht einmal in ihren glühendsten Anhängern. Sie beeinflussen andere? Sie lehren Menschen? Sie umwerben sie? Das vielleicht. Aber Besitz von ihnen ergreifen? Nein.

Christen jedoch nehmen diese rätselhafte Verheißung für sich in Anspruch. „Und das ist das Geheimnis: Christus lebt in euch!" (Kolosser 1,27; NL). Ein Christ ist ein Mensch, in dem Christus real ist. Wenn wir Christ werden, zieht Jesus in uns ein und lässt sich in uns nieder. Wir merken dann, wie er Dinge in uns neu macht. Aus Verwirrung wird eine klare Richtung. Falsche Entscheidungen werden durch bessere ersetzt. Stück für Stück entsteht ein neuer Mensch. „Darum hat er auch von Anfang an vorgesehen, dass ihr ganzes Wesen so umgestaltet wird, dass sie seinem Sohn gleich sind" (Römer 8,29; NGÜ).

Wenn Jesus in uns einzieht, dann ist Gott, der große Herzchirurg, am Werk: Er öffnet unseren Brustkorb, nimmt unser von Stolz und Schmerz vergiftetes Herz heraus und setzt dafür sein eigenes ein. Sein Traum ist es, dich nicht einfach nur in den Himmel zu kriegen, sondern den Himmel in dich hineinzukriegen.

Zum Nachdenken

Hast du an einem kalten Wintertag schon mal eine Tasse heiße Schokolade getrunken? Du spürst, wie sich die wunderbare Wärme in jedem Winkel deines Körpers ausbreitet. Das ist ein winziger Vergleich zu dem, was Jesus in dir tut. Er breitet sich in jedem Winkel deines Lebens aus. Warm und wunderbar.

10. Februar

Denn der Ärger bringt den Narren um und den Unverständigen tötet sein Aufbegehren. (Hiob 5,2; NL)

Vergib dem Übeltäter

Für manche von uns (die meisten?) ist es schwer, den Menschen zu vergeben, die uns im Leben Schmerzen zugefügt haben. Natürlich vergeben wir großzügig eine leichte Verletzung. Wir lassen diejenigen davonkommen, die uns den Parkplatz weggenommen oder eine Verabredung nicht eingehalten haben. Über Fehlverhalten können wir hinwegsehen, aber die wirklich schwerwiegenden Dinge? Die Menschen, die uns immer wieder verletzen? Diejenigen, die uns die Freunde, unsere Jungfräulichkeit oder die Eltern genommen haben?

Kannst du dem Abschaum vergeben, der dich verletzt hat?

Das nicht zu tun, kann tödlich enden. „Denn der Ärger bringt den Narren um und den Unverständigen tötet sein Aufbegehren" (Hiob 5,2; NL). Rache richtet unsere Aufmerksamkeit auf die hässlichsten Seiten des Lebens. Wenn du abrechnen willst, richtest du deinen Blick starr auf die grausamen Erlebnisse deiner Vergangenheit. Willst du wirklich ständig da hinschauen? Wird es dich zu einem besseren Menschen machen, wenn du dich immer wieder an deine Verletzungen erinnerst und sie immer wieder durchlebst?

Bestimmt nicht. Es wird dich zerstören. Aus „Auge um Auge" wird dann „Genick für Genick" und „dein Ruf für meinen Ruf". Wo soll das enden? Es hört dann auf, wenn ein Mensch anfängt, Gott nachzuahmen – zu vergeben.

Zum Nachdenken

Gott weiß, was passiert, wenn du nicht vergibst. In dir wird die Bitterkeit wachsen wie Unkraut, das man düngt. Noch schlimmer: Es wird dich von Gott trennen. Das will Gott nicht. Und du auch nicht. Aber du musst dem Übeltäter nicht um seinetwillen vergeben. Tu es für dich selbst. Damit *du* frei wirst. Tu es für Gott.

11. Februar

Bei euch sind sogar die Haare auf dem Kopf alle gezählt.
(Matthäus 10,30)

Gott ist verrückt nach dir

Es gibt viele Gründe, weshalb Gott dich rettet: um dir seine Herrlichkeit zu zeigen, um seine Gerechtigkeit auszubreiten, um seine Autorität zu zeigen. Aber einer der schönsten Gründe, weshalb Gott dich rettet, ist, weil er dich lieb hat. Er hat dich gerne bei sich. Er hält dich für die heißeste Nummer, die er seit Langem gesehen hat.

Was tust du, wenn du verrückt nach einem Mädchen oder einem Jungen bist? Du denkst die ganze Zeit an sie oder ihn.

Dein Herz macht einen Satz, wenn du eine Nachricht von ihr oder ihm auf dem Smartphone hast. Du kannst es kaum erwarten, den anderen zu sehen. Genauso geht es Gott mit dir. Wenn er einen Kühlschrank hätte, würde dein Bild darauf kleben. Wenn er einen Geldbeutel hätte, wäre dein Bild darin. Er schickt dir jedes Frühjahr Blumen und jeden Morgen einen Sonnenaufgang. Wann immer du mit ihm reden willst, wird er dir zuhören. Er könnte an jedem beliebigen Ort im ganzen Universum leben, aber er hat sich dein Herz ausgesucht.

Mach dir nichts vor. Gott ist verrückt nach dir!

Zum Nachdenken

Du stellst dir Gott vielleicht als weit entfernten Herrscher vor, der viel zu beschäftigt ist, um sich mit dir abzugeben. Das ist so total daneben! Ihn interessiert alles an dir. Er weiß sogar, wie viele Haare du auf dem Kopf hast. Was das bedeutet? Ganz einfach: Er liebt dich.

12. Februar

Deshalb sorgt euch nicht um morgen, denn jeder Tag bringt seine eigenen Belastungen. Die Sorgen von heute sind für heute genug. (Matthäus 6,34; NL)

Schritt für Schritt

Ein erfolgreicher Ironman-Triathlet hat mir einmal das Geheimnis seines Erfolgs verraten. „Man hält das lange Rennen durch, indem man lauter kleine Rennen läuft." Schwimm keine 3,8 Kilometer, schwimm immer bis zur nächsten Boje. Fahr keine 180 Kilometer Fahrrad, sondern fahr zehn Kilometer, mach kurz Pause und fahr wieder zehn. Nimm nie mehr in Angriff als das, was unmittelbar vor dir liegt.

Hat uns Jesus nicht den gleichen Rat gegeben? „Deshalb sorgt euch nicht um morgen – der nächste Tag wird für sich selber sorgen! Es ist doch genug, wenn jeder Tag seine eigenen Lasten hat" (Matthäus 6,34).

Als Joel Henderson einmal gefragt wurde, wie er es geschafft hatte, so viele Bücher zu schreiben, erklärte er, dass er nie ein Buch geschrieben habe. Er habe jeden Tag nur eine Seite geschrieben.[3]

Geh Herausforderungen schrittweise an. Du kannst dein Temperament nicht für immer zügeln, aber du kannst es für die nächste Stunde zügeln. Es scheint vielleicht unmöglich, den Schulabschluss zu schaffen, aber immer wieder eine Woche lang zu lernen, ist machbar. Du hältst das lange Rennen durch, indem du lauter kurze Rennen läufst.

Zum Nachdenken

Es ist spät. Du bist müde. Und du hast nur noch eine Stunde Zeit, um den Aufsatz zu schreiben und den Abgabetermin einzuhalten. Glaub mir, ich kenne das! Also versuch nicht, den ganzen Aufsatz auf einmal zu schreiben. Bete. Dann schreib einen guten Einleitungssatz. Und dann noch einen. Und schon bist du mittendrin.

Betet immer und in jeder Situation mit der Kraft des Heiligen Geistes. (Epheser 6,18; NL)

Gib Gott jeden Augenblick

Wie kann ich in Gottes Gegenwart leben? Wie kann ich seine unsichtbare Hand auf meiner Schulter spüren und seine unhörbare Stimme in meinem Herzen hören? Wie können wir uns mit der Stimme Gottes vertraut machen? Hier einige Vorschläge:

Gib Gott deine ersten Gedanken am Morgen. Bevor du dich dem Tag stellst, stelle dich Gott. Bevor du ins Bad gehst, geh in seine Gegenwart.

Gib Gott deine Gedanken beim Warten. Du musst an der Bushaltestelle, an der Kasse, in der Cafeteria warten? Verbring im Stillen Zeit mit ihm.

Gib Gott deine leisen Gedanken. Betrachte jeden Augenblick des Tages als Gelegenheit, mit Gott zu sprechen.

Gib Gott die letzten Gedanken des Tages. Beende den Tag so, wie du ihn angefangen hast: Sprich mit Gott.

Zum Nachdenken

Die ganze Zeit mit Gott zu sprechen kann tatsächlich eine Angewohnheit werden. Es sollte keine lästige Pflicht sein. Denk daran, dass er sich darauf freut, von dir zu hören! Er ist dein Vater, der die ganze Zeit nach dir Ausschau hält, der dich niemals verlassen wird, der immer wissen will, was du gerade denkst oder fühlst.

Sie [die Liebe] freut sich nicht am Unrecht, sondern freut sich, wenn die Wahrheit siegt. (1. Korinther 13,6)

Wahre Liebe

Ein Junge geht seit drei Monaten mit einem Mädchen aus. Sie sagt, sie liebt ihn. Er ist sich nicht ganz sicher, aber er merkt, dass er sich anders fühlt, wenn er mit ihr zusammen ist. Er fragt sich, ob das Liebe ist. Vielleicht hast du dich das auch schon gefragt.

Willst du wissen, ob das, was du empfindest, echte Liebe ist? Dann stell dir selbst folgende Frage: Ermutige ich den anderen dazu, das Richtige zu tun? Denn wahre Liebe „findet keinen Gefallen an den Sünden der anderen, sondern freut sich über die Wahrheit“ (1. Korinther 13,6; nach der engl. Übersetzung „The Jerusalem Bible“).

Hier ein Beispiel: Ein junges Paar trifft sich. Nenn sie Ben und Mia. Bens Zuneigung geht weit über Mias Wohlfühlzone hinaus. Mia wehrt sich. Ben versucht es mit dem ältesten Trick überhaupt: „Aber ich liebe dich doch. Ich will einfach nur ganz nah bei dir sein. Wenn du mich auch liebst, dann …“ Läuten da bei dir die Alarmglocken? Hier riecht es nach falscher Liebe. Der Kerl liebt sie nicht wirklich. Die wahre Liebe wird niemals von dem geliebten Menschen verlangen, etwas zu tun, was dieser für falsch hält.

Willst du wissen, ob deine Liebe für jemanden echt ist? Ob deine Freundschaft aufrichtig ist? Frag dich selbst, ob du die Person dazu bewegst, das Richtige zu tun. Wenn du die Frage mit Ja beantworten kannst, dann geh mit ihr aus.

Zum Nachdenken

Die Liebe ist das Thema unzähliger Lieder, Bücher, Filme und schlechter Gedichte. Aber was genau ist Liebe? Es gibt keine bessere Definition als die von Paulus in 1. Korinther 13. Lies mal nach. Ich glaube, es wird dir gefallen.

15. Februar

So ermutigt und tröstet einander, wie ihr es ja auch bisher getan habt. (1. Thessalonicher 5,11)

Eine heilsame Einladung

Ein gemeinsames Abendessen hat etwas Heiliges an sich, das man in einer Kirche nie finden wird. In der Kirche sieht man meist die Hinterköpfe. Am Tisch sieht man in der Regel in die Gesichter. In der Kirche spricht einer; am Tisch darf jeder etwas sagen. Gottesdienste haben eine vorgegebene Dauer. Beim Essen hat man Zeit zum Reden.

Gastfreundschaft öffnet die Tür zu ungewöhnlicher Gemeinschaft mit anderen.

Es ist kein Zufall, dass die Worte für „Gastfreundschaft" und „Krankenhaus" in einigen Sprachen dieselbe Wurzel haben, beispielsweise im Englischen: *hospitality* und *hospital.* Denn beide haben eines gemeinsam: Sie bewirken Heilung und schenken neue Kraft.

Wenn du deine Tür für jemanden öffnest, sagst du damit: „Du bist mir und Gott wichtig." Du denkst vielleicht, dass du gesagt hast: „Komm doch mal zu Besuch." Aber in Wirklichkeit hört dein Gast: „Ich bin die Mühe wert."

Kennst du Menschen, die diese Botschaft brauchen könnten? Der Junge, der neu an der Schule ist? Das Mädchen, das in der Pause immer alleine dasteht? Die Mitschülerin, die ihre Mutter verloren hat? Manche Menschen verbringen den ganzen Tag ohne einen einzigen bedeutungsvollen Kontakt mit irgendjemandem. Deine Gastfreundschaft kann heilende Wirkung für sie haben!

Zum Nachdenken

Links liegen gelassen zu werden ist kein gutes Gefühl, nicht wahr? Viele Menschen um dich herum fühlen sich jeden Tag so. Nicht wertgeschätzt. Vielleicht gehörst du auch dazu. Warum lädst du nicht einen dieser Jungs oder Mädchen ein, sich in der Cafeteria zu dir zu setzen oder zum Abendessen zu dir nach Hause zu kommen? Sie brauchen deine freundliche Einladung mehr, als du denkst.

16. Februar

Wer also ein Freund dieser Welt sein will, der wird zum Feind Gottes. (Jakobus 4,4)

Heilig sein heißt nicht komisch sein

Johannes der Täufer würde heutzutage niemals eingeladen werden, um zu predigen. Keine Gemeinde würde mit ihm Kontakt haben wollen. Was Öffentlichkeitsarbeit angeht, war er die größte Katastrophe. Er „trug ein aus Kamelhaar gewebtes Gewand, das von einem Lederriemen zusammengehalten wurde. Er ernährte sich von Heuschrecken und wildem Honig" (Markus 1,6). Wer möchte schon jeden Sonntag so einen Typen anschauen?

Seine Botschaft war genauso grob wie sein Gewand: Er forderte die Menschen ganz geradeheraus und mit einer klaren Ansage zur Buße auf, weil Gott bald kommen würde. Johannes der Täufer hat sich selbst aus einem einzigen Grund ausgesondert: um die Stimme von Jesus Christus zu sein. Alles an Johannes konzentrierte sich auf dieses Ziel. Seine Kleidung. Seine Ernährung. Sein Handeln.

Du musst nicht so sein wie die Welt um dich herum, um die Welt zu beeinflussen. Du musst nicht so sein wie alle anderen, um etwas in deiner Umgebung zu verändern. Du musst dich nicht auf ihr Niveau herablassen, um sie auf dein Niveau zu heben. Heilig sein heißt nicht komisch sein. Heilig sein heißt, so zu sein wie Gott. „Ihr sollt heilig sein, weil ich, der Herr, euer Gott, heilig bin" (3. Mose 19,2; NL).

Zum Nachdenken

Die Welt um dich herum wird dich auf Wege locken, die du wirklich nicht gehen willst. Es gibt Filme, die du nicht sehen musst. Musik, die du nicht hören musst. Klamotten und Wörter, bei denen es nur darum geht, so zu sein wie alle anderen. Aber solltest du so sein wie die anderen? Johannes der Täufer hat sich nicht angepasst. Er wollte nur Gott gefallen. Hab keine Angst davor, deswegen ausgesondert zu werden.

Wer zu mir kommt, wird niemals wieder Hunger leiden, und wer an mich glaubt, wird nie wieder Durst haben.
(Johannes 6,35)

Wenn Gott Nein sagt

Es gibt Zeiten, in denen die eine Sache, die man sich wünscht, das Einzige ist, was man nicht bekommt. Im Orchester beim Bundeswettbewerb spielen zu dürfen. Den begehrten Ferienjob. Einen Partner für den Abschlussball. Einen Brief vom Himmel, der dir den Weg in die Zukunft weist.

Du betest und wartest. Keine Antwort. Du betest und wartest noch länger.

Ich möchte dir eine ganz wichtige Frage stellen: Was ist, wenn Gott Nein dazu sagt? Was ist, wenn die Erhörung deiner Gebete auf sich warten lässt oder gar nicht kommt? Wie reagierst du, wenn Gott Nein sagt? Wirst du zufrieden sein, wenn Gott sagt: „Ich habe dir meine Gnade geschenkt und das ist genug für dich"?

Zufrieden. Das ist das Wort. Es ist eine Herzenshaltung: Du hast Frieden im Herzen, auch wenn Gott dir nicht mehr gibt als das, was er dir schon gegeben hat. Er hat seine Gründe, wenn er Nein sagt. Aber Gottes Gnade ist immer genug.

Zum Nachdenken

Es ist doch ganz klar, was wir brauchen – glauben wir zumindest. Wir sind wie eine Ameise, die stehen bleibt, um einen leckeren Brotkrümel aufzuheben. Den müssen wir unbedingt haben! Nur zu dumm, dass wir zu klein sind, um den Elefanten zu sehen, der geradewegs auf uns zukommt. Gott ist größer als die Ameise oder der Elefant. Er sieht, was kommt. Und wenn er Nein sagt, ist es klüger, den Krümel liegen zu lassen.

18. Februar

Denn wo zwei oder drei in meinem Namen zusammenkommen, bin ich in ihrer Mitte. (Matthäus 18,20)

Wenn du niedergeschlagen bist

Vor Jahren kämpfte meine Frau, Denalyn, gegen eine erdrückende Depression. Sie war nicht nur schlecht drauf, sondern zutiefst niedergeschlagen. Jeder Tag war nur noch grau. Eines Sonntags, als die Depression wieder besonders erdrückend war, wappnete sie sich mit Aufrichtigkeit und ging zum Gottesdienst. *Wenn mich jemand fragt, wie es mir geht, werde ich es ihm erzählen*, dachte sie. Sie antwortete auf jedes „Wie geht's?" mit einem ehrlichen „Nicht gut. Ich bin depressiv. Würdest du für mich beten?".

Aus flüchtigen Gesprächen wurden ernste Unterhaltungen. Aus kurzen Begrüßungen wurde ein aufrichtiger Dienst am anderen. Bis sie wieder nach Hause ging, hatten Dutzende von Menschen zugesagt, für sie zu beten. Meine Frau führt die Heilung von dieser Depression auf jenen Sonntagmorgen zurück. Sie erfuhr Gottes Gegenwart mitten unter Leuten, die auch Christen waren.

Bist du gerade niedergeschlagen? Schlecht drauf? Dann ist jetzt nicht der richtige Zeitpunkt, um dich zurückzuziehen. Erzähle es den Menschen, denen du vertraust: Freunden, Eltern, einem Seelsorger. Und vor allem: Erzähl es Gott! Ganz egal, wie mies das

Leben ist, er ist bei dir. Er möchte, dass du die Freude erlebst, die es nur bei ihm gibt.

Zum Nachdenken

Wenn das Leben dich so niederdrückt, dass du das Gefühl hast, du kannst keinen einzigen Schritt mehr gehen, dann sprich darüber – ganz besonders mit Gott. Er versteht dich, wie dich niemand sonst verstehen kann. Seine Macht und Liebe führen dich durch die Dunkelheit in eine hellere Zukunft.

19. Februar

Jeder soll so viel geben, wie er kann, je nachdem, wie reich der Herr ihn beschenkt hat. (5. Mose 16,17)

Die Kraft freundlicher Worte

Leo Tolstoi, der bekannte russische Schriftsteller, berichtete, wie er einmal die Straße entlangging und an einem Bettler vorbeikam. Tolstoi griff in seine Tasche, um dem Bettler etwas Geld zu geben, aber in seiner Tasche war nichts. Tolstoi wandte sich an den Mann und sagte: „Es tut mir leid, mein Bruder, aber ich habe nichts, das ich dir geben kann." Der Bettler lächelte und erwiderte: „Sie haben mir mehr gegeben, als ich erbeten hatte – Sie haben mich Bruder genannt."

Du denkst vielleicht, du hast nichts, was du Menschen in Not geben kannst, aber das stimmt nicht. Für diejenigen, die entmutigt und niedergeschlagen sind, kann schon die kleinste Kleinigkeit – ein Lächeln oder ein ermutigendes Wort – genügen, um sie aufzumuntern. Für diejenigen, die geliebt sind, ist ein freundliches Wort nur wie ein Brotkrümel. Aber für die, die nach Liebe hungern, kann ein freundliches Wort wie ein Festmahl sein.

Zum Nachdenken

Schreib die Namen von mindestens drei Personen auf, mit denen du normalerweise nicht viel sprichst und die ein freundliches Wort brauchen könnten. Nimm dir jetzt vor, sie in den nächsten 24 Stunden zu ermutigen. Du gibst ihnen damit vielleicht mehr, als sie erwarten würden.

20. Februar

Freut euch Tag für Tag, dass ihr zum Herrn gehört. Und noch einmal will ich es sagen: Freut euch! (Philipper 4,4)

Ein guter Tag

Sich an diesem Tag freuen? Gott fordert uns tatsächlich dazu auf. Wenn Paulus sich im Gefängnis freute, David in der Wüste Psalmen schrieb, Jona im Bauch des Fisches betete, Paulus und Silas im Gefängnis Loblieder sangen, können wir uns dann an diesem Tag wirklich freuen?

Stell dir nur vor, was für einen Unterschied es machen würde, wenn wir es könnten.

Stell dir vor, du steckst bis zum Hals im Sumpf eines schrecklichen Tages fest, und nimmst dir dann vor zu versuchen, dich zu freuen. Du beschließt, nicht mehr zu jammern oder dich mit Arbeit und Sorgen hindurchzuquälen, sondern es mit der Freude einfach mal zu *versuchen*. Du wagst es, Gott zu vertrauen. Du lässt dich weniger stressen. Du richtest deinen Blick auf das, wofür du dankbar sein kannst. Du zeigst dem inneren Nörgler ein Stoppschild. Und was passiert dann? Es wird nicht lange dauern, und der Tag ist überstanden, und das sogar halbwegs anständig.

So anständig, dass du beschließt, dem nächsten Tag die gleiche Chance zu geben. Der Tag kommt mit seinen Höhen und Tiefen, Computerabstürzen und Ärger mit den Hausaufgaben. Aber, Menschenskind, im Großen und Ganzen funktioniert es, wenn man dem Tag eine Chance gibt! Und dann machst du es am nächsten Tag genauso und am übernächsten auch. Aus Tagen werden Wochen und aus Wochen Monate.

Auf diese Art baut man sich ein gutes Leben auf: einen guten Tag nach dem anderen.

Zum Nachdenken

Die Bibel sagt, wir sollen uns jeden Tag freuen. Das heißt nicht, dass du lachen sollst, wenn dich dein Vater anschreit oder dein Hund gestorben ist. Es bedeutet, sich daran zu erinnern, dass Gottes Macht und Liebe größer sind als alle Probleme, vor denen du stehst. Sogar in deinen dunkelsten Momenten kannst du die Freude, die Gott dir schenkt, in dein Herz lassen.

21. Februar

Jesus zog sich jedoch immer wieder zum Gebet in die Wüste zurück. (Lukas 5,16)

Zeit mit Gott

Wie lange ist es her, dass du dich zum letzten Mal völlig auf Gott konzentriert hast?

Ganz ehrlich. Wie lange ist es her, dass du ihm deine völlige, ungeteilte Aufmerksamkeit geschenkt hast und Zeit damit verbracht hast, einfach nur auf seine Stimme zu hören? Wenn es dir entfernt so geht wie mir, dann ist das wahrscheinlich schon viel zu lange her.

Jesus hat es nicht so weit kommen lassen. Wenn du dich intensiv mit dem Leben von Jesus beschäftigst und damit, wie er auf Gott gehört hat, erkennst du ein bestimmtes Muster: Jesus nahm sich regelmäßig und bewusst Zeit mit Gott, um zu beten und auf ihn zu hören. Der Evangelist Markus schreibt: „Am nächsten Morgen stand Jesus vor Tagesanbruch auf und zog sich an eine einsam gelegene Stelle zurück, um dort allein zu beten" (Markus 1,35). Für Jesus war die Zeit mit Gott offensichtlich wichtiger als auszuschlafen, viel wichtiger als andere Termine, WhatsApp-Nachrichten lesen und so ziemlich alles andere im Leben.

Wenn Jesus, der Sohn Gottes, es für wichtig gehalten hat, in seinem Kalender Zeit fürs Beten zu reservieren, wäre es dann nicht klug, wenn wir das auch täten?

Zum Nachdenken

Du hast so viel zu tun. Schule. Hausaufgaben. Klavier üben. Haushaltspflichten. Grundbedürfnisse wie Schlafen und Essen. Und dann sind da noch die Dinge, die du unbedingt tun möchtest: Zeit mit Freunden verbringen, Computerspiele, Internet. Aber wenn du Gott aus deinem Zeitplan verdrängst, rate mal, was dann passiert. Dann fühlen sich all die anderen Dinge irgendwie nur noch leer an.

22. Februar

Alles kann ich durch Christus, der mir Kraft und Stärke gibt.
(Philipper 4,13)

Dein himmlischer Bruder

Matt Stevens steht an der Freiwurflinie. Seine Mannschaft liegt einen Punkt zurück. Das Spiel geht nur noch wenige Sekunden. Die Zuschauer sind still. Die Cheerleader halten die Luft an. Hat Matt überhaupt eine Chance, den Korb zu treffen? Bisher hat er 0 von 6 Mal getroffen.

Und er ist blind.

Wie kommt es, dass ein blinder Junge an der Freiwurflinie steht? Wegen seines großen Bruders. Joe Stevens hat seine ganze Kindheit damit verbracht, Matt zu helfen, das Unmögliche zu tun: Fahrrad fahren, Schlittschuh laufen, Fußball spielen. Und als Joe zum Basketball ging, nahm er seinen kleinen Bruder mit. Jetzt klopft Joe mit der Erlaubnis des Schiedsrichters mit einem Stock an den Ring des Korbes. Matt hört hin, hält inne und wirft. *Wusch!* Unentschieden! Die Zuschauer beruhigen sich wieder, damit Matt das Klopfen hören kann. Wusch! Nummer zwei! Das Spiel ist aus. Matt ist der Held. Und alles nur wegen seines großen Bruders, der es möglich gemacht hat.[4]

Du hast auch einen großen Bruder, der dich in den harten Zeiten des Lebens begleitet und dir hilft, das Unmögliche zu erreichen. Hör genau hin, dann hörst du das Klopfen. Er heißt Jesus.

Zum Nachdenken

Jeder von uns ist auf die eine oder andere Weise blind. Wir sehen keinen Ausweg aus unseren Schwierigkeiten, oder wir sehen nicht, wer unsere Hilfe braucht. Wir schaffen es nicht alleine. Aber weil wir zur Familie Gottes gehören, haben wir einen großen Bruder, der uns nicht nur durchbringt, sondern es auch noch möglich macht, dass wir das Unmögliche schaffen.

23. Februar

Denn die Gnade Gottes, die allen Menschen Rettung bringt, ist sichtbar geworden. (Titus 2,11; NL)

Gottes grenzenlose Hingabe

Die Gnade ist kostbar, weil Jesus kostbar ist. Die Gnade verändert ein Leben, weil Jesus ein Leben verändert. Die Gnade gibt uns Sicherheit, weil er uns Sicherheit gibt.

Die Gnade zu entdecken heißt, Gottes grenzenlose Hingabe an dich zu entdecken und sein heftiges Verlangen, dir seine befreiende, heilende Liebe zu schenken. Steht er etwa oben auf dem Berg und befiehlt dir, aus dem Tal herauszukommen? Nein. Er stürzt sich hinunter und trägt dich hinauf. Baut er etwa eine Brücke und befiehlt dir, sie zu überqueren? Nein. Er kommt über die Brücke und trägt dich auf seinen Schultern hinüber.

Das ist Gottes Geschenk. Es ist eine Gnade, die uns zunächst die Kraft gibt, seine Liebe zu empfangen, und dann die Kraft, sie weiterzugeben. Es ist eine Gnade, die uns verändert, uns formt und uns in ein Leben führt, das für immer verändert ist. Kennst du diese Gnade schon? Vertraust du dieser Gnade? Wenn nicht, dann kannst du es jetzt tun. Gott will nichts anderes von dir als Glauben. Setz dein Vertrauen auf Gott.

Zum Nachdenken

Es ist gar nicht so schwer, oder? Du glaubst, dass du morgen früh aufwachen wirst und dein Zimmer und deine Schule immer noch da sein werden (auch wenn du dir vielleicht wünschst, dass es nicht so wäre). Warum also nicht an Gott glauben? Seine Gnade wartet auf dich.

24. Februar

„Sieh, ich mache alles neu!" (Offenbarung 21,5)

Werden, wie Gott dich sieht

Dein Vater ist Arzt. Dein Großvater war Arzt. Alle erwarten, dass du auch Arzt wirst. Aber du willst Musik studieren. Hast du irgendwas verpasst?

Nein, ich glaube vielmehr, dass du etwas gefunden hast. Man sagt oft, du kannst alles werden, was du willst, wenn du nur hart genug daran arbeitest. Metzger. Vertreter. Botschafter. Aber kannst du das wirklich? Wenn Gott nicht das Gespür eines Metzgers für Fleisch in dich hineingelegt hat, oder die Fähigkeit, mit

Menschen umzugehen wie ein Verkäufer, oder den weiten Blick eines Botschafters, kannst du dann einer werden? Vielleicht ein unglücklicher, unzufriedener. Aber ein erfüllter? Kann aus einem Ahornsamen eine Rose wachsen, kann ein Wal wie ein Vogel fliegen oder wird aus Blei Gold? Niemals. Du kannst nicht alles werden, was du willst. Aber du kannst alles werden, was *Gott* will.

Gott hat die Menschen nicht am Fließband erschaffen. Du bist einzigartig gemacht und geformt. „Ich schaffe alles neu", erklärt er (Offenbarung 21,5). Er hat dir nicht den Rucksack deines Großvaters oder das Leben deiner Tante gegeben; er hat dich höchstpersönlich und ganz bewusst ausgestattet. Lebe mit dem Rucksack, den Gott dir gegeben hat. Genieße es, Musik zu machen. Oder mit kleinen Kindern zu spielen. Oder Computer zu reparieren.

Zum Nachdenken

Gott gab jedem von uns einzigartige Fähigkeiten und Gaben. Wenn sie mit deiner Leidenschaft und einem konkreten Auftrag zusammenkommen, einem Auftrag, der Gott dient, dann liegt etwas Aufregendes vor dir – und das ist womöglich genau die Berufung, die er im Kopf hatte, als er dich erschaffen hat.

25. Februar

Verhaltet euch klug und besonnen denen gegenüber, die keine Christen sind. (Kolosser 4,5)

Die Menschen beobachten uns

Die Leute, die nicht an Jesus glauben, sehen genau, was wir tun. Sie bilden sich ihre Meinung über Jesus, indem sie uns beobachten. Wenn wir freundlich sind, gehen sie davon aus, dass Jesus Christus auch freundlich ist. Wenn wir großzügig sind, nehmen sie an, dass er auch großzügig ist.

Aber wenn wir arrogant oder aggressiv sind, was denken die Menschen dann über Gott? Und wenn wir unehrlich sind, welche Schlüsse zieht ein Beobachter daraus über den Charakter Gottes? Kein Wunder, dass Paulus schreibt: „Verhaltet euch klug und besonnen denen gegenüber, die keine Christen sind. Nutzt die wenige Zeit, die euch noch bleibt! Redet mit jedem Menschen freundlich; alles, was ihr sagt, soll gut und hilfreich sein. Bemüht euch darum, für jeden die richtigen Worte zu finden" (Kolosser 4,5–6). Ein höfliches Verhalten ehrt Jesus.

Und es ehrt seine Kinder. Wenn du jemand anderes deinen Platz in der Warteschlange überlässt, ehrst du ihn. Wenn du ein Buch zurückgibst, das du geliehen hast, ehrst du den, der es dir geliehen hat. Wenn du bewusst alle im Raum begrüßt, vor allem die, die andere vielleicht übersehen, dann ehrst du Gottes Kinder.

Zum Nachdenken

Du kannst die großartigste Rede über die Liebe Jesu halten, aber wenn dein Verhalten diese Liebe nicht zeigt, wird niemand deine

Worte beachten. Denk einmal über dein Verhalten in der vergangenen Woche nach: Haben die Menschen in dir Jesus gesehen? Wenn nicht, was kannst du diese Woche tun, um der Welt um dich herum seine Liebe zu zeigen?

26. Februar

Glücklich zu preisen ist der, der standhaft bleibt, wenn sein Glaube auf die Probe gestellt wird. (Jakobus 1,12; NGÜ)

Du wirst es schaffen

Ich habe neulich in einem Café ein Mädchen getroffen, das dort gearbeitet hat. Sie war gerade mit der Highschool fertig. Als sie fünfzehn gewesen war, haben ihre geschiedenen Eltern wieder geheiratet, nur um sich dann vor wenigen Monaten wieder scheiden zu lassen. Vor Kurzem haben ihre Eltern sie vor die Wahl gestellt: Sie soll entscheiden, ob sie bei ihrer Mutter oder ihrem Vater leben will. Als sie mir das erzählte, bekam sie feuchte Augen. Wenn ich sie noch einmal sehe, werde ich ihr sagen: „Du wirst es schaffen. Es wird nicht ohne Schmerzen abgehen. Es wird auch nicht schnell gehen. Aber Gott wird aus diesem Schlamassel etwas Gutes machen. Triff keine dummen oder blauäugigen Entscheidungen. Aber verzweifle auch nicht. Mit Gottes Hilfe wirst du es schaffen."

Woher nehme ich den Mut und die Frechheit, angesichts dieser Tragödie solche Versprechungen zu machen? Von Jesus. Er hat gesagt: „Hier auf der Erde werdet ihr viel Schweres erleben. Aber habt Mut, denn ich habe die Welt überwunden" (Johannes 16,33; NL).

Wir werden viel Schweres erleben. Nicht vielleicht oder eventuell. Aber wir haben allen Grund, Mut zu haben. Jesus hat das Schlimmste dieser Welt besiegt. Wenn wir bei ihm sind, bedeutet das, dass wir auch siegreich sein werden.

Zum Nachdenken

Gibt es etwas Katastrophaleres als die Scheidung deiner Eltern? Oder vielleicht der Tod deiner Mutter oder deines Vaters oder deines Bruders oder deiner Schwester? Jesus sagt, wir werden in dieser Welt viel Schweres erleben, aber deshalb tut es nicht weniger weh. Zum Glück bietet er sich selbst an. Er ist unsere Hoffnung und unsere Heilung. Wenn du dich an ihn hältst, kannst du es schaffen.

27. Februar

Könige möchten die Wahrheit hören, darum achten sie ehrliche Menschen. (Sprüche 16,13)

Gott liebt die Wahrheit

Gott hat einen strengen Ehrenkodex. Vom ersten bis zum letzten Buch der Bibel gibt es ein und dasselbe Thema: Gott liebt die Wahrheit und hasst Betrug. „Der Herr hasst Lügner, aber er freut sich über ehrliche Menschen" (Sprüche 12,22).

Die Wahrheit zu sagen ist nicht so leicht. Du willst nicht mit den anderen weggehen, aber du willst sie auch nicht verletzen. Kannst du nicht einfach sagen, du musst noch Hausaufgaben machen? Du hast nicht auf die Uhr geschaut und bist abends zu spät nach Hause gekommen. Kannst du deinen Eltern nicht einfach sagen, dass der Bus zu spät gekommen ist?

Bei Gottes Kindern haben Lügen keinen Platz. In 1. Korinther 6,9–10 zählt Paulus auf, welche Menschen nicht in das Reich Gottes kommen werden. Dazu gehören diejenigen, die sexuelle Sünden begehen, Götzen anbeten, Ehebruch begehen, ihren Körper verkaufen, sich betrinken, Menschen berauben und – jetzt kommt's – andere anlügen.

Deine Schwindeleien erregen genauso Gottes Zorn wie Ehebruch und Raubüberfälle? Anscheinend ist das so. Gott liebt die Wahrheit, also ist Unehrlichkeit genau das Gegenteil von allem, wofür er steht.

Zum Nachdenken

Immer die Wahrheit zu sagen ist schwer, aber so wichtig. Wenn wir schon in kleinen Dingen unehrlich sind, dann wird man uns auch nicht vertrauen, wenn wir in allen anderen Situationen die Wahrheit sagen. Sei wie Gott: Liebe die Wahrheit.

28. Februar

Sammelt euch vielmehr Schätze im Himmel, die unvergänglich sind und die kein Dieb mitnehmen kann. (Matthäus 6,20)

Es gehört alles Gott

Dein kleiner Bruder hat gerade dein neues Smartphone fallen lassen und du rastest total aus. Ich mache dir keinen Vorwurf, weil du dich aufregst, aber hier ist ein kleiner Tipp, der dir vielleicht hilft, die Dinge im richtigen Licht zu sehen: Es hat sowieso nicht dir gehört.

Wie noch mal?!, wirst du jetzt denken. Versuch einmal Folgendes, dann wirst du verstehen, was ich meine. Nimm dir einen Block selbsthaftende Notizzettel und klebe auf alles einen Zettel, was du einmal nicht mit in den Himmel nehmen wirst. Leg los – geh durch dein Zimmer, die Wohnung, den Garten, die Garage. Deine Klamotten, DVDs und Blu-Rays, Bücher, Spielkonsolen und sogar der Teddy, den du mit zwei Jahren bekommen hast. Was bleibt übrig, wenn du mit deiner Runde fertig bist? Deine Freunde. Deine Gemeinde. Das Wort Gottes. Deine Familie (mit deinem kleinen Bruder).

Und all die Sachen? Du kannst sie nicht behalten. *Du hast sie nie wirklich besessen*. Dir gehört gar nichts. Du bist nur Verwalter der Dinge, die Gott dir gegeben hat. „Dem Herrn gehört die ganze Welt und alles, was auf ihr lebt" (Psalm 24,1). Wenn er sich keinen Kopf um ein heruntergefallenes Smartphone macht, solltest du es vielleicht auch nicht tun.

Zum Nachdenken

Es ist schon eine komische Sache mit den „Sachen" – wir meinen, sie gehören uns, aber es ist eher andersherum. Du kaufst dir einen Computer, und schon bald verlangt er nach Software-Updates, mehr Sicherheitsfeatures, man muss die Festplatte aufräumen und den Bildschirm sauber machen. Wer ist hier jetzt wirklich der Chef? Weder du noch dein Computer. Es ist Gott.

29. Februar

Wer klatschsüchtig ist, wird auch anvertraute Geheimnisse ausplaudern; ein zuverlässiger Mensch schweigt.
(Sprüche 11,13)

Worte, die verletzen

Hast du schon einmal hinter ihrem Rücken über andere geredet? Das nennt man Klatsch. Vielleicht willst du mit deinen Worten verletzen, vielleicht aber auch nicht. Aber das ist egal. Dir ist es zu verdanken, dass jemand anderes am Boden zerstört ist, weil du die Klappe nicht halten konntest. Und jetzt ist der andere tief verletzt. Verletzte Gefühle, verletzter Stolz, ein gebrochenes Herz.

Maria wusste wahrscheinlich, wie sich das anfühlt. Als Teenager unverheiratet schwanger. Wenn sie die Straße entlangkam, tuschelten die Leute: „Maria ist wohl doch nicht das brave Mädchen, für das wir sie gehalten haben." Aber die Klatschmäuler kannten nicht alle Fakten. Niemand hatte ihnen gesagt, dass Maria mit dem Retter der Welt schwanger war.

Auch du kennst nicht alle Fakten. Also verbreite keine Gerüchte, schlechte Nachrichten oder Anschuldigungen über andere. Wende dich ab, wenn jemand anderes es tut. Mach folgende Worte aus dem Epheserbrief zu deinem Motto: „Redet nicht schlecht voneinander. Was ihr sagt, soll für jeden gut und hilfreich sein, eine Wohltat für alle" (Epheser 4,29).

Zum Nachdenken

Kannst du dir vorstellen, dass Jesus mit Freunden zusammen war und Geheimnisse über einen Jünger weitergegeben hat, der nicht dabei war? Kannst du dir vorstellen, dass irgendjemand sich von deinem christlichen Vorbild inspirieren lässt, wenn *du* Klatsch verbreitest? Wenn Klatschmäuler tuscheln, werden alle verletzt.

März

Verlass dich nicht auf deine eigene Urteilskraft,
sondern vertraue voll und ganz dem Herrn!

SPRÜCHE 3,5

Aber er hat Geduld mit euch und will nicht, dass auch nur einer von euch verloren geht. Jeder soll Gelegenheit haben, zu Gott umzukehren. (2. Petrus 3,9)

Der Stolz des Vaters

Wenn du Jesus als deinen Retter annimmst, verspricht er dir, dass du von Neuem geboren wirst. „Wer nicht neu geboren wird, kann nicht in Gottes neue Welt kommen“ (Johannes 3,3). Bedeutet das, dass der Mensch, der du bis dahin warst, für immer verschwindet? Heißt das, dass du augenblicklich allen Versuchungen widerstehen kannst?

Um diese Frage zu beantworten, vergleiche einmal deine geistliche Geburt mit der Geburt eines Babys. Kann ein Neugeborenes laufen? Kann es selbst essen? Kann es singen oder lesen oder sprechen? Nein, noch nicht. Aber eines Tages.

Es braucht Zeit, um zu wachsen. Aber schämen sich die Eltern im Kreißsaal deshalb für ihr Kind? Schämt sich die Mutter, weil das Baby nicht schreiben kann, weil es nicht laufen kann, weil es keinen Vortrag halten kann?

Natürlich nicht. Die Eltern schämen sich nicht; sie sind stolz. Sie wissen, dass das Baby mit der Zeit wachsen und sich entwickeln wird. So verhält sich auch Gott in Bezug zu dir.

Zum Nachdenken

Bist du manchmal enttäuscht von dir selbst? Hast du das Gefühl, dein Glaube sollte viel schneller wachsen, dein Charakter sollte viel stärker und deine Liebe zu Gott viel tiefer sein? Sei nicht so hart mit dir selbst. Dein himmlischer Vater erwartet kein Hochgeschwindigkeitswachstum von dir. Babys brauchen Zeit, um zu wachsen. Christen auch.

2. März

Es ist vergeblich, vom frühen Morgen bis in die späte Nacht hart zu arbeiten, immer in Sorge, ob ihr genug zu essen habt, denn denen, die Gott lieben, gibt er es im Schlaf.
(Psalm 127,2; NL)

Beeil dich und ruh dich aus

Ich hatte es mein ganzes Leben lang eilig. Schnell in die Schule. Schnell die Hausaufgaben machen. Schneller Fahrrad fahren. Schneller Auto fahren. Früher trug ich meine Armbanduhr innen am Handgelenk, um eine Millisekunde zu sparen, die ich brauchte, wenn ich mein Handgelenk drehte und darauf schaute. Wie krank so was doch ist!

Ich frage mich, ob ich Gottes Sabbatgebot überhaupt hätte halten können. Vierundzwanzig Stunden lang im Kriechmodus leben? Der Sabbat war für so gehetzte Typen wie mich gemacht. Für Menschen, die jede Woche eine Erinnerungshilfe brauchten: Die Welt dreht sich weiter, auch wenn du mal anhältst.

Vielleicht brauchst du auch so eine Erinnerungshilfe. Zu oft bis spät in die Nacht gelernt und im Internet gesurft? Ist dein Kalender so vollgestopft, dass du das Gefühl hast zu ertrinken? Deshalb hat Gott darauf bestanden, dass wir uns einen Tag frei halten, um zur Ruhe zu kommen und Zeit mit ihm zu verbringen. Er weiß, wie sehr wir das brauchen und wie unwahrscheinlich es ist, dass wir es tun. Also beeil dich und trag den Ruhetag in deinen Kalender ein! Lass den Wahnsinn hinter dir und suche die Gelassenheit.

Zum Nachdenken

Wenn du ständig müde bist, versucht dein Körper, dir etwas zu sagen: Du brauchst Ruhe! Erschöpfung äußert sich in mehreren Erscheinungsformen. Wir müssen uns auch emotional und geistig erholen, nicht nur körperlich. Statt für alles andere zuerst Zeit einzuräumen, nimm dir Zeit für Gott.

3. März

Die Gnade des Herrn nimmt kein Ende! Sein Erbarmen hört nie auf... (Klagelieder 3,22; NL)

Jeden Morgen neue Liebe

Jeremia war depressiv und so schlecht drauf wie eine Giraffe mit steifem Hals. Jerusalem wurde belagert, sein Volk war bedroht und seine Welt brach zusammen wie ein Kartenhaus. Er gab Gott die Schuld für seine Verzweiflung und seine körperlichen Leiden. „Er lässt meine Haut und mein Fleisch zerfallen und zerbricht mir alle meine Knochen" (Klagelieder 3,4; GN).

Jeremia merkte, wie schnell es bei ihm bergab ging, und deshalb änderte er die Blickrichtung. „Aber eine Hoffnung bleibt mir noch, an ihr halte ich fest: Die Güte des Herrn hat kein Ende, sein Erbarmen hört niemals auf, es ist jeden Morgen neu! Groß ist deine Treue, o Herr!" (Klagelieder 3,21–23).

Mitten in seiner Depression bootete Jeremia seine Gedanken neu. Er wandte den Blick von seiner sturmgebeutelten Welt ab und richtete ihn fest auf seinen wunderbaren Gott und seine Verheißungen: Gottes Liebe hat kein Ende und seine Gnade hört nie auf. Sie sind jeden Morgen ganz neu, weil er so treu ist.

Weißt du was? Der Sturm war damit nicht vorbei, wohl aber Jeremias Mutlosigkeit. Und deine Mutlosigkeit kann auch verschwinden.

Zum Nachdenken

Hast du das Gefühl, dass alle gegen dich sind? Gott aber jedenfalls nicht! Wenn du dich morgens anziehst, versuch einmal, auch die Liebe und Gnade „anzuziehen", die er jeden Morgen neu extra für dich bereithält. Du wirst merken, dass sie mehr als genug ist.

4. März

Am Anfang war das Wort. Das Wort war bei Gott, und das Wort war Gott selbst. (Johannes 1,1)

Schatzkarte

Die Bibel ist schon vielfach verboten, verbrannt, verspottet und verhöhnt worden. Gelehrte haben sich darüber lustig gemacht. Machthaber haben sie für illegal erklärt. Ihr wurde schon Tausende Male das Grab geschaufelt, aber irgendwie ist sie nie dringeblieben. Die Bibel hat nicht nur überlebt. Sie ist aufgeblüht. Sie ist das beliebteste Buch in der Geschichte der Menschheit. Sie war und ist immer noch das meistverkaufte Buch der Welt!

In dieser Welt gibt es dafür keine Erklärung. Und das ist vielleicht die einzige Erklärung. Den Grund für die Beständigkeit der Bibel findet man nicht hier auf der Erde, sondern im Himmel. Für die Millionen von Menschen, die die Aussagen der Bibel auf die Probe gestellt und ihre Verheißungen in Anspruch genommen haben, gibt es nur eine Antwort: Die Bibel ist Gottes Buch und durch sie kann man seine Stimme hören.

Der Sinn der Bibel ist es zu verkünden, welchen Plan und welche Leidenschaft Gott hat, um seine Kinder zu retten. Das ist der Grund, weshalb dieses Buch die Jahrhunderte überdauert hat. Es ist die Schatzkarte, die uns zu Gottes größtem Schatz führt: das ewige Leben.

Zum Nachdenken

Piraten brauchten eine Schatzkarte, um unglaublich kostbare und lang vergrabene Schätze zu finden. Keine Karte – kein Schatz. Das Gleiche gilt auch für uns, die wir nach einem geistlichen Schatz suchen. Gott hat uns eine Karte gegeben: die Bibel. Auf diejenigen, die klug genug sind, sie zu nutzen, warten ewige Reichtümer.

5. März

Denn der Menschensohn ist nicht gekommen, um sich bedienen zu lassen. Er kam, um zu dienen ...“ (Markus 10,45)

Jesus, der Gentleman

Ich hatte früher nie groß darüber nachgedacht, wie zuvorkommend Jesus war. Aber als ich anfing, darauf zu achten, stellte ich fest, dass Jesus der Größte war, wenn es darum ging, ein Gentleman zu sein.

Er klopft immer an. Das muss er nicht. Dein Herz gehört ihm. Wenn jemand das Recht hätte, einfach hereinzuplatzen, dann wäre es Jesus. Aber er tut es nicht. Hörst du dieses leise Klopfen? Das ist Jesus. „Merkst du es denn nicht? Noch stehe ich vor deiner Tür und klopfe an" (Offenbarung 3,20). Und wenn du aufmachst, wartet er, bis du ihn hereinbittest.

Und wenn er hereinkommt, hat er immer ein Geschenk dabei. Manche Menschen bringen Pralinen oder Blumen. Jesus Christus bringt „die Gabe des Heiligen Geistes" (Apostelgeschichte 2,38; NL). Und wenn er bleibt, dient er. „Denn der Menschensohn ist nicht gekommen, um sich bedienen zu lassen. Er kam, um zu dienen …". Wenn du deine Küchenschürze suchst, dann hat er sie an. Er bedient die Gäste, während sie sitzen (Johannes 13,4–5). Er fängt nicht an zu essen, bevor er nicht gedankt hat, und er wird nicht gehen, bevor nicht die Reste aufgeräumt sind (Matthäus 14,19–20).

Zum Nachdenken

Jesus hält die ganze Schöpfung in seiner Hand, und doch geht er so fürsorglich und vorsichtig mit uns um wie eine Mutter mit ihrem neugeborenen Kind. In seinen Worten liegt Wahrheit, aber es ist sein liebevolles Handeln, das uns ein Vorbild ist. Er ist zuvorkommend. Er ist freundlich. Er dient. Er ist ein Gentleman.

Und tatsächlich hat Gott uns vor dem Tod gerettet und wird es auch in Zukunft tun. Wir vertrauen fest darauf, dass er uns immer wieder aus Todesgefahr befreit. (2. Korinther 1,10)

Gottes größtes Werk

Petrus und seine Segelkumpane wussten in jener Nacht auf dem See Genezareth, dass sie in Gefahr waren. Ihr Boot hüpfte auf den Wellen wie eine Nussschale im Herbststurm. Blitze zerrissen die Dunkelheit wie silberne Schwerter. Der Sturm riss am Segel, und die Jünger waren „weit weg vom Ufer in Seenot, denn ein starker Wind war aufgekommen, und sie hatten gegen hohe Wellen anzukämpfen" (Matthäus 14,24; NL). Vielleicht kennst du das.

Du hast in einem Fach eine schlechte Note und kämpfst mit der Angst zu versagen.

Du bist mitten in einer Auseinandersetzung mit einem Freund und wirst von Schuldgefühlen gebeutelt.

Eine Freundschaft ist zu Bruch gegangen und du kämpfst gegen die Verzweiflung.

Die Jünger haben neun eiskalte, klatschnasse Stunden lang gegen den Sturm angekämpft. Und dann geschieht das Unaussprechliche. Jemand kommt auf dem Wasser zu ihnen. „Als die Jünger ihn sahen, schrien sie vor Entsetzen, denn sie hielten ihn für ein Gespenst" (Matthäus 14,26).

Sie hatten nicht damit gerechnet, dass Jesus auf diesem Weg zu ihnen kommen würde. Das tun wir auch nicht. Wir rechnen mit ihm, wenn wir Anbetungslieder singen oder in der Bibel lesen. Aber nicht inmitten erbitterter Auseinandersetzungen oder kaputten Beziehungen. Aber gerade im Sturm vollbringt er sein größtes Werk, denn mitten im Sturm hat er unsere volle Aufmerksamkeit.

Zum Nachdenken

Schon komisch, wie wir uns verhalten – in unseren „heiligen“ Momenten rechnen wir mit Jesus, jedoch nicht zu anderen Zeiten. Aber er ist so viel größer. Ruf ihn. Halte nach ihm Ausschau. Nicht nur, wenn du Anbetungslieder singst. Nicht nur, wenn du betest. Immer. Überall. Auf jeden Fall, wenn du in Schwierigkeiten bist. Denn wenn du ihn am meisten brauchst, ist er bei dir, um den wildesten Sturm zu stillen.

7. März

Jesus Christus wird euch die Kraft geben, das zu tun, was Gott gefällt. (Hebräer 13,21)

Nimm dich nicht so wichtig

Ich habe einen Vorschlag: *Nimm dich nicht so wichtig.*

Mose hat das getan. Einer der größten Führer der Geschichte war „ein zurückhaltender Mann, demütiger als alle anderen Menschen auf der Welt“ (4. Mose 12,2). Maria hat es getan. Als Jesus ihren Bauch als sein erstes irdisches Zuhause wählte, hat sie nicht damit angegeben, dass der Retter der Welt in ihr heranwächst, nein, sie hat nur einfach bekannt: „Ich bin die Dienerin des Herrn und beuge mich seinem Willen“ (Lukas 1,38, NL). Und vor allem Jesus hat es getan: „Jesus, der für eine kurze Zeit niedriger war als die Engel“ (Hebräer 2,9).

Jesus hat sich für die Dienstbotenunterkunft entschieden. Kannst du das auch? Du bist wichtig, aber nicht das Wichtigste. Du spielst eine Rolle, aber nicht die Hauptrolle – die spielt Gott.

Er hat alles ins Leben gerufen. Er bewahrt alles und er wird alles siegreich zu Ende bringen. Bis dahin kommt dir eine große Ehre zu: deine selbstsüchtigen Ziele aufzugeben; das Richtige zu tun, auch wenn es keine Belohnung dafür gibt; Probleme anzupacken, denen andere aus dem Weg gehen; Selbstsucht abzulehnen, Jesus nachzufolgen und seine Pläne zu deinen zu machen.

Zum Nachdenken

Das klingt noch schlimmer als Haushaltspflichten, nicht wahr? Eigene selbstsüchtige Ziele aufgeben. Auf Belohnungen verzichten. Große Probleme anpacken. Aber eines ist komisch dabei: Je mehr man das tut, umso näher kommt man Gott und umso mehr Freude hast du im Herzen. Versuch's doch einfach mal. Weniger von dir und mehr von Gott ergibt mehr Freude.

8. März

Schon damals, als wir noch hilflos der Sünde ausgeliefert waren, ist Christus zur rechten Zeit für uns gottlose Menschen gestorben. (Römer 5,6)

Wenn wir nicht bezahlen können

Gott hat das für uns getan, was ich für eine meiner Töchter in einem Laden am Flughafen in New York getan habe. Auf dem Schild über den Porzellanfiguren stand „nicht berühren". Aber das Verlangen war stärker als das Verbot, und die zehnjährige Sara fasste eine an. Und die Figur fiel herunter. Als ich es bemerkte, hielt Sara zwei Teile der New Yorker Skyline in der Hand. Neben ihr stand der missmutige Ladenbesitzer. Über ihnen hing das Verbotsschild. Zwischen ihnen herrschte angespannte Stille. Meine Tochter hatte kein Geld. Er hatte keine Gnade. Also schritt ich ein. „Was sind wir Ihnen schuldig?", fragte ich.

Wieso schuldete ich ihm überhaupt etwas? Ganz einfach. Es war meine Tochter. Und da sie die Figur nicht bezahlen konnte, tat ich es.

Da du und ich unsere Schuld nicht bezahlen können, hat Jesus für uns bezahlt. Wir haben so viel mehr zerbrochen als ein kleines Souvenir. Wir haben Gottes Herz gebrochen. Das Gesetz hängt an der Wand, die gebrochenen Gebote liegen am Boden. Da ist Jesus eingeschritten und hat uns sein Geschenk angeboten.

Zum Nachdenken

Wir sind oft darauf angewiesen, dass andere für uns etwas bezahlen, was wir nicht bezahlen können. Wer bezahlt das Essen, solange du noch zu Hause wohnst? Wer bezahlt die Steuern und Reparaturen in dem Haus, in dem du lebst? Jesus hat viel mehr als das bezahlt. Er hat für jede Schuld, die du je begangen hast (und noch begehen wirst), ein für alle Mal bezahlt.

Jesus streckte die Hand aus, berührte ihn und sagte: „Ich will es tun! Sei gesund!" (Matthäus 8,3)

Eine göttliche Berührung

Hast du schon einmal die Kraft einer göttlichen Berührung gespürt? Von dem Arzt, der dich behandelt, oder der Grundschullehrerin, die deine Tränen abgewischt hat? Hat bei der Beerdigung jemand deine Hand gehalten? Hat schon mal eine Hand auf deiner Schulter gelegen, als du untröstlich warst? Oder dir jemand ein Begrüßungslächeln geschenkt, als du in die neue Klasse kamst?

Können wir das nicht auch für andere tun?

Vielleicht tust du es schon. Du spürst die Berührung unseres großen Arztes und dienst anderen mit deinen Händen. Vielleicht schreibst du damit ermutigende E-Mails oder hilfst dem Neuen in der Mannschaft wieder hoch, nachdem er gefoult wurde. Oder du hast mit deinen Händen Kuchen für eine Verkaufsaktion in der Gemeinde gebacken oder deiner Mutter etwas zu trinken gebracht, als sie krank war. Du hast gelernt, wie kraftvoll eine Berührung sein kann.

Aber manchmal vergessen wir das. Unsere Herzen sind in Ordnung, nur unser Gedächtnis schwächelt. Wir vergessen, wie wichtig eine kleine Berührung sein kann. Bist du nicht auch froh, dass Jesus niemals vergesslich war? Er hat einen Leprakranken berührt und ihn augenblicklich geheilt (Matthäus 8,3). Jesus erinnert uns daran, dass auch wir die Macht dieser göttlichen Berührung haben.

Zum Nachdenken

Berührungen haben Macht. Sie können Schlimmes bewirken: Missbrauch, Gewalt. Aber sie können auch wunderbare Dinge bewirken, wenn sie von Gottes Liebe motiviert sind: aufmuntern, unterstützen, dienen. Wen kennst du, der heute eine göttliche Berührung bräuchte?

10. März

Mit wem wollt ihr Gott vergleichen? Gibt es für ihn überhaupt ein passendes Bild? (Jesaja 40,18)

Er allein ist Gott

Womit kann man Gott vergleichen? Die Suche nach etwas Gottgleichem ist sinnlos. Nichts und niemand ist vergleichbar mit ihm. Niemand kann ihm Ratschläge geben. Niemand kann ihm helfen. „Denn Gott allein ist Richter: Den einen lässt er fallen, den anderen bringt er zu Ansehen und Macht" (Psalm 75,8).

Du und ich mögen zwar Kraft *haben*, aber Gott *ist* die Kraft. Wir sind Glühwürmchen, aber Gott ist das Licht. Ein Töpfer nimmt Ton und formt daraus etwas, aber Gott nahm das *Nichts* und erschuf daraus *alles*. Vor der Schöpfung war das Universum kein finsterer Raum – es existierte gar nicht. Gott schuf sogar die Dunkelheit. „Ich bilde das Licht und schaffe die Finsternis" (Jesaja 45,7).

Gott fragt: „Mit wem also wollt ihr mich vergleichen? ... Wer hält einem Vergleich mit mir stand?" (Jesaja 40,25). Als ob man diese Frage beantworten müsste, gibt er auch die Antwort darauf: „Ich allein bin Gott und sonst keiner, niemand ist mir gleich" (Jesaja 46,9; GN).

Zum Nachdenken

Hattest du schon einmal das Gefühl, dass Gott deinen Problemen nicht gewachsen ist? Dass er zu sehr abgelenkt oder zu müde oder zu schwach ist, um mit der Katastrophe in deinem Leben fertig zu werden? Vergiss es! Er ist schließlich Gott. Unser ganzes Universum existiert nur, weil er es ins Dasein gerufen hat. Deshalb hat er auch dein Leben voll im Griff.

11. März

Darum halte fest, was du hast, damit dir niemand deinen Siegespreis nehmen kann. (Offenbarung 3,11)

Dein großer Tag wird kommen

Vielleicht gehörst du zu den vielen Menschen, die noch nie in ihrem Leben einen Preis gewonnen haben. Vielleicht hast du in deiner Fußballmannschaft die Spielberichte ausgefüllt oder im Unterricht Arbeitsblätter ausgeteilt, aber das war's. Du hast nie etwas gewonnen. Du hast zugeschaut, wie andere Pokale und Medaillen mit nach Hause genommen haben. Aber du hast immer nur „Beinahe-Medaillen“ und „Beinahe-Pokale“ bekommen.

Wenn das auf dich zutrifft, dann wirst du diese Verheißung hier zu schätzen wissen: „Wenn dann der oberste Hirt erscheint, werdet ihr den nie verwelkenden Kranz der Herrlichkeit empfangen“ (1. Petrus 5,4; EÜ).

Dein großer Tag wird kommen. Gott hat schon einen Plan, wie er dich nicht nur vorübergehend ehren will, sondern in alle Ewigkeit. Nichts ist so wertvoll wie ein Siegeskranz aus seiner Hand.

Was diese Welt übersehen hat, hat dein himmlischer Vater gesehen, und früher, als du dir vorstellst, wird er dich dafür segnen.

Zum Nachdenken

Es ist hart, wenn man den anderen zuschauen muss, wie sie Auszeichnungen und Ehrungen einheimsen. Aber irdische Trophäen werden verstauben und irgendwann vergessen sein. Was wirklich zählt, ist die himmlische Auszeichnung, die der König der Könige verleiht.

12. März

Deshalb müssen wir umso mehr auf das achten, was wir gehört haben. Sonst verfehlen wir noch das Ziel! (Hebräer 2,1)

Wirf den Anker aus

Wenn du den Glauben verlierst, dann geschieht das wahrscheinlich ganz allmählich. Du lässt ein paar Tage vergehen, ohne auf den Kompass zu schauen. Du vergisst, die Segel zu trimmen. Die Masten sind nicht in Ordnung. Und was am schlimmsten ist: Du vergisst, den Anker zu werfen. Und bevor du es richtig merkst, wirst du auf stürmischer See von den Wellen hin und her geworfen.

Und wenn dein Anker nicht sicher sitzt, könntest du untergehen. Wie kann man sicher verankert sein? Schau dir den Vers noch einmal genau an: „Deshalb müssen wir umso mehr auf das achten, *was wir gehört haben.*"

Die zuverlässigsten Ankerstellen sind nicht die, die erst vor Kurzem entdeckt wurden. Es sind die lang erprobten Wahrheiten, die den wechselnden Winden standgehalten haben. Wahrheiten wie: Mein Leben ist nicht sinnlos. Mein Versagen ist nicht tödlich. Mein Tod ist nicht endgültig.

Verankere deine Seele an diesen Felsen, dann wird dich auch keine noch so große Welle je unterkriegen.

Zum Nachdenken

Es ist menschlich, dass wir uns von neuen Ideen und Trends begeistern lassen. Wie sonst lässt sich unsere Faszination für die ständig wechselnde Mode erklären? Aber wenn es um unseren Glauben geht, sollten wir in den Wahrheiten verankert bleiben, die schon immer galten. Du findest sie in Gottes Wort.

13. März

Er wird uns seine Barmherzigkeit und Gnade zuwenden, wenn wir seine Hilfe brauchen. (Hebräer 4,16)

Gottes gutes Timing

Gottes Hilfe kommt immer rechtzeitig. Er hilft uns so wie ein Vater, der seiner Familie die vorher gekauften Flugtickets gibt. Wenn ich mit meinen Kindern verreise, habe ich zunächst alle Flugtickets. In dem Augenblick, wo wir ins Flugzeug steigen, stelle ich mich zwischen das Flugpersonal und meine Kinder. Und genau in dem Moment, wo eine meiner Töchter einsteigt, gebe ich ihr das Ticket in die Hand. Sie gibt das Ticket dann weiter an den Flugbegleiter. Jede bekommt ihr Ticket also genau zum richtigen Zeitpunkt.

Was ich mit meinen Töchtern mache, das macht Gott mit dir. Er stellt sich zwischen dich und dein Problem. Und genau im richtigen Moment gibt er dir das Ticket. Hatte er das nicht auch seinen Jüngern versprochen? „Und wenn man euch abführt und vor Gericht stellt, dann macht euch nicht im Voraus Sorgen, was ihr sagen sollt; sondern was euch in jener Stunde eingegeben wird, das sagt! Denn nicht ihr werdet dann reden, sondern der Heilige Geist" (Markus 13,11; EÜ).

Gott führt dich. Er wird zur richtigen Zeit das Richtige tun.

Zum Nachdenken

Denk einmal über dein bisheriges Leben nach. Wie oft hast du genau das, was du gebraucht hast, genau dann, als du es gebraucht hast, bekommen? Die Eintrittskarte, die genau an dem Tag kam, als das Konzert war. Einen Tag vor Muttertag genau die richtige Geschenkidee. Zufall? Oder vielleicht eine helfende Hand vom Himmel?

14. März

Er kam, um zu dienen und sein Leben hinzugeben, damit viele Menschen aus der Gewalt des Bösen befreit werden.
(Markus 10,45)

Eine einzige Aufgabe

Eine der erstaunlichen Fähigkeiten von Jesus war es, immer das Ziel im Auge zu behalten. Er kam nie vom Weg ab. Wenn Jesus seine Zukunft in den Blick nahm, gab es für ihn viele mögliche

Ziele. Er hätte ein politischer Revolutionär sein können. Er hätte sich damit zufriedengeben können, Lehrer zu sein und den Menschen etwas beizubringen. Aber letzten Endes beschloss er, der Retter zu sein und die Seelen vieler zu retten.

Jeder, der eine gewisse Zeit bei Jesus gewesen war, hatte es von ihm selbst gehört: „Der Menschensohn ist gekommen, Verlorene zu suchen und zu retten" (Lukas 19,10). Sein Herz war unerschütterlich auf eine einzige Aufgabe konzentriert. Von dem Tag an, an dem er die Zimmermannswerkstatt in Nazareth verließ, hatte er nur ein einziges Ziel: das Kreuz auf Golgatha.

Auch du hast eine einzige Aufgabe. Es ist die Antwort auf die Aufgabe, die Jesus gewählt hatte. Er nannte deine Aufgabe das erste und wichtigste Gebot: „Du sollst den Herrn, deinen Gott, lieben von ganzem Herzen, mit ganzer Hingabe und mit deinem ganzen Verstand!" (Matthäus 22,37).

Bis du noch auf diese Ziel ausgerichtet?

Zum Nachdenken

Es ist schwer, die richtigen Prioritäten zu setzen, wenn alle einem einreden, dass eine Million Dinge wichtig seien. Deshalb lies mal Matthäus 22,34–40, wo Jesus die Dinge klärt. Liebe Gott. Alles andere hängt davon ab. Alles klar?

Heute hat Gott dir und allen, die in deinem Haus leben, Rettung gebracht. (Lukas 19,9)

Ein verändertes Herz

Wenn es im Neuen Testament einen Abzocker gibt, dann ist es Zachäus. Es gab niemanden, den er nicht betrogen hätte. Er war der „oberste Zolleinnehmer" (Lukas 19,2). Die Zolleinnehmer der damaligen Zeit betrogen alles, was zwei Beine hatte. Aber als Jesus mit seinen Jüngern durch Jericho zog, wollte ihn sogar der dortige Zolleinnehmer sehen. Jesus entdeckte ihn auf einem Maulbeerbaum und sagte: „Zachäus, komm schnell herab! … Ich möchte heute dein Gast sein!" (Vers 5). Unter allen Häusern der Stadt suchte sich Jesus ausgerechnet das von Zachäus aus.

Von da an war Zachäus nicht mehr derselbe. „Herr, ich werde die Hälfte meines Vermögens an die Armen verteilen, und wem ich am Zoll zu viel abgenommen habe, dem gebe ich es vierfach zurück" (Vers 8). Trotz der falschen Entscheidungen, die Zachäus getroffen hatte und seiner betrügerischen Vergangenheit bot Jesus ihm seine Güte und einen Platz an der himmlischen Festtafel an. Jesus schenkte ihm Gnade. Und als diese Gnade das Haus von Zachäus betrat, schlich sich der Egoismus zur Hintertür hinaus. Gottes Gnade hat das Herz dieses Zolleinnehmers verändert.

Verändert die Gnade auch dein Herz?

Zum Nachdenken

Wie sieht es aus – bist du eher wie der *betrügerische* oder wie der *veränderte* Zachäus? Wenn dir deine Antwort auf diese Frage nicht gefällt, dann bitte Jesus, dir zu zeigen, wie du seine Gnade annehmen kannst. Er hat dir schon einen Platz an der himmlischen Festtafel reserviert.

16. März

Kapierst du nicht, dass Gott mit seiner Liebe dich dazu bewegen will, dein Leben zu ändern? (Römer 2,4; Volx-Bibel)

Jesus ähnlicher werden

Das ist Gottes Plan mit deinem Leben heute: dich Jesus ähnlicher zu machen. „Denn Gott hat sie schon vor Beginn der Zeit auserwählt … seinem Sohn gleich zu werden …" (Römer 8,29; NL). Siehst du, was Gott vorhat? Du sollst „seinem Sohn gleich … werden".

Jesus hatte keine Schuldgefühle. Gott will, dass du keine Schuldgefühle hast.

Jesus hatte keine schlechten Gewohnheiten. Gott will, dass du mit deinen Schluss machst.

Jesus stellte sich mutig der Angst. Gott will, dass du das auch tust.

Jesus wusste, was richtig und was falsch war. Gott will, dass du das auch weißt.

Jesus diente anderen und gab sein Leben für die Verlorenen. Du kannst das auch tun.

Jesus überwand die Angst vor dem Tod. Du kannst das auch.

Gottes Wunsch, sein Plan, sein oberstes Ziel ist es, dich in das Ebenbild Christi zu verwandeln.

Zum Nachdenken

Wir haben ein Vorbild dafür, wie wir dieses Leben, das wir geschenkt bekommen haben, leben sollen. Sein Name ist Jesus. Das nächste Mal, wenn du in einer Situation unsicher bist oder nicht weißt, wie du dich verhalten sollst, dann bete und lies in der Geschichte von Jesus (zum Beispiel im Lukasevangelium.) Seinem Vorbild kannst du nachfolgen.

17. März

Liebe ist immer bereit zu verzeihen... (1. Korinther 13,7)

Ein Mantel der Liebe

Als Paulus den Satz „Liebe ist immer bereit zu verzeihen“ schrieb, hat er möglicherweise an einen Mantel zum Zudecken gedacht. Als mögliche Übersetzungsvariante wird in manchen Bibeln auch „deckt alles zu“ angegeben und dabei auf Sprüche 10,12 verwiesen: „Liebe deckt alle Vergehen zu.“ Ein Bibelausleger schreibt, das hier verwendete Wort vermittle „das Bild eines Mantels der Liebe, der alles zudeckt“.

Hast du so etwas schon einmal erlebt? Du hattest Bammel vor der Klassenarbeit, aber dein Lehrer ist nach der Schule noch geblieben, um dir beim Lernen zu helfen. Du warst weit weg von zu Hause und hattest Angst, und deine Mutter hat dich angerufen, um dich zu trösten. Dir wurden Vorwürfe gemacht, aber du warst unschuldig, und deine Freundin hat dich verteidigt. Eingehüllt in Ermutigung. Schützend zugedeckt – *mit einem Mantel der Liebe.*

So hat Jesus dich und mich zugedeckt, als er am Kreuz starb. Und so sollen wir die Welt zudecken.

Zum Nachdenken

Hast du als Kind einmal so sehr gefroren, dass dich deine Eltern in einen Mantel gewickelt haben? Das ist ein Zeichen schützender Liebe. Es gibt tausend Wege, anderen eine solche Liebe zu zeigen, aber alle vermitteln diese eine Botschaft: „Ich liebe dich und ich passe auf dich auf."

18. März

Ich schreie zum Herrn, so laut ich kann, und flehe um sein Erbarmen. (Psalm 142,2)

Bete deinen Schmerz hinaus

Enttäuschung. Ablehnung. Krankheit. Ein Unfall. Du leidest gerade. *Dann bete deinen Schmerz hinaus.*

Nur zu, hau mit der Faust auf den Tisch. Stapf im Garten hin und her. Jetzt ist es Zeit für ein entschlossenes, ehrliches Gebet. Du bist sauer auf Gott? Enttäuscht von seinem Handeln? Angepisst von seinen Entscheidungen? Sag es ihm. Sag ihm die Meinung! Jeremia hat das getan. Dieser alttestamentliche Prophet hat Jerusalem in einer Krisenzeit geleitet. Arbeitslosigkeit. Katastrophen. Flüchtlinge. Hunger. Tod. Das alles hat Jeremia erlebt. Das Buch der Klagelieder, das er geschrieben hat, könnte man mit einem Satz zusammenfassen: *Das Leben ist mies!* Warum wollte Gott dieses Buch dann in der Bibel haben? Vielleicht als Beispiel für dich?

Schrei deine Klagen hinaus. Gott wird sich nicht von deiner Wut abwenden. Sogar Jesus „schrie … unter Tränen zu Gott" (Hebräer 5,7). Es ist besser, Gott die geballte Faust hinzustrecken, als ihm den Rücken zuzukehren. Zunächst fühlen sich deine Worte vielleicht hohl und leer an. Du wirst vielleicht zuerst nur flüstern und nach Worten suchen. Aber hör nicht auf. Und versteck dich nicht. Gott hört deine lange Liste von Klagen. Er ist bereit, dich zu heilen.

Zum Nachdenken

Das Schlimmste an Verletzungen ist, wenn wir sie alleine durchleben müssen. So oft versuchen wir, sie vor allen anderen zu verstecken und so zu tun, als wäre nichts. Aber das will Gott nicht! Er will dich und mich hören, auch wenn unsere Worte nur wie wütende Pfeile sind. Darüber zu sprechen ist der erste Schritt zur Heilung.

19. März

Wer zweifelt, gleicht den Wellen im Meer, die vom Sturm hin und her getrieben werden. (Jakobus 1,6)

Ein Kerl namens Zweifel

Zweifel. Das ist ein unerwünschter Besucher. Ein nerviger Gast. Er wird dich ärgern. Er wird dein Urteilsvermögen infrage stellen. Sein Ziel ist nicht, dich zu überzeugen, sondern dich zu verwirren. Er bietet keine Lösung; er wirft nur ketzerische Fragen auf.

Hat der Kerl dich in letzter Zeit besucht? Wenn du daran zweifelst, dass Gott dir diese eine Sache zum wiederholten Mal vergeben kann, dann hat dir jemand einen Bären aufgebunden. Wenn du nicht glauben kannst, dass Gott dich liebt, dann hast du auf den Kerl gehört. Wenn du anderen Christen gegenüber skeptisch bist, statt Jesus ernsthaft nachzufolgen, dann rate mal, wer sich bei dir eingeschlichen hat.

Ich schlage dir vor, dass du ein fettes „Betreten verboten“ an deine Tür hängst. „Der Glaube ist der tragende Grund für das, was man hofft: Im Vertrauen zeigt sich jetzt schon, was man noch nicht sieht“ (Hebräer 11,1). Schmeiß den Zweifel raus. Vertrau auf deinen Glauben.

Zum Nachdenken

Der Jünger Thomas ist bekannt für seine Zweifel. Er konnte seinen Glauben erst in dem Moment voll und ganz annehmen, als er die Wunden des auferstandenen Jesus berührte (Johannes 20,27–28). Du bist nicht Thomas. Du hast den Beweis in deinem Herzen. Sei einer von denen, „die nicht sehen und trotzdem glauben“ (Vers 29).

20. März

Entscheidet euch heute, wem ihr dienen wollt. (Josua 24,15; NL)

Du darfst entscheiden

Gottes Einladung ist eindeutig und unveränderlich. Er gibt alles und wir geben ihm alles. Einfach und absolut. Er sagt ganz klar, was er fordert und was er anbietet. Es ist unsere Entscheidung. Ist das nicht unglaublich, dass uns Gott die Wahl lässt?

Denk mal drüber nach. Es gibt viele Dinge im Leben, bei denen wir keine Wahl haben. Wir können uns zum Beispiel das Wetter nicht aussuchen. Wir können uns nicht aussuchen, ob wir mit einer großen Nase oder blauen Augen oder vielen Haaren auf die Welt kommen wollen. Unsere Eltern können wir uns auch nicht aussuchen. Wir können uns nicht aussuchen, was es in der Cafeteria geben soll. Wir können uns noch nicht einmal aussuchen, wer über unsere Witze lachen soll.

Aber wir können uns aussuchen, wo wir die Ewigkeit verbringen wollen. Die größte Entscheidung überlässt Gott uns. Es bedeutet ihm unendlich mehr, wenn wir die Freiheit haben, uns selbst zu entscheiden. Gibt es jemals eine wichtigere Entscheidung? Es ist die einzige Entscheidung, auf die es wirklich ankommt!

Zum Nachdenken

Wie triffst du wichtige Entscheidungen? Schreibst du das Für und Wider auf ein Blatt Papier? Fragst du deine Freunde und deine Eltern? Wirfst du eine Münze? Die Entscheidung, ob man sein Herz Gott gibt oder nicht, ist nicht das Gleiche wie die Wahl der Hülle für dein neues Smartphone. Es ist die wichtigste Entscheidung, die du jemals treffen wirst.

21. März

Auch der Menschensohn ist nicht gekommen, um sich bedienen zu lassen. Er kam, um zu dienen und sein Leben hinzugeben, damit viele Menschen aus der Gewalt des Bösen befreit werden. (Matthäus 20,28)

Einer, der bis zum Äußersten ging

Als Junge las ich einmal eine russische Fabel über einen Herrn und einen Diener, die auf einer Reise in eine Stadt kamen. Die meisten Einzelheiten habe ich vergessen, aber an den Schluss erinnere ich mich noch. Bevor die beiden Männer ihr Ziel erreichten, steckten sie in einem heftigen Schneesturm fest. Sie verloren die Orientierung und schafften es nicht mehr vor Einbruch der Dunkelheit bis zur Stadt.

Am nächsten Morgen machten sich einige besorgte Freunde auf die Suche nach ihnen. Schließlich fanden sie den Herrn mit dem Gesicht nach unten erfroren im Schnee. Als sie ihn aufhoben, fanden sie den Diener – steif gefroren, aber am Leben. Er hatte überlebt und berichtete, dass sein Herr sich freiwillig auf ihn gelegt hatte, damit er überlebte.

Ich hatte seit Jahren nicht mehr an die Geschichte gedacht. Aber als ich zum ersten Mal las, was Christus für uns getan hat, fiel mir die Geschichte wieder ein – denn Jesus ist der Herr, der für seine Diener starb.

Zum Nachdenken

Auch du steckst in einem Schneesturm fest. Du hast dich verirrt. Auf dich alleine gestellt kommst du nicht dorthin, wo du gerne hin möchtest. Nur durch das Opfer von Jesus Christus kannst du überleben und dein Ziel erreichen. Er ist gestorben, damit du leben kannst.

Bleibt wach und betet, damit ihr der Versuchung widerstehen könnt. (Markus 14,38)

Bleib wach und bete

„Bleibt wach." Noch klarer kann man eine Aufforderung nicht formulieren. Bleibt wach. Seid wachsam. Haltet die Augen offen. Wenn du die Sünde kommen siehst, geh in Deckung. Wenn du die Versuchung kommen siehst, mach den Abflug.

Was Jesus damit seinen Jüngern und auch uns sagen wollte, ist: „Seid vorsichtig." Ihr kennt eure Schwächen. Und ihr kennt die Situationen, in denen ihr an euren Schwachstellen am verwundbarsten seid. Haltet euch von diesen Situationen fern. Bestimmte Internetseiten. Bestimmte Filme. Falsche Freunde. Was auch immer es ist, wodurch der Feind seinen Fuß in dein Leben setzen kann, halte dich davon fern. Sei vorsichtig!

Jesus hat auch gesagt: „Betet." Im Gebet erzählen wir Gott nichts Neues. Weder ein Sünder noch ein Heiliger können ihn noch überraschen. Aber das Gebet lädt Gott ein, uns auf den undurchsichtigen Pfaden unseres Lebens zu begleiten. Das Gebet bittet Gott, Ausschau zu halten nach umstürzenden Bäumen und herunterfallenden Felsen vor uns und unser Schutz zu sein, um uns vor den giftigen Pfeilen des Bösen zu schützen.

Zum Nachdenken

Sich durch die gefährlichen Gewässer des Lebens zu bewegen ist ein bisschen so, als ob man im Meer schwimmt und keine Strandwache da ist – man muss dann selbst nach Gefahren

Ausschau halten und aufpassen, dass einen keine Strömung mitreißt. Durch das Gebet kannst du den göttlichen Rettungsschwimmer bitten, bei dir zu bleiben und dich zu beschützen. Er hat immer Dienst.

23. März

Kommt und seht, was Gott getan hat, wie gewaltig sind seine Taten unter den Menschen! (Psalm 66,5)

Gott macht aus Bösem Gutes

Jakob bevorzugte seinen jüngsten Sohn Josef – und Josefs Brüder hassten ihren Bruder dafür. Sie drehten komplett durch. „… da entrissen sie ihm sein vornehmes Gewand und warfen ihn in den leeren Brunnenschacht" (1. Mose 37,23–24). Josef war an diesem Morgen nicht aufgestanden und hatte gedacht: *Ich sollte lieber Schutzkleidung anziehen, denn heute werde ich in ein Loch geworfen*. Der Angriff kam völlig unerwartet.

Genau wie bei dir. Josefs Loch kam in Form eines Brunnenschachts. Deines kam vielleicht in Form einer ärztlichen Diagnose, in Gestalt einer Pflegefamilie oder einer schweren Verletzung. Dein Loch fühlt sich ein bisschen an wie sterben. Du fragst dich, ob du da jemals da wieder rauskommst.

Josefs Geschichte wurde noch schlimmer, bevor sie sich zum Guten wendete. Aber Josef gab nie auf. Die Bitterkeit, der Frust und die Enttäuschung konnten bei ihm nicht Fuß fassen. Er überlebte nicht nur, sondern war sogar erfolgreich. Am Ende seines Lebens war Josef der zweitmächtigste Mann seiner Zeit. Wie konnte er unter diesen tragischen Umständen erfolgreich sein?

Jahre später erklärte Josef seinen Brüdern: „Ihr wolltet mir Böses tun, aber Gott hat Gutes daraus entstehen lassen" (1. Mose 50,20).

Vertraue darauf, dass Gott das Gleiche auch für dich tut.

Zum Nachdenken

Wenn jemand oder etwas sich von hinten anschleicht, um dir einen unerwarteten Schlag zu versetzen, wirft dich das völlig aus der Bahn. Aber Gott nicht. Keiner kann sich von hinten an ihn anschleichen. Er sieht immer, was auf dich zukommt, und plant schon seinen Gegenschlag. Hol ihn zu dir an die Seite.

24. März

Denn als ich hungrig war, habt ihr mir zu essen gegeben. Als ich Durst hatte, bekam ich von euch etwas zu trinken.
(Matthäus 25,35)

Liebe die anderen, liebe ihn

Es gibt viele Gründe, Menschen in Not zu helfen. Aber für Christen gibt es keinen wichtigeren als diesen: Wenn wir Menschen lieben, lieben wir Jesus. Das ist ein Geheimnis jenseits aller Wissenschaft, eine Wahrheit jenseits aller Statistiken. Aber es ist eine Botschaft, die Jesus unmissverständlich klargemacht hat: Wenn wir andere lieben, lieben wir ihn.

Vor vielen Jahren habe ich einmal eine Frau darüber sprechen gehört. Ihre 69 Jahre hatten ihre ohnehin nicht große Gestalt noch mehr gebeugt. Aber die Erscheinung von Mutter Teresa hatte nichts Kleines an sich. „Gebt mir eure ungeborenen Kinder", bot sie an. „Treibt sie nicht ab. Wenn ihr sie nicht aufziehen könnt, werde ich es tun. Sie sind kostbar in Gottes Augen."

Wer hätte geahnt, dass diese schmächtige Albanerin durch die „Missionarinnen der Nächstenliebe", die sie gegründet hatte, das Leben Tausender Menschen verändern würde? Als Kind war sie schüchtern und in sich gekehrt. Sie war kränklich. Eines von drei Kindern. Die Tochter eines großzügigen, aber unauffälligen Geschäftsmannes. Aber an irgendeinem Punkt in ihrem Leben kam sie zu der Überzeugung, dass Jesus in „der beunruhigenden Gestalt der Armen" lebt, und sie machte sich daran, ihn zu lieben, indem sie die Armen liebte.

Zum Nachdenken

Kennst du das Gleichnis von den Schafen und den Böcken? Wenn nicht, dann schnapp dir deine Bibel und lies Matthäus 25,31–46. Die Hungernden, die Durstigen, die Fremden, die Nackten, die Kranken und die Gefangenen – auf geheimnisvolle Weise sind sie Jesus selbst. Wenn du dich um sie kümmerst, liebst du ihn.

25. März

Wahre Liebe vertreibt die Angst. (1. Johannes 4,18; GN)

Habe den Mut, anders zu sein

Paulus schrieb: „Orientiert euch nicht am Verhalten und an den Gewohnheiten dieser Welt" (Römer 12,2; NL). Das ist leichter gesagt als getan, nicht wahr? Man braucht Mut, um jemanden zu verteidigen, auf dem alle herumhacken, oder um auf einer Party zu sagen: „Nein, da mache ich nicht mit." Aber woher kommt unser Mut?

Aus Gnade. Paulus schrieb an Titus: „Denn die Gnade Gottes, die allen Menschen Rettung bringt, ist sichtbar geworden ... Dies alles sollst du lehren. Ermutige die Menschen ..." (Titus 2,11+15; NL). Kennst du Gottes Gnade? Dann kannst du mutig lieben und widerstandfähig leben. Du kannst dich ohne Angst von Ast zu Ast schwingen, weil sein Netz deinen Fall bremsen wird. Nichts stärkt deinen Mut so sehr, wie ein klares Verständnis dafür, was Gottes Gnade bedeutet.

Diese Welt will dich dazu bringen, das anzuziehen, was alle anziehen; das zu sagen, was alle sagen; und das zu glauben, was alle glauben. Sei mutig genug, um anders zu sein. Die Gnade gibt dir den Mut, dich für Gott stark zu machen.

Zum Nachdenken

Wenn du einmal darauf achtest, merkst du, dass er überall ist – der Gruppenzwang. Die Menschen um dich herum sträuben sich dagegen, wenn du gegen den Strom schwimmst. Aber war das nicht das, was Jesus sein ganzes Leben lang tat? Denk an Gottes Gnade, an seine grenzenlose Zuneigung zu dir, dann findest du die Stärke, auf seinem Weg zu bleiben.

Glücklich sind alle, denen Gott ihre Sünden vergeben und ihre Schuld zugedeckt hat! (Psalm 32,1)

Übernimm die Verantwortung

Wenn uns schon vergeben ist, warum hat uns Jesus dann beigebracht, „vergib uns unsere Schuld" zu beten (Matthäus 6,12)?

Aus dem gleichen Grund, aus dem deine Eltern von dir möchten, dich zu entschuldigen. Wenn ich einer meiner Töchter sage, sie soll zu einer bestimmten Uhrzeit zu Hause sein, und sie ist ungehorsam und bleibt absichtlich länger weg, dann enterbe ich sie nicht. Ich setze sie auch nicht vor die Tür oder sage ihr, sie soll sich einen anderen Familiennamen zulegen. Aber ich erwarte von ihr, dass sie ehrlich ist und sich entschuldigt. Und solange sie das nicht tut, wird die Innigkeit unserer Beziehung darunter leiden. Die Beziehung bleibt immer noch die gleiche. Ich bin immer noch ihr Vater und sie ist immer noch meine Tochter. Aber die Vertrautheit zwischen uns ist gestört.

Das Gleiche geschieht auch in unserem geistlichen Leben. Wenn wir unsere Schuld bekennen, dann ändert das nichts daran, dass wir eine Beziehung zu Gott haben, sondern unser Schuldbekenntnis pflegt diese Beziehung nur. Wenn du Christ bist und die Verantwortung für deine Fehler übernimmst, ändert das nicht deinen Status bei Gott, aber es bringt Frieden in die Beziehung zu ihm.

Zum Nachdenken

Hast du schon einmal etwas wirklich Gravierendes angestellt und hast dich geweigert, dich zu entschuldigen? Das hat dir vermutlich mehr Bauchschmerzen verursacht als eine Fressorgie bei McDonald's. Ein Bekenntnis schafft all das aus dem Weg. Äußerlich: Du bekommst bessere Beziehungen. Und innerlich: Du bekommst mehr Frieden.

27. März

Ihr werdet genau das ernten, was ihr gesät habt. (Galater 6,7)

Das Gewächshaus deines Herzens

Stell dir dein Herz einmal als Gewächshaus vor. Grüne Zweige statt Herzklappen und Adern. In einer Ecke Bohnen, in der anderen Tomaten statt Vorhöfe und Herzkammern. Was hat ein Gewächshaus mit deinem Herzen gemeinsam? – Beide müssen gepflegt werden.

Stell dir deine Gedanken einmal als Samen vor. Aus manchen Gedanken wachsen Blumen. Aus anderen wächst Unkraut. Wenn du Samen der Hoffnung säst, erntest du Optimismus. Wenn du Samen des Zweifels säst, wächst Unsicherheit.

Den Beweis dafür siehst du überall um dich herum. Hast du dich schon mal gefragt, warum manche Menschen negative Gedanken abweisen und geduldig, optimistisch und vergebungsbereit bleiben? Könnte es sein, dass sie jeden Tag Samen der Güte säen und sich an der Ernte freuen? Hast du dich schon mal gefragt, warum andere immer so mies drauf sind? Das wärst du auch, wenn dein Herz ein Gewächshaus voller Dornen und Unkraut wäre.

Jesus ist der Meistergärtner. Er weiß, wann man Zweige zurückschneiden muss und wann man etwas komplett ausreißen und wegwerfen muss. Wäre es nicht an der Zeit, ihn im Gewächshaus deines Herzens arbeiten zu lassen?

Zum Nachdenken

Pflanzen in einem Gewächshaus gedeihen nicht ohne die nötige Pflege. Wenn du sie nicht beachtest, sterben sie. Das gilt auch für deine Katze, deine Fische, alles was lebt – auch für dein Herz. Also lass den Meistergärtner hinein. Säe gute Samen aus und schau zu, wie dein Garten gedeiht.

28. März

Da verband sich die Seele Jonathans mit der Seele Davids, und Jonathan gewann ihn lieb wie seine eigene Seele.
(1. Samuel 18,1; SL)

Ziemlich beste Freunde

Jonathan und David waren beste Freunde. „Da verband sich die Seele Jonathans mit der Seele Davids, und Jonathan gewann ihn lieb wie seine eigene Seele." Als wären ihre Herzen zwei Stoffstücke, die Gott zusammengenäht hatte. Sie waren so eng miteinander verbunden, dass jeder es spürte, wenn der andere wegging.

Hast du so einen Freund oder eine Freundin wie Jonathan? Jemanden, der dich beschützt, der nur dein Bestes will, der dich glücklich machen will? Einen Verbündeten, bei dem du *du* sein darfst? Jemanden, bei dem du dich sicher fühlst? Gott hat David so einen Freund geschenkt.

Er hat auch dir einen Freund geschenkt. Hat dir Jesus nicht etwas versprochen? „Ich bin immer bei euch, bis das Ende dieser Welt gekommen ist!" (Matthäus 28,20). Und er hat auch gesagt: „Ich nenne euch nicht länger Diener … nein, ich habe euch

Freunde genannt, weil ich euch Einblick in alles gab, was ich von meinem Vater gehört habe" (Johannes 15, 14; WD). Ruf dir einmal in Erinnerung, auf wie viele Arten er dir schon seine Liebe gezeigt hat – alles, von einem herrlichen Sonnenuntergang bis zu deiner Errettung. Denk mal über das nach, was du alles hast. Lass Jesus deinen besten Freund sein!

Zum Nachdenken

Die persönliche Beziehung zu Jesus ist ein bisschen anders als die Beziehung zu anderen Freunden. Zum einen kannst du ihn nicht *sehen*. Trotzdem ist er da, spricht zu dir durch die Bibel und ermutigt dich durch andere. Also sprich mit ihm. Bete zu ihm. Bete ihn an. Er kann wirklich dein bester Freund sein.

29. März

Denn Gott wird uns durch seine Kraft vom Tod zum ewigen Leben auferwecken, so wie er Christus auferweckt hat.
(1. Korinther 6,14)

Den Glauben auftanken

Du bist überarbeitet. Übermüdet. Überanstrengt. Was macht man, wenn beim Auto der Tank leer ist? Nein, nicht schieben – obwohl wir genau *das* in unserem persönlichen Leben meistens tun. Anhalten und tanken ist was für Weicheier.

Wenn du jeden Tag einen Haufen Stress hast und zusehen musst, dass du über Wasser bleibst, dann solltest du Hochleistungskraftstoff tanken. Versuch es mal mit ein paar Verheißungen aus dem Philipperbrief. Sechs Verheißungen aus einem erstklassigen Buch:

„Deshalb bin ich auch ganz sicher, dass Gott sein Werk, das er bei euch begonnen hat, zu Ende führen wird, bis zu dem Tag, an dem Jesus Christus kommt" (1,6). „Denn Christus ist mein Leben und das Sterben für mich nur Gewinn" (1,21). „Weder Eigennutz noch Streben nach Ehre sollen euer Handeln bestimmen. Im Gegenteil, seid bescheiden und achtet den anderen mehr als euch selbst" (2,3). „Um Christus allein geht es mir. Ihn will ich immer besser kennenlernen und die Kraft seiner Auferstehung erfahren …" (3,10). „Mit aller Kraft laufe ich darauf zu, um den Siegespreis zu gewinnen, das Leben in Gottes Herrlichkeit. Denn dazu hat uns Gott durch Jesus Christus berufen" (3,14). „Alles kann ich durch Christus, der mir Kraft und Stärke gibt" (4,13).

Füll deinen Tank mit solchen Versen und hör auf, dich selbst anzutreiben. Gott kann das tun, was du nicht tun kannst.

Zum Nachdenken

Du weißt, dass du ein Problem hast, wenn du sagst, dass du viel zu viel zu tun hast, um zu beten oder in der Bibel zu lesen. Wir brauchen diesen Kraftstoff für unseren Glauben – das hält uns am Laufen. Wenn du versuchst, ohne diesen Sprit auszukommen, wirst du bald am Rand der Straße des Lebens liegen bleiben.

Der Geist Gottes dagegen lässt als Frucht eine Fülle von Gutem wachsen, nämlich: Liebe, Freude und Frieden, Geduld...
(Galater 5,22; GN)

Die Frucht der Geduld

Die Lehrer labern endlos. Es dauert immer ewig bis zum Wochenende. Der Laptop braucht Jahrhunderte, bis er hochfährt.

Wenn es dir schwerfällt, Geduld zu haben, solltest du dir vielleicht mal folgende Frage stellen: Wie sehr bist du mit Gottes Geduld aufgefüllt? Du hast bestimmt in der Sonntagsschule, im Konfi-Unterricht oder von deinen Eltern schon etwas darüber erfahren. Aber hast du sie schon in dich reingelassen? Der Beweis dafür liegt in deiner Geduld. Wenn wir in unserem Innersten Geduld getankt haben, können wir auch großzügig von ihr leben.

Gott verlangt nicht nur Geduld von uns – er bietet sie uns auch an. Geduld ist eine Frucht des Heiligen Geistes. In Galater 5,22 steht: „Der Geist Gottes dagegen lässt als Frucht eine Fülle von Gutem wachsen, nämlich: Liebe, Freude und Frieden, Geduld …" Hast du Gott schon gebeten, dir von dieser Frucht zu geben? *Ja, das habe ich einmal getan, aber …* Aber was? Bist du vielleicht ein bisschen ungeduldig geworden? Bitte ihn noch mal und noch mal und noch mal. Er wird auf deine Bitten nicht ungeduldig reagieren und du wirst durch dieses Gebet Geduld bekommen.

Zum Nachdenken

In unserer schnelllebigen Welt ist Geduld schon fast eine vom Aussterben bedrohte Pflanze. Aber nicht bei Gott. Bei ihm ist sie etwas, was der Heilige Geist in uns wachsen lassen will. Dann muss sie wohl wichtig sein. Wenn ich so darüber nachdenke, dann läuft mein Leben viel besser, wenn ich geduldig bin. Und deins?

31. März

Die Welt aber mit ihren Verlockungen wird vergehen. Nur wer tut, was Gott gefällt, wird ewig leben. (1. Johannes 2,17)

Ein vollkommener Ort

Im Himmel wirst du dich für immer von deiner besten Seite zeigen. Auch jetzt schon hast du manchmal solche „Schokoladenseite-Momente": Hin und wieder scheint dein himmlisches Ich durch. Wenn du deiner kleinen Schwester beim Aufräumen hilfst, deiner Freundin ihren Wutanfall verzeihst oder das Auto von deinem Vater wäschst, dann zeigst du Spuren von Vollkommenheit. Aber es sind die anderen Augenblicke, die alles verderben. Messerscharfe Bemerkungen. Launen so finster wie Darth Vader. Das ist es, was dich fertigmacht.

Aber Gott lässt keine Unvollkommenheit in den Himmel. Sein Licht bringt das Böse in dir zum Schweigen. „Aber nichts Unreines wird Einlass finden" (Offenbarung 21,27; GN). Denk mal darüber nach und lass diese Verheißung in dich einsickern. Kannst du dir vorstellen, wie das ist, vollkommen zu sein?

Du wirst dich für immer von deiner besten Seite zeigen! Und du wirst alle anderen von ihrer besten Seite erleben! Jesus wird sein Erlösungswerk abgeschlossen haben. Kein Klatsch und Tratsch und keine Eifersucht mehr. Das letzte bisschen schlechte Laune ist verdunstet. Du wirst es lieben! Niemand wird mehr an dem zweifeln, was du sagst, deine Motive infrage stellen oder hinter deinem Rücken schlecht über dich reden.

Der Himmel ist ein vollkommener Ort mit vollkommenen Menschen und unserem vollkommenen Herrn.

Zum Nachdenken

An Tagen, an denen alles schiefzugehen scheint – dein Fahrrad hat einen Platten, du hast die Hausaufgaben vergessen, deine Freunde nerven –, tut es gut zu wissen, dass all das vergänglich ist. Ein besserer, ja, ein vollkommener Ort ist schon für uns vorbereitet. Ich weiß nicht, wie es dir geht, aber ich kann es kaum erwarten!

April

Denn ich allein weiß, was ich mit euch vorhabe:
Ich, der Herr, werde euch Frieden schenken und euch aus dem Leid befreien. Ich gebe euch wieder Zukunft und Hoffnung.

JEREMIA 29,11

1. April

Du hast alles in mir geschaffen und hast mich im Leib meiner Mutter geformt. (Psalm 139,13; NL)

Du bist kein Aprilscherz

In meinem Kleiderschrank hängt ein Pulli, den ich so gut wie nicht mehr trage. Er ist zu klein. Ich sollte ihn eigentlich weggeben, aber die Liebe hindert mich daran.

Der Pulli ist die Arbeit meiner Mutter, die damit ihre Liebe zu mir ausdrücken wollte. Das Garn ist voller Liebe gewählt. Das Kleidungsstück ist nicht deswegen so wertvoll, weil es aus dem edelsten Material gestrickt wurde, sondern weil *meine Mutter* es gemacht hat.

So etwas Ähnliches muss der Psalmist im Kopf gehabt haben, als er schrieb: „Im Leib meiner Mutter hast du mich geformt." Denk mal über diese Worte nach. Du bist *geformt* worden. Du bist kein Zufallsprodukt. Du bist auch nicht am Fließband entstanden.

Du bist kein Aprilscherz. Du wurdest gezielt geplant, mit ganz besonderen Gaben ausgestattet und vom großen Meister liebevoll auf diese Erde gesetzt. Wenn er dich anschaut, sieht er nicht einfach einen Tonklumpen. Er sieht ein wunderbares Kunstwerk, das einzigartig nach seinem liebevollen Entwurf geformt wurde.

Zum Nachdenken

Denk einmal an eine Sache, bei der du dir ganz besonders viel Mühe gegeben hast: ein Geschenk, cin Aufsatz, ein selbst geschriebenes Lied … Ist es nicht so, dass dir dein Werk besonders viel bedeutet, weil du so viel Zeit, Energie und Kreativität hineininvestiert hast? Genauso geht es Gott mit dir! Er hat dich mit viel Liebe und Sorgfalt geschaffen.

2. April

Keiner von euch soll Böses mit Bösem vergelten; bemüht euch vielmehr darum, einander wie auch allen anderen Menschen Gutes zu tun. (1. Thessalonicher 5,15)

„Ich nenne euch Freunde"

Freunde. Es gibt kaum etwas so Schönes, wie mit seinen besten Freunden Spaß zu haben. Deine Freunde können dein Rettungsring sein, der dich umgibt, wenn alle gegen dich sind. Aber wenn in diesen Beziehungen der Wurm drin ist, dann stimmt gar nichts mehr. Es tut weh, wenn Freunde sich nicht mehr verstehen.

Jesus kennt dieses Problem. Er ist gekommen, um Beziehungen zu Menschen aufzubauen. Er ist gekommen, um die Feindseligkeiten, Konflikte und die Trennung zwischen Gott und den Menschen wegzunehmen. Als er dies alles überwunden hatte, sagte er: „Ich nenne euch Freunde" (Johannes 15,15; NeÜ).

Um eine Beziehung wiederherzustellen, ist es wichtig zu wissen, dass keine Freundschaft und kein Mensch vollkommen ist. Wenn du beschließt, dass du an einer Beziehung arbeiten willst, kannst du in Liebe, Annahme und Harmonie Friedensverträge mit dem anderen schließen, um aus einer schwierigen Beziehung etwas Gutes zu machen. Jesus wurde missverstanden und abgelehnt und trotzdem hat er geduldig und beharrlich an den Beziehungen zu seinen Nachfolgern gearbeitet. Können wir es nicht genauso machen?

Zum Nachdenken

Was magst du an deinen besten Freunden am liebsten? Ihre Treue? Ihre Bereitschaft zuzuhören? Ihre positive Einstellung? Ihren verrückten Sinn für Humor? Was auch immer es ist, denk an diese Dinge, wenn du dich mal mit ihnen streitest. Eine gute Freundschaft wirft man nicht einfach so weg.

3. April

Weil wir zu dir, Herr, gehören, werden wir überall verfolgt und getötet. (Römer 8,36)

Der Ruf zum Abenteuer

Das Leben hält etwas Wunderbares für dich bereit. Streck dich danach aus. Jage ihm nach. Tu alles dafür. Dein Ziel ist es nicht, möglichst lange zu leben, sondern *wirklich* zu leben.

Jesus sagt, dass du die Wahl hast.

Du kannst dem Ruf nach Sicherheit folgen. Du kannst ein Feuerchen machen und es warm und trocken haben. Wer sich nicht auf die Hinterbeine stellt, kann auch nicht auf die Nase fallen. Wer nirgends hochklettert, kann auch nicht runterfallen. Also versuch es erst gar nicht. Geh auf Nummer sicher.

Oder du kannst auf den Ruf zum Abenteuer hören – Gottes Abenteuer. Statt das Feuer in der Feuerstelle anzuzünden, kannst du es in deinem Herzen anzünden. Du kannst Gottes Impulsen folgen. Mit dem Mädchen sprechen, mit dem niemand redet. Ehrenamtlich im Altenheim helfen. Eine Andacht halten. Dich zum Schülersprecher wählen lassen. Etwas bewirken. Natürlich ist das nicht sicher, aber was ist schon sicher?

Jesus ging nicht auf Nummer sicher. Er starb am Kreuz für dich. Erlaube ihm, dich in dein ganz eigenes, von Gott vorbereitetes Abenteuer zu führen.

Zum Nachdenken

Kannst du dich noch daran erinnern, wie du als kleines Kind jede Schublade erkundet hast, an die du rangekommen bist? Wir alle sind von Gott mit einem Verlangen ausgestattet, uns auszustrecken, Dinge zu erkunden und Neues zu entdecken. Leider verlernen das viele von uns im Laufe der Zeit wieder. Aber das muss nicht sein – und es sollte nicht sein. Wer zu Gottes Ehre etwas riskiert, verherrlicht ihn damit.

4. April

Der Herr beschützt die, die das Rechte tun, und er wird ihre Gebete hören. (1. Petrus 3,12; NL)

Mit Jesus reden

Was machst du, wenn dein Tank leer ist? Vielleicht hast du das Problem noch nicht gehabt, aber es passiert uns allen einmal, dass plötzlich irgendetwas leer ist. Du musst freundlich sein, aber die Anzeige steht auf null. Du brauchst Hoffnung, aber der Zeiger steht schon im roten Bereich. Du brauchst zwanzig Liter Lösungen für deine Probleme, aber hast nur noch ein paar Tropfen Reserve.

Wenn mein Tank im Auto leer ist, ist mein erster Gedanke: *Wie kriege ich das Auto zur nächsten Tankstelle?* Wenn du ein Problem hast, sollte dein erster Gedanke sein: *Wie kriege ich dieses Problem zu Jesus?*

Betrachten wir es einmal ganz praktisch. Du hast dich mal wieder mit einem guten Freund in der Wolle. Ein Sturm zieht auf zwischen euch. Ihr braucht jetzt beide Geduld, aber bei euch beiden ist der Tank leer. Was wäre, wenn einer von euch „Stopp!" rufen würde? Was wäre, wenn einer von euch sagen würde: „Lass uns erst mit Jesus reden, bevor wir miteinander reden."? Oder besser: „Lass uns so lange mit Gott reden, bis wir wieder miteinander reden können."?

Würde nicht schaden, oder? Schließlich hat er die Mauern von Jericho einstürzen lassen. Vielleicht könnte er ja auch eure Mauer einreißen.

Zum Nachdenken

Jesus weiß schon, vor welchem Problem du stehst. Er hat Erfahrung im Umgang mit Menschen und ihren Problemen. Er liebt dich und will dir helfen. Warum also nicht mit ihm über alle deine Probleme und Krisen reden? Er hört dir jetzt, in diesem Moment, zu.

5. April

Der Herr hat ihnen beiden auch die Fähigkeit gegeben …
(2. Mose 35,35; GN)

Gott hat Wunderbares mit dir vor

Du bist mit einer Ausrüstung auf die Welt gekommen. Gott hat dein ganzes Leben vor sich gesehen, noch bevor du geboren wurdest, er hat deine Aufgabe ausgesucht und dir auch das nötige Handwerkszeug dafür gegeben.

Wenn du weggehst, machst du es genauso. Du überlegst dir, was du für die Reise brauchst, und packst deinen Koffer entsprechend. Kaltes Wetter? Jacke einpacken. Klassenprojekt? Notebook oder Schreibheft mitnehmen. Urlaub mit deinem Freund, der am liebsten joggen geht? Dann besser Sportschuhe und jede Menge zu trinken einpacken.

Genauso hat Gott es gemacht, als er dich geplant hat. *Joe wird einmal Tierarten erforschen ... Neugier mitgeben. Maggy wird eine Privatschule leiten ... eine Extra-Portion Leitungsfähigkeit einpacken. Erik wird einmal Kranke trösten ... er braucht eine kräftige Ladung Mitgefühl. Denalyn wird Max Lucado heiraten ... sie bekommt eine doppelte Ration Geduld mit.*

Gott hat etwas Wunderbares mit dir vor. Aber er würde dich nicht ohne die nötige Vorbereitung losschicken. Er hat dich ganz gezielt für deine Aufgabe ausgerüstet.

Zum Nachdenken

Womit hat Gott dein Leben ausgestattet? Schreib einmal auf, welche „Werkzeuge" er dir mitgegeben hat. Wie könntest du deine Talente und Begabungen einsetzen, damit sie zu seinem Ziel führen? Sprich mit deinen Eltern oder Freunden darüber. Und dann rede mit Gott darüber.

6. April

Ja, Gott hat ihm alles unter die Füße gelegt, und er hat ihn, den Herrscher über das ganze Universum, zum Haupt der Gemeinde gemacht. (Epheser 1,22; NGÜ)

Das Zentrum des Universums

Gott tippt der gesamten Menschheit auf die Schulter, zeigt auf den Sohn – seinen Sohn – und sagt: „Seht, er ist das Zentrum des Universums."

Wenn Gott auf das Zentrum des Universums schaut, dann bist das nicht du. Wenn die himmlischen Bühnenhelfer den Spot auf den Hauptdarsteller der Show richten, muss ich keine Sonnenbrille aufsetzen, denn das Licht scheint nicht auf mich.

Planeten, die die Sonne umkreisen, sind wir. Aber das Zentrum aller Dinge? Nein. Tut mir leid. Die Welt dreht sich nicht um uns. Unser Wohlbefinden ist nicht Gottes oberste Priorität. Falls wir das doch glauben, dann ist irgendetwas schiefgegangen. Wenn wir das Hauptevent sind, wie erklären wir dann so irdische Probleme wie Tod, Krankheit, Wirtschaftskrisen oder heftige Erdbeben? Wenn Gott nur dazu da ist, dass es uns gut geht, müsste es uns dann nicht immer gut gehen?

Ich glaube nicht, dass unser Platz im Zentrum des Universums ist. Gott ist nicht dazu da, damit wir groß rauskommen. Wir sind dazu da, damit *er* groß rauskommt. Es geht nicht um dich. Es geht auch nicht um mich. Es geht nur um ihn.

Zum Nachdenken

Das zu akzeptieren fällt auch dir ein bisschen schwer, nicht wahr? Wir wollen gern im Rampenlicht stehen. Wir wollen die volle Aufmerksamkeit von unserer Familie und unseren Freunden – und von Gott natürlich auch. Aber wer hat hier wen erschaffen? Vielleicht wäre es eine gute Idee, jetzt gleich mal einen Moment innezuhalten und den anzubeten, der das Zentrum des Universums ist.

7. April

Denke an Jesus Christus, der... von den Toten auferstanden ist. Das ist die Botschaft, die ich predige. (2. Timotheus 2,8; NL)

Denke an Jesus

Paulus war im Gefängnis und wusste, dass seine Hinrichtung bevorstand. Als er diesen Brief an Timotheus schrieb, konnte Paulus schon hören, wie die Klinge gewetzt wurde, die seinen Kopf abhacken würde, und er drängte Timotheus, sich zu erinnern. Man kann sich beinahe vorstellen, wie dieser kampferprobte Krieger lächelnd schreibt: „Denke an Jesus Christus, der … von den Toten auferstanden ist. Das ist die Botschaft, die ich predige."

Wenn schwere Zeiten kommen, dann denk an Jesus. Wenn die Leute nicht auf dich hören, dann denk an Jesus. Wenn die Tränen kommen, dann denk an Jesus. Wenn die Enttäuschung dein Begleiter ist, dann denk an Jesus.

Denk an die Kranken, die durch seine Hände geheilt wurden. Denk an die Toten, die durch seine Stimme aus dem Grab gerufen wurden. Denk an die Augen Gottes, die menschliche Tränen geweint haben. Denk an Jesus, der der Grund dafür ist, dass ein Gefangener unmittelbar vor seiner Hinrichtung von der Frohen Botschaft sprechen kann – und daran, dass wir alle von der Frohen Botschaft erzählen können, ganz gleich, in welcher Schwierigkeit wir gerade stecken.

Zum Nachdenken

Wenn uns schlechte Nachrichten oder schwere Zeiten treffen, dann bekommt unser Gedächtnis meistens sehr viele Löcher. Erinnerungen und alles andere gehen flöten. Wenn du dich in deinen dunkelsten Stunden nur noch an eine einzige Sache erinnern kannst, dann sollte es das sein: die Frohe Botschaft, dass Jesus Christus für dich am Kreuz gestorben ist und ALLES in seiner Hand hat.

8. April

Überlass es anderen, dich zu loben! Es ist besser, ein Fremder rühmt dich, als du selbst! (Sprüche 27,2)

Womit du angeben kannst

Respekt einzufordern ist, als versuche man, einen Schmetterling zu fangen. Je mehr du ihm nachjagst, desto unwahrscheinlicher wird es, dass du ihn fängst. Wenn du still hältst, landet er vielleicht auf deiner Schulter. Die Leute, die sagen: „Hey, respektiert mich gefälligst!“, erwecken den Anschein, als wären sie ein aufgeblasener Zwerg. Ihre Bemühungen, sich selbst großzumachen, enden in Angeberei.

Der französische Philosoph Blaise Pascal fragte einmal: „Möchtest du, dass die Menschen gut von dir reden? Dann sprich nie gut von dir selbst." Vielleicht steht deshalb in der Bibel: „Überlass es anderen, dich zu loben."

Sehnst du dich nach Anerkennung? Braucht dein Selbstwertgefühl ein paar Streicheleinheiten? Du brauchst nicht anzugeben oder dich mit berühmten Bekanntschaften zu brüsten. Du musst nur einmal zum Kreuz kommen und dich an Folgendes erinnern: Der Schöpfer des Universums wollte lieber für dich sterben, als ohne dich leben. Und das ist eine Tatsache. Wenn du also angeben willst, dann gib damit an.

Zum Nachdenken

Warst du schon einmal mit Menschen zusammen, die immer nur von sich selbst reden? Die ständig versuchen, sich vor anderen in ein gutes Licht zu stellen? Du solltest nicht zu ihnen gehören. Du hast einen Gott, der dich ewig liebt. Gib mit ihm an und überlass alle anderen Angebereien den anderen.

9. April

Wir beten zum Herrn, dass die Liebe zu Gott euer Leben bestimmt und dass ihr standhaft im Glauben an Christus bleibt. (2. Thessalonicher 3,5)

Nur Mut!

Die Mehrheit hat nicht immer recht. Wenn es nach der Mehrheit gegangen wäre, hätten die Israeliten niemals Ägypten verlassen.

Sie hätten dafür gestimmt, Sklaven zu bleiben. Wenn es nach der Mehrheit gegangen wäre, hätte David niemals gegen Goliath gekämpft. Seine Brüder hätten dafür gestimmt, dass er bei den Schafen bleibt. Was will ich damit sagen? Statt immer auf die Mehrheit zu hören, solltest du auf dein Herz hören und das tun, wovon du weißt, dass es das Richtige ist.

Gott sagt, dass du dabei bist, ein Jünger zu werden, wenn du das Richtige tun und ein reines Herz bewahren kannst. „Wer darf den Berg des Herrn besteigen und wer an seinem heiligen Ort stehen? Nur die Menschen, deren Hände und Herzen rein sind" (Psalm 24,3–4; NL).

Hast du dich schon einmal gefragt, ob alles gut gehen wird, solange du immer das Richtige tust? Hast du schon einmal versucht, das Richtige zu tun, und trotzdem lief nichts so wie geplant? Nur Mut. Wenn jemand das Richtige tut – ganz gleich, was die Mehrheit sagt – vergisst Gott das nicht.

Zum Nachdenken

Wir tun es ständig – wir heben die Hand oder geben unsere Stimme ab, um eine Entscheidung zu treffen oder unsere Meinung zu äußern. Aber manchmal stimmt unser Herz nicht der Meinung der Mehrheit zu. Macht das etwas? Ja, nämlich dann, wenn die Mehrheit sich gegen Gottes Maßstab entscheidet. Gott ist die einstimmige Mehrheit. Seine Meinung hat das größte Gewicht.

Dann werde ich den Vater bitten, dass er euch an meiner Stelle einen Helfer gibt, der für immer bei euch bleibt.
(Johannes 14,16)

Unser heiliger Helfer

Wenn man sieht, wie schnell wir bei Veränderungen Panik schieben, könnte man meinen, es fallen Bomben.

„Rennt um euer Leben! Der Schulabschluss kommt!"

„Packt die Frauen und Kinder in den Bus und fahrt nach Norden. Unser Lieblingsrestaurant macht zu!"

Veränderungen wirbeln unser Leben durcheinander, und wenn das geschieht, schickt Gott uns jemand ganz Besonderes, um uns zu stärken. Am Abend vor seinem Tod gab Jesus seinen Nachfolgern dieses Versprechen: „Doch wenn der Vater den Ratgeber als meinen Stellvertreter schickt – und damit meine ich den Heiligen Geist –, wird er euch alles lehren und euch an alles erinnern, was ich euch gesagt habe. Ich lasse euch ein Geschenk zurück – meinen Frieden. Und der Friede, den ich schenke, ist nicht wie der Friede, den die Welt gibt" (Johannes 14,26–27; NL).

Wie ein Lehrer, der, bevor er geht, der Klasse seinen Nachfolger vorstellt, so stellt Jesus uns den Heiligen Geist vor. Und wie uneingeschränkt er ihm sein Vertrauen ausspricht! Jesus nennt den Heiligen Geist seinen „Stellvertreter". Der Heilige Geist kommt im Namen Jesu, mit der gleichen Autorität und der gleichen Macht.

Wir müssen uns der Veränderung nicht alleine stellen. Der Geist Gottes ist unser heiliger Helfer.

Zum Nachdenken

Was genau ist der Heilige Geist? Nun, er ist … Geist. Stell ihn dir so vor, wie du dir Jesus vorstellst – als jemand, der dich liebt, dich führt, der sich ganz für dich hingibt. Jemand, der heilig ist, von Gott kommt und bei Gott ist. Er ist ein Lehrer und ein Freund, der uns inneren Frieden bringt. Wenn das mal kein außergewöhnliches Geschenk ist!

11. April

Erfüllt eure Aufgaben bereitwillig und mit Freude, denn letztlich dient ihr nicht Menschen, sondern dem Herrn.
(Epheser 6,7; NGÜ)

Für Gott arbeiten

Was wäre, wenn alle Menschen bei ihrer Beschäftigung nur Gott im Kopf hätten? Stell dir einmal vor, niemand würde für die eigene Zufriedenheit arbeiten oder um viel Geld zu verdienen – oder um vor anderen gut dazustehen, sondern alle würden nur arbeiten, um Gott zu gefallen.

Viele Berufe würden augenblicklich aussterben: Drogenhändler, Dieb, Prostituierte, Zuhälter oder Kasino-Mitarbeiter. Manche Tätigkeiten können Gott von vornherein niemals gefallen. Die gäbe es dann auf einmal nicht mehr. Bestimmte Verhaltensweisen gäbe es dann auch nicht mehr. Wenn ich ein Auto repariere, um Gott zu gefallen, werde ich keine überzogenen Preise verlangen. Wenn ich eine Wand für Gott streiche, meinst du, ich würde die Farbe dann verdünnen, um mehr Geld zu verdienen? Auf keinen Fall!

Stell dir einmal vor, alle Menschen würden so arbeiten, als sähe Gott ihnen dabei zu. Jeder Lehrer wäre liebevoll. Jeder Schüler wäre ehrlich und rücksichtsvoll. Jeder Trainer wäre fair und verständnisvoll. Stell dir einmal vor, du würdest mit dieser Einstellung durch den Tag gehen. Vielleicht würdest du dich ein bisschen mehr anstrengen und etwas freundlicher sein …

Unmöglich? Nicht ganz. Alles, was es braucht, ist jemand, der eine weltweite Revolution anfängt. Das könntest auch du sein.

Zum Nachdenken

Gott beobachtet *tatsächlich*, was wir sagen und tun – nicht als strenger Richter, sondern als liebender Vater. Nach all dem, was er für uns getan hat, kann es doch nicht schaden zu versuchen, ihm zu gefallen. Ihm ein Lächeln ins Gesicht zaubern – versuch es einmal. Du wirst feststellen, dass es der befriedigendste Job überhaupt ist.

12. April

Redet nicht schlecht voneinander. Was ihr sagt, soll für jeden gut und hilfreich sein, eine Wohltat für alle. (Epheser 4,29)

Sprich ermutigende Worte

In vielen Familien sind hässliche Worte an der Tagesordnung. Zu Hause herrscht Krieg und die Soldaten haben Spitznamen wie Blödmann, Arsch, Vollpfosten, Idiot. Das Leben ist voller Kugeln und Granatsplitter.

In anderen Familien folgt man der alten Weisheit „Reden ist Silber …". Dort hört man kaum ein entmutigendes Wort. Alle verstecken ihre verletzten Gefühle hinter einem Lächeln. Vielleicht hört man nur deshalb kein entmutigendes Wort, weil man überhaupt selten ein Wort hört. Es herrscht tödliche Stille.

Andere Familien blühen auf vor Ermutigung. Alle unterstützen einander, bauen sich gegenseitig auf, ermuntern sich. Kleine Botschaften in der Brotdose. Liebesbriefe unter dem Kopfkissen. Gefühle werden nicht versteckt. Es wird gebetet.

In welcher Familie würdest du am liebsten leben?

Du kannst den Anfang machen und dafür sorgen, dass die duftenden Blumen der Liebe auch bei euch zu Hause blühen. Es fängt alles damit an, auf eine schräge Bemerkung mit ermutigenden Worten zu antworten.

Zum Nachdenken

Worte haben Macht. Wenn du zu denen gehörst, die die beißenden Kommentare abkriegen, dann weißt du, was ich meine. Kann eine positive Bemerkung deine Familie verändern? Wahrscheinlich nicht. Aber mach weiter damit. Niemand kann der Macht aufbauender Worte widerstehen!

13. April

Er wurde verachtet, von allen gemieden. Von Krankheit und Schmerzen war er gezeichnet. (Jesaja 53,3)

Niemals menschlicher

Es ist eine ganz schlichte Szene; du wirst sie sofort erkennen. Ein Olivenhain mit knorrigen Bäumen. Auf dem Boden liegen überall große Steine. Drum herum eine niedrige Steinmauer. Es ist eine dunkle, finstere Nacht.

Siehst du diese einsame Gestalt dort? Sie liegt ausgestreckt auf dem Boden. Ein von Tränen und Dreck verschmiertes Gesicht. Die Person schlägt mit den Fäusten auf die Erde. Die Augen sind vor Angst weit aufgerissen. Das Haar ist von Schweiß verklebt. Ist das auf der Stirn Blut?

Es ist Jesus. Jesus im Garten Gethsemane (Lukas 22,44).

Wir sehen einen gequälten, angespannten, kämpfenden Jesus. Wir sehen Jesus „von Schmerzen gezeichnet". Wir sehen einen Menschen, der gegen die Angst ankämpft, um seine Zusagen ringt und sich nach Erleichterung sehnt.

Wenn wir Gott so erleben, dann wirkt das Wunder für unser eigenes Leiden. Gott war niemals menschlicher als in dieser Stunde. Gott war uns niemals näher als in seinem Schmerz. Genau wie wir wurde er verachtet und abgelehnt. Er versteht unseren Schmerz, denn er hat ihn selbst erlebt.

Zum Nachdenken

Wir sagen Freunden oft, wir verstehen, was sie gerade durchmachen, aber tun wir das wirklich? Wenn dein eigener Vater nicht auch schon mal arbeitslos war, kannst du dann nachempfinden, wie es einer Familie geht, die plötzlich kein Einkommen mehr hat? Aber Jesus versteht es. Er hat jeden Kummer, den du hast, selbst gespürt, und er durchlebt mit dir zusammen das, was du gerade durchmachst.

Ich will alles vergessen, was hinter mir liegt, und schaue nur noch auf das Ziel vor mir. Mit aller Kraft laufe ich darauf zu, um den Siegespreis zu gewinnen, das Leben in Gottes Herrlichkeit. Denn dazu hat uns Gott durch Jesus Christus berufen.
(Philipper 3,13–14)

Bleib dran!

1952 versuchte Florence Chadwick durch den eiskalten Ozean zwischen Catalina Island und Kalifornien zu schwimmen. Fünfzehn Stunden lang schwamm sie durch Nebel und raue See. Irgendwann bekam sie Krämpfe und ihre Entschlossenheit ließ nach. Sie bat darum, aus dem Wasser geholt zu werden, also holten die Helfer sie ins Boot. Sie ruderten noch einige Minuten, dann brach der Nebel auf, und Florence sah, dass der Strand keinen Kilometer mehr entfernt war. „Ich sah nur noch Nebel", erklärte sie später. „Ich glaube, wenn ich den Strand gesehen hätte, hätte ich es geschafft."[5]

Schau dir den Strand, der auf dich wartet, genau an. Lass dich nicht vom Nebel täuschen. Das Ziel ist vielleicht nur noch wenige Schwimmzüge entfernt. Gott hebt vielleicht schon die Hand, um die Siegeshymne zu dirigieren. Bleib dran! Bleib im Wasser. Lauf das Rennen weiter. Kämpfe weiter. Vergib noch einmal. Sei noch einmal großzügig. Lerne für die nächste Arbeit, ermutige noch einen Freund … mach noch einen Schwimmzug.

Zum Nachdenken

Wir alle werden ab und an vom „Nebel" getäuscht, der uns die Sicht auf die beste Nachricht aller Zeiten nimmt. Wenn du dich das nächste Mal im Nebel verlierst – in Mutlosigkeit, Enttäuschungen, Angst oder Zweifel –, dann hol deine Bibel raus und beschäftige dich mit Gottes Verheißungen an dich. Lies mal Jesaja 40,31. Und wenn du magst, auch noch Hebräer 11,1; Matthäus 11,28 und Psalm 31,25. Eine bessere Zukunft taucht vielleicht schon am Horizont auf …

15. April

Ihr sollt die Liebe erkennen, die Christus zu uns hat und die alle Erkenntnis übersteigt. (Epheser 3,19; GN)

Es war nicht fair – es war Liebe

Es kann einen wahnsinnig machen, wenn das Leben unfair ist, nicht wahr? Wenn jemand sich vordrängelt. Wenn der Lehrer seine Lieblingsschüler hat. Wenn der, der abgeschrieben hat, eine Eins kriegt und du nicht.

Es war es auch nicht fair, dass Jesu Hände und Füße mit Nägeln durchbohrt wurden. Und es war auch nicht fair, dass er in seiner dunkelsten Stunde das Schweigen seines himmlischen Vaters ertragen musste. Es war nicht fair, aber es ist passiert.

Als Jesus am Kreuz hing, drehte Gott ihm den Rücken zu. Gott saß schweigend da, während die Sünden der ganzen Welt auf seinem Sohn lagen. Und er tat null Komma null nichts, als unter dem dunklen Himmel ein Schrei widerhallte: „Mein Gott, mein Gott, warum hast du mich verlassen?"

War das gerecht? Nein. War es fair? Nein. War es Liebe? Ja. Das Leben mag manchmal unfair sein, aber Gottes Liebe zu uns überwindet auch das Unfairste, das wir uns vorstellen können. Jesus weiß, was unfair ist. Er besiegt es mit Liebe.

Zum Nachdenken

Erinnere dich an eine Gelegenheit, bei der du unfair behandelt wurdest. Das macht einen irgendwie wütend … man möchte demjenigen am liebsten eine Lektion erteilen, nicht wahr? Aber überlege mal, wie Jesus auf die unfairste Behandlung überhaupt reagiert hat. War er wütend? Wollte er Rache nehmen? Nein. Er reagierte mit Liebe.

16. April

Um unsere Schuld zu sühnen, hat Gott seinen Sohn am Kreuz für uns verbluten lassen. (Römer 3,25)

Der beste Tausch

Barabbas war wegen Mord ins Gefängnis geworfen worden. Er war ein gemeiner Verbrecher. Doch als die Menge schrie, man solle Jesus hinrichten, wurde Barabbas freigelassen. Denn der römische Stadthalter hatte erklärt, er werde einen Gefangenen freilassen. Es wird nicht berichtet, wie Barabbas auf das Geschenk der Freiheit reagiert hat. Vielleicht brüstete er sich damit. Vielleicht wollte er es auch aus Scham ablehnen. Wir wissen es nicht. Aber du kannst entscheiden, was du mit deinem Geschenk der Freiheit machen willst.

Solange du das Kreuz als Gottes Geschenk an diese Welt siehst, wird es dich berühren, aber nicht verändern. So befriedigend es auch sein mag, „Christus ist für die ganze Welt gestorben!" zu rufen, so ist es doch noch genialer, „Christus starb für *mich*" zu flüstern. „Er hat am Kreuz *meinen* Platz eingenommen." „Er hat *meine* Sünden und *mein* kaltes Herz weggenommen." „Er hat *meine* Schuld auf sich genommen und *mich* beim Namen genannt."

Danke Gott für den Tag, an dem du das Geschenk seiner Gnade angenommen hast. Danke Jesus, dass er sein Leben für dich gegeben hat – das ist der beste Tausch, den du je machen wirst.

Zum Nachdenken

Du tauschst die ganze Zeit. Du tauschst Ohrringe mit deinen Freundinnen. Du tauschst einen iTune-Gutschein gegen ein paar Apps, Spiele und Musik. Selten wird eines dieser Tauschgeschäfte dich verändern. Und keines davon bedeutet so viel wie das, das Jesus dir anbietet: sein Leben hier auf der Erde für dein Leben im Himmel. Diesen Deal solltest du auf keinen Fall verpassen.

17. April

Als Johannes am nächsten Tag bemerkte, dass Jesus zu ihm kam, rief er: „Seht, das ist Gottes Opferlamm, das die Sünde aller Menschen wegnimmt." (Johannes 1,29)

Kein Zufall

Als Jesus auf die Welt kam, war es schon klar, dass er einmal am Kreuz sterben würde. Jedes Mal, wenn ihm bewusst wurde, wer er war, wurde ihm auch bewusst, was er zu tun hatte. Er konnte den Schatten des Kreuzes immer sehen. Und er konnte die Schreie der Menschen, die in ihrer Sünde gefangen waren, immer hören.

Das erklärt auch den entschlossenen Ausdruck auf seinem Gesicht, als er sich Richtung Jerusalem wandte, um zum letzten Mal dorthin zu gehen. Es war sein Todesmarsch (Lukas 9,51). Das erklärt auch die Entschlossenheit in seinen Worten: „Der Vater liebt mich, weil ich mein Leben hingebe, um es neu zu empfangen. Niemand nimmt mir mein Leben, ich gebe es freiwillig“ (Johannes 10,17–18).

Du kannst es nennen, wie du willst: Ein Akt der Gnade. Das Opfer eines Märtyrers. Aber wie auch immer du es nennst, nenne es nicht „Zufall“. Diese Dinge sind Jesus nicht einfach so „passiert“. Er hat unsere Geschichte verändert, indem er Gottes Willen gefolgt ist. Es war von Anfang an Gottes Plan gewesen.

Zum Nachdenken

Unser Leben fühlt sich manchmal so an, als würde alles nach dem Zufallsprinzip geschehen. „Das passiert halt“, sagt man so. Aber am Tod von Jesus am Kreuz, und daran, was das für unsere Zukunft mit ihm bedeutet, ist nichts Zufälliges. Gott ist es, der die Dinge lenkt. Zufall ist, wenn Gott inkognito arbeitet. Und niemand kann Gottes Pläne ändern.

Als er [Jesus] die vielen Menschen sah, hatte er großes Mitleid mit ihnen. Sie waren hilflos und verängstigt wie eine Schafherde ohne Hirte. (Matthäus 9,36)

Er versteht dich

Ich verstehe das nicht. Ganz ehrlich nicht. Warum musste Jesus am Kreuz sterben? Ja, natürlich, ich weiß. Ich kenne die offiziellen Antworten: „Um das Gesetz zu erfüllen." „Um die Prophetien zu erfüllen." Und diese Antworten sind ja auch richtig. Aber da gibt es noch etwas. Etwas voller Mitleid. Etwas voller Sehnsucht. Etwas ganz Persönliches.

Was ist es?

Könnte es sein, dass sein Herz wegen all der Menschen gebrochen war, die verzweifelt zum dunklen Himmel aufsahen und genau das gleiche „Warum?" aus sich rausschrien? Könnte es sein, dass sein Herz gebrochen war wegen all derer, die Leid tragen?

Ich stelle mir vor, wie Jesus sich zu denen hinabbeugt, die Schweres durchmachen. Ich stelle mir vor, wie er ihnen aufmerksam zuhört. Ich sehe ihn vor mir, wie er mit tränenfeuchten Augen mit seiner durchbohrten Hand eine Träne abwischt. Er, der Einsamkeit und Schmerz am eigenen Leib erlebt hat, versteht dich.

Zum Nachdenken

Wenn du das nächste Mal unter einer Sache oder einem Menschen leidest oder dein Herz gebrochen ist – vielleicht auch genau jetzt, in diesem Moment –, sprich mit Jesus darüber. Lass ihn deine Tränen abwischen. Wenn sich irgendjemand mit Ablehnung, Verrat, Schmerz und einem Herzen, das Heilung braucht, auskennt, dann ist er es.

19. April

Er wird euch jeden Tag alles Nötige geben, wenn das Reich Gottes für euch das Wichtigste ist. (Lukas 12,31; NL)

Alles, was wir brauchen

Manchmal ist Gott so gerührt von dem, was er sieht, dass er uns gibt, was wir brauchen, und nicht einfach nur das, worum wir bitten. Das ist gut. Denn wer hätte je gewagt, Gott um das zu bitten, was er uns gibt? Wer hätte sich jemals getraut zu sagen: „Gott, könntest du dich bitte an ein Folterinstrument hängen, als Wiedergutmachung für alle Sünden, die ich je begangen habe?" Und wer hätte dann noch den Nerv zu fragen: „Und wenn du mir dann vergeben hast, könntest du dann noch einen wunderbaren Ort im Himmel für mich herrichten, an dem ich ewig leben kann?"

Und als ob das noch nicht genug ist: „Und würdest du bitte in mir leben und mich beschützen und leiten und mich reicher segnen, als ich es je verdient hätte?" Mal ehrlich, hätte irgendjemand den Mut, das zu erbitten?

Jesus weiß schon, was wir brauchen. Er kennt den Preis der Gnade. Er kennt den Preis der Vergebung. Alles. Aber er bietet sie uns trotzdem an.

Zum Nachdenken

So ist Gott. Wir bitten ihn, uns den Schmerz nach einer Trennung zu nehmen, und er schenkt uns eine lebenslange Freundschaft mit jemandem, mit dem wir alle Schwierigkeiten teilen können. Wir bitten ihn um einen guten Tag und er bietet uns ein ewiges Leben mit ihm an. Das ist mehr, als wir erbitten können. Das ist alles, was wir brauchen.

20. April

Er ist auferstanden ... Kommt und seht euch die Stelle an, wo er gelegen hat. (Matthäus 28,6)

Komm und schau her

Jesus nachzufolgen erfordert Glaube, aber keinen blinden Glauben. Sieh dir das verlassene Grab an. Wusstest du, dass die Gegner von Jesus nie bezweifelt haben, dass es leer war? Kein Pharisäer oder römischer Soldat ist je mit einer Gruppe zum Grab zurückgegangen und hat erklärt: „Der Engel hatte nicht recht. Der Leichnam liegt noch hier. Es war alles nur ein Gerücht."

Das hätten sie getan, wenn sie gekonnt hätten. Innerhalb weniger Wochen haben seine Jünger an jeder Straßenecke in Jerusalem verkündet, dass Jesus auferstanden ist. Für die Feinde der Kirche wäre es das Einfachste gewesen, einen kalten, leblosen Körper zu präsentieren und die Anhänger von Jesus damit zum Schweigen zu bringen. Aber sie hatten keinen Leichnam.

Kein Wunder, dass es in Jerusalem eine Erweckung gab. Als die Apostel von dem leeren Grab erzählten, wartete die Menge darauf, dass die Pharisäer (eine Gruppierung sehr gesetzestreuer Juden) das verneinen würden. Aber das taten sie nicht. Der schottische Theologe A. M. Fairbairn hat mal gesagt: „Das Schweigen der Juden war so vielsagend wie die Predigten der Christen!"

Zum Nachdenken

Jesus hatte gesagt, er werde am dritten Tag auferstehen. Er wurde öffentlich am Kreuz hingerichtet, sein Leichnam wurde in ein Grab gelegt, am dritten Tag stand er von den Toten auf, um sich wieder mit seinen Freunden zu treffen. Und „später zeigte er sich mehr als fünfhundert von seinen Nachfolgern auf einmal" (1. Korinther 15,6; NGÜ) Braucht dein Glaube mehr Beweise?

21. April

Denn Gott hat Christus, der ohne jede Sünde war, mit all unserer Schuld beladen und verurteilt, damit wir freigesprochen sind und Menschen werden, die Gott gefallen. (2. Korinther 5,21)

Höher als der Preis einer Kinokarte

Wann hast du das letzte Mal etwas geopfert? Vielleicht hast du auf einen Kinobesuch verzichtet, um deine Freundin bei ihrem Babysitter-Job zu vertreten? Oder du hast jemandem dein Pausenbrot gegeben, der seines vergessen hatte? Die meisten unserer Opfer kosten uns nicht wirklich viel. Gott hat dagegen das aufgegeben, was er am meisten liebte.

Jesus hatte sich entschieden, den Himmel zu verlassen, um auf dieser Erde zur Welt zu kommen. Stell dir dieses Opfer einmal vor. Wie wäre es, wenn du dein Zuhause verlassen würdest, um obdachlos zu werden? Oder wenn du dein Menschsein aufgeben würdest, um eine Mücke zu werden? Wäre das annähernd vergleichbar damit, dass Gott Mensch wurde?

Und dann ist da noch das Kreuz. Obwohl Jesus absolut sündlos war, hat er den Preis für unsere Sünde bezahlt, indem er sie auf seine Schultern genommen hat.

Ich habe mein Kind noch nie bösen Menschen anvertraut. Ich kann vielleicht etwas von mir opfern, um bösen Menschen zu helfen. Aber eine meiner Töchter opfern? Niemals. Selbst wenn ich wüsste, dass ich sie wiedersehen würde, würde ich es nicht tun. Aber Gott hat es getan.

Zum Nachdenken

Denk mal eine Minute darüber nach. Könntest du die Menschen hergeben, die du am meisten liebst? Schon alleine von ihnen getrennt zu sein wäre schmerzlich. Dann denk dir noch ihr schreckliches Leid und ihre Schmerzen dazu. Das ist ein echtes Opfer. Das ist Gottes ungeheure, unendliche Liebe zu uns.

22. April

Jedes Kind Gottes kann den Sieg erringen über alles, was sich in dieser Welt Gott widersetzt. Ja, unser Glaube hat diese Welt bereits besiegt. (1. Johannes 5,4)

Das Richtige tun

Du wirst ungeduldig mit deinem eigenen Leben, weil du versuchst, Mathe, deine Wut oder deinen Hang zum Tratschen in den Griff zu kriegen – und in deinem Frust fragst du dich, wo hier eigentlich Gottes Macht bleibt. Hab Geduld. Gott gebraucht die Schwierigkeiten von heute, um dich stark zu machen für morgen. Er *bereitet* dich *vor*. Der Gott, der alle Dinge wachsen lässt, hilft auch dir zu wachsen.

Mach dir bewusst, dass Gott in dir lebt. Denk an die Kraft, die dir dein Leben schenkt. Wenn du weißt, dass Gott in dir lebt, wirst du heute vielleicht andere Orte aufsuchen und andere Dinge tun wollen.

Tu diese Woche das Richtige, was auch immer das konkret heißt, was auch immer dir begegnet, welche Schwierigkeiten sich dir auch in den Weg stellen mögen. Vielleicht tut außer dir niemand das Richtige, aber du tust es. Du bist ehrlich. Du beziehst Stellung. Du bist aufrichtig. Doch ganz gleich, was du tust, Gott tut stets das Richtige: Er führt und leitet dich. Er hat Geduld mit dir. Er rettet dich durch seine Gnade.

Zum Nachdenken

Geduld. Stärke. Charakter. Das ist eine ungeheure Kombination. Das Ganze noch mit einer ordentlichen Dosis Glaube an einen gnädigen Gott gemischt, und du wirst zum Sieger, der auf dem Weg ist, nach Gottes Willen zu leben. Denk aber bei allem, was tu tust, daran, dass all diese Dinge nicht gleich heute heranwachsen müssen.

23. April

Friede sei mit euch! (Johannes 20,19)

Frieden statt Angst

Die Gemeinde Jesu entstand aus einer Gruppe verängstigter Jünger in einem Raum im Obergeschoss, irgendwo in Jerusalem.

Sie waren drei Jahre lang mit Jesus unterwegs gewesen. Aber jetzt, wo er gekreuzigt worden war, versammelten sie sich heimlich, aus Angst, man könnte herausfinden, dass sie Nachfolger von Jesus waren. Es waren ängstliche Soldaten und sprachlose Botschafter. Weil sie es wagten zu träumen, dass ihr Meister ihnen irgendeine Botschaft, einen Plan oder einen Hinweis hinterlassen hatte, kamen sie zurück. Aber sie ahnten ja nicht, dass ihr kühnster Traum viel zu klein war. Und als gerade jemand murmelt: „Das ist doch alles sinnlos", hören sie ein Geräusch. Sie hören eine Stimme: „Friede sei mit euch."

Der Verratene kommt zu den Verrätern. Was hat er ihnen gesagt? Nicht: „Ihr Haufen Versager!" Auch nicht: „Ich hab's euch doch gesagt!" Kein vorwurfsvolles „Wo wart ihr, als ich euch brauchte?". Nur ein einfacher Satz: „Friede sei mit euch." Das, was sie nicht hatten, war genau das, was er ihnen anbot: Frieden.

Das Gleiche bietet er auch dir an.

Zum Nachdenken

Wann hast du am meisten Angst? Wenn dein Lehrer die Klassenarbeit austeilt? Wenn der berüchtigte Typ aus der Parallelklasse auf dich zukommt? Wenn du an die Zukunft denkst? Selbst in den Momenten deiner größten Angst ist Jesus bei dir und bietet dir einen Frieden an, den du sonst nirgends findest. Gib ihm deine Angst und öffne dein Herz für ihn.

24. April

Wer aber barmherzig ist, braucht das Gericht nicht zu fürchten. (Jakobus 2,13)

Sei einfach da

Nichts kann deine Anwesenheit ersetzen. E-Mails sind nett. Telefonanrufe sind etwas Besonderes. Aber körperlich anwesend zu sein vermittelt eine Botschaft.

Nachdem Albert Einsteins Frau gestorben war, zog seine Schwester Maja zu ihm. Vierzehn Jahre lang kümmerte sie sich um ihn, damit er seine wertvolle Forschungsarbeit fortsetzen konnte. 1950 erlitt sie einen Schlaganfall und fiel ins Koma. Von da an verbrachte Einstein jeden Nachmittag zwei Stunden damit, ihr vorzulesen. Es gab keinerlei Anzeichen dafür, dass sie ihn verstand, aber er las ihr trotzdem vor. Wenn sie irgendetwas davon verstand, dann war es das eine: Er glaubte, dass sie seine Zeit wert war.

Glaubst du an deine Familie? Dann sei da. Komm zu den Wettkämpfen deines Bruders oder wenn deine Schwester ein Vorspiel in der Musikschule hat. Glaubst du an deine Freunde? Dann sei da. Komm zu ihrem Konzert, wenn sie Fußball spielen, und an ihr Bett, wenn sie krank sind. Willst du das Beste in einem Menschen zum Vorschein bringen? Dann sei da.

Schließlich hat Jesus das auch getan. Als wir ihn am meisten brauchten, war er da – als Mensch.

Zum Nachdenken

Fällt es dir auf, wenn andere zu besonderen Gelegenheiten kommen? Natürlich. Wird es ihnen auffallen, wenn du zu besonderen Gelegenheiten kommst? Darauf kannst du dich verlassen. Also sei jemand, auf den sie sich verlassen können. Sei da, genauso wie Gott jeden Augenblick für dich und für mich da ist.

25. April

Er bestraft uns nicht, wie wir es verdienen; unsere Sünden und Verfehlungen zahlt er uns nicht heim. (Psalm 103,10)

Mit Gnade getränkt

Glaubst du wirklich, du hast niemals etwas getan, was Jesus verletzt hätte? Warst du schon einmal unehrlich mit seinem Geld? Das ist Betrug. Bist du schon mal in den Gottesdienst gegangen, nur um gesehen zu werden, aber nicht, um ihn zu sehen? Heuchler. Hast du schon einmal ein Versprechen, das du Gott gegeben hast, gebrochen? Hast du seinen Namen schon mal missbraucht?

Hättest du es nicht verdient, bestraft zu werden? Und doch bist du hier. Du liest dieses Buch. Du atmest. Du kannst immer noch Sonnenuntergänge angucken und mit deinen Freunden Eis essen gehen. Du hast keine Striemen auf dem Rücken, keine Kette um den Hals oder Fußfesseln an den Beinen. Offensichtlich hat Gott über deine Sünden nicht Buch geführt.

Pass auf. Du wurdest nicht ein bisschen mit Vergebung besprenkelt. Du wurdest nicht mit Gnade bespritzt. Du wurdest nicht mit Güte bepudert. Du wurdest damit *getränkt*. „Barmherzig und gnädig ist der Herr, groß ist seine Geduld und grenzenlos seine Liebe!" (Psalm 103,8).

Du wurdest in seine Gnade regelrecht eingetaucht. Du bist ein winziger Fisch im Ozean seiner Gnade. Lass dich davon verändern!

Zum Nachdenken

Wir beklagen uns manchmal, dass das Leben nicht gerecht ist, dass wir nicht bekommen, was wir verdient haben. Das ist total schräg. Wenn jemand all unsere Fehler, unser Unrecht und unsere Vergehen gegen Gott zusammenrechnen würde, dann würden wir nicht wirklich haben wollen, was wir verdient haben. Wir sollten dankbar sein, dass Gott uns stattdessen seine Gnade schenkt.

26. April

Ihr Mädchen von Jerusalem, ich beschwöre euch bei den Gazellen und den Rehen des Feldes, dass ihr die Liebe nicht aufweckt und stört, bis es ihr selbst gefällt. (Hohelied 3,5; NL)

Gott ist genug

Darf ich dir einen Rat geben? Wenn es um das andere Geschlecht und die Liebe geht: *sei vorsichtig.*

Bevor du eine feste Beziehung anfängst, sieh dich genau um. Du musst dir ganz sicher sein, dass das der Ort ist, an dem Gott dich haben will. Wenn du irgendwie das Gefühl hast, dass es das nicht ist, mach Schluss. Versuch nicht, etwas, das nicht passt, passend zu machen. Sei vorsichtig.

Und bis es so weit ist, lass Gottes Liebe genug sein für dich. Manchmal lässt Gott uns die Zerbrechlichkeit der menschlichen Liebe erfahren, damit wir die Stärke seiner Liebe schätzen lernen. Hat er das nicht auch bei David getan? Saul hat sich gegen ihn gewandt. Michal, seine Frau, hat ihn verraten. Jonathan und Samuel waren Davids Freunde, aber sie konnten nicht mit ihm in die Wüste gehen. Durch Verrat und die Umstände war David völlig alleine. Alleine mit Gott. Und David entdeckte, dass Gott genug war. Deshalb schrieb David diese Worte in der Wüste: „Deine Liebe bedeutet mir mehr als das Leben … Du machst mich satt und glücklich wie bei einem Festmahl“ (Psalm 63,4+6; GN).

Zum Nachdenken

Wir alle wollen geliebt werden. Und wenn der süße Junge oder das hübsche Mädchen, das du schon so lange anhimmelst, tatsächlich mit dir ausgehen will, wer würde da nicht Ja sagen? Aber sei vorsichtig. In jemanden verliebt sein ist nicht das Gleiche wie echte Liebe. Lass Gottes echte Liebe der Maßstab für deine Beziehungen sein.

27. April

Herr, von deiner Gnade will ich singen ohne Ende; allen kommenden Generationen will ich erzählen, wie treu du bist.
(Psalm 89,1)

Warum Gott anbeten?

Im Sommerurlaub habe ich mich zum Segelunterricht angemeldet. Weil ich Backbord und Steuerbord noch nie auseinanderhalten konnte, stellte ich der Crew einige Fragen. Nach einer Weile meinte der Kapitän: „Möchten Sie jetzt mit dem Schiff nach Hause segeln?" Er versicherte mir, dass ich keine Schwierigkeiten damit haben würde. „Nehmen Sie diesen Felsen dort ins Visier", wies er mich an. „Richten Sie Ihren Blick und das Boot immer auf den Felsen."

Die Anweisung war gar nicht so leicht zu befolgen. Andere Dinge wollten meine Aufmerksamkeit ablenken: das schöne Mahagoniholz des Decks, die Schaumkronen auf den Wellen. Ich wollte alles anschauen. Aber wenn ich zu lange hinschaute, riskierte ich, vom Kurs abzukommen. Solange ich den Blick gerade nach vorn gerichtet hatte, wo ich hinschauen musste, blieb das Boot auf Kurs.

Anbetung hilft uns, genau das im Leben zu tun. Sie lenkt unseren Blick weg vom Boot mit all seinen Details und den anderen Passagieren, auf das, „was im Himmel ist, wo Christus zur Rechten Gottes sitzt" (Kolosser 3,1; EÜ). Wenn du nach Hause segeln willst, dann richte den Blick fest auf das Ziel im Himmel.

Zum Nachdenken

Hast du schon einmal versucht, Gott nicht nur sonntags anzubeten, sondern jeden Tag? Schau einmal, was passiert, wenn du dir nächste Woche jeden Morgen ein wenig Zeit nimmst, um Gott zu loben. Danke ihm für das, was er ist, und für alles, was er in deinem Leben tut. Ich verspreche dir, dass es dir viel besser gelingen wird, dein Leben auf Kurs zu halten.

Wenn ein guter Mensch spricht, zeigt sich, was an Gutem in ihm ist. (Matthäus 12,35)

Besser als jeder Siegerpokal

Zähl einmal die zehn reichsten Menschen der Welt auf. Und danach alle acht Menschen, die den Nobel- oder den Pulitzer-Preis gewonnen haben.

Hast du es geschafft? Ich auch nicht. Wenn sie nicht gerade in der Trivia-Hounds-App auf deinem Smartphone vorkommen, erinnert sich keiner von uns wirklich an die Schlagzeilen von gestern. Erstaunlich, wie schnell wir vergessen, nicht wahr? Und was ich gerade abgefragt habe, sind keine Kleinigkeiten. Die Preisträger waren die Besten auf ihrem Gebiet. Aber der Applaus verhallt. Die Pokale verlieren ihren Glanz. Errungenschaften sind irgendwann vergessen.

Und jetzt noch ein Quiz. Mal sehen, wie du diesmal abschneidest. Zähle zehn Menschen auf, die dir etwas Wichtiges beigebracht haben. Nenne fünf Freunde, die dir in einer schwierigen Lage geholfen haben.

War das leichter? Für mich war es leichter. Was lernen wir daraus? Die Menschen, die Leben verändern, sind nicht diejenigen mit tollen Auszeichnungen, sondern diejenigen, die sich um andere kümmern. „Deshalb, meine Kinder, lasst uns einander lieben: nicht mit leeren Worten, sondern mit tatkräftiger Liebe und in aller Aufrichtigkeit“ (1. Johannes 3,18).

Zum Nachdenken

Womit möchtest du anderen in Erinnerung bleiben? Du kannst so viele Auszeichnungen und Errungenschaften anhäufen, wie du willst, aber wenn du eine bleibende Erinnerung hinterlassen willst, dann zeig den Menschen um dich herum – jedem einzeln und persönlich – durch deine Worte und Taten, dass er dir wichtig ist.

29. April

Als er gekreuzigt wurde, war er schwach; aber jetzt lebt er aus der Kraft Gottes. (2. Korinther 13,4)

Schnittstelle der Liebe

Kannst du durch die Stadt laufen, ohne dass du irgendwo ein Kreuz siehst? Kirchtürme. Grabsteine. Schmuckanhänger. Krankenwagen ... Das Kreuz ist das weltweite Symbol der Christen. Jesus musste sein Kreuz selbst tragen, vom Richtplatz bis hin zur „Schädelstätte". Auf Hebräisch heißt dieser Ort „Golgatha" (Johannes 19,17).

Das Kreuz ist ein seltsames Symbol, nicht wahr? Seltsam, dass ein Folterinstrument das Symbol einer Bewegung der Hoffnung wurde.

Warum ist das Kreuz eigentlich das Symbol unseres Glaubens? Um die Antwort zu finden, musst du nur auf das Kreuz selbst schauen. Seine Form hätte nicht einfacher sein können. Ein waagerechter Balken und ein senkrechter. Einer zeigt nach links und rechts, wie Gottes ausgebreitete Arme der Liebe. Der andere zeigt nach oben, zu Gottes Heiligkeit. Der eine Balken steht für die

Weite seiner Liebe, der andere für die Größe seiner Heiligkeit. Das Kreuz ist die Schnittstelle. Das Kreuz ist der Ort, an dem Gott seinen Kindern vergab, ohne seine Gerechtigkeit dabei aufzugeben.

Zum Nachdenken

Was könnte weiter reichen als Gottes Liebe? Wenn du auf das Kreuz siehst, dann denk daran, wie grausam Jesus gekreuzigt wurde. Aber erinnere dich auch daran, warum er das alles ertrug und dass sein Ende erst der Anfang war.

30. April

Denn unsere jetzigen Sorgen und Schwierigkeiten sind nur gering und von kurzer Dauer, doch sie bewirken in uns eine unermesslich große Herrlichkeit, die ewig andauern wird!
(2. Korinther 4,17; NL)

Zeit der Vorbereitung

Wie passt die Tatsache, dass ein Kind an Krebs stirbt oder dass eine ganze Stadt vom Erdbeben zerstört wird, in unser Bild vom Leben? Wenn dein Vater arbeitslos wird oder die Familie deines Freundes ihr Haus verliert … hat so etwas irgendeinen Sinn?

Ja, hat es, wenn wir es einmal aus der Perspektive der Ewigkeit betrachten. Hier ist der Beweis dafür: du – im Bauch deiner Mutter. Während der Schwangerschaft bildeten sich deine Knochen, deine Augen entwickelten sich und durch die Nabelschnur wurden Nährstoffe in deinen wachsenden Körper transportiert. Wozu? Die Zeit im Bauch bereitete dich auf die Zeit hier auf der Erde vor.

Manche deiner Körperfunktionen kamen vor der Geburt gar nicht zum Einsatz. Du hattest eine Nase, aber du konntest nicht atmen. Du hattest Augen, aber konntest du damit schon sehen? Deine Zunge, deine Zehennägel und deine Haare hatten im Bauch keinen Sinn. Aber jetzt bist du bestimmt froh, dass du sie hast.

Manche Kapitel unseres Lebens scheinen so überflüssig zu sein wie die Nase bei einem Ungeborenen. Leid. Einsamkeit. Krankheit. Ein gebrochenes Herz. Aber was ist, wenn diese Erde so etwas wie die Gebärmutter ist? Kann es sein, dass die Herausforderungen, die wir erleben, uns auf die zukünftige Welt vorbereiten? Paulus hat es so ähnlich formuliert: „Denn unsere jetzigen Sorgen … bewirken in uns eine unermesslich große Herrlichkeit, die ewig andauern wird."

Zum Nachdenken

Du musst nicht lange suchen, um Menschen mit Problemen zu finden. Vielleicht gehörst du auch dazu. Lass dich von dem Wissen ermutigen, dass deine schweren Zeiten bei Gott nicht umsonst sind. Sie haben einen Sinn – wenn nicht in diesem Leben, dann ganz sicher im nächsten.

Mai

Dein Wort ist wie ein Licht in der Nacht,
das meinen Weg erleuchtet.

PSALM 119,105

Alles, was ihr tut, tut von Herzen, als etwas, das ihr für den Herrn tut und nicht für Menschen. (Kolosser 3,23; GN)

Gott wirkt

Der Staat Texas erneuert seit einiger Zeit eine Autobahnüberführung ganz in der Nähe meines Hauses. Drei Fahrspuren wurden auf eine reduziert, sodass der allmorgendliche Weg zur Arbeit zur Tagesaufgabe wird. Die Bauarbeiter stehen mit Straßenschildern und Schaufeln da, Millionen Menschen schimpfen. Zumindest ich schimpfe. *Wie lange dauert das denn noch?*

Unsere Nachbarn sehen die Sache ganz anders. Der Mann und seine Frau sind beide Straßenbauingenieure. Sie müssen die gleichen Staus und Umleitungen ertragen wie alle anderen, aber sie haben eine positivere Einstellung dazu. Warum? Sie kennen die Bauvorhaben. „Das braucht seine Zeit", erwidern sie auf mein Murren, „aber es wird fertig werden. Die schaffen das." Sie haben die Baupläne gesehen.

Bedanke dich doch heute mal bei Gott für das, was er in deinem Leben „baut". Seine Pläne für dein Leben sind größer als jedes Straßenbauprojekt. „Mein Vater ist ständig am Werk und deshalb bin ich es auch", sagt Jesus (Johannes 5,17; GN). Das „Bauprojekt Leben" wird seine Zeit dauern, aber er wird es zu Ende bringen.

Zum Nachdenken

Nimm dir doch mal einen Moment Zeit, um über die „Staus" in deinem Leben nachzudenken. Welche Hindernisse halten dich davon ab, dieses Fach zu belegen, diese Person näher kennenzulernen oder auf den Missionseinsatz nach XY zu gehen? Zeit? Geld? Zu wenig Erfahrung? Zu wenig Selbstvertrauen? Hab Mut. Überlass es Gott und lass ihn an die Sache ran.

2. Mai

Durch den Glauben hat ein Gerechter Leben. (Römer 1,17; NL)

Das falsche Flugzeug

Ich war gerade aus dem falschen Flugzeug ausgestiegen, das mich in die falsche Stadt und zum falschen Flughafen gebracht hatte. Ich war nach Südosten geflogen statt nach Nordwesten – und war in Houston gelandet statt in Denver!

Es sah nicht aus wie das falsche Flugzeug, aber es war das falsche. Ich ging durch das falsche Gate, schlief im falschen Flugzeug ein und landete am falschen Ort. Kennst du das Gefühl?

Paulus sagte, dass wir alle irgendwie im „falschen Flugzeug" gesessen haben. Natürlich hat er es nicht so formuliert. Aber er meinte, dass wir mit unserem Leben auf der falschen Spur waren. Er schrieb der Gemeinde in Rom: „Es gibt keinen, auch nicht einen Einzigen, der ohne Sünde ist" (Römer 3,10). Und: „Alle sind Sünder und haben nichts aufzuweisen, was Gott gefallen könnte" (Vers 23).

Wir sitzen alle im falschen Flugzeug. Jeder Einzelne von uns. Junge und Alte. Reiche und Arme. Models und Normalos. Jeder einzelne Mensch ist irgendwo falsch abgebogen. Und wir brauchen Hilfe. Die falsche Lösung wäre unser Vergnügen und unser Stolz. Die richtige Lösung heißt Jesus Christus (Römer 3,21–26).

Zum Nachdenken

Bist du schon mal irgendwo falsch abgebogen und am falschen Ort gelandet? Im falschen Zimmer, in der falschen Klasse, auf der falschen Party? Auch manche unserer Entscheidungen und Einstellungen lotsen uns in eine falsche Richtung. Deshalb: Verlass dich auf Jesus als deinen Piloten. Wenn er das Steuer in der Hand hat, kannst du sichergehen, dass du am richtigen Ort ankommst.

3. Mai

Denn ich bin der Herr, dein Gott. Ich nehme dich an deiner rechten Hand und sage: Hab keine Angst! Ich helfe dir. (Jesaja 41,13)

Null Angst

Könntest du gerade etwas Mut gebrauchen? Dann bist du wie einer der Jünger von Jesus.

Vergiss nicht, dass Petrus, Johannes, Matthäus und die anderen Neun ganz gewöhnliche Männer waren – mit einer außergewöhnlichen Aufgabe. Bevor sie irgendwann als Heilige auf Bleiglasfenstern in Kirchen dargestellt wurden, waren sie ganz normale Nachbarn von irgendjemandem, die versuchten, ihren Lebensunterhalt zu verdienen und eine Familie zu ernähren. Sie waren keine Musterschüler auf theologischen Seminaren oder Super-Glaubenshelden. Sie hatten ihre Mühe, Jesus nachzufolgen, und gingen dabei manchmal buchstäblich übers Wasser, aber manchmal fielen sie auch voll rein. Aber die Jünger von Jesus hatten ein kleines bisschen mehr Hingabe als Angst – und haben als Folge davon außergewöhnliche Dinge getan. Dinge, die die Welt verändert haben:

„… du hast sie mir gegeben. Sie haben sich nach deinem Wort gerichtet“, betete Jesus. (Johannes 17,6; GN).

Wovor hast du noch Angst? Dass du versagst? Dass sich jemand über dich lustig macht? Wenn du den Blick auf Gott richtest, wirst du merken, dass deine Ängste eigentlich gar nicht mehr so groß sind.

Zum Nachdenken

Du bist nicht der Erste, der sich fragt, ob er es schafft, oder die Erste, die sich über diesen Jesus wundert. Die Jünger können es dir nachempfinden. Sie gingen buchstäblich mit Jesus durchs Leben und hatten trotzdem noch eine Menge Probleme. Aber sie überwanden ihre Angst mit Gottes Hilfe. Das kannst du auch!

4. Mai

Habt ihr etwa vergessen, dass euer Körper ein Tempel des Heiligen Geistes ist, der in euch wohnt und den euch Gott gegeben hat? Ihr gehört also nicht mehr euch selbst. (1. Korinther 6,19)

Dein Körper gehört Gott

Gott hat große Achtung vor deinem Körper. Das solltest du auch. Vergiss all die Werbespots, die dir erzählen wollen, du müsstest die Kleidergröße XS haben oder jenes Make-up tragen. Respektiere den Körper, den Gott dir gegeben hat (auch wenn er deiner Meinung nach so seine Macken hat). Ich habe nicht gesagt, dass du deinen Körper anbeten sollst. Ich habe auch nicht gesagt, du sollst damit angeben, um die Aufmerksamkeit der anderen zu bekommen. Ich habe gesagt, du sollst ihn *respektieren*. Schließlich ist es der Tempel Gottes. Achte darauf, wie du ihn ernährst, wie du mit ihm umgehst. Tu ihm Gutes. Pflege ihn. Du willst ja auch nicht, dass irgendjemand dein Zuhause verwüstet. Gott will auch nicht, dass jemand *sein* Haus verwüstet. Und schließlich ist dein Körper ja sein Haus, nicht wahr?

Zum Nachdenken

Wenn du den Gedanken akzeptierst hast, dass dein Körper Gott gehört, verändert das alles. Du wirst nicht mehr so sehr dazu neigen, ihn mit fettigen Pommes vollzustopfen. Du wirst wahrscheinlich mehr Sport treiben. Es wird dir mehr bewusst werden, wenn du zu viel nackte Haut zeigst. Für Gott ist dein Körper sehr wertvoll – genauso wie die Person, die darin steckt.

5. Mai

Gegenüber dem unvergleichlichen Gewinn, dass Jesus Christus mein Herr ist, hat alles andere seinen Wert verloren.
(Philipper 3,8)

Er hat es für dich getan

Weißt du, was das Coolste daran ist, dass Jesus gekommen ist?

Dass der, der den Galaxien ihren Platz zugewiesen hat, alles aufgegeben hat, um Zimmermann zu werden und Türen für mürrische Kunden einzuhängen, die alles bis vorgestern wollen, aber nichts vor übermorgen bezahlen können? – Nein.

Dass er sich nicht verteidigt hat, als ihm jede Sünde von jedem Schurken seit Adam und Eva angehängt wurde? – Nein.

Dass er nach drei Tagen im Grab am Ostermorgen mit einem Lächeln in den Sonnenaufgang lief und er Satan fragte: „War das dein größter Trumpf?" – Nein, auch das nicht.

Klar, das war alles unglaublich cool. Aber willst du wissen, was das Allercoolste ist? Hier kommt's: Er liebt dich wie sein eigenes Kind. „Seht doch, wie sehr uns der Vater geliebt hat! Seine Liebe ist so groß, dass er uns seine Kinder nennt" (1. Johannes 3,1; GN).

Das Coolste ist: Er hat es für dich getan. Nur für dich.

Zum Nachdenken

Wir neigen oft dazu zu denken, dass Jesus für „alle Menschen" gestorben ist, für die Millionen, die ihr Vertrauen in ihn gesetzt haben, für die breite Masse. Das stimmt zwar, aber es geht am persönlichen Gesichtspunkt vorbei. Jesus kennt und liebt dich als Einzelnen. Er hat sein Leben nicht für die breite Masse gegeben. Er hat es ganz gezielt für dich gegeben.

6. Mai

Der Herr beschützt die, die das Rechte tun, und er wird ihre Gebete hören. (1. Petrus 3,12)

Gebet: Vorrecht und Macht

Du und ich, wir leben in einer lauten Welt. Es ist nicht leicht, die Aufmerksamkeit von jemandem zu bekommen. Denn der muss bereit sein, alles andere für einen Moment beiseitezulassen und zuzuhören: Die Musik leise drehen, sich vom Bildschirm abwenden, das Smartphone weglegen. Wenn jemand bereit ist, alles andere abzuschalten, um uns zuzuhören, dann ist das ein Vorrecht. Ein seltenes Vorrecht sogar.

Im Himmel werden deine Gebete genauso behandelt. Gott lässt alles stehen und liegen, um deinen Gedanken zuzuhören. Er schiebt alle Hindernisse beiseite, um zu hören, was du sagst. Deine Worte sind im Himmel wie eine E-Mail mit der Wichtigkeit „hoch". Sie landen direkt am Thron Gottes.

Deine Worte bewirken mehr als nur dass du Gottes Aufmerksamkeit bekommst. Dein Gebet auf der Erde setzt im Himmel Gottes Macht in Bewegung. Und Gottes Wille geschieht, „wie im Himmel, so auf Erden". Deine Gebete bewegen Gott dazu, die Welt zu verändern. Du verstehst das Geheimnis des Gebets vielleicht nicht. Das musst du auch nicht. Aber eines ist klar: Wenn der Himmel aktiv wird, hat das damit angefangen, dass auf der Erde jemand gebetet hat.

Zum Nachdenken

Das Gebet ist wirklich ein Geheimnis. Obwohl Gott alles tun kann, möchte er doch unsere Träume und Wünsche hören, und lässt es zu, dass wir sein Handeln beeinflussen. Wenn dir so ein großes Vorrecht angeboten wird, meinst du nicht, Beten wäre dann eine echt gute Idee?

Wir beurteilen auch niemanden mehr nach rein menschlichen Maßstäben. (2. Korinther 5,16)

Abstempeln oder lieben?

Wenn wir andere in Schubladen stecken, gehen wir auf Distanz. Wir haben eine passende Ausrede, uns nicht mit ihnen abzugeben.

Jesus hatte einen ganz anderen Ansatz. Ihm ging es immer darum, Menschen ein- statt auszuschließen. „Ein wirklicher Mensch aus Fleisch und Blut – dazu wurde das Wort. Mitten unter uns hat er gewohnt …" (Johannes 1,14; Das Buch). Jesus hat Leprakranke angefasst und Ausländer geliebt und so viel Zeit mit den Partylöwen verbracht, dass die Leute von ihm sagten: „Er ist ein Schlemmer und Säufer, und die schlimmsten Leute sind seine Freunde!" (Matthäus 11,19; NL). Keine rassistischen Vorurteile konnten ihn von der samaritanischen Frau fernhalten; die Dämonen konnten ihn nicht von den Besessenen fernhalten. Auf Facebook hätten Finanzbetrüger und Frauen mit zwielichtigem Ruf zu seinen Freunden gehört.

Gott fordert uns auf, wie Jesus zu sein und zu lernen, Menschen anders zu sehen. Wir sollen sie nicht in Sportskanonen und Streber, Privatschüler, Technikfreaks, Insider oder Outsider einteilen. Wir sollen niemanden abstempeln.

Wir sollen andere so sehen, wie wir uns selbst sehen. Vielleicht mit Macken. Ganz sicher unvollkommen. Wir werden im Leben immer wieder Menschen begegnen, die aus der „Insider"-Gruppe rausgeflogen sind. Und dann haben wir die Wahl. Liegen lassen oder retten? Abstempeln oder lieben? Wir wissen, wie Jesus sich entschieden hat. Schau nur einmal, was er mit uns getan hat.

Zum Nachdenken

Bist du schon einmal abgestempelt worden? Ich schätze mal, das hat sich nicht so toll angefühlt. Wenn du von anderen in eine Schublade gesteckt wirst, sehen sie nicht mehr, wer du wirklich bist. Kennst du jemanden, der gerade in einer Schublade steckt? Was kannst du heute tun, um ihn daraus zu befreien?

8. Mai

Denn durch solche Bewährungsproben wird euer Glaube fest und unerschütterlich. (Jakobus 1,3)

Auf die Probe gestellt

Vor ein paar Tagen hatten meine Frau Denalyn und ich eine Auseinandersetzung. Wir hatten gemeinsam beschlossen, unser Haus zu verkaufen, konnten uns aber nicht einigen, welchen Makler wir beauftragen sollten. Es ging hin und her. Der Tag hatte gut angefangen, aber dann wurde er mies. Es wurde Zeit für mich zu gehen, um in unseren Vormittagsgottesdiensten zu predigen. Ich sagte Denalyn flüchtig Tschüss und meinte: „Wir regeln das später."

Aber Gott wollte es gleich mit mir regeln. Ich brauche nur fünf Minuten zur Kirche, aber länger brauchte Gott auch nicht, um mir ins Gewissen zu reden. Es war eine Probe. Würde ich schmollen oder mich entschuldigen? Würde ich die Spannung zwischen uns ignorieren oder sie lösen? Noch bevor der Gottesdienst anfing, rief ich Denalyn an, entschuldigte mich, weil ich so dickköpfig gewesen war, und bat sie um Vergebung. Am Abend des gleichen Tages kamen wir zu einer Entscheidung, was den Makler betraf, beteten zusammen und ließen die Sache auf sich beruhen.

Wenn du in deinen Problemen nur Ärger und Verletzungen siehst, wirst du bitter und wütend werden. Aber wenn du deine Probleme als Prüfungen siehst, die Gott gebraucht, damit du im Glauben wächst, dann wirst du sie mit Leichtigkeit bestehen.

Zum Nachdenken

Gott stellt uns jeden Tag durch Menschen, Schmerz oder Probleme auf die Probe. Erkennst du, welche Prüfungen heute auf dich zukommen? Freunde, die sich unmöglich benehmen? Lehrer, die dich mit Hausaufgaben überschütten? Akne und Kopfschmerzen? Ein rappelvoller Terminkalender? Was auch immer deine Prüfungen sind: Denk daran, dass Gott mit deinen Problemen ein Ziel verfolgt.

9. Mai

Er gab alle seine Vorrechte auf und wurde einem Sklaven gleich. (Philipper 2,7; GN)

Lass dein Leben los

Wenn du Gott dein gewöhnliches Leben überlässt, wird er dir ein außergewöhnliches geben. „Wer versucht, sein Leben zu behalten, wird es verlieren. Doch wer sein Leben für mich aufgibt, wird das wahre Leben finden" (Matthäus 16,25; NL).

Jesus hat das getan. „Er gab alle seine Vorrechte auf und wurde einem Sklaven gleich. Er wurde ein Mensch in dieser Welt und teilte das Leben der Menschen. Im Gehorsam gegen Gott erniedrigte er sich so tief, dass er sogar den Tod auf sich nahm" (Philipper 2,7–8; GN).

In Nazareth grüßte ihn niemand als den Sohn Gottes. Er stach auf dem Grundschul-Klassenfoto nicht heraus und verlangte auch keine Hochglanzseite im Jahrgangsbuch seiner Abschlussklasse. Seine Freunde kannten ihn als Zimmermann, nicht als den, der die Sterne erschaffen hatte. Sein Aussehen erregte kein Aufsehen. Seine Stellung brachte ihm keine Sonderrechte. „Er gab alle seine Vorrechte auf und wurde einem Sklaven gleich."

Gott sucht nach Menschen, die dazu bereit sind. Das sind die Menschen, die er gebraucht, um Christus in dieser Welt bekannt zu machen.

Zum Nachdenken

Aufgeben. Sich ergeben. Loslassen. Sich unterordnen. Das sind Worte, gegen die wir uns wehren. Worte, die nach „Versagen" klingen. Und doch ist genau das Gegenteil wahr: Erst wenn du das Leben, wie du es kennst, loslässt, wirst du das wahre Leben entdecken – jenen wunderbaren Plan Gottes für dich.

10. Mai

Glücklich sind, die ein reines Herz haben, denn sie werden Gott sehen. (Matthäus 5,8)

Die Macht der Begierden

Der Himmel ist kein Ort für Unheilige. „Nichts Unreines wird hineindürfen" (Offenbarung 21,27; NL). All die Sünde, die unser

Herz verschmutzt hat, wird weggewaschen sein. All die fiesen Kommentare in unserem Kopf kommen nicht über die Türschwelle des Himmels.

Aber jetzt kommt's: Wir müssen nicht erst sterben, um in den Genuss von himmlischen Segnungen zu kommen. Was wir brauchen, sind reine Gedanken und ein reiner Körper. „Hüte dich vor den Leidenschaften, die einen jungen Menschen in Gefahr bringen. Bemühe dich um Gerechtigkeit, Glauben, Liebe und Frieden, zusammen mit allen, die sich mit reinem Gewissen zum Herrn bekennen" (2. Timotheus 2,22; GN). Der blendend aussehende Typ aus der Parallelklasse? Die Bilder von Frauen im Internet? Lenke deinen Blick und deine Gedanken in eine andere Richtung. Gott will, dass du sie nicht als anregend betrachtest, sondern als seine kostbaren Kinder.

Leichter gesagt als getan? Du weißt es genau. Aber der Lohn für Reinheit ist innerer Friede und ein Herz, das für den Himmel bereit ist.

Zum Nachdenken

Egal, ob du scharf auf den Körper oder das neue iPhone eines anderen bist, Begierden bringen dich immer in Schwierigkeiten. Je länger du solchen Gedanken nachhängst, umso schwerer wird es, sie aus deinem Kopf zu löschen. Gott kann dir helfen. Strebe nach Reinheit, dann wirst du ein Leben lang inneren Frieden haben – und in Ewigkeit.

Hoffen wir aber auf etwas, das wir noch nicht sehen können, dann warten wir zuversichtlich darauf. (Römer 8,25)

Die Sache mit der Geduld

Für Maria, die zukünftige Mutter von Jesus, war es der Schock ihres Lebens, als der Engel Gabriel ihr erklärte, dass sie schwanger werden würde. Diese Ankündigung warf viele Fragen in ihr auf. Wie sollte sie eigentlich schwanger werden? Was würden die Leute denken? Was würde Josef, ihr Verlobter, sagen? Gabriel beantwortete manche davon. Aber um es wirklich zu wissen, musste Maria warten.

Warten im biblischen Sinne heißt nicht, das Schlimmste annehmen, sich sorgen, Ansprüche stellen oder die Kontrolle übernehmen. Warten heißt auch nicht *nichts* tun. Warten im Sinne Gottes ist der andauernde Versuch, durch Gebet und Glaube auf Gott ausgerichtet zu bleiben. Warten heißt: „Werde ruhig vor dem Herrn und warte gelassen auf sein Tun!" (Psalm 37,7; GN).

Es scheint, als ob Maria genau das getan hat. Und Gott wirkte, während sie wartete. Er überbrachte Josef eine Botschaft. Er brachte den römischen Kaiser dazu, eine Volkszählung durchzuführen. Er führte die Familie nach Bethlehem. „Wir wissen, dass Gott bei denen, die ihn lieben, alles zum Guten führt" (Römer 8,28; EÜ). Maria lernte eine Lektion, die uns allen guttun würde – wie man Geduld mit völligem Gottvertrauen verbindet.

Zum Nachdenken

Mütter wissen viel über das Thema Geduld. Deine Mutter musste monatelang warten, um eines Tages dein Gesicht zu sehen. Wir alle müssen manchmal warten. Wie wirst du deine Wartezeit gestalten? Willst du total gestresst sein? Oder zuversichtlich sein und Gott vertrauen? Wir sollten dem Beispiel Marias folgen.

12. Mai

Ein Freund liebt zu jeder Zeit. (Sprüche 17,17; ELB)

Was Freunde tun

Man könnte den Eindruck bekommen, dass Jesus für Johannes vor allem ein treuer Kumpel war. Messias? Ja. Gottes Sohn? Auf jeden Fall. Wundertäter? Auch das. Aber mehr als alles war Jesus ein Kamerad. Jemand, mit dem man Campen oder Kegeln gehen oder die Sterne zählen konnte.

Und was macht man mit so einem Freund? Das ist eigentlich ganz einfach. Du hältst zu ihm. Vielleicht ist das der Grund, weshalb Johannes der einzige der zwölf Jünger Jesu war, der am Kreuz stand. Er kam, um sich zu verabschieden. Er gab zu, dass er das Ganze noch nicht wirklich verstanden hatte. Aber das war egal. Was ihn betraf, war sein bester Freund in Schwierigkeiten, und er kam, um ihm beizustehen.

Als Jesus am Kreuz starb, bat er Johannes: „Kannst du dich um meine Mutter kümmern?" Johannes muss wohl Ja gesagt haben, denn es heißt: „Da nahm der Jünger sie zu sich in sein Haus" (Johannes 19,27).

Natürlich tat er das. Dazu sind Freunde schließlich da.

Zum Nachdenken

Von allen seinen Freunden und Jüngern war Johannes derjenige, dem Jesus seine Mutter anvertraute. Bis du so ein Freund oder eine Freundin – jemand, dem man das Liebste anvertrauen würde? Wenn nicht, was kannst du tun, um so ein Freund für jemanden zu werden? Ein Freund, der immer liebt und dem man stets vertrauen kann?

13. Mai

Herr, ich danke dir dafür, dass du mich so wunderbar und einzigartig gemacht hast! (Psalm 139,14)

Du bist etwas ganz Besonderes

Welche Antwort würdest du ankreuzen?

Ich bin …
ein zufälliges Zusammentreffen von Teilchen
seelenlose Materie im Universum
wunderbar und einzigartig gemacht

Lebe nicht stumpfsinnig vor dich hin. Du bist mehr als ein statistischer Zufall, mehr als das Produkt deiner Gene und Erfahrungen, mehr als eine Kombination aus vererbten Chromosomen und Kindheitstraumata. Mehr als eine wandelnde Wetterfahne, die vom eisigen Wind des Schicksals hin und her geweht wird. Dank Gott kannst du sagen: „Du hast mich geschaffen – meinen Körper und meine Seele … Herr, ich danke dir dafür, dass du mich so wunderbar und einzigartig gemacht hast! … Schon als ich im Verborgenen Gestalt annahm, unsichtbar noch, kunstvoll gebildet im Leib meiner Mutter, da war ich dir dennoch nicht verborgen“ (Psalm 139,13–15).

Dank deines Schöpfers ist diese „Gestalt“ etwas ganz Besonderes.

Zum Nachdenken

Lies mal Psalm 139. Inwiefern widerspricht dieser Psalm der Vorstellung, der Mensch sei durch puren Zufall entstanden? Was sagt der Psalm darüber aus, wie du auf deinen Schöpfer reagieren solltest? Wenn du von einem Gott erschaffen bist, der all das kann, was sagt das dann über dich aus?

14. Mai

Jetzt sehen wir die Dinge noch unvollkommen, wie in einem trüben Spiegel, dann aber werden wir alles in völliger Klarheit erkennen. (1. Korinther 13,12; NL)

Spieglein, Spieglein ...

Spieglein, Spieglein an der Wand, wer ist der Treuste im ganzen Land?

Wenn ich in den Spiegel schaue, sehe ich das Gesicht eines Versagers. Einen Mann, der seinen Schöpfer enttäuscht hat. Wieder einmal. Ich habe versprochen, ich würde es nicht mehr tun, aber ich habe es doch getan. Ich habe geschwiegen, wo ich hätte mutig sein sollen. Ich habe mich hingesetzt, wo ich mich auf die Hinterbeine hätte stellen sollen. Wenn es das erste Mal wäre, wäre das was anderes. Aber das war es nicht. Wie oft kann man auf die Schnauze fallen und immer noch erwarten, aufgefangen zu werden?

Wenn du in den Spiegel schaust, siehst du vielleicht das Gleiche. Einen Versager. Jemand, der sein Versprechen gebrochen hat. Aber wenn du durch die Augen des Glaubens schaust, sieht alles anders aus. Dann schaust du in den Spiegel und siehst einen Rebell im Königsmantel, der gerade vom himmlischen Vater einen Kuss auf die Wange bekommen hat und einen Siegelring seiner Gnade am Finger trägt.

Deine Augen sehen deine Fehler. Dein Glaube sieht deinen Retter. Deine Augen sehen deine Schuld. Dein Glaube sieht seine Hingabe an dich.

Zum Nachdenken

An einem Christen ist mehr dran, als man mit bloßem Auge sieht. Rein äußerlich siehst du aus wie jeder andere Teenager, der sich durch den Tag kämpft. Aber wenn du tiefer hineinsehen könntest, würdest du viel mehr entdecken – den Retter in dir, der voller Gnade, Kraft und Liebe ist.

15. Mai

Wie ich, euer Meister und Herr, euch jetzt die Füße gewaschen habe, so sollt auch ihr euch gegenseitig die Füße waschen. (Johannes 13,14)

Gnade ganz praktisch

Am Abend vor seiner Kreuzigung steht Jesus vom Essen auf, nimmt sich ein Tuch und eine Schüssel mit Wasser und macht sich daran, jedem seiner Jünger die Füße zu waschen. *Auch Judas'*

Füße?, fragst du dich vielleicht. *Diese verlogene, durchtriebene, gierige Ratte, die Jesus kurz darauf für ein Taschengeld verraten hat? Jesus wird ihm doch nicht auch die Füße waschen?! Hoffentlich nicht!* Wenn Jesus *seinem* Judas die Füße wäscht, dann musst du ja auch die Füße von *deinem* „Judas" waschen. *Deinem* Verräter. Deinem zwielichtigen Fiesling. Der Judas von Jesus zog mit dreißig Silbermünzen davon. Dein Judas hat dir vielleicht deinen Ruf, deine Idee, deine Jungfräulichkeit, dein Vertrauen, deinen besten Freund genommen.

Du verlangst, dass ich ihm die Füße waschen und ihn dann ziehen lassen soll?!

Die meisten Menschen wollen das nicht. Sie hängen das Foto des Übeltäters an die Dartscheibe. Die meisten Menschen lassen ihre Wut schön langsam weiterkochen. Aber du bist nicht „die meisten Menschen". Sieh auf deine Füße. Sie sind nass von der Gnade. Jesus hat die schmutzigsten Bereiche deines Lebens sauber gemacht. Deine Zehen, deine Fußsohlen und deine Fersen haben die angenehme Kühle von Gottes Gnade gespürt.

Zum Nachdenken

Stell dir den „Übeltäter" deines Lebens vor, den Menschen, den du absolut nicht ausstehen kannst. Könntest du seine Füße waschen – vielleicht nicht wörtlich, aber könntest du freundlich und mitfühlend ihm gegenüber sein? Das hat Jesus getan – und er will, dass du das auch tust. Das ist Gnade ganz praktisch.

Glücklich aber ist der Mensch, der seine Hilfe von dem Gott Jakobs erwartet! Glücklich ist, wer seine Hoffnung auf den Herrn setzt! (Psalm 146,5)

Von Hoffnung erfüllt

Wenn du dich nur genug anstrengst und lange genug suchst, findest du schon etwas zum Jammern. Den ersten Menschen, Adam und Eva, ging es so. Sie hatten alles, was sie brauchten, und sahen auf die einzige Sache, die sie nicht haben durften – die Frucht vom verbotenen Baum. Sie hatten etwas zum Jammern gefunden.

Wie ist es bei dir? Worauf schaust du? Auf die eine Frucht, die du nicht essen sollst? Oder auf die Million anderen, die du essen darfst? Auf Gottes Plan oder auf deine Probleme? Ist alles ein Geschenk oder eine Plage?

„Schließlich, meine lieben Brüder und Schwestern, orientiert euch an dem, was wahrhaftig, gut und gerecht, was redlich und liebenswert ist und einen guten Ruf hat …“ (Philipper 4,8).

Wenn wir die Dinge so sehen, wie Gott möchte, dass wir sie sehen, dann sehen wir seine Hand mitten in Krankheit. Wir sehen, wie der Heilige Geist ein gebrochenes Herz tröstet. Wir sehen nicht das Sichtbare, sondern das Unsichtbare. Wir sehen mit den Augen des Glaubens, nicht mit unseren körperlichen Augen. Und weil der Glaube zur Hoffnung führt, sollten gerade wir zu den Menschen gehören, die von Hoffnung erfüllt sind. Denn wir wissen, dass das Leben mehr ist als das, was man mit den Augen sieht.

Zum Nachdenken

Was belastet dich momentan? Nimm dir einen Augenblick Zeit, um hinter das Problem zu schauen. Kannst du Gottes Handschrift darin erkennen? Kannst du erkennen, dass er deine Probleme gebraucht? Denk an das, was an deinem Leben wunderbar ist. Jetzt schau noch mal hin: Die Hoffnung taucht am Horizont auf.

17. Mai

Wer seine Sünden vertuscht, hat kein Glück. (Sprüche 28,13)

Ehrlich sein mit Gott

Unser Baseball-Trainer an der Highschool war strikt gegen Kautabak. Wir hatten ein paar Spieler, die dafür bekannt waren, heimlich zu kauen. Bald hatten wir es alle einmal versucht. Es war ein echter Männlichkeitstest, uns eine Ladung zu nehmen, wenn der Beutel rumging. Ich hatte es gerade so in die Mannschaft geschafft, und da wollte ich auf keinen Fall beim Männlichkeitstest versagen.

Eines Tages hatte ich mir gerade eine Portion in den Mund geschoben, als einer der Spieler uns warnte: „Achtung! Der Trainer kommt!" Da ich nicht erwischt werden wollte, tat ich das Naheliegendste und schluckte den Tabak hinunter.

Das verlieh der Bibelstelle aus Psalm 32,3 eine ganz neue Bedeutung: „Doch davon wurde ich so schwach und elend, dass ich nur noch stöhnen konnte." Ich zahlte den Preis dafür, dass ich meinen Ungehorsam verbergen wollte.

Mein Körper war nicht dafür geschaffen, Tabak zu verdauen. Und deine Seele ist nicht dafür geschaffen, Sünde zu verdauen.

Darf ich dir eine ganz direkte Frage stellen? Verheimlichst du irgendetwas vor Gott? Lass dir etwas von dem Mann an der *Third Base* sagen, dem an diesem Tag kotzübel war: Du wirst dich besser fühlen, wenn du es ausspuckst.

Zum Nachdenken

Denk einmal über die letzten 24 Stunden, den letzten Monat, das letzte Jahr nach. Gibt es irgendetwas, das du vor Gott versteckst? Dir ist schon klar, dass er es eigentlich schon weiß, oder? Er wartet nur noch darauf, dass du es ihm bekennst, damit er dir vergeben und dich segnen kann.

18. Mai

Ich sage euch die Wahrheit: Wer meine Botschaft hört und an den glaubt, der mich gesandt hat, der wird ewig leben.
(Johannes 5,24)

Nur eine Möglichkeit

Wenn du Gott als Schöpfer anerkennst, wirst du ihn bewundern. Wenn du seine Weisheit erkennst, wirst du von ihm lernen. Wenn du seine Stärke entdeckst, wirst du dich auf ihn verlassen. Aber erst, wenn er dich rettet, wirst du ihn anbeten.

Es ist eine „Vorher-nachher-Sache". Vor deiner Errettung konntest du Gott ganz leicht auf Distanz halten. Natürlich war er wichtig, aber jede Menge andere Dinge waren das auch: Freunde. Familie. Schule. Die Schwimmmannschaft. Die Spanisch-AG.

Dann kam der große Sturm … das Toben … der Kampf … Du verlorst die Fassung. Tief in deinem Herzen wusstest du, dass es keinen Ausweg mehr gab. Hast du da deine Freunde oder deine Familie um Hilfe gebeten? Aber sie konnten nur begrenzt etwas für dich tun. Hast du dich auf deine eigenen Fähigkeiten verlassen? Der Sturm ließ sich von deinen Fähigkeiten nicht beeindrucken.

Plötzlich gab es nur noch eine Möglichkeit. Den Einen, der deine Liebe und dein Lob wert war. Der Eine, der deine Anbetung verdient hat. Der eine wahre Gott.

Zum Nachdenken

Nichts fesselt unsere Aufmerksamkeit so sehr wie eine Krise. Wenn die Familie zerbricht oder eine Krankheit zuschlägt, dann wird uns plötzlich bewusst, dass es nicht viele gibt, an die wir uns wenden können. Wohin flüchten wir uns dann? Zu dem Einen, der uns rettet. Warte nicht, bis eine Krise kommt, um auf Gott aufmerksam zu werden. Rufe ihn jetzt schon an!

19. Mai

Euer Körper soll ein Werkzeug zur Ehre Gottes sein, sodass ihr tut, was gerecht ist! (Römer 6,13;NL)

Respektiere Gottes Tempel

Was unseren Körper angeht, so erklärt die Bibel, dass er nicht uns gehört. „Ihr gehört also nicht mehr euch selbst. Gott hat euch freigekauft, damit ihr ihm gehört; nun dient auch mit eurem Körper dem Ansehen Gottes in der Welt“ (1. Korinther 6,19–20).

Mit dem Körper Aufmerksamkeit erregen? Durchsichtige Blusen und megakurze Shorts? Nein. Gebrauche deinen Körper, um Gott zu ehren. „Euer Körper soll ein Werkzeug zur Ehre Gottes sein, sodass ihr tut, was gerecht ist!" Dein Körper ist ein Werkzeug Gottes, für sein Werk und seine Herrlichkeit.

Deinen Körper für kurzfristige Vergnügen mit langfristigen Konsequenzen gebrauchen? Jeden Abend Donuts futtern? Saufgelage am Wochenende? Nein. Pflege Gottes Werkzeug. Kümmere dich darum. Gib ihm Ruhe. Wenn Gott ein robustes Werkzeug braucht – einen Diener, der ausgeruht ist, genug Energie hat zum Arbeiten und wach genug ist zum Denken – dann sei du dieses Werkzeug.

Zum Nachdenken

Wenn es irgendetwas gibt, das wir als unser Eigentum betrachten, dann ist es unser Körper, oder? Die Bibel sagt etwas anderes: Unsere Arme, Beine, unser Gehirn, unser Bauch und alles andere an uns gehört Gott. Denk mal darüber nach. Dann fängst du vielleicht an, deine lebendige Behausung respektvoller zu behandeln …

20. Mai

Die Weisheit aber, die von Gott kommt, ist vor allem aufrichtig; außerdem sucht sie den Frieden, sie ist freundlich, bereit nachzugeben und lässt sich etwas sagen. (Jakobus 3,17)

Herzenssache

Hast du Herzprobleme? Ist dein Herz voller Wut und Sorgen? Jesus ist das Heilmittel.

Sein Herz ist rein. Er wurde von Tausenden angehimmelt und wählte trotzdem ein einfaches Leben. Frauen kümmerten sich um ihn (Lukas 8,1–3), aber man konnte ihm nie lüsterne Gedanken vorwerfen. Er wurde von den Menschen abgelehnt, die er erschaffen hatte, aber war bereit, ihnen zu vergeben, noch bevor sie ihn darum baten. Petrus, der dreieinhalb Jahre mit Jesus unterwegs gewesen war, beschrieb ihn als „unschuldiges, fehlerloses Lamm" (1. Petrus 1,19).

Das Herz von Jesus war voller Friede. Die Jünger bekamen Panik, als sie Tausende von Menschen satt machen sollten – Jesus nicht. Er dankte Gott für das Problem. Die Jünger schrien im Sturm vor Angst – Jesus nicht. Er schlief im Sturm. Petrus zog sein Schwert, um die Soldaten abzuwehren, die seinen Meister holen wollten. Jesus nicht. Er hob seine Hand, um zu heilen. Sein Herz war voller Frieden.

Auch du kannst Reinheit und Frieden erleben. Lass Jesus in dein Herz. Er ist der Herz-Chirurg und Retter, der genau weiß, was zu tun ist.

Zum Nachdenken

An manchen Tagen hast du das Gefühl, dass deine Probleme dauerhafter sind als ein Tattoo. Jesus ist die Lösung. Sprich mit ihm. Bete zu ihm. Bete ihn an. Er wird dein Herz beruhigen und rein machen. Und dann werden er und du bereit sein, die Probleme anzugehen.

Und jeder, der lebt und an mich glaubt, wird auf ewig nicht sterben. (Johannes 11,26; EÜ)

Für jeden

Ich liebe es, wenn meine Frau „jeder" sagt. Manchmal steigt mir aus der Küche mein Lieblingsduft in die Nase: Erdbeer-Pie. Kurz darauf stehe ich über dieses himmlische, frisch gebackene und gerade mit Zuckerguss versehene Vergnügen gebeugt da. Aber ich habe gelernt, mit der Gabel zu warten, bis Denalyn den Kuchen freigibt. „Für wen ist der?", frage ich. Manchmal bricht sie mir das Herz. „Der ist für einen Geburtstag, Max. Rühr ihn nicht an!" Oder sie gibt den Startschuss ins Vergnügen: „Für jeden."

Wer gehört nicht zu *jeder*? Dieses Wort reißt sämtliche Mauern und Barrikaden zwischen Rassen oder Gesellschaftsschichten nieder. Es umgeht die Trennung zwischen den Geschlechtern und überwindet überholte Traditionen. *Jeder* macht es ganz klar: Gottes Gnade gilt der ganzen Welt. Denen, die versuchen, sie einzuschränken, hat Jesus etwas zu sagen.

„*Jeder* nun, der sich zu mir bekennt vor den Menschen, zu dem werde auch ich mich bekennen vor meinem Vater im Himmel" (Matthäus 10,32; SL). „Jeder, der nach Gottes Willen lebt, ist mir Bruder, Schwester und Mutter" (Markus 3,35; NeÜ). „Denn nach dem Willen meines Vaters wird jeder, der den Sohn sieht und an ihn glaubt, für immer leben" (Johannes 6,40).

Wir verlieren so viel im Leben – Freunde, Träume, Chancen. Wir verlieren in der Liebe. Aber wir verlieren niemals unseren Platz auf Gottes Liste von „jedem".

Zum Nachdenken

Das Wort „jeder", das an vielen Stellen der Bibel gebraucht wird, soll in deinem Kopf ein Bild wecken. Da steht Jesus, gar nicht weit weg von dir. Er lächelt – dich an. Seine Augen strahlen Wärme aus. Seine Arme sind weit ausgestreckt, einladend. Jetzt winkt er dir zu, näher zu kommen. Kannst du ihn sehen? Wirst du zu ihm gehen?

22. Mai

Mein Bestreben war immer, die Botschaft da zu verkünden, wo der Name von Jesus Christus noch nicht bekannt war...
(Römer 15,20; NL)

Die Botschaft weitersagen

Das Evangelium ist nichts, worüber man mal so ganz nebenbei beim Mittagessen spricht. Man hört nicht oft jemanden sagen: „Kannst du mir mal eine Serviette geben? Ich wollte dich übrigens noch fragen, ob du in den Himmel oder in die Hölle kommst." Und doch verlässt sich Gott darauf, dass du seine gute Nachricht verbreitest.

Du musst kein Priestergewand tragen oder eine lange, langweilige Predigt halten, um ein Diener des Evangeliums zu sein. Nach Paulus' Aussage sprechen die Diener des Evangeliums überall über das Evangelium und darüber, was Gott in ihrem Leben tut. Es ist nicht immer leicht, den Glauben zur Sprache zu bringen, aber wenn du jetzt mutig bist, kann das in der Ewigkeit etwas verändern.

Ich frage mich, ob Jesus zu dir sagen wird, wenn du einmal im Himmel bist: „Ich bin so stolz, dass ich dich gebrauchen durfte.

Wegen dir sind heute andere Menschen hier. Möchtest du sie sehen?" Bist du ein Diener des Evangeliums? Ganz bestimmt. Bewirkst du etwas? Auf jeden Fall.

Zum Nachdenken

Meinst du, du kannst deine Freunde nicht beeinflussen? Denk noch mal nach. Sie hören dir zu und beobachten jede deiner Bewegungen. Wenn du Christ bist und sie nicht, dann ist es keine gute Idee, deinen Glauben geheim zu halten. Erzähl ihnen, dass du an Gott glaubst und ihn liebst – und bestätige deine Worte durch dein Tun.

23. Mai

Jeder von uns hat von Gott seine besondere Aufgabe bekommen. (1. Korinther 3,5; GN)

Entscheidungen

Du hast zwei Möglichkeiten, kannst aber nur eines davon machen: nächstes Wochenende deine Eltern unterstützen oder deiner Tante an der Nordsee helfen? In den Ferien einen Einsatz mit deiner Jugendgruppe machen oder auf einen Kurzzeit-Missionseinsatz gehen? Wofür entscheidest du dich?

Ich mache es wie ein Pilot, der vor dem Flug immer seine Checkliste durchgeht, bevor er startet. Ich stelle mir drei Fragen: *Wohin hat Gott mich bisher geführt?* Ich denke an all die Orte, an die mich Gott bisher schon geschickt hat; an die Erfahrungen, die ich gemacht habe; die Kulturen, denen ich schon begegnet bin;

die verschiedenen Lebensstile, die ich kennengelernt habe. Gott gebraucht frühere Erfahrungen, um gegenwärtige Probleme zu überwinden. *Welche Menschen und Ort reizen mich besonders?* Jeder von uns hat andere Leidenschaften und Neigungen. Manche arbeiten gerne im Ausland. Andere helfen lieber ihren Nachbarn. *Was kann ich besonders gut?* Jeder von uns hat mindestens eine ganz besondere Begabung, und wir sollten diese eine Sache besonders gut machen.

Wenn du deine Checkliste durchhast, sprich mit Gott darüber. Er wird dir bei der Entscheidung helfen. Dann bist du bereit für den „Flug".

Zum Nachdenken

Wenn du eine große Entscheidung treffen musst, dann hör genau auf Gott. Sein Weg ist immer der richtige. Wenn du keinen besonderen Impuls von ihm hörst, der in eine bestimmte Richtung geht, kann das bedeuten, dass beide Möglichkeiten gut sind. Wir lernen aus neuen Abenteuern und Gelegenheiten, ganz gleich, wo sie uns hinführen.

24. Mai

Jesus sah sie an und sagte: „Für Menschen ist es unmöglich, aber für Gott ist alles möglich!" (Matthäus 19,26)

Superheld Paulus

Wirf einmal einen Blick ins Gefängnis und sieh dir Paulus an: Er ist gebeugt und schwach, an einen römischen Soldaten gekettet, während er auf seinen Prozess wartet. Paulus ist völlig am Ende. Keine Familie. Kein Besitz. Keinen Beistand.

Paulus ist kein Superman. Er sieht nicht im Entferntesten wie ein Superheld aus.

Er klingt auch nicht wie einer. Er bezeichnete sich selbst als schlimmsten Sünder von allen. Bevor er ein christlicher Leiter wurde, war er ein Christenmörder. Manchmal war ihm das Herz so schwer, dass er kaum noch die Feder übers Blatt führen konnte. „Ich unglückseliger Mensch! Wer wird mich jemals aus dieser Gefangenschaft befreien?“ (Römer 7,24).

Wer weiß, wie lange er auf diese Frage gestarrt hat, bevor er den Mut fand, aller Logik zum Trotz diese Antwort zu formulieren: „Gott sei Dank! Durch unseren Herrn Jesus Christus bin ich bereits befreit“ (Vers 25). Paulus wurde erst zum Superhelden des christlichen Glaubens, als er seinen Glauben und sein Vertrauen auf Jesus setzte.

Zum Nachdenken

Bewunderst du die fiktiven Helden in den Comics und auf der Leinwand? Sie haben Kräfte und tun waghalsige Dinge, von denen wir Menschen nur träumen können. Und doch *hast* du die Möglichkeit, ein Superheld zu sein. Wenn du dein Leben mit Jesus verbindest, dann verbindest du dich mit einer Kraft, angesichts der all diese erfundenen Helden wie Spielzeug wirken.

25. Mai

Denn Gott fordert weder seine Gaben zurück, noch widerruft er die Zusage, dass er jemanden auserwählt hat. (Römer 11,29)

Vertraue auf deine Bestimmung

Wir Menschen neigen dazu, uns über die Katastrophen in unserem Leben zu definieren. Mach diesen Fehler nicht. Du glaubst, du hast alles verloren? Hast du nicht. „Denn die Sachen, die Gott einmal schenkt, die nimmt er nicht wieder weg. Und wenn er jemanden für etwas ausgesucht hat, dann bereut er das nicht, das gilt für immer" (Römer 11,29, Volx-Bibel).

Und das funktioniert so:

Dein Freund lässt dich sitzen. All seine Versprechungen, mit dir zum Abschlussball zu gehen, haben sich in Luft aufgelöst, als er das neue Mädchen in der Leichtathletikmannschaft kennengelernt hat. Jetzt bist du so fertig wie ein alter Turnschuh. *Blödmann. Arsch. Dieser nichtsnutzige Schleimer.* Du bist schwer versucht, dich zu rächen. Aber halt! Es gibt ein Versprechen. Gott ruft dich zu einem anderen Leben. Deshalb beschließt du, über deine Bestimmung nachzudenken. „Ich bin Gottes Kind. Mein Leben ist mehr als nur dieses Leben hier … mehr als ein gebrochenes Herz. Das ist Gottes Verheißung und Gott bricht sein Wort nicht so wie diese armselige Krücke."

Bingo. Du hast soeben dein Leben neu definiert, und zwar nach der Definition aus Gottes Lexikon. Du hast deiner Bestimmung vertraut.

Zum Nachdenken

Gibt es etwas Schlimmeres als ein gebrochenes Versprechen? Du fühlst dich verraten und am Boden zerstört. So etwas macht Gott nicht mit dir. Er hat einen Plan für dein Leben entworfen und dir Begabungen geschenkt, um diesen Plan verwirklichen zu können. Folge ihm, dann wirst du die Zukunft entdecken, für die du erschaffen bist.

26. Mai

Dankt dem Herrn, denn er ist gut zu uns, seine Liebe hört niemals auf! (1. Chronik 16,34)

Ein dankbares Herz

Bei einem Empfang wurde einem ehemaligen Soldaten ein Haus geschenkt. Er überschlug sich förmlich vor Dankbarkeit. Mit seinem einen gesunden Bein sprang er auf die Bühne und umarmte den Moderator stürmisch. „Danke! Danke! Danke!" Er umarmte den Gitarristen der Band und die beleibte Frau in der ersten Reihe. Er dankte dem Ober, den anderen Soldaten und dann wieder dem Moderator. Zu guter Letzt dankte er sogar mir! Ich hatte überhaupt nichts getan.

Sollten wir nicht genauso dankbar sein? Jesus baut ein Haus für uns (Johannes 14,2). Unsere Besitzurkunde ist genauso sicher wie die dieses ehemaligen Soldaten.

Und Gott gibt uns so viel mehr. Jede Nacht glitzern Milliarden von Sternen am Himmel. *Danke, Gott*. Ein wunderbares Zusammenspiel von Muskeln und Nerven macht es möglich, dass du diese Zeilen lesen und dein Gehirn sie verarbeiten kann. *Danke,*

Gott. Mutige Frauen und Männer sind tagtäglich im Einsatz, um unsere Freiheit zu schützen. *Danke, Gott.* Ein dankbares Herz ist wie ein Magnet, der Gründe zum Danken aufsammelt.

Zum Nachdenken

Wir nehmen so vieles selbstverständlich hin. Das Dach über dem Kopf und das Kissen unter dem Kopf. Gemeinschaft mit anderen. Freunde, die uns lieben. Du solltest Gott immer für diese Dinge danken. Auch wenn es eine schlechte Woche ist, weißt du doch, wie die Sache irgendwann enden wird: mit einem Zuhause im Himmel. Und auch dafür kannst du dankbar sein.

27. Mai

Alles menschliche Denken nehmen wir gefangen und unterstellen es Christus, weil wir ihm gehorchen wollen.
(2. Korinther 10,5)

Kontrolliere deine Gedanken

Du musst zugeben, dass unser Herz manchmal voller Müll ist. Wir öffnen die Tür für jedes Gesocks, das anklopft. Die Wut kommt vorbei und wir lassen sie rein. Die Rache will sich niederlassen und wir bieten ihr einen Stuhl an. Das Selbstmitleid will eine Fete feiern und wir zeigen ihr die Küche und den Kühlschrank. Die Gier klingelt und wir machen das Bett im Gästezimmer. Können wir denn gar nicht Nein sagen?

Viele können es nicht. Für die meisten von uns ist die Kontrolle unserer Gedanken ein Ding der Unmöglichkeit. Wir denken viel darüber nach, unsere Zeitplanung in den Griff zu kriegen, das Gewicht, den Stundenplan, unsere unreine Haut. Aber wie wäre es mit dem Wunsch, die Gedanken in den Griff zu kriegen? Sollten wir uns nicht genauso darum bemühen, unsere Gedanken zu kontrollieren, wie wir alles andere kontrollieren wollen?

Die Bibel sagt: „Richtet eure Gedanken auf das, was schon bei euren Mitmenschen als rechtschaffen, ehrbar und gerecht gilt, was rein, liebenswert und ansprechend ist, auf alles, was Tugend heißt und Lob verdient" (Philipper 4,8; GN). Soll ich es einmal anders ausdrücken? Lass den Müll draußen.

Zum Nachdenken

Worüber hast du in letzter Zeit nachgedacht? Kontrollierst du deine Gedanken oder kontrollieren deine Gedanken dich? Jeder erdenkliche Müll klopft an die Tür deines Herzens, versucht hereinzukommen und es sich gemütlich zu machen. Halte die Tür verschlossen, indem du an die Dinge denkst, die wahr und rein sind, und gib Gott den Schlüssel.

28. Mai

Wünscht denen, die euch verfolgen, Gutes. Segnet sie, anstatt sie zu verfluchen. (Römer 12,14; GN)

In allem Bösen etwas Gutes finden

Manche sagen, Judas war ein guter Mensch, nur seine Strategie schlug fehl. Das glaube ich nicht. Die Bibel sagt, er war ein Dieb (Johannes 12,6). Der Mann war ein Gauner. Irgendwie hatte er es geschafft, in der Gegenwart Gottes zu leben und die Wunder von Jesus zu erleben und sich trotzdem nicht zu verändern.

Zum Schluss beschloss er, lieber Geld als einen Freund zu haben, und hat Jesus für dreißig Silberstücke verkauft. Judas war ein Schurke, ein Betrüger und ein Schnorrer. Wie kann man in ihm irgendetwas anderes sehen?

Ich weiß es nicht, aber Jesus konnte es. Er stand nur wenige Zentimeter vor ihm, sah ihm, seinem Verräter, in die Augen und sagte: „Mein Freund, tu, wozu du gekommen bist" (Matthäus 26,50; NL). Was genau Jesus in Judas gesehen hat, das es wert war, ihn „Freund" zu nennen, kann ich mir nicht vorstellen. Aber ich weiß, dass Jesus nicht lügt und dass er in diesem Augenblick etwas Gutes in diesem schlechten Menschen gesehen hat.

Jesus hat uns vorgelebt, wie wir mit denen umgehen sollen, die uns verletzen.

Zum Nachdenken

Ich gehe jede Wette ein, dass dir auf Anhieb ein paar Leute einfallen, von denen du nicht sonderlich begeistert bist. Menschen, die dich schikaniert und verletzt haben. Menschen, die du niemals „Freund" nennen würdest. Aber Jesus liebt genau diese Menschen. Er sieht sie an und sieht trotz all ihrer Fehler etwas Gutes in ihnen. Vielleicht gelingt dir das ja auch?

29. Mai

Der Herr ist mein Hirte, ich habe alles, was ich brauche.
(Psalm 23,1; NL)

Wir brauchen einen Hirten

Schafe sind nicht besonders schlau. Sie neigen dazu, in fließende Bäche zu laufen, um zu trinken, dann wird ihre Wolle nass und schwer und sie ertrinken. Sie brauchen einen Hirten, der sie zu „stillen Wassern" führt (Psalm 23,2; ELB). Sie können sich nicht selbst verteidigen – sie haben keine Krallen, Hörner oder Greifzähne. Sie sind hilflos. Schafe brauchen einen Hirten mit „Stecken und Stab", um sie zu beschützen (Vers 4; NL). Sie haben keinen Orientierungssinn. Sie brauchen jemanden, der ihnen „den richtigen Weg" zeigt (Vers 3; NL).

Wir sind wie Schafe. Wir erzählen gerne, wie schlau, wie stark, wie selbstständig wir sind. Aber auch wir werden leicht vom Wasser weggerissen, von dem wir uns hätten fernhalten sollen. Wir können uns nicht gegen den bösen Löwen wehren, der umherschleicht und guckt, wenn er verschlingen kann. Auch wir verirren uns.

Wir brauchen einen Hirten. Wir brauchen einen Hirten, der für uns sorgt und uns führt. Und wir haben einen.

Zum Nachdenken

Erlebst du manchmal Tage, an denen du dich so unintelligent und hilflos wie ein Schaf fühlst? Du bewegst dich, weißt aber nicht so recht, wohin. Du spürst das Unheil kommen, aber es ist schon zu spät. In solchen Momenten helfen einem gute Noten,

Begabung und Beliebtheit auch nicht viel. Nur ein Hirte kann dir dann helfen.

30. Mai

Wer Gottes Willen tut, ist für mich Bruder, Schwester und Mutter! (Markus 3,35)

Du gehörst zu Gottes Familie

Es mag dich vielleicht überraschen zu erfahren, dass Jesus eine Familie hatte. Und es mag auch überraschend sein, dass seine Familie alles andere als vollkommen war. Wenn deine Familie dich nicht versteht, sei nicht entmutigt; Jesus wurde von seiner auch nicht verstanden. Er hat selbst gesagt: „Nirgendwo gilt ein Prophet weniger als in seiner Heimat, bei seinen Verwandten und in seiner eigenen Familie" (Markus 6,4).

Es gab eine Gelegenheit, bei der man Jesus mit seinen Geschwistern zusammen in der Öffentlichkeit sah. Nicht, weil sie so stolz auf ihn waren, sondern weil sie sich für ihn schämten. „Als seine Angehörigen das erfuhren, wollten sie ihn unbedingt mit nach Hause nehmen. ‚Er hat den Verstand verloren!', sagten sie" (Markus 3,21). Die Geschwister von Jesus dachten, ihr Bruder sei durchgedreht. Er war ihnen peinlich!

Kennst du das Gefühl? Vielleicht ist deine Familie eher katastrophal als klasse oder eher verrückt als verständnisvoll. Ich kann dir nicht versprechen, dass dich deine Familie je verstehen oder dich segnen wird. Aber Gott tut es. Lass dir von Gott geben, was deine Familie dir nicht gibt. Wenn deine leibliche Familie dich nicht unterstützt, dann lass es stattdessen deine himmlische Familie tun.

Zum Nachdenken

Wir können uns unsere Familie nicht aussuchen. Wenn dein Vater nicht fair zu dir ist, dann kannst du das bravste Kind der Welt sein, er wird es dir trotzdem nicht sagen. Es ist ein ungerechtes Spiel mit ungerechten Regeln. Jesus hat so nicht gespielt. Und du solltest es auch nicht tun. Nimm deinen Platz in Gottes Familie ein. Nimm Gott nicht nur als deinen Retter an, sondern auch als deinen Vater.

31. Mai

Gott, warum hast du uns für immer verstoßen? (Psalm 74,1)

Gott will deine Fragen hören

Thomas kam mit seinen Zweifeln. Hat Jesus ihn zurückgewiesen? Mose hatte seine Einwände. Hat Gott zu ihm gesagt, er soll sich vom Acker machen? Hiob hatte seine Kämpfe. Hat Gott sich von ihm abgewendet? Paulus hatte seine Schwierigkeiten. Hat Gott ihn deshalb aufgegeben?

Nein. Gott stößt niemand mit einem aufrichtigen Herzen von sich. Harte Fragen bringen Gott nicht aus dem Konzept. Er will unsere Fragen hören!

Vielleicht fragst du dich, warum Gott anscheinend tatenlos zusieht, während so viele schlimme Dinge passieren. Warum lässt er Versuchung zu? Warum war er letzte Woche anscheinend nicht da, als du ihn so dringend gebraucht hättest? Du fragst dich, ob du ihm *wirklich* vertrauen und glauben kannst.

Merk dir eines: Gott weist jemanden, der aufrichtig fragt, niemals ab. „Wenn es jemandem von euch an Weisheit fehlt, soll er

Gott darum bitten, und Gott wird sie ihm geben" (Jakobus 1,5). Geh mit deinen Fragen zu Gott. Lies sein Wort. Wenn du ein wenig Geduld hast, wird er dir vielleicht die Antworten zeigen, die du suchst. Der Lohn dafür ist ein tieferer, reicherer und stärkerer Glaube.

Zum Nachdenken

Jeder Lehrer wird dir erzählen, dass Fragen zum Lernprozess dazugehören. Also trau dich ruhig, Gott Fragen zu stellen – er kann das ab! Ein reifer Glaube kommt nicht mit dem Alter, er kommt dadurch, dass man täglich nach Jesus fragt und in ihm wächst.

Juni

Denn das Sichtbare vergeht,
doch das Unsichtbare bleibt ewig.

2. KORINTHER 4,18

Wir sind Ton, du bist unser Töpfer, und wir alle sind deiner Hände Werk. (Jesaja 64,7)

Dein Herz kann sich verändern

Gott möchte, dass wir werden wie Jesus.

Sind das nicht gute Nachrichten? Du musst nicht den Charakter behalten, den du jetzt hast. Du bist auch nicht dazu verdammt, ewig mies drauf zu sein. Du kannst optimiert werden. Auch wenn du dir bisher jeden Tag Sorgen gemacht hast: Du musst das nicht länger tun. Was wäre also, wenn du als Angeber geboren worden wärst? Dann musst du nicht als Angeber sterben.

Wer hat uns nur eingeredet, wir könnten uns nicht verändern? Wo kommen solche Aussagen her wie: „Es ist einfach meine Art, mir Sorgen zu machen“, oder: „Ich werde immer ein Pessimist bleiben. So bin ich einfach!“? Würden wir das Gleiche auch über unseren Körper sagen? „Es ist eben meine Art, ein gebrochenes Bein zu haben.“ Natürlich nicht. Wenn an unserem Körper etwas nicht in Ordnung ist, holen wir Hilfe. Sollten wir das nicht auch tun, wenn mit unserem Innersten etwas nicht in Ordnung ist, oder um unsere negative Einstellung zu ändern? Können wir nicht darum bitten, dass unsere Egotrips behandelt werden?

Natürlich können wir das. Jesus kann unser Herz verändern. Er möchte, dass wir so ein Herz bekommen wie er.

Zum Nachdenken

Bist du manchmal frustriert über dich selbst? Wünschst du dir, du könntest deine Laune ändern? Wenn du daran zweifelst, dann denk daran, dass Jesus die ganze Welt verändert hat. Wenn er das kann, glaubst du nicht, dass er dann auch dich verändern kann?

2. Juni

Er [Gott] selbst führt diesen Krieg ... (1. Samuel 17,47)

Wie man Riesen besiegt

David rennt auf das Heer zu, um Goliath herauszufordern (1. Samuel 17,48). Goliath wirft lachend den Kopf zurück, und dabei rutscht sein Helm ein Stückchen nach hinten – gerade weit genug, dass ein kleines Stück seiner Stirn entblößt wird. David entdeckt das Ziel und ergreift die Gelegenheit. Seine Schleuder pfeift. Der Stein saust durch die Luft und dringt in den Schädel ein; Goliath geht zu Boden und stirbt. David reißt Goliaths Schwert aus der Scheide und hackt dem Philister den Kopf ab.

Wann hast du zum letzten Mal einen Riesen besiegt? Wann bist du das letzte Mal auf eine Herausforderung geradewegs zugerannt? Wir neigen dazu, uns zurückzuziehen, uns hinter einem Berg von Hausaufgaben zu verstecken oder uns durch Partys abzulenken. Eine Weile fühlen wir uns dann sicher und behaglich, aber dann sind die Hausaufgaben gemacht oder die Party ist vorbei, und wir hören Goliath wieder rufen. Seine Stimme dröhnt und ist überlaut.

Versuch es einmal ganz anders. Lauf mit einem von Gott erfüllten Herzen auf deinen Riesen zu. *Hey, du Riese „Depression", du wirst mich nicht besiegen! Du Riese „Alkohol", „Angst" „Unsicherheit" ... du wirst untergehen!* Wann hast du das letzte Mal deine Steinschleuder geladen und kräftig ausgeholt gegen deinen Riesen?

Zum Nachdenken

Manchmal sind es die Mutigen, die gewinnen. Du fühlst dich vielleicht im Moment nicht sonderlich mutig, aber Gott wird dir helfen. Bitte ihn jetzt um Kraft, Mut und Stärke, um den Riesen in deinem Leben zu Fall zu bringen. Du schaffst das – leg los!

3. Juni

Herr, du gibst Frieden dem, der sich fest an dich hält und dir allein vertraut! (Jesaja 26,3)

Richte deine Gedanken auf Gott

Es ziehen immer noch Riesen durch diese Welt: Katastrophen. Betrug. Krankheit. Mobbing. Scheidung. Übergroße Herausforderungen laufen herum und rauben uns den Schlaf oder nehmen uns die Freude. Aber sie können dich nicht beherrschen. Du weißt, wie du mit ihnen fertigwirst. Du stellst dich den Riesen, indem du zuerst zu Gott gehst.

Der Apostel Paulus schrieb: „Betet immer und in jeder Situation mit der Kraft des Heiligen Geistes" (Epheser 6,18; NL). Das Gebet hat David den Erfolg gebracht. Wie überlebt man ein Leben als Flüchtling in dunklen Höhlen? David hat es mit Gebeten wie diesem überlebt: „Erbarme dich über mich, o Gott, erbarme dich! Bei dir suche ich Zuflucht, bei dir bin ich geborgen wie ein Küken, das sich unter die Flügel seiner Mutter flüchtet, bis das Unwetter vorbeigezogen ist. Zu Gott, dem Höchsten, schreie ich, zu ihm, der meine Not wendet und alles zu einem guten Ende führt" (Psalm 57,2–3).

Vergiss diese Verheißung nicht: „Herr, du gibst Frieden dem, der sich fest an dich hält und dir allein vertraut!“ Gott verspricht seinen Frieden. Wem? Demjenigen, der sich fest an Gott hält. Nicht dem, der sich gelegentlich bei ihm meldet. Der Frieden ist denen verheißen, die sich mit Herz und Verstand fest an Gott halten.

Zum Nachdenken

Gott hört jedes Gebet seiner Kinder. Aber welche Art von Gebet, glaubst du, gefällt ihm am besten? Ein beiläufig gesprochenes „Herr, segne das Essen“ oder ein tiefes, ernsthaftes, vertrautes Gespräch? Paulus sagt: „Betet immer und in jeder Situation.“ Klingt, als sei das ein guter Rat.

4. Juni

Darum lebe nicht mehr ich, sondern Christus lebt in mir!
(Galater 2,20)

Gib Gott deine Hände

Du musst noch deine Mathehausaufgaben fertig machen. Ein Trompetensolo üben. Den Müll rausbringen. Kurz gesagt: Du musst noch etwas erledigen.

Gott auch: Großmütter brauchen eine Umarmung. Menschen, die an ihre Wohnung gefesselt sind, brauchen Gesellschaft. Hungrige brauchen etwas zu essen. Gestresste Schüler brauchen Zuversicht. Gott hat viel zu erledigen. Und er braucht unsere Hände dafür.

Was die Hand im Handschuh ist, das ist der Heilige Geist im Christen. Gott schlüpft in uns rein. Manchmal merken wir es kaum. Ein anderes Mal ist es kaum zu übersehen. Gott steckt Stück für Stück seine Finger in unser Leben und nimmt das wieder in Besitz, was rechtmäßig ihm gehört.

Deine Zunge? Er beansprucht sie für seine Botschaft. Deine Füße? Er will, dass sie für seine Ziele unterwegs sind. Dein Verstand? Er hat ihn gemacht und will ihn zu seiner Ehre gebrauchen. Deine Augen, dein Gesicht, deine Hände? Mit ihnen weint, lächelt und berührt er andere. Er hat etwas zu erledigen. Gib Gott deine Hände (und den ganzen Rest) und dann schau, wie sie Leben verändern.

Zum Nachdenken

Gott wird sich nicht damit zufriedengeben, nur einen Teil von dir zu gebrauchen. Was soll man mit einem halben Hammer? Er will dein ganzes Herz, deinen ganzen Verstand, deinen ganzen Glauben, damit du ganz und gar für ihn da bist und er seine vollkommenen und wunderbaren Pläne verwirklichen kann.

5. Juni

Lasst euch durch nichts vom Gebet abbringen, und vergesst dabei nicht, Gott zu danken. (Kolosser 4,2)

Warum Sorgen machen?

Die Einstellung von Jesus zum Thema Sorgen lässt sich in einem kurzen Satz zusammenfassen: *Sorgen sind sinnlos und respektlos.*

„Und wenn ihr euch noch so viel sorgt, könnt ihr doch euer Leben um keinen Augenblick verlängern" (Matthäus 6,27). Sich Sorgen machen ist sinnlos. Es ändert gar nichts. Wann hast du zum letzten Mal ein Problem gelöst, indem du dir darum Sorgen gemacht hast? Stell dir vor, jemand sagt: „Ich komme mit den Hausaufgaben nicht mehr nach, deshalb habe ich beschlossen, mir so lange Sorgen zu machen, bis ich es geschafft habe. Und weißt du was? Es hat funktioniert! Nach ein paar schlaflosen Nächten, ein bisschen Händeringen und Haareraufen lagen die fertigen Hausaufgaben plötzlich auf meinem Schreibtisch. Der Sorge sei Dank!"

Das wird nicht passieren. Sorgen verändern gar nichts. Du kannst dadurch deinem Leben keinen einzigen Tag oder deinem Tag kein bisschen Leben hinzufügen. Von deinen Sorgen bekommst du nur Bauchschmerzen, sonst nichts. Sich sorgen ist nicht nur sinnlos, weil es nichts ändert, es ist auch respektlos, weil wir Gott misstrauen.

Zum Nachdenken

Lies mal, was Jesus in Matthäus 6,25–34 gesagt hat. Sagt er uns nicht, dass Gott uns gibt, was wir brauchen, ganz gleich, ob wir uns sorgen oder nicht? Sagt er nicht, dass wir uns auf das Heute konzentrieren sollen, und dass es vergeudete Energie ist, sich um morgen zu sorgen? Demonstriere ihm deinen Glauben, indem du die Sorgen hinter dir lässt.

Und was soll ich mit Jesus machen, eurem sogenannten Retter? (Matthäus 27,22; GN)

Du kannst dich entscheiden

Pilatus, dem römischen Statthalter, wurde ein Gefangener vorgeführt, der angab, ein König zu sein. Und Pilatus stellte eine wichtige Frage: „Was soll ich mit Jesus machen, eurem so genannten Retter?"

Vielleicht geht es dir wie Pilatus und du bist neugierig auf diesen Jesus. Was macht man mit einem Mann, der behauptet, Gott zu sein, aber Religion hasst? Was macht man mit einem Mann, der sich selbst „Retter" nennt, aber das System verurteilt? Was macht man mit einem Mann, der genau weiß, wann und wo er sterben wird, und trotzdem dorthin geht?

Du hast zwei Möglichkeiten. Du kannst ihn ablehnen. Das ist eine Möglichkeit. Du kannst – wie viele Menschen – beschließen, dass die Vorstellung, Gott sei ein Handwerker, ein Zimmermann geworden, zu unlogisch ist, und dich einfach abwenden.

Oder du nimmst ihn an. Du kannst dich mit ihm auf den Weg machen. Du kannst auf seine Stimme hören und ihm nachfolgen.

Zum Nachdenken

Was wirst du mit Jesus machen? Du bist neugierig genug, um dieses Andachtsbuch zu lesen. Vielleicht hast du auch schon von deinem Glauben an Jesus erzählt. Aber etwas hältst du noch zurück. Ihn ablehnen? Oder ihn total annehmen? Es ist Zeit für eine Entscheidung.

7. Juni

Seht doch, wie groß die Liebe ist, die der Vater uns schenkt! Denn wir dürfen uns nicht nur seine Kinder nennen, sondern wir sind es wirklich. (1. Johannes 3,1)

Wer bin ich?

Das Leben kann echt verwirrend sein. Du versuchst herauszufinden, was du tun sollst. Du willst entdecken, was du wirklich gut kannst (und was nicht). Du musst herausfinden, was du glaubst. Da kann sich dein Kopf schon mal schneller drehen als ein Turbokarussell. Du fängst an dich zu fragen: *Wer bin ich eigentlich?*

Ich will dir sagen, wer du bist. Genauer gesagt, will ich dir *verkünden*, wer du bist. Du gehörst zu Gottes Familie und wirst mit Christus zusammen sein Reich erben (Römer 8,17). Du bist ewig, wie ein Engel (Lukas 20,36). Du hast eine ewige Krone (1. Korinther 9,25). Du bist ein heiliger Priester (1. Petrus 2,5), Gottes besonderes Eigentum (2. Mose 19,5).

Aber mehr als all das – und das ist wichtiger als jeder Titel und jede Position – bist du ganz einfach Gottes Kind. „Wir sind es wirklich." Deshalb ist etwas, das dir wichtig ist, auch Gott wichtig. Du gehörst zu ihm.

Zum Nachdenken

Du musst so viele Rollen übernehmen: Sohn oder Tochter. Bruder oder Schwester. Schüler. Freund. Mannschaftskamerad. Aber eine Rolle ist wichtiger als alle anderen: Kind Gottes. Das ist die Rolle, die dir deinen Status gibt. Das ist die Rolle, in der du Frieden und Liebe findest. Vergiss niemals, wer du bist!

Seid so barmherzig wie euer Vater im Himmel! (Lukas 6,36)

Der Langweile-Killer

Du hast bestimmt auch schon mal gesagt: „Mir ist so langweilig!" Es gibt Tage, die ziehen sich wie Kaugummi. Die Lehrer labern und labern, und das Aufregendste ist, dem Zeiger auf der Uhr zuzuschauen.

Willst du wissen, wie du die Langweile besiegen kannst? Tu etwas ganz Außergewöhnliches. Eine liebevolle Tat, die dir keiner je vergelten kann. Eine Freundlichkeit ohne Gegenleistung. Tu etwas, wofür du nichts zurückbekommst. Zum Beispiel bei alten Nachbarn die Straße kehren, wenn sie gerade nicht da sind. Deinem Vater das Auto waschen, während er verreist ist. Den Jungen, der keine Freunde hat, zu dir einladen und mit ihm Computerspiele spielen. Das neue Mädchen in der Klasse mit in deine Jugendgruppe in der Gemeinde nehmen. Einem bettlägerigen oder obdachlosen Menschen Plätzchen bringen.

Jesus hat gesagt: „Ihr aber sollt … den Menschen Gutes tun. Ihr sollt ihnen helfen, ohne einen Dank oder eine Gegenleistung zu erwarten. Dann werdet ihr reich belohnt werden" (Lukas 6,35). Wenn du erlebst, wie sich andere freuen, wenn du ihnen deine Liebe und Zeit schenkst, wird deine Langweile verflogen sein – und es wird atemberaubend sein!

Zum Nachdenken

Es ist schon komisch mit der Langweile – man konzentriert sich ganz auf sich selbst und darauf, wie man sich fühlt. Wenn du dich traust, jemand anderem etwas Gutes zu tun, verlagert sich deine Aufmerksamkeit. Du registrierst plötzlich viel stärker, was um dich herum geschieht, statt nur auf das zu schauen, was in dir abgeht. Und das ist nicht langweilig. Das ist aufregend.

9. Juni

Gott verabscheut die Lebensweise der Menschen, die ihn missachten; aber er liebt den, der seine Gebote liebt. (Sprüche 15,9)

Das Feuer der Wut

Vielleicht liegt die Verletzung schon lange zurück. Ein Elternteil hat dich misshandelt. Ein Lehrer hat dich beleidigt. Ein Freund hat dich verraten. Und du bist wütend. Vielleicht ist die Verletzung aber auch ganz frisch. Der Kumpel, der dir noch Geld schuldet, fährt mit seinem nagelneuen Fahrrad an dir vorbei. Dein Freund, der dir letzte Woche noch seine Liebe erklärt hat, hat vergessen, wie du heißt. Und du bist verletzt.

Etwas in dir ist zerbrochen, ein anderer Teil von dir ist verbittert. Etwas in dir will weinen, ein anderer Teil von dir will sich rächen. In deinem Herzen brennt ein Feuer – das Feuer der Wut.

Und du stehst vor einer Entscheidung: Soll ich das Feuer löschen oder es weiter anfachen? Soll ich vergessen oder vergelten? Soll ich loslassen oder nachtragen? Soll ich die Wunde heilen lassen oder den Hass gewähren lassen?

Hass ist blöd. Rache ist schlecht. Aber das Schlimmste daran ist, dass ohne Vergebung nur noch Bitterkeit bleibt.

Zum Nachdenken

Du kennst vielleicht jemanden, bei dem sich die Wut in Bitterkeit verwandelt hat. Wie ist derjenige drauf? Grimmig oder spaßig? Gibt er spitze Bemerkungen oder ermutigende Worte von sich? Willst du auch so werden? Überlass Gott dein gebrochenes Herz. Lass das Feuer erlöschen. Vergib.

10. Juni

Aber wer bis zum Ende durchhält, wird gerettet.
(Matthäus 10,22)

Bring's zu Ende

Bist du kurz davor aufzugeben? Bitte, tu's nicht. Bist du entmutigt, wenn du an die Zukunft denkst? Halte durch! Bist du es leid, Gutes zu tun? Tu noch ein bisschen mehr. Traust du deinen Freunden nicht mehr richtig? Gib ihnen noch eine Chance. Du kannst mit deinen Eltern einfach nicht reden? Versuch's noch einmal.

Denk daran, dass diejenigen, die ans Ziel kommen, nicht die sind, die keine Verletzungen davontragen oder nicht müde sind. Ganz im Gegenteil. Sie haben Wunden und bluten, wie ein Boxer nach dem Kampf. Mutter Teresa soll mal gesagt haben: „Gott hat uns nicht berufen, erfolgreich zu sein, er hat uns nur berufen, treu zu sein.“ Ein Kämpfer ist voller Wunden und hat Schmerzen, so wie Jesus. Vielleicht ist er sogar gefesselt und wurde geschlagen, so wie Paulus. Aber er macht weiter.

Jesus sagt, das verheißene Land wartet auf die, die durchhalten. Es ist nicht nur für die, die die Siegerrunde drehen und den

Champagner trinken. Nein. Das verheißene Land wartet auf die, die einfach bis zum Schluss dranbleiben.

Wenn du dort ankommst, gibt es eine Siegesfeier wie nie zuvor.

Zum Nachdenken

Gott ehrt die, die bis zum Ende durchhalten. Hiob musste tragische Verluste und großes Elend aushalten, aber er hat nie den Glauben verloren und Gott hat ihn unermesslich gesegnet. Das Gleiche kann man auch von zahllosen anderen Menschen sagen. Willst du vor lauter Problemen am liebsten aufgeben? Tu's nicht. Du kannst dir gar nicht vorstellen, was Gott für diejenigen bereithält, die bis zum Ende durchhalten.

11. Juni

Das wahre Leben wird nicht daran gemessen, wie viel wir besitzen. (Lukas 12,15; NL)

Gefangen im Habenwollen

Bist du gefangen? Du bist es jedenfalls, wenn du dich besser fühlst, wenn du mehr hast – und dich schlechter fühlst, wenn du weniger hast. Du bist gefangen, wenn dein Glück mit dem nächsten Zalando-Paket kommt, mit der nächsten Auszeichnung, der neuen Frisur. Wenn dich Dinge, die du irgendwo hinstellen, fahren, trinken, essen oder herunterladen kannst, glücklich machen, dann sieh der Tatsache ins Auge, dass du gefangen bist – gefangen im Habenwollen.

Das sind die schlechten Nachrichten. Die gute Nachricht ist, dass du Besuch hast. Und dein Besuch hat eine Nachricht für dich, die dich befreien kann. Komm in den Besucherraum. Setz dich an den Tisch und schau dem Psalmschreiber David in die Augen. Er gibt dir ein Zeichen, dich zu ihm herüberzubeugen. „Ich muss dir ein Geheimnis verraten", flüstert er, „das Geheimnis der Zufriedenheit: ‚Der Herr ist mein Hirte, nichts wird mir fehlen'" (Psalm 23,1).

Das ist, als ob er sagen würde: „Was ich bei Gott habe, ist mehr als das, was ich im Leben nicht habe."

Glaubst du, wir beide könnten lernen, das auch zu sagen?

Zum Nachdenken

Wir alle kommen mit einem Verlangen auf die Welt. Als Babys wollen wir Milch, wir wollen Aufmerksamkeit, wir wollen frische Windeln – und zwar sofort! Aber wenn wir älter werden, lernen wir, dass etwas *wollen* und etwas *brauchen* nicht dasselbe ist. Was wir wirklich brauchen, gibt uns Gott.

12. Juni

Bei dir finde ich Zuflucht, du schützt mich wie eine Burg! Mein Gott, dir vertraue ich! (Psalm 91,2)

Gott hat deine Geschichte geschrieben

Hast du schon schlimme Dinge erlebt? Gott und du, ihr habt vielleicht unterschiedliche Definitionen von *schlimm*. Du definierst das Wort vielleicht mit „Pickel auf der Nase" oder „Test in Geometrie". Dein Vater, der schon ein paar Jahre mehr auf dem Buckel hat, sieht das vielleicht anders. Er weiß, dass Pickel wieder verschwinden.

Was du und ich als totale Katastrophe einstufen, ist bei Gott vielleicht ein Problem auf Pickel-Ebene, das wieder vergeht. Er sieht dein Leben so wie du eine Verfilmung, von der du vorher schon das Buch gelesen hast. Wenn etwas Schlimmes passiert, spürst du, wie alle im Kino die Luft anhalten. Alle anderen starren erschrocken auf die Leinwand. Aber du bleibst gelassen. Warum? Du kennst das Buch. Du weißt, dass der gute Kerl wieder aus der Klemme rauskommt. Mit der gleichen Zuversicht sieht Gott dein Leben. Er hat deine Geschichte nicht nur schon gelesen … er hat sie geschrieben!

Zum Nachdenken

Denk mal an deinen letzten schlimmen Tag zurück. Wie schlimm war er? Wirst du dich in fünf Jahren noch daran erinnern? Und in zehn? Deine Probleme sind real. Das verstehe ich. Aber vielleicht hilft es dir, daran zu denken, dass Gott den Schluss der Geschichte kennt und dass es ein Happy End gibt.

13. Juni

Gottes Wege sind vollkommen. (Psalm 18,31; NL)

Hilfe bei Enttäuschung

Wenn Gott nicht so handelt, wie wir es uns wünschen, ist es nicht einfach, damit umzugehen. Das war es noch nie. Und wird es auch nie sein. Aber der Glaube ist die Überzeugung, dass Gott mehr über dieses Leben weiß als wir, und dass er uns durchbringen wird. Unsere Enttäuschung kann durch veränderte Erwartungen geheilt werden.

Ich mag die Geschichte von dem Typ, der in die Zoohandlung kommt und nach einem singenden Papageien sucht. Anscheinend lebt er alleine und es ist ihm zu still in seiner Wohnung. Der Zoohändler hat genau den richtigen Vogel für ihn, also kauft der Mann ihn.

Am nächsten Tag kommt der Junggeselle von der Arbeit nach Hause und die ganze Wohnung ist von Gezwitscher erfüllt. Er geht zum Käfig, um den Papagei zu füttern, und da fällt ihm zum ersten Mal auf, dass das Tier nur ein Bein hat. Er fühlt sich betrogen, weil man ihm einen einbeinigen Vogel verkauft hat, und ruft in der Zoohandlung an, um sich zu beschweren.

„Was wollen Sie eigentlich?", erwidert der Händler, „einen Vogel, der singen kann, oder einen Vogel, der tanzen kann?" Eine gute Frage in Zeiten der Enttäuschung.

Zum Nachdenken

Wir sind dem Mann mit dem Papagei sehr ähnlich. Wir bekommen, was wir brauchen, und beklagen uns dann darüber. Sorgt Gott für dich? Hat er dir für heute genug Hoffnung gegeben? Wir können der Enttäuschung aus dem Weg gehen, wenn wir Gott vertrauen, dass er uns gibt, was wir brauchen.

14. Juni

Da forderte Jesus sie auf: „Kommt mit mir!" (Matthäus 4,19)

Gottes Lieblingswort

Einladungen geben uns das Gefühl, etwas Besonderes zu sein. Egal, ob es eine schriftliche Einladung zu einer Geburtstagsparty ist oder eine mündliche für einen Treff in der Disco, eine Einladung ist immer eine schöne Sache.

Unser Gott ist ein einladender Gott. Er lud Maria ein, seinen Sohn zur Welt zu bringen; die Jünger, Menschen für ihn zu gewinnen; die Ehebrecherin zu einem Neuanfang und den Jünger Thomas, seine Wunden zu berühren. Gott ist der König, der seinen Palast schmückt, die Tafel deckt und seine Menschen einlädt zu kommen. „Kommt" scheint sein Lieblingswort zu sein.

„Ihr Völker, kommt her und hört zu!" (Jesaja 34,1). „Kommt alle her zu mir, die ihr euch abmüht und unter eurer Last leidet! Ich werde euch Ruhe geben" (Matthäus 11,28).

Gott ist ein Gott der Einladungen. Er lädt dich genau in diesem Moment ein, mit ihm zu reden, damit ihr beide euch besser kennenlernt. Was antwortest du?

Zum Nachdenken

Gott verschickt immer wieder Einladungen. Er lädt dich ein, es mit ihm zu versuchen. Er lädt dich ein, sein Wort zu lesen, um zu sehen, ob es wahr ist. Er lädt dich ein, ihm dein Herz zu geben. Er lädt dich ein, immer mehr wie Jesus zu werden. Er lädt dich ein, die Ewigkeit bei ihm zu verbringen. Jede Einladung ist unglaublich groß. Wirst du sie annehmen?

Meine Söhne, hört mir zu und folgt den Ratschlägen eures Vaters. Beachtet meine Worte, damit ihr klug werdet!
(Sprüche 4,1)

Die Lektionen eines Vaters

Ein Vater bringt seinen Kindern viele Dinge bei. Eines der wichtigsten Dinge habe ich kurz vor dem Tod meines Vaters gelernt. Er war gerade in Rente gegangen. Er und meine Mutter hatten Geld gespart und Pläne gemacht. Sie wollten mit ihrem Wohnmobil alle Nationalparks besuchen. Dann kam die Diagnose „Amyotrophe Lateralsklerose" oder auch *Lou-Gehrig-Syndrom*, eine degenerative Erkrankung des motorischen Nervensystems.

Damals waren meine Frau Denalyn und ich gerade dabei, uns auf einen Missionseinsatz in Brasilien vorzubereiten. Als wir die Nachricht erhielten, bot ich meinem Vater an, unsere Pläne über den Haufen zu schmeißen. Schließlich konnte ich doch nicht das Land verlassen, wenn er bald sterben würde. Mein Vater schrieb sofort zurück: „Was meine Krankheit und eure Abreise nach Brasilien angeht, fällt mir die Antwort leicht: Geht! ... Ich habe keine Angst vor dem Tod oder der Ewigkeit, also macht euch um mich keine Sorgen. Geht einfach. Tut, was Gott gefällt."

Mein Vater erinnerte mich daran, dass es nur eine Antwort gibt, wenn wir in Schwierigkeiten sind oder sogar sterben müssen: Sei mutig, tu, was Gott gefällt. Die Lektion, die mein Vater mir beibrachte, war, dass es immer das Wichtigste ist, den Willen unseres himmlischen Vaters zu tun.

Zum Nachdenken

Welche Lektionen haben dich deine Eltern gelehrt? Wenn du kannst, dann danke ihnen doch mal für ihre guten Ratschläge. Und dann danke auch gleich mal deinem himmlischen Vater für seinen guten Rat an dich. Zweifel nie daran, dass er es gut mit dir meint.

16. Juni

Denn du hast ihn [den Menschen] nur wenig geringer als Gott gemacht und ihn mit Ehre und Herrlichkeit gekrönt.
(Psalm 8,5; NL)

Die richtige Sicht

Bist du zu hart mit dir selbst? Erwartest du zu viel von dir? Hast du das Gefühl, nichts richtig zu machen? Hast du ein negatives Bild von dir?

Denk daran, dass deine Identität nicht davon abhängt, was du tust, sondern davon, wer du bist. Du bist ein Kind Gottes, vom Meister selbst erschaffen, für seine Pläne und zu seiner Ehre. Wenn du dich mit seinen Augen siehst, wird aus deinem „Ich kann nichts" ein „Alles kann ich durch Christus, der mir Kraft und Stärke gibt" (Philipper 4,13). Gott ist größer als deine Schüchternheit, als deine Angst vor Ablehnung, als dein früheres Versagen. Er will, dass du in seinem Namen auf andere Menschen zugehst. Du kannst es vielleicht noch nicht erkennen, aber er bereitet dich vor, um die Welt zu verändern.

Ganz Gott zu gehören heißt, deine Unsicherheit über Bord zu werfen. Du gehörst zu seiner Familie und bist dazu erschaffen, eine Rolle in der Zukunft zu spielen – und er macht keine Fehler.

Zum Nachdenken

Vielleicht erfüllst du deine eigenen Maßstäbe nicht. Vielleicht erscheint dir deine Leistung in letzter Zeit ziemlich mies. Das ist Gott egal. Er liebt dich, und du bist ihm kostbar, weil er dich gemacht hat. Er hat einen Plan für dich, von dem du nicht einmal zu träumen wagst. Vertrau ihm. Liebe ihn. Er hat sein Leben für etwas sehr Wertvolles geopfert – für dich.

17. Juni

... denn nur einer ist euer Lehrer, Christus.
(Matthäus 23,10; EÜ)

Einfach glauben

Es gibt Menschen, die sich zwischen dich und Gott stellen wollen. Es gibt Menschen, die behaupten, dass der Weg zu Gott nur über sie führt. Da ist der Mitarbeiter, der bei der Bibelauslegung das letzte Wort hat. Da ist der Vater, der alles, was du tust, absegnen muss. Da ist der geistliche Leiter, der dir sagt, was Gottes Wille für dich ist. Jesus sagt, wenn Religion zu kompliziert wird, dann lasst die Mittelsmänner weg. „... nur einer ist euer Lehrer, Christus."

Er sagt nicht, dass du keine Lehrer, Gemeindeleiter oder Seelsorger mehr brauchst. Aber er sagt, dass wir alle Schwestern und Brüder sind und den gleichen Zugang zum Vater haben. Mach dir den Glauben leichter, indem du dich selbst an Gott wendest. Dazu sind keine verwirrenden Zeremonien notwendig. Es braucht keine mysteriösen Rituale. Es gibt keine komplizierte Hierarchie oder verschiedene Befugnisse.

Hast du eine Bibel? Dann kannst du darin lesen. Hast du ein Gehirn? Dann kannst du damit nachdenken. Hast du ein Herz? Dann kannst du beten. Und Gott freut sich darüber.

Zum Nachdenken

Das ist einer der wunderbaren Widersprüche des christlichen Glaubens: eine unglaubliche, lebensveränderte Kraft verpackt in einer ganz einfachen Botschaft. Jesus sagt, wir sollen unsere Sünden bekennen und an ihn glauben. Eine Beziehung zu ihm zu haben ist genauso einfach. Lies in seinem Wort. Denk darüber nach, was es für dich bedeutet. Sprich mit ihm im Gebet.

18. Juni

Ich war nackt, ihr habt mir Kleidung gegeben.
(Matthäus 25,36)

Liebe ganz praktisch

Was wäre, wenn du das Vorrecht hättest, Maria zu sein? Was wäre, wenn Gott selbst als nacktes Baby in deinen Armen liegen würde? Würdest du nicht das Gleiche tun, was sie getan hat? „Sie wickelte ihn in Windeln" (Lukas 2,7). Der Säugling Jesus war noch nass von der Geburt und fror. Seine Mutter tat, was jede Mutter tun würde – sie tat, was die Liebe tut: Sie deckte ihn zu.

Hättest du gern die Gelegenheit, das Gleiche zu tun? Solche Gelegenheiten gibt es jeden Tag. Der Obdachlose, der an der Straßenecke sitzt und friert – könntest du ihm eine Jacke geben? Die Außenseiterin zwei Klassen unter dir – könntest du sie ermutigen?

Jesus hat gesagt: „Ich war nackt, ihr habt mir Kleidung gegeben … Das will ich euch sagen. Was ihr für einen meiner geringsten Brüder getan habt, das habt ihr für mich getan!“ (Matthäus 25,36+40). Mit Liebe lässt sich fast alles zudecken.

Zum Nachdenken

Wenn jemand dir einen frierenden, zitternden Säugling geben würde, dann würdest du ihn natürlich warm einpacken und für ihn sorgen. Aber die Kälte, die die Menschen in ihrem Inneren spüren, sehen wir nicht immer. Fast jeder Mensch, dem du begegnest, zittert wegen irgendeiner Verletzung. Wenn du dich um deine Mitmenschen kümmerst, kümmerst du dich auch um Jesus.

19. Juni

Schon vor meiner Geburt hat der Herr mich in seinen Dienst gerufen. Als ich noch im Mutterleib war, hat er meinen Namen genannt. (Jesaja 49,1)

Er macht aus Bösem Gutes

Christine Caine wurde von der Mutter und dem Vater, die sie gezeugt und auf die Welt gebracht haben, ausgesetzt und hatte nicht einmal einen Namen. Gibt es etwas noch Schlimmeres? Allerdings. Sie wurde von den Angehörigen ihrer neuen Familie sexuell missbraucht. Diese Leute machten ihre ganze Kindheit zu einer Horrorgeschichte. Es waren zwölf lange, grausame Jahre.

Aber ihre bösen Absichten hat Gott zu etwas Gutem gebraucht. Christine beschloss, sich auf die Zusage ihres himmlischen Vaters zu konzentrieren und nicht auf die Wunden aus der Vergangenheit. Als sie viele Jahre später vom Schicksal junger Mädchen hörte, die als Prostituierte verkauft wurden, wusste sie, dass sie etwas unternehmen musste. Dieses namenlose, missbrauchte Mädchen machte sich daran, die unbekannten, missbrauchten Mädchen ihrer Zeit zu retten. Jetzt reist sie um die Welt, trifft sich mit Politikern und Regierungschefs. Satans Plan, sie zu vernichten, hat nur ihre Entschlossenheit gestärkt, anderen zu helfen. Mit Gott an ihrer Seite will sie den Menschenhandel in die Knie zwingen.[6]

Es gibt nichts Böses, das außerhalb von Gottes Reichweite ist. Er wird auch aus deinem Schlamassel etwas Gutes machen. Das ist seine Aufgabe.

Zum Nachdenken

Du hast ganz sicher auch schon einmal etwas Böses erlebt. Du weißt, was das Böse anrichten kann. Aber Gottes Berufung für dein Leben ist stärker als die schlimmsten Absichten von Menschen. Verlass dich auf Gottes Kraft und sein Versprechen. Lass dich dadurch in deiner Entschlossenheit stärken, das Böse zu überwinden und seinem Plan zu folgen, etwas unglaublich Gutes daraus zu machen.

20. Juni

Vertrau dich dem Herrn an und sorge dich nicht um deine Zukunft! Überlass sie Gott, er wird es richtig machen.
(Psalm 37,5)

Er sorgt für unsere Bedürfnisse

Gott hat sich zur Aufgabe gemacht, für unsere Bedürfnisse zu sorgen. Paulus schreibt, ein Mann, der nicht für die eigene Familie sorgt, ist schlimmer als ein Ungläubiger (1. Timotheus 5,8). Wie viel mehr wird ein heiliger Gott dann für seine Kinder sorgen! Denn wie sollen wir seinen Auftrag ausführen, wenn unsere Bedürfnisse nicht erfüllt sind? Wie können wir anderen helfen oder von Jesus erzählen, wenn unsere Grundbedürfnisse nicht erfüllt sind? Sollte Gott uns ohne Schuhe und ohne Essen losschicken? Natürlich nicht.

„Ich wünsche euch, dass der Gott des Friedens … euch mit allem versorgt, was ihr braucht, um seinen Willen zu tun“ (Hebräer 13,20–21; NL). Ist dieses Gebet in unserem Leben nicht schon beantwortet worden? Wir hatten vielleicht nicht immer ein Festmahl, aber hatten wir nicht immer genug zu essen? (Pausenriegel gehört auch dazu.) Es war vielleicht nicht immer ein Gala-Dinner, aber Brot und Cornflakes waren immer da. Und oft gab es auch noch viel mehr. Gott versorgt uns jeden Tag.

Zum Nachdenken

Wie wäre es, wenn du mal eine Liste von all den Dingen machst, die du gerne hättest? Wie lang wäre dein Zettel? Und wie steht es mit dem, was du tatsächlich brauchst? Das ist mit Sicherheit eine sehr viel kürzere Liste: Essen. Ein Dach überm Kopf. Kleidung. Liebe. Gott weiß ganz genau, was du brauchst, und er hat versprochen, es dir zu geben.

21. Juni

Ich will gerne tun, mein Gott, was du von mir erwartest. Dein Gesetz ist mir ins Herz geschrieben. (Psalm 40,8)

Wofür brennt dein Herz?

Du willst Gottes Willen für dein Leben herausfinden? Dann beantworte folgende Frage: Wofür brennt dein Herz? Für vergessene Waisenkinder? Für unerreichte Völker? Für die Großstadt? Für Menschen in Randbezirken? Folge dem Feuer, das in dir brennt!

Singst du leidenschaftlich gern? Dann sing! Organisierst du gerne? Dann organisiere! Fühlst du mit den Kranken? Dann kümmere dich um sie! Brechen dir verlorene Menschen das Herz? Dann erzähle ihnen von Jesus! Vielleicht träumst du davon, Taucher, Tänzerin, Tierarzt oder Bauchredner zu werden. Dann tu es!

Als junger Mann spürte ich den Ruf zu predigen. Weil ich mir nicht sicher war, ob ich Gottes Willen für mich richtig verstanden hatte, fragte ich einen Pastor um Rat, den ich sehr bewunderte. „Predige nicht", sagte er, „wenn du nicht unbedingt *musst.*" Ich dachte über seine Worte nach und fand meine Antwort: „Ich muss. Wenn ich es nicht tue, wird mich das Feuer in mir verschlingen."

Es kann gut sein, dass Gott die Quelle deiner Leidenschaft ist. Welches Feuer brennt in dir?

Zum Nachdenken

Deine Gaben und Träume sind kein Zufall. Gott hat jedem von uns ganz spezielle Fähigkeiten und Träume für die Zukunft gegeben. Was für jemand anderes dumm oder unrealistisch erscheint, ist vielleicht genau Gottes Plan für dich. Wenn er eine Tür öffnet, dann zögere nicht hindurchzugehen.

22. Juni

Denn wer durchhält und den Sieg erringt, wer bis zuletzt nach meinem Willen lebt und handelt, dem werde ich Macht über die Völker der Erde geben. (Offenbarung 2,26)

Was wäre, wenn Gott nicht hier wäre?

Was wäre, wenn Gott nicht hier auf der Erde wäre? Du glaubst, die Menschen seien doch trotzdem grausam zueinander? Aber stell dir einmal vor, wie es ohne Gottes Gegenwart wäre. Du meinst, wir gehen trotzdem brutal miteinander um? Aber stell dir die Welt einmal ohne den Heiligen Geist vor. Du meinst, es gäbe ja dennoch so viel Einsamkeit und Verzweiflung und Schuld? Aber stell dir das Leben einmal ohne Jesu Nähe vor.

Was wäre mit deiner Familie und deinen Freunden, wenn Jesus ihren Charakter nicht formen würde? Was wäre mit *dir*? Keine Vergebung. Keine Hoffnung. Keine Freundlichkeiten. Keine lieben Worte. Keine Nahrungsmittel, die in seinem Namen verteilt werden. Keine Loblieder für ihn. Keine Taten zu seiner Ehre. Wenn Gott seine Engel, seine Gnade, die Verheißung der Ewigkeit und seine Diener wegnehmen würde, was würde dann aus dieser Welt werden?

Kurz gesagt: die Hölle.

Wir sollten Gott jetzt und jeden Tag danken, dass er hier bei uns ist.

Zum Nachdenken

Wie gut ist deine Fantasie? Stellst du dir in Gedanken manchmal andere Welten vor? Ich denke, ich habe eine recht lebhafte Fantasie, aber es gibt einige Dinge, die ich mir lieber nicht vorstelle. Eines davon ist eine Welt ohne Gott. Ich bin froh, dass ich darüber nicht nachdenken muss. Jede Wette, du auch.

23. Juni

David, der Sohn Isais, ist ein Mann nach meinem Herzen. Er wird alles tun, was ich von ihm will.
(Apostelgeschichte 13,22; NL)

Ein Herz, das Gott gefällt

Gott nannte David „ein Mann nach meinem Herzen". Man könnte die Geschichte von David lesen und sich dann fragen, was Gott eigentlich in ihm gesehen hat. Der Kerl ist so oft auf die Schnauze gefallen wie standhaft geblieben und so oft gestolpert wie siegreich gewesen. Er hielt dem grimmigen Blick Goliaths stand, aber nicht dem Anblick von Batseba. Er trotzte den Gotteslästerern, aber dann machte er sich eins mit ihnen. Er konnte eine ganze Armee anführen, aber hatte seine eigene Familie nicht im Griff. Der tobende David. Der weinende David. Der blutrünstige David. Der gotteshungrige David.

Ein Mann nach dem Herzen Gottes? Dass Gott ihn so gesehen hat, kann uns Hoffnung machen. Für Strebertypen ist Davids Geschichte eine Enttäuschung. Für alle anderen ist sie ermutigend. Wir fahren mit der gleichen Achterbahn wie David. Wir schwanken zwischen vollendeten Kopfsprüngen und Bauchplatschern.

Wir brauchen Davids Geschichte. Sie zeigt, dass es nicht immer ein Wunder gab. Keine Teilung des Roten Meeres, keine Auferstehung des Lazarus. Keine Wunder. Doch ein Wunder gibt es: David ist das Wunder. Der Gott, der aus David ein Wunder gemacht hat, wartet nur darauf, auch aus dir ein Wunder zu machen.

Zum Nachdenken

Kannst du dich mit David identifizieren? Vielleicht nicht mit ihm als König, aber wahrscheinlich mit dem Hin und Her in seinem Leben, dem Pendeln zwischen Erfolg und Versagen. Was er getan hat, hatte nicht immer Beifall verdient, aber meistens hatte er das Herz am rechten Fleck. Richte dein Herz auf Gott aus, dann wird es gut werden.

24. Juni

Er hat uns unsere ganze Schuld vergeben. Den Schuldschein, der uns wegen der nicht befolgten Gesetzesvorschriften belastete, hat er für ungültig erklärt. (Kolosser 2,13–14; GN)

Das Geschenk, das Gnade heißt

Die großen Weltreligionen lassen sich in zwei Kategorien einteilen: Gesetzlichkeit oder Gnade. Entweder wirst du durch deine

Taten gerettet oder du wirst durch das Geschenk von Jesu Tod gerettet.

Jemand, der an das Gesetz glaubt, glaubt, dass er selbst die Kraft der Errettung ist. Wenn du richtig aussiehst, das Richtige sagst und zur richtigen Gruppe gehörst, dann wirst du gerettet. Die Verantwortung liegt nicht bei Gott, sie liegt bei dir. Und das Ergebnis: Von außen sieht alles super aus. Positive Worte und ein aufrechter Gang. Aber schau einmal ganz genau hin. Hör genau zu. Irgendetwas fehlt. Was? Freude. Und was entdeckst du? Angst. (Angst, nicht genug getan zu haben.) Arroganz. (Weil du genug getan hast.) Versagen. (Weil du einen Fehler gemacht hast.)

Unser geistliches Leben ist keine menschliche Leistung. Es ist keine Prüfung, für die man lernt, oder eine Note, die man bekommt. Man wird nicht errettet, weil man ein paar Extra-Aufgaben gemacht hat. Dein Glaubensleben ist im Heiligen Geist verwurzelt und wird von ihm geleitet. Jede geistliche Errungenschaft ist von Gott gemacht. Auch die Errettung, das Geschenk, das wir Gnade nennen.

Zum Nachdenken

Es widerspricht allem, was wir gelernt haben. Wenn du etwas Großes, Wichtiges erreichen willst, dann musst du dafür arbeiten, oder? Bei Gott nicht. Die wichtigste Errungenschaft von allen – ein reservierter Platz im Himmel – kann man sich nicht verdienen. Es ist das größte aller Geschenke.

Denn es macht eurem Vater große Freude, euch das Reich Gottes zu schenken. (Lukas 12,32; NL)

Reich beschenkt

Gott liebt es zu geben. „Ihr wisst doch, dass er … jeden reich beschenkt" (Jakobus 1,5). Er überschüttet uns mit Liebe (1. Johannes 3,1). Er ist reich an „Güte, Geduld und Treue" (Römer 2,4). Seine Gnade ist „reich" (1. Timotheus 1,14) und „übergroß" (2. Korinther 9,15). Er hat aus ein paar Laiben Brot und ein paar Fischen genug zu essen für Fünftausend gemacht, hat bei einer Hochzeit Wasser in Wein verwandelt und das Boot von Petrus bis zum Überlaufen mit Fischen gefüllt, sogar zweimal. Er hat alle geheilt, die gesund werden wollten, hat alle gelehrt, die lernen wollten, und alle gerettet, die das Geschenk der Errettung annahmen.

Stell ihn dir vor mit einem breiten Grinsen auf dem Gesicht, wie er dir die neuesten Tanzschritte beibringt. Wenn Gott uns etwas schenkt, dann tanzt er dabei vor Freude. Gott verteilt seine Güte nicht mit der Pipette, sondern mit dem Feuerwehrschlauch. Du kannst es gar nicht alles behalten. Also lass es übersprudeln. Überfließen. Gieß es aus. Und freu dich an der Überschwemmung.

Zum Nachdenken

Versuch heute einmal jemanden mit einem unerwarteten Geschenk zu überraschen. Vielleicht mit dem Schal, der deiner Schwester so gefällt, oder einem aufgeräumten Zimmer, das sich deine Mutter wünscht. Dann achte mal auf das Lächeln in ihrem

Gesicht. Achte auf die Freude, die das in dir auslöst. Es ist ein winziger Bruchteil der Freude, die Gott empfindet, wenn er dir etwas gibt.

26. Juni

Gehört jemand zu Christus, dann ist er ein neuer Mensch. Was vorher war, ist vergangen, etwas Neues hat begonnen.
(2. Korinther 5,17)

„Das kriegen wir wieder hin"

Als Pfadfinder bekamen wir einmal die Aufgabe, einen Drachen zu bauen. Mein großes Glück als Pfadfinderjunge war ein Vater, der Drachen bauen konnte. Wir entwarfen ein wahres fliegendes Kunstwerk: einen rot-weiß-blauen Kastendrachen. Wir ließen unser Meisterwerk mit dem Märzwind steigen. Aber nach wenigen Minuten wurde mein Drache von einem Fallwind erfasst und verlor an Höhe. Ich tat, was ich konnte, um ihn oben zu halten, aber es war zu spät.

Stell dir einen völlig geknickten, zwölfjährigen Rotschopf vor, der neben seinem abgestürzten Drachen steht. Jetzt stell dir einen breitschultrigen Mann mit sonnengebräunter Haut vor, der dem Jungen die Hand auf die Schulter legt. Mein Vater begutachtete den Haufen aus Stricken, Stöcken und Papier und versicherte mir: „Ist schon in Ordnung. Das kriegen wir wieder hin." Ich glaubte ihm. Warum auch nicht? Er hatte voller Überzeugung gesprochen.

So ist es auch mit Christus. Zu allen, deren Leben wie ein zerbrochener Drache daliegt, sagt er: „Ist schon in Ordnung. Das kriegen wir wieder hin." Deine Welt sieht vielleicht aus wie ein

Haufen wertloser Schnüre und Stöcke. Nur Mut! Jesus legt dir die Hand auf die Schulter. Du hast einen Retter, der Leben wieder heil machen kann.

Zum Nachdenken

Gott hat einmal zu Jeremia gesagt: „Ihr seid in meiner Hand wie Ton in der Hand des Töpfers!" (Jeremia 18,6). Er ist Meister darin, aus Bruchstücken etwas Neues zu formen. Vertrau ihm. Seine Hand liegt auf deiner Schulter. Er ist jederzeit bereit, sich an die Arbeit zu machen.

27. Juni

Aber ihr werdet den Heiligen Geist empfangen und durch seine Kraft meine Zeugen sein in Jerusalem und Judäa, in Samarien und auf der ganzen Erde. (Apostelgeschichte 1,8)

Sag es weiter

Der Große da vorn – das ist Petrus. Rauer galiläischer Akzent. Raue Hände vom Fischen. Rauer, dickköpfiger Kerl. Der, der auserwählt war, Gottes nächstes großes Werk zu leiten, wusste mehr über Barsche und Schiffsanleger als über römische Kultur oder ägyptische Herrscher. Und seine Kumpel Andreas, Jakobus, Nathanael? Hatten sie irgendeine Schulbildung?

Was hatten sie denn sonst? Demut etwa? Sie stritten sich, wer der erste Assistent von Jesus sein durfte. Eine handfeste Glaubenslehre? Petrus hatte Jesus geraten, das mit dem Kreuz zu lassen. Treue? Als Jesus verhaftet wurde, rannten alle weg. Aber schau sie dir einmal sechs Wochen später an, als sie so taten, als hätten sie gerade Karten fürs WM-Finale gewonnen. Freudestrahlend klatschten sie sich gegenseitig ab. Und sie wunderten sich über den Auftrag, den Jesus ihnen gegeben hatte: „Ihr werdet meine Zeugen sein … auf der ganzen Erde."

Ihr Hinterwäldler werdet meine Zeugen sein. *Ihr* ungebildeten, einfachen Leute werdet meine Zeugen sein. *Ihr*, die ihr mich früher für verrückt erklärt habt, die ihr an mir gezweifelt habt. *Ihr* werdet meine Zeugen sein.

Er spricht zu den Jüngern. Er spricht aber auch zu dir und mir.

Zum Nachdenken

Dass Jesus diese zwölf Männer ausgewählt hat, hat einen tieferen Sinn. Diese Jungs gehörten nicht zu den angesagten, kultivierten Leuten. Wenn du denkst, du brauchst eine spezielle Ausbildung, um Gottes gute Nachricht weiterzusagen, dann denk noch mal drüber nach. Er will, dass du das einsetzt, was du hast, um von ihm zu erzählen. Du bist schon qualifiziert.

28. Juni

Bleibt wach und betet, damit ihr der Versuchung widerstehen könnt. (Markus 14,38)

Sag Nein zum Gift

Josef war 27, als er mit sexueller Versuchung konfrontiert wurde. Als seine Brüder ihn nach Ägypten verkauften, dachten sie wahrscheinlich, dass sie ihn zu Schwerstarbeit und einem frühen Tod verdammt hätten. Stattdessen übertrug ein Ägypter namens Potiphar Josef die Verantwortung für seinen Haushalt. Er fiel auf – auch bei Frau Potiphar. Es dauerte nicht lange und sie umgarnte ihn: „Schlaf mit mir!" (1. Mose 39,7).

Weit weg von zu Hause, von seiner eigenen Familie verstoßen und gestresst von der Arbeit, hätte Josef sich dafür rechtfertigen können. Genau wie du. Du wurdest sitzen gelassen, verletzt, bist ein gebranntes Kind. Du hast kaum noch Freunde und noch weniger Lösungen für deine Probleme. Jemand aus deiner Klasse bietet dir Alkohol an. Dein Banknachbar will dich dazu verleiten, im nächsten Test einen Spickzettel zu benutzen. Du überlegst, deinen Eltern statt der Wahrheit eine Notlüge aufzutischen. Die Ausreden schießen wie Pilze aus dem Boden. *Es erfährt ja keiner. Die erwischen mich schon nicht. Ich schade ja niemandem.* Abgesehen davon, dass das nicht stimmt. Du verletzt die Menschen, denen du wichtig bist. Ganz zu schweigen von Gott. Ganz zu schweigen von dir selbst.

Josef hat Frau Potiphar zurückgewiesen. Er wollte nichts von ihrem Gift. Versetz dich in Josefs Lage und mach es genauso.

Zum Nachdenken

Versuchungen schleichen sich auf viele Arten in unser Leben. Manche sind ziemlich offensichtlich. Manche sind versteckt. Wenn dich eine Versuchung anlacht, dann mach es wie Jesus und zitiere Bibelverse (lies mal, wie Jesus vom Teufel versucht wurde, in Matthäus 4,1–11). Oder folge einfach dem Rat aus Sprüche 3,7: „Gehorche Gott und meide das Böse!" Wenn die Versuchung dich nicht einholen kann, kann sie dich auch nicht verführen.

Vater, vergib ihnen, denn sie wissen nicht, was sie tun!
(Lukas 23,34)

Der mitfühlende Jesus

Hast du dich schon mal gefragt, wie Jesus es schaffen konnte, es der Menge, die ihn gekreuzigt hat, *nicht* heimzuzahlen? Hast du dich jemals gefragt, wie er sich so unter Kontrolle haben konnte? Hier ist die Antwort: „... denn sie wissen nicht, was sie tun." Sieh genau hin. Es scheint, als würde Jesus diesen blutrünstigen, mordlustigen Mob nicht als die Mörder, sondern als die Opfer sehen. Nicht als gewalttätige Masse, sondern – wie er es ausdrückte – als „Schafe ohne Hirten" (Markus 6,34). Es scheint, als würde er in ihren Gesichtern nicht Hass, sondern Verwirrung erkennen. „Sie wissen nicht, was sie tun." Wenn man einmal darüber nachdenkt: Nein, sie wussten es wirklich nicht. Sie waren wütend auf etwas, das sie nicht sehen konnten, also ließen sie ihre Wut ausgerechnet an Gott aus.

Kennst du jemanden, der voller Wut und Hass ist und dir wehtun möchte? Vielleicht kannst du diese Person so sehen, wie Jesus sie sieht. Als verirrten Menschen, als Schaf ohne Hirten. Als jemanden, der nicht weiß, was er oder sie tut. Als jemanden, den Gott liebt.

Zum Nachdenken

Wenn dich jemand beleidigt, dich anschreit oder sogar versucht, dich zu schlagen, ist es ziemlich schwer, nicht zurückzuschlagen. Dazu muss man sehen, was hinter dem Angriff steckt. Ist es Angst? Oder einfach nur Dummheit? Was auch immer es ist, Jesus liebt diesen Menschen genauso wie dich.

30. Juni

Wenn wir aber unsere Sünden bekennen, dann erfüllt Gott seine Zusage treu und gerecht: Er wird unsere Sünden vergeben und uns von allem Bösen reinigen. (1. Johannes 1,9)

Ein ehrliches Geständnis

Gestehen. Zugeben. Bekennen. Diese Worte sagen alle dasselbe – aber was bedeutet das genau?

Bekennen heißt nicht, Gott etwas zu erzählen, was er noch nicht weiß. Das ist unmöglich. Bekennen heißt auch nicht, sich zu beklagen. Wenn ich einfach nur meine Probleme und Wehwehchen aufzähle, dann ist das Jammern. Bekennen heißt auch nicht, anderen die Schuld zu geben. Mit dem Finger auf andere zu zeigen, ohne auf mich selbst zu zeigen, fühlt sich zwar gut an, bringt aber keine Entlastung.

Schuld bekennen ist viel mehr. Schuld bekennen heißt, sich völlig auf Gottes Gnade verlassen. Wir bekennen damit unser Vertrauen auf Gottes Güte. Wenn wir nur wenig von Gottes Gnade begriffen haben, wird unser Schuldgeständnis nur zögerlich, unvollständig und mit Entschuldigungen durchzogen sein. Du kennst das. „Tut mir leid, Schwesterherz, dass ich dein Tagebuch gelesen habe, aber du hättest es nicht auf deinem Bett liegen lassen sollen."

Wenn wir aber begriffen haben, was überfließende Gnade ist, führt das zu einem vollständigen, ehrlichen Geständnis. Der verlorene Sohn, der von zu Hause weggegangen ist, begreift schließlich, dass er es vermasselt hat, kehrt beschämt zurück und erkennt, dass es keinen anderen Weg für ihn gibt als das Bekennen seiner Schuld: „Vater, ich bin schuldig geworden an Gott und an dir. Sieh mich nicht länger als deinen Sohn an …" (Lukas 15,21).

Zum Nachdenken

„Ich hab's vermasselt!" Ich weiß so gut wie du, wie sich das anfühlt. Verbirg es nicht länger, bring es vor Gott. Gesteh ihm jedes kleinste Detail – nicht weil er es noch nicht weiß, sondern weil du es loswerden musst. Klar ist das schwer, aber vertraue ihm. Seine lebensverändernde Vergebung wartet schon auf dich.

Juli

Meinen Frieden gebe ich euch; einen Frieden,
den euch niemand auf der Welt geben kann.
Seid deshalb ohne Sorge und Furcht!

JOHANNES 4,27

Der Mensch plant seinen Weg, aber der Herr lenkt seine Schritte. (Sprüche 16,9)

Wer ist der Chef?

Kannst du dir vorstellen, was passiert wäre, wenn deine Eltern dir mit sechs Jahren jeden deiner Wünsche erfüllt hätten? Dein Zimmer würde vor Spielsachen überquellen. Vor lauter Eis hättest du wochenlang Bauchschmerzen gehabt.

Kannst du dir vorstellen, was das für ein Chaos gäbe, wenn Gott uns heute alle unsere Wünsche erfüllen würde?

„Denn Gott hat uns nicht dazu bestimmt, dass wir seinem Gericht verfallen, sondern dass wir durch Jesus Christus, unseren Herrn, gerettet werden“ (1. Thessalonicher 5,9; GN).

Die Bestimmung für dein Leben: gerettet werden.

Gottes größter Wunsch ist, dass du diese Bestimmung erreichst. Wenn sein göttlicher Plan und dein menschlicher Plan sich widersprechen, dann muss eine Entscheidung her. Lässt du Gott entscheiden? Ist er dein Chef?

Und wenn Gott sich zwischen deiner Zufriedenheit auf der Erde und deiner Errettung im Himmel entscheiden muss, was hoffst du, wird er wählen?

Ich auch.

Zum Nachdenken

Wann hast du dir zum letzten Mal etwas ganz sehr gewünscht und du hast es nicht bekommen? Wie bist du damit umgegangen? Es hilft vielleicht, daran zu denken, dass Gott einen Plan für uns hat, den wir nicht immer erkennen können. Er ist der Chef – und das ist gut so.

2. Juli

Freut euch vielmehr darüber, dass ihr mit Christus leidet; dann werdet ihr auch jubeln und euch mit ihm freuen, wenn er in all seiner Herrlichkeit erscheint. (1. Petrus 4,13)

Leiden hat einen Sinn

Es tut weh zuzusehen, wie Menschen, die man liebt, leiden. Vielleicht dreht deine beste Freundin gerade am Rad, weil ihre Eltern sich scheiden lassen. Vielleicht hat die Mutter deines Freundes Krebs. Was kannst du ihnen sagen?

Vielleicht ist es gut, ihnen zu sagen, dass Gott diese Schwierigkeiten zu seiner Ehre gebrauchen kann. Die letzten drei Lebensjahre meines Vaters waren gezeichnet vom Kampf gegen ALS (Amyotrophe Lateralsklerose). Aus einem kerngesunden Mechaniker wurde ein bettlägeriger Gelähmter. Er verlor seine Stimme und die Beherrschung seiner Muskeln, aber seinen Glauben hat er nie verloren. Besuchern ist das aufgefallen. Nicht so sehr durch das, was er gesagt hat, als vielmehr durch das, was er nicht gesagt hat. Jack Lucado war nie wütend oder verbittert, sondern litt mit Würde.

Durch seinen Glauben kam ein anderer Mann zum Glauben. Nach der Beerdigung meines Vaters kam dieser Mann zu mir und erzählte mir alles. Durch das Vorbild meines Vaters wurde er zum Jesusnachfolger.

Hat Gott die Krankheit meines Vaters aus diesem Grund zugelassen? Da ich weiß, wie kostbar bei Gott jeder einzelne Mensch ist, würde es mich nicht wundern. Und wenn ich mir vorstelle, wie wunderbar es im Himmel ist, dann weiß ich, dass sich mein Vater nicht beklagen wird.

Zum Nachdenken

Wir können es vielleicht nicht immer erkennen oder verstehen, aber Gott kann aus unserem Leid und unseren Schwierigkeiten etwas Gutes machen. Wir können auch jetzt noch nicht erkennen, wie er diejenigen, die ihm auf der Erde im Leid treu geblieben sind, im Himmel segnen wird. Aber vertrau darauf, dass die Belohnung den Schmerz bei Weitem übertreffen wird.

3. Juli

Du hast dich in kleinen Dingen als zuverlässig erwiesen, darum werde ich dir auch Größeres anvertrauen. Komm zum Freudenfest deines Herrn! (Matthäus 25,21; GN)

Die kleinen Dinge

Erinnerst du dich an die Geschichte mit Josef und Frau Potiphar? Als Joseph nicht auf ihre Verführungsversuche einging, erfand sie eine Geschichte und ließ Josef ins Gefängnis werfen. Der Gefängniswärter übertrug Josef die Verantwortung für seine Mitgefangenen. Josef hätte auch schmollend in der Ecke sitzen und sagen können: „Ich werde mich nie wieder für jemand anderes um irgendetwas kümmern." Aber er hat nicht gejammert oder genörgelt. Er war bereit. Er deutete sogar die Träume seiner Mitgefangenen. Das waren nur Kleinigkeiten, aber Gott hat es gesehen.

Gott schaut auch, wie du mit kleinen Aufträgen umgehst. Wenn du bei Kleinigkeiten treu bist, wird er dir größere Aufgaben anvertrauen. Gott hat Josef zu einer sehr mächtigen Stellung verholfen und in dieser Position konnte er – durch seine Weisheit – Tausenden von Menschen das Leben retten (1. Mose 39,19 ff.). Die Belohnung für gute Arbeit sind große Aufgaben.

Möchtest du gerne etwas Großartiges tun? Dann sei in den kleinen Dingen treu. Sei immer pünktlich. Erledige deine Aufgaben rechtzeitig. Jammere nicht. Lass die anderen ruhig in der Ecke ihrer Gefängniszelle sitzen und murren. Du weißt, wie Gott den Charakter seiner Diener formt. Aus dem Knacki von heute wird vielleicht der Kanzler von morgen. Wenn man dir eine Aufgabe überträgt, dann nimm sie an.

Zum Nachdenken

Denk mal an das letzte Konzert, auf dem du warst. Die Techniker mussten im Vorfeld viele einzelne Kabel legen. Jemand entwarf das Design für das Werbeplakat und ein anderer verkaufte die Eintrittskarten. Die Musiker standen während des Konzerts im Rampenlicht, ja. Aber wahre Größe zeigt sich nicht nur in den großen und sichtbaren, sondern genauso in den kleinen und unscheinbaren Dingen. Ohne das Kleine wäre das Große nicht möglich.

Kommt alle her zu mir, die ihr euch abmüht und unter eurer Last leidet! Ich werde euch Ruhe geben. (Matthäus 11,28)

Abhängig von Jesus

Wir brüsten uns oft damit, unabhängig zu sein. Aber der Glaube funktioniert nicht mit Unabhängigkeit. Jesus nachzufolgen heißt, von ihm abhängig zu sein.

Solange du deine Lasten alleine tragen kannst, brauchst du keinen Lastenträger. Solange deine Lage dir keinen Kummer macht, wirst du auch keinen Trost bekommen. Und solange du Jesus annehmen oder es auch bleiben lassen kannst, kannst du es genauso gut bleiben lassen, denn ihn kann man nicht auf die leichte Schulter nehmen. Wenn Jesus für dich eine von mehreren Möglichkeiten ist, dann kommt er für dich nicht infrage.

Aber wenn dir deine Fehler leidtun und du tieftraurig darüber bist; wenn du zugibst, dass du keine andere Möglichkeit hast, als ihm all deine Probleme zu bringen; und wenn es wirklich niemand anderen mehr gibt, an den du dich wenden kannst, dann tu es. Erzähl ihm von all deinen Sorgen. Bring ihm all deine Probleme. Er wartet mitten im Sturm auf dich mit den Antworten, die du suchst. Du kannst dich auf ihn verlassen – ja, du musst es sogar.

Zum Nachdenken

Viele Staaten haben einen Unabhängigkeitstag, den sie jedes Jahr feiern, wie zum Beispiel die USA ihren *Independence Day*. Aber du und ich, wir feiern jeden Tag unsere Abhängigkeit von Jesus. Er ist derjenige, den wir brauchen, wenn um uns herum alles in die Brüche geht. Er ist derjenige, der das Heute und das Morgen in seiner Hand hält. Er ist unsere einzige Chance.

5. Juli

Lass dich nicht vom Bösen besiegen, sondern besiege das Böse durch das Gute. (Römer 12,21)

Göttliche Mathematik

Leutnant Sam Brown war im Einsatz in Afghanistan, als ein improvisierter Sprengkörper seinen Jeep in einen Molotowcocktail verwandelte. Bevor Sam das Bewusstsein verlor, erhaschte er in einem Spiegel noch einen kurzen Blick auf sein versengtes Gesicht. Er erkannte sich selbst nicht.

Als ich Sam 2011 kennenlernte, hatte er Dutzende von schmerzvollen Operationen hinter sich. Die Schmerzskala reichte nicht aus, um die Qualen anzuzeigen, die er empfunden hatte. Aber mitten in all dem Grauen gab es auch Schönheit. Er brachte den Mut auf, seine Diätspezialistin Amy Larsen einzuladen, mit ihm auszugehen. Die beiden trafen sich regelmäßig. Sam erzählte ihr von Gottes Liebe und sie fand dadurch zum Glauben. Bald darauf heirateten die beiden. Sam leitet heute eine Einrichtung, die verwundeten Soldaten hilft.

Zeitweise hat die emotionale Belastung auch in ihrer Ehe ihren Preis gefordert. Aber Sam und Amy sind von einer Sache überzeugt: Gottes Gleichungen funktionieren anders als unsere. *Krieg + fast tot + qualvolle Reha = wunderbare Familie und die Hoffnung auf eine frohe Zukunft.* Das Böse wird in Gottes Hand letzten Endes zu Gutem verwandelt.

Zum Nachdenken

Wir alle machen Erfahrungen, die im übertragenen Sinne wie die von Sam Brown sind – die Ruhe wird explosionsartig unterbrochen, wir bleiben verwundet zurück und erkennen uns selbst kaum wieder. Wer kann in einem solchen Moment noch eine frohe Zukunft erkennen? Gott. Verzweiflung + Gott = erstaunliche Möglichkeiten.

6. Juli

Begeistert freut er sich an dir. Vor Liebe ist er sprachlos ergriffen und jauchzt doch mit lauten Jubelrufen über dich.
(Zefanja 3,17)

Liebe ohne Grenzen

Mehrere hundert Meter unter dem Stuhl, auf dem ich sitze, ist ein Grundwasserreservoir mit kristallinem Wasser, bekannt unter dem Namen *Edwards Aquifer*. Wir Texaner wissen viel über diese Grundwasser führende Schicht. Wir wissen, wie lang sie ist (280 Kilometer). Wir wissen, wo sie verläuft. Wir wissen, dass das Wasser sauber ist. Frisch. Damit werden Bauernhöfe bewässert, Rasenflächen besprengt, Swimmingpools gefüllt und unser Durst gestillt.

Aber bei allem, was wir wissen, gibt es doch eine entscheidende Sache, die wir nicht wissen: Wir wissen nicht, wie groß es ist. Wie tief geht dieses Reservoir? Keiner weiß es. Wie viel Wasser enthält es? Das ist nicht messbar.

„Wir können nur schätzen", so ein Mitarbeiter vom Wasserschutz.

Es gibt noch ein anderes Reservoir, ein Liebesreservoir. Es ist voll von Gottes Liebe. Ein Schluck davon stillt den Durst und weicht verhärtete Herzen auf. Wenn du ein ganzes Leben in Gottes Liebe tauchst, kannst du sehen, wie es rein und verändert wieder auftaucht. Wir kennen die Wirkung von Gottes Liebe. Aber wie viel es genau davon gibt? Niemand hat es je gemessen.

Zum Nachdenken

Gottes Liebe ist grenzenlos. Du meinst, du liebst deinen Hund? Gott liebt dich mehr. Du glaubst, du magst Schinken-Champignon-Pizza? Gott mag dich noch mehr. Du glaubst, du liebst deine Freunde, deine Eltern, deine Geschwister? Gott liebt dich noch viel mehr. Fakt ist: Du kannst Gottes Liebe mit deiner menschlichen Liebe nicht übertreffen.

7. Juli

Darum wollen wir mit Zuversicht vor den Thron unseres gnädigen Gottes treten. Dort werden wir, wenn wir Hilfe brauchen, stets Liebe und Erbarmen finden. (Hebräer 4,16)

Dein Reich komme

Jesus sagt uns: „So sollt ihr beten: ‚Unser Vater im Himmel, dein Name werde geehrt. Dein Reich komme bald'" (Matthäus 6,9–10; NL).

Wenn du sagst: „Dein Reich komme", dann lädst du den Messias persönlich ein, in deine Welt zu kommen. „Komm, mein König! Nimm deinen Platz als Herrscher ein. Sei in meinem Herzen.

Sei in meinem Klassenzimmer. Komm in meine Familie. Sei der Herr über meine Freundschaften, meine Ängste und meine Zweifel." Das ist keine kleinlaute Bitte, sondern die mutige Aufforderung, Gott möge jeden Winkel deines Lebens besetzen. Du sagst damit, dass du verstanden hast, dass Trainer, Lehrer, Schulleiter und Regierungschefs nicht die letztendliche Autorität haben, sondern nur er.

Wer bist du, dass du um so etwas bitten kannst? Wer bist du, dass du Gott bittest, deine Welt in seine Hand zu nehmen? Du bist sein Kind, also darfst du auch mutig bitten.

Zum Nachdenken

Hast du dich schon mal gefragt, wie du am besten mit Gott redest? Lies mal Matthäus 6,5–14. Dort findest du eine ganz genaue Anleitung, wie du beten sollst. Wenn du mit Gott sprichst, lade ihn ein, in deinem Leben als König zu herrschen. Sei mutig bei deiner Bitte. Schließlich freut er sich, wenn du so zu ihm kommst.

8. Juli

Wenn du deinem Nächsten sofort helfen kannst, dann sag nicht: „Komm morgen wieder, dann werde ich dir helfen."
(Sprüche 3,28; NL)

Jetzt, nicht nachher

Als Jesus mit dem Boot am Ufer von Bethsaida ankommt, steht vor ihm ein Meer von Menschen (Markus 6,34). Er sehnte sich danach, mit seinen Jüngern ein wenig auszuspannen, und schon wieder eine Masse von Menschen, die er lehren und heilen soll, ist nicht gerade das, was er jetzt braucht. Doch seine Menschenliebe ist stärker als sein Verlangen nach Ruhe.

Wir schieben Dinge wie Hausaufgaben oder Haushaltspflichten oft vor uns her. Auch anderen zu helfen verschieben wir oft. Aber die Bibel sagt: „Wenn jemand deine Unterstützung braucht und du ihm helfen kannst, dann weigere dich nicht" (Sprüche 3,27). Hast du dich nach dem Mädchen erkundigt, für das du letzte Woche gebetet hast? Hast du deinen Großvater besucht, dem du es letzten Monat versprochen hast?

Kannst du dir vorstellen, wie Jesus zu der Menschenmenge sagt: „Kommt morgen wieder, dann heile ich euch"? Er sah ihre Not und begegnete ihr auf der Stelle. Das wäre auch für dich und mich eine kluge Einstellung.

Zum Nachdenken

Wenn wir Dinge hinauszögern, dann führt das meistens nicht nur für uns selbst zu Stress, sondern auch für die Menschen um uns herum. Das trifft auf Aufgaben und Termine zu. Aber es trifft auch auf Beziehungen zu. Wenn dich der Heilige Geist auffordert, jemanden zu ermutigen oder ihm zu helfen, dann warte nicht. Mach es sofort, genau wie Jesus.

Aber nach meiner Auferstehung werde ich nach Galiläa gehen, und dort werdet ihr mich wiedersehen. (Matthäus 26,32)

Seine Kraft ist in dir

Weißt du, wie verängstigt die Nachfolger von Jesus bei seiner Verhaftung gewesen waren? Sie liefen davon. Sie waren so verängstigt wie eine Katze in einem Hundezwinger.

Aber spulen wir einmal vierzig Tage vor. Völlig fertige Verräter werden zu einer wilden, lebensverändernden Kraft. Petrus predigt genau in der Gegend, wo Jesus verhaftet worden war. Die Nachfolger von Jesus bieten seinen Feinden die Stirn. Wenn man sie auspeitscht, beten sie Gott an. Wenn man sie einsperrt, gründen sie im Gefängnis eine Gemeinde. So feige sie vor der Auferstehung waren, so mutig sind sie jetzt.

Dafür muss es eine Erklärung geben. Geldgier? Aber sie haben damit kein Geld verdient. Machthunger? Aber sie haben allein Jesus Christus alle Ehre gegeben. Beliebtheit? Dagegen spricht, dass die meisten von ihnen für ihren Glauben getötet wurden.

Es bleibt nur eine Erklärung: der auferstandene Christus und sein Heiliger Geist. Der Mut dieser Männer und Frauen ist durch den Geist Gottes entstanden. Du kannst den gleichen Mut haben. Ganz gleich, ob du ein Referat über Australien hältst oder der Welt von Jesus erzählst: Seine Kraft ist immer mit dir.

Zum Nachdenken

Niemand hatte je ein solches Comeback wie Jesus. Alternde Musiker oder Sportler überraschen uns manchmal mit einem Auftritt, der ihr Alter weit zu übertreffen scheint, aber die Auferstehung Jesu – sein Comeback – übertrifft alles. Wenn du das nächste Mal Mut für eine herausfordernde Aufgabe brauchst, denk daran: Die Kraft des Auferstandenen ist in dir.

10. Juli

Gib uns auch heute wieder, was wir zum Leben brauchen.
(Lukas 11,3)

Gib diesem Tag eine Chance

Ich machte mit einem Freund eine Mountainbike-Tour. Schon nach ein paar Minuten wurde ich müde. Nach einer halben Stunde brannten meine Oberschenkel und ich atmete so schwerfällig wie ein gestrandeter Wal. Ich konnte kaum noch in die Pedale treten. Ich bin kein Tour-de-France-Fahrer, aber ich bin auch kein blutiger Anfänger. Aber genau so fühlte ich mich. Nach einer Dreiviertelstunde musste ich absteigen und verschnaufen. Da entdeckte mein Freund die Ursache des Problems: Die Hinterradbremse schleifte am Reifen! Mit jedem Tritt in die Pedale kämpfte ich gegen die Blockade.

Machen wir es im Leben nicht genauso? Schuldgefühle drücken auf der einen Seite. Angst bremst uns auf der anderen. Kein Wunder, dass wir so müde sind. Wir sabotieren unseren Tag und programmieren ihn für eine Katastrophe. Wir schleppen die Sorgen von gestern mit uns herum und downloaden die Probleme von morgen. Wir bedauern, was war, und sorgen uns um das, was sein wird. Der heutige Tag hat überhaupt keine Chance.

Was kannst du tun? Hier mein Vorschlag: Frag Jesus. Vertrau deinen Tag seiner Führung an. „Gib uns auch heute wieder, was wir zum Leben brauchen." Lass den gestrigen Tag hinter dir. Lass den morgigen Tag noch warten. Gib diesem Tag eine Chance.

Zum Nachdenken

Manchmal hast du das Gefühl, dass dich die Welt mit ihren Problemen erdrückt. Lade dir diese Last nicht auf – sie ist zu schwer! Bitte Gott, dir das zu geben, was du heute brauchst. Lass ihn sich um den Rest kümmern. Wenn du das tust, wirst du den Tag viel mehr genießen können.

11. Juli

Das will ich euch sagen. Was ihr für einen meiner geringsten Brüder getan habt, das habt ihr für mich getan!
(Matthäus 25,40)

Gott sehen

Als Franz von Assisi dem Wohlstand den Rücken kehrte, um Gott in der Einfachheit zu suchen, legte er seine vornehmen Gewänder ab und verließ die Stadt. Schon bald begegnete ihm am Straßenrand ein Leprakranker. Er ging vorbei, blieb dann stehen, machte kehrt und umarmte den kranken Mann. Dann setzte er seine Reise fort. Nach einigen Schritten drehte er sich noch einmal nach dem Leprakranken um, aber es war niemand mehr da.

Für den Rest seines Lebens war er der Überzeugung, dass dieser Leprakranke Jesus Christus gewesen war. Vielleicht hatte er recht.

Jesus lebt in den Vergessenen. Er hat sich in den Unbeachteten niedergelassen. Er wohnt mitten unter den Kranken. Kennst du jemanden, der vergessen, unbeachtet oder krank ist? Einen alten Nachbarn? Einen Jugendlichen, der keine Freunde zu haben scheint? Den Vater eines Freundes, der schwer krank ist? Wenn du Gott sehen willst, dann musst du zu denen gehen, die zerbrochen sind; dort wirst du ihn finden.

Zum Nachdenken

Lies mal nach, was Jesus in Matthäus 25,31–46 sagt. Es scheint, als ob Jesus überall und ständig um uns ist. Wenn er sagt, dass der obdachlose Fremde am Straßenrand Jesus ist, was wirst du dann tun, wenn du ihm das nächste Mal begegnest?

12. Juli

Ich will sie von all ihrer Schuld reinwaschen, mit der sie gegen mich gesündigt haben. (Jeremia 33,8; NL)

Wir brauchen einen Saubermann

Du kannst mir meine Sünden nicht vergeben und ich kann dir deine Sünden auch nicht vergeben. Zwei Kinder in einer Schlammpfütze können sich nicht gegenseitig sauber machen. Jemand anderes muss sie waschen. Jemand, der sauber ist.

Auch wir brauchen jemanden, der sauber ist. Deshalb brauchen wir einen Retter.

Wenn wir versuchen würden, durch das Gute in uns in den Himmel zu kommen, wäre das, als würden wir versuchen, auf einem Mondstrahl zum Mond zu gelangen. Nette Idee, aber versuch's mal…

Hör auf zu versuchen, mit deiner Schuld selbst fertig zu werden. Das kannst du nicht. Völlig unmöglich! Weder mit Drogen noch mit Schauspielkünsten noch mit Supernoten oder einem lückenlosen Gottesdienstbesuch. Tut mir leid. Es ist mir völlig egal, wie schlecht du bist, du kannst gar nicht so schlecht sein, dass nichts mehr zu machen ist. Und es ist mir auch egal, wie gut du bist, du kannst gar nicht gut genug sein, um es wiedergutzumachen.

Du brauchst den, der extra für dich auf diese Erde gekommen ist. Du brauchst den Einzigen, der mit seiner Heiligkeit jeden Fehler wegwaschen kann. Du brauchst einen Saubermann. Einen Retter.

Zum Nachdenken

Aus der Werbung kennst du das sicherlich. Da wird das beste Waschmittel der Welt angepriesen. „Porentief rein." „Keiner wäscht weißer." „Hundert Prozent rein." Für jeden Fleck gibt es heute das passende Reinigungsmittel. Jesus hat das wirkungsvollste Waschmittel, wenn es um Schuldflecken geht. Siehe 1. Johannesbrief 1,7+9. Komm mit deiner Schuld zu ihm.

Das Einzigartige an dieser Liebe ist: Nicht wir haben Gott geliebt, sondern er hat uns seine Liebe geschenkt. Er gab uns seinen Sohn, der alle Schuld auf sich nahm, um uns von unserer Schuld freizusprechen. (1. Johannes 4,10)

Gottes Traum für dein Leben

Welche großen Erfolge hast du dir schon erträumt? Hattest du schon mal die Idee, einen Schulrekord im Hundert-Meter-Lauf aufstellen? Wolltest du bei einem Lesewettbewerb gewinnen? Eine schulübergreifende Spendenaktion organisieren? Oder 24 Stunden am Stück tanzen?

Was unsere Beziehung zu Gott betrifft, haben wir Menschen versucht, durch den Atlantik zu schwimmen, aber sind nicht mal am nächsten Riff vorbeigekommen. Wir haben versucht, den Mount Everest unserer Errettung zu erklimmen, aber sind nie über das Basislager hinausgekommen, geschweige denn, dass wir den ersten Anstieg geschafft hätten. Das Vorhaben ist einfach viel zu groß. Wir brauchen nicht mehr Vorräte oder mehr Muskeln oder mehr Technik, wir brauchen einen Helikopter.

Hörst du ihn über dir kreisen?

„Doch nun hat Gott uns … einen anderen Weg gezeigt, wie wir in seinen Augen gerecht werden können“ (Römer 3,21; NL). Diese Wahrheit müssen wir begreifen. Gottes größter Traum ist nicht, uns reich zu machen, uns erfolgreich oder beliebt oder berühmt zu machen. Gottes Traum ist es, uns in seinen Augen gerecht zu machen.

Zum Nachdenken

Wir alle träumen einmal von einem großen Triumph, von Taten, die uns berühmt, ja, vielleicht sogar zu einer Legende machen – wenigstens in unserem Umfeld! Aber Gott hat einen anderen Traum. Er will dich und mich, seine Kinder, ganz nah bei sich haben, bis in alle Ewigkeit.

14. Juli

Legt (als neues Gewand) den Herrn Jesus Christus an.
(Römer 13,14; EÜ)

Zieh den Charakter von Jesus an

Kleidung kann für den Charakter stehen. Die Bibel vergleicht an vielen Stellen unser Verhalten mit der Kleidung, die wir tragen. Petrus drängt uns: „Alle aber umkleidet euch mit Demut" (1. Petrus 5,5; ELB). David spricht von einem bösen Menschen, der den Fluch anzieht „wie ein Gewand" (Psalm 109,18; EÜ).

Welchen Charakter trägst du? Wer bist du, wenn keiner dich sieht? Passt du den Charakter, den du trägst, den Menschen an, mit denen du zusammen bist, oder bist du in jeder Situation der gleiche Mensch? Menschen mit einem guten, gottgefälligen Charakter sind aufrichtig, treu, vertrauenswürdig, freundlich, hilfsbereit und respektvoll, ganz gleich, mit wem sie zusammen sind oder wo sie sind.

Der Charakter von Jesus war stets vorbildlich, selbst dann, als seine Hinrichtung bevorstand. Wir wissen, sein „Untergewand war in einem Stück gewebt, ohne jede Naht" (Johannes 19,23). Das passte zu seinem Charakter. Ohne Naht, ohne jeden Makel.

Er war wie sein Gewand: nahtlos vollkommen. Unser perfektes Vorbild.

Zum Nachdenken

Trägst du den Charakter von Jesus? Kleiner Tipp: Zieh jeden Morgen Gottes Wort an. Wenn es genauso zur Routine wird, dich in die Bibel zu vertiefen wie dich anzuziehen, wirst du merken, dass dein Charakter dem Vorbild von Jesus immer ähnlicher wird.

15. Juli

Ehre deinen Vater und deine Mutter! … damit es dir gut geht und du lange auf dieser Erde lebst. (Epheser 6,2–3)

Ehre deine Eltern

Eltern. Sie haben dein Leben so lange kontrolliert. Und sie tun es immer noch. Aber jetzt bist du älter, klüger, reifer. Sie müssen dich ein wenig loslassen. Du willst sie ja ehren, aber sie machen dich wahnsinnig!

Ich bin Sohn und Vater, deshalb kenne ich beide Seiten der Medaille. Als Sohn habe ich mir auch mehr Freiheit gewünscht. Als Vater verstehe ich, dass Eltern Angst haben, dass ihre Kinder falsche Entscheidungen treffen, und sie vor der großen bösen Welt da draußen beschützen wollen. Was tun?

Die Bibel sagt: „Ihr Kinder, gehorcht euren Eltern! So erwartet es der Herr von euch" (Epheser 6,1). Solange deine Eltern nichts von dir verlangen, was gegen Gottes Willen ist, bist du aufgefordert, ihnen zu gehorchen. Das ist hart, aber wahr.

Das heißt nicht, dass du nicht mit ihnen über deine Bedenken und deinen Frust reden darfst. Sie waren auch einmal Teenager. Wenn du ein bisschen sanft nachhakst, erinnern sie sich vielleicht daran – und lassen dir ein bisschen mehr Freiheit.

Zum Nachdenken

Deinen Eltern zu gehorchen ist nicht immer einfach, wenn du mit ihren Entscheidungen nicht einverstanden bist. Das verstehe ich. Aber sieh es einmal so: Gott hat dir deine Mutter gegeben. Er hat dich mit deinem Vater versorgt. Wenn du ihnen gehorchst, tust du seinen Willen. Du gehorchst letztlich Gott.

16. Juli

Wo bisher die Sünde über alle Menschen herrschte... dort herrscht jetzt Gottes Gnade. (Römer 5,21)

Schuld durch Gnade überwinden

Satan hält nie die Klappe. Der Apostel Johannes nannte ihn den Ankläger: „Denn der Ankläger ist endgültig gestürzt, der unsere Brüder und Schwestern Tag und Nacht vor Gott beschuldigte" (Offenbarung 12,10). Er bringt Menschen dazu, sein Gift zu verstreuen. Freunde graben in deiner Vergangenheit: „Weißt du noch, wie du damals in der Arbeit abgeschrieben hast?" Prediger predigen nur ein schlechtes Gewissen und keine Gnade: „Du erfüllst Gottes Erwartungen nicht." Deine Eltern sind sehr gefühlvoll, vor allem bei Schuldgefühlen: „Werd endlich erwachsen!" „Es wird dich schon nicht umbringen, wenn du ein bisschen mehr machst." „Du wärst so hübsch. Nimm doch endlich ein bisschen ab."

Jesus überwindet die Schuldgefühle Satans mit seiner Gnade. Du bist das, was dein Schöpfer sagt. *Geistlich lebendig. Mit Gott verbunden. Völlig wach. Ein geachtetes Kind Gottes.*

Denk daran, dass Gott zuerst Jesus sieht, wenn er dich anschaut. Letztlich läuft es auf eine Entscheidung hinaus: Vertraust du deinem Verteidiger oder deinem Ankläger?

Zum Nachdenken

Worte, Worte, Worte… damit werden wir jeden Tag bombardiert. Textnachrichten von Freunden. Vorträge von Lehrern. Werbung im Internet. Liedtexte auf dem iPod. Wird es dir manchmal zu viel? Versuch mal, eine einzige Stimme herauszuhören, nämlich die wichtigste. Die Stimme, die dir Gnade zuflüstert.

17. Juli

Gott allein ist meine Burg, in der ich Zuflucht finde. Er ebnet mir den Weg, den ich gehen muss. (2. Samuel 22,33)

„Yes, you can"

Zwei Sorten von Gedanken konkurrieren ständig um deine Aufmerksamkeit. Die einen sagen: „Du kannst das", die anderen sagen: „Du kannst das nicht." Die einen sagen: „Gott wird dir helfen", die anderen sagen: „Gott hat dich verlassen." Die einen verkünden Gottes Stärke, die anderen dein Versagen. Die einen versuchen, dich aufzubauen, die anderen wollen dich runterziehen.

Aber hier sind die wunderbaren Neuigkeiten: Du entscheidest selbst, auf wen du hörst. Warum solltest du auf die Spötter hören? Warum solltest du auf ihre Stimmen achten? Warum solltest du auf Erbsengehirne und Störenfriede hören, wenn du mit dem gleichen Ohr auch auf Gottes Stimme hören kannst?

Eine junge Frau bekämpft ihre Sorgen, indem sie lange Abschnitte aus der Bibel auswendig lernt. Ein junger Mann kappt die Internetverbindung, nachdem er seine E-Mails abgerufen hat, um nicht von Pornos versucht zu werden. Eine Schülerin hat ihre negativ eingestellten, tratschenden Freunde satt und trifft sich jetzt zum Mittagessen mit Klassenkameraden, die sie kaum kennt.

Stell dich gegenüber den altbekannten Stimmen taub. Halt die Augen offen nach deinen neuen Möglichkeiten.

Zum Nachdenken

Du hast immer die Wahl. Gott zwingt uns nicht, ihm zu glauben, und er zwingt uns auch nicht, auf ihn zu hören. Wir haben immer die Wahl, uns an ihn zu wenden oder an die verlockenden Stimmen um uns herum. Ich bin für seine. Was sagt er jetzt gerade zu dir?

18. Juli

Demut und Ehrfurcht vor dem Herrn führen zu Reichtum, Ehre und Leben. (Sprüche 22,4; NL)

Nimm dich selbst nicht so wichtig

Gott hasst Arroganz. Er hasst es zuzusehen, wie seine Kinder zu Fall kommen. Gott hasst es mit anzusehen, was der Stolz aus seinen Kindern macht. Er hat nicht nur eine Abneigung gegen Arroganz, er hasst sie. Könnte er es noch deutlicher ausdrücken als in Sprüche 8,13: „Ich verachte Stolz und Hochmut"? Und einige Kapitel später dann: „Gott verabscheut die Hochmütigen. Du kannst sicher sein: Keiner entkommt seiner gerechten Strafe!" (Sprüche 16,5).

Das willst du nicht. Es ist viel klüger, von seinem hohen Ross abzusteigen, als herunterzufallen.

Strebe nach Demut. Demut heißt nicht, gering von sich selbst zu denken, sondern es heißt, weniger an sich selbst zu denken. „Ich rufe daher … jeden Einzelnen von euch zu nüchterner Selbsteinschätzung auf. Keiner soll mehr von sich halten, als angemessen ist. Maßstab für die richtige Selbsteinschätzung ist der Glaube, den Gott jedem in einem bestimmten Maß zugeteilt hat" (Römer 12,3, NGÜ).

Widerstehe der Versuchung der Selbstverherrlichung. „Setz dich lieber auf den letzten Platz, wenn du eingeladen bist. Wenn dann der Gastgeber kommt, wird er zu dir sagen: ‚Lieber Freund, komm, nimm weiter oben Platz!' So wirst du vor allen geehrt, die mit dir eingeladen sind" (Lukas 14,10, GN).

Wirst du nicht auch lieber „befördert" als erniedrigt?

Zum Nachdenken

Demut. Weniger an sich selbst denken. Wenn du einen Haufen Geburtstagsgeschenke bekommst, dann denk an die, die davon nur träumen können. Wenn du in die Auswahlmannschaft deiner Schule kommst, dann tröste die, die es versucht und nicht geschafft haben. Gott hasst Stolz, aber er liebt die Demütigen.

Wenn jemand nicht von Neuem geboren wird, kann er das Reich Gottes nicht sehen. (Johannes 3,3, NL)

Neu geboren

Jesus winkt seinem Gast, sich zu setzen. Nikodemus tut es und beginnt die wohl berühmteste Unterhaltung in der Bibel. „Meister, wir wissen, dass Gott dich als Lehrer zu uns gesandt hat. Denn niemand kann die Wunder tun, die du vollbringst, wenn Gott ihn nicht dazu befähigt" (Johannes 3,2).

Nikodemus fängt bei dem an, was er „weiß". *Ich habe meine Hausaufgaben gemacht*, will er damit andeuten, und: *Deine Taten beeindrucken mich*. Nikodemus erwartet einen angenehmen, kleinen Plausch. Aber nichts da. Jesus erwähnt weder den VIP-Status von Nikodemus noch seine guten Absichten oder akademischen Errungenschaften auch nur mit einem Wort. Für Jesus sind sie ohne Bedeutung. Er gibt nur seine Stellungnahme ab: „Wenn jemand nicht von Neuem geboren wird, kann er das Reich Gottes nicht sehen."

Und damit haben wir die große Kluft: Nikodemus steht auf der einen und Jesus auf der anderen Seite und Jesus macht auch keinen Hehl aus den Unterschieden zwischen ihnen. Nikodemus wohnt im Land der Mühen und harten Arbeit. Gib dein Bestes für Gott, lautet seine Philosophie, dann tut Gott den Rest.

Und Jesu Antwort darauf? Dein Bestes reicht aber nicht. Deine Werke bewirken nichts. Deine besten Bemühungen bedeuten rein gar nichts. Wenn du dich nicht dafür entscheidest, dein Leben für Jesus zu leben, kannst du nicht einmal sehen, was Gott vorhat.

Zum Nachdenken

Mit Jesus unterwegs zu sein heißt nicht, sich tierisch anzustrengen oder jede Menge Extra-Punkte zu sammeln. Es geht um Neugeburt – darum, all unsere Sünde zu bekennen und uns dafür zu entscheiden, ihm zu glauben und ihm nachzufolgen. Wir versuchen immer, es kompliziert zu machen, aber es ist ganz einfach: Neugeburt – neues Leben.

20. Juli

Für Gott ist alles möglich. (Markus 10,27; GN)

Gott in eine Schachtel stecken?

Wenn du an Gott denkst, versuch nicht, ihn auf dein begrenztes Vorstellungsvermögen zu reduzieren. Steck ihn nicht in eine Schachtel. Er ist so viel größer.

Unsere Fragen zeigen, wie wenig wir ihn begreifen: Wie kann Gott überall auf einmal sein? (Wer sagt, dass er an einen Körper gebunden ist?) Wie kann Gott alle Gebete auf einmal hören? (Vielleicht hat er ganz andere Ohren als wir?) Wie kann Gott gleichzeitig Vater, Sohn und Heiliger Geist sein? (Könnte es sein, dass die Physik im Himmel ganz anders funktioniert?) Wenn die Menschen hier uns schon nicht vergeben, wie viel mehr sind wir dann vor einem heiligen Gott schuldig? (Ganz im Gegenteil. Gott kann uns immer Gnade schenken, wenn wir Menschen das nicht schaffen – er hat sie ja erfunden.)

Wenn du anfängst, *Gott würde nicht… Gott wird nicht… Gott kann nicht* zu denken, hör sofort auf und denk noch mal scharf nach. Er ist größer, stärker, mächtiger und liebevoller, als du je begreifen wirst. Du willst ihn in die größte Schachtel stecken, die du dir vorstellen kannst? Vergiss es. Er passt niemals rein.

Zum Nachdenken

Wir sind es gewöhnt, unsere Welt in Zahlen zu messen. Sieben Unterrichtsstunden pro Tag. Ein Meter fünfundsiebzig groß. Zweitausend Lieder auf dem iPod. Aber können wir auch die Sandkörner am Strand zählen? Oder die Sterne am Himmel? Die Planeten im Universum? Nein. Können wir Gott messen? Noch mal nein. Er wird sich niemals auf eine Zahl reduzieren lassen.

21. Juli

An eurer Liebe zueinander wird jeder erkennen, dass ihr meine Jünger seid. (Johannes 13,35)

Deine Fußstapfen

Stell dir einmal vor, wie ein kleiner Junge hinter seinem Vater durch den Schnee stapft. Er macht riesige Schritte, um genau in die Fußabdrücke seines Vaters zu treten. Das ist nicht einfach. Er muss seine kurzen Beine strecken, so weit er kann, um in den Fußstapfen seines Vaters laufen zu können. Der Vater sieht, was sein Sohn macht, und macht lächelnd kleinere Schritte, damit sein Sohn ihm folgen kann.

Das ist ein Sinnbild dafür, was Nachfolge ist. Im Glauben folgen wir in den Fußspuren eines anderen. Vater oder Mutter, ein Lehrer, ein Idol – keiner von uns geht einen Weg als Erster. Wir alle folgen jemandem.

Und im Glauben hinterlassen wir Fußabdrücke für andere. Für eine kleine Schwester, einen Freund, jemand, der gerade erst Christ geworden ist. Sie schauen zu uns auf. Sie sehen an uns etwas, das sie wollen oder brauchen. Wir helfen ihnen, so gut wir können, damit sie uns folgen können. Niemand sollte zurückgelassen werden und den Weg alleine gehen müssen.

Zum Nachdenken

Du wirst im Leben viele Gelegenheiten haben, um jemandem weiterzuhelfen – jemandem den Weg zu Jesus zu zeigen. Versuche jede dieser Gelegenheiten zu nutzen. Nichts ist so wichtig wie diese Bemühungen. Wer beobachtet dich heute und wartet darauf, in deinen Fußstapfen zu folgen?

22. Juli

Für Gott ist alles möglich! (Matthäus 19,26)

Gott kann das

Die Natur ist Gottes Werkstatt. Der Himmel ist seine Bewerbung. Das Universum ist seine Visitenkarte. Du willst wissen, wer Gott ist? Schau, was er getan hat. Du willst seine Macht erkennen? Schau dir die Schöpfung an. Du willst wissen, wie stark er ist? Besuch ihn doch mal daheim. Die Adresse: Milchstraße Nr. 1.000.000.000.

Unsere von Sünde verunreinigte Atmosphäre erreicht ihn nicht. Die Zeitachse der Menschheitsgeschichte erfasst ihn nicht. Unsere Müdigkeit wirkt sich nicht auf ihn aus.

Was dich beherrscht, beherrscht ihn nicht. Was dir Sorgen macht, macht ihm keine. Was dir die Kraft raubt, kann seiner nichts anhaben. Lässt sich ein Adler von einem Verkehrsstau beeinflussen? Nein, er segelt einfach darüber hinweg. Lässt sich ein Wal von einem Orkan stören? Natürlich nicht, er taucht darunter hindurch. Wird der Löwe nervös beim Anblick der Maus, die ihm über den Weg läuft? Nein, er springt drüber. Wie viel mehr kann Gott über die Probleme dieser Welt hinwegsegeln, darunter hindurchtauchen oder drüberspringen!

Meinst du nicht, er kann mit unseren kleinen Problemchen fertigwerden? Natürlich kann er das. Er ist Gott.

Zum Nachdenken

Lies mal 1. Mose 1. Was für ein Wesen kann einfach alles erschaffen? Ein geistliches Wesen. Ein heiliges Wesen. Der eine einzige Gott. Wir versuchen, ihn mit unseren menschlichen Gedanken zu erfassen, aber wir können ihn nie wirklich begreifen. Er war schon immer da und wird auch immer mehr als genug für dich und mich sein.

23. Juli

Seid stille und erkennet, dass ich Gott bin! (Psalm 46,11; LU)

Gott handelt, während wir warten

Wir warten nicht gerne. Wir gehören zur Generation „Instant". Wir schauen Leute schief an, die sich mit elf Artikeln (statt den zehn erlaubten) an der Express-Kasse anstellen. Wir trommeln nervös mit den Fingern, während der Download läuft oder das Mittagessen in der Mikrowelle steht. „Mach schon.“ Wir wollen in zehn Minuten einen Sixpack haben und der Minutenreis soll in dreißig Sekunden fertig sein. Wir warten nicht gerne. Weder beim Arzt noch an der Ampel oder bei McDonald's.

Und auch nicht auf Gott?

Vielleicht wartest du auf ein neues Zimmer, das Ende der Krankheit, einen neuen Freund oder eine klare Wegweisung. Wenn ja, dann solltest du Folgendes wissen: *Gott handelt, während wir warten.* „Mein Vater ist ständig am Werk“ (Johannes 5,17; GN). Gott dreht nie Däumchen. Er macht nie Pause. Er hat nie frei. Er hat am siebten Tag geruht, aber am achten hat er wieder weitergemacht und hat seither nicht mehr aufgehört. Denk nicht, Gott ist untätig, nur weil du es bist. Er weiß ganz genau, was du brauchst und wann du es brauchst.

Zum Nachdenken

Diese Erde ist Gottes Wartezimmer. Wir warten darauf, dass er gibt, heilt, hilft. Und weil wir nicht erkennen, was er vorhat, werden wir ungeduldig. Aber genau wie ein Bühnendirektor, der im Hintergrund alle Schauspieler und das Bühnenbild vorbereitet, bereitet Gott genau nach seinem vollkommenen Plan Ereignisse vor. Warte einfach ab, dann wirst du es sehen.

Gott, der Vater, hat euch erwählt, wie er es von Anfang an beschlossen hatte. (1. Petrus 1,2; GN)

Du bist erste Wahl

Du bist Gottes Kind. Er hat dich gesehen, auserwählt und eingesetzt. „Nicht ihr habt mich erwählt, sondern ich euch" (Johannes 15,16). Du bist nicht in erster Linie Metzger, Bäcker oder Programmierer, männlich, weiblich, Asiate oder Afrikaner, sondern du bist zuallererst Gottes Kind. Ersatz oder Aushilfe? Eher nicht. Du bist seine erste Wahl.

Im Leben ist das nicht immer so. Als ich einmal eine Trauung hielt, lehnte sich der Bräutigam kurz vor Beginn der Zeremonie zu mir herüber und sagte: „Sie waren nicht meine erste Wahl." „Wirklich?" „Nein, der Prediger, den ich wollte, konnte nicht kommen." „Ach so." „Aber danke, dass Sie eingesprungen sind." „Klar doch, immer gerne." Ich überlegte kurz, ob ich auf der Heiratsurkunde mit „Ersatzpfarrer" unterschreiben sollte.

Von Gott wirst du so etwas niemals zu hören bekommen. Er hat dich erwählt. Er hat dich ausgewählt, weil er es so wollte. Er hat bei der Versteigerung die Hand gehoben und erklärt: „Dieses Kind gehört mir." Und er hat dich „mit seinem eigenen kostbaren Blut, das er wie ein unschuldiges, fehlerloses Lamm für uns geopfert hat" (1. Petrus 1,19), erkauft.

Denk daran. Du bist Gottes erste Wahl, jetzt und in Ewigkeit.

Zum Nachdenken

Musstest du dich in der Grundschule auch manchmal mit den anderen in einer Reihe aufstellen und zwei durften abwechselnd die Mitspieler ihrer Mannschaft wählen? Hattest du auch schon mal das demütigende Erlebnis, bei den Letzten zu sein, die noch übrig waren? Bei Gott passiert dir das nicht. Er ist der Mannschaftsführer schlechthin und er wird dich immer als Erstes wählen!

25. Juli

Alles kann ich durch Christus, der mir Kraft und Stärke gibt. (Philipper 4,13)

Das Stehaufmännchen

Ich war etwa acht Jahre alt, als ich auf einer Party von einem Jungen aus der Nachbarschaft einen Stehaufmännchen-Clown sah. Es war ein birnenförmiger, aufblasbarer Clown, oben schmaler als unten. Er war so groß wie ich. Er hat nicht auf Knopfdruck Musik gemacht oder Verse aufgesagt, wenn man an einem Strick gezogen hat. Er hat eigentlich gar nichts gemacht – außer immer wieder aufzustehen.

Man stieß ihn um – er sprang wieder auf. Man zog ihm eins über, piekte ihn in die Nase oder trat ihn in die Seite, dann fiel er um – aber er blieb nicht lange liegen. Wir gaben uns größte Mühe, den Clown flachzulegen. Ein Schlag nach dem anderen, jedes Mal fester als vorher. Keiner von uns schaffte es. Erst später fand ich das Geheimnis des Stehaufmännchens heraus: Unten drin lag eine zwei Kilo schwere Platte als Gegengewicht.

Das Leben versetzt uns immer wieder wilde, heftige Faustschläge – ein rechter Haken der Ablehnung, ein unerwarteter Schlag des Verlusts. Wir beziehen ganz schön Prügel. Auch wir brauchen deshalb so ein Gegengewicht. Und wir haben eines. Es ist allerdings keine Eisenplatte, sondern ein tiefer Glaube an Gottes Macht und Autorität.

Zum Nachdenken

Wenn du einen Schlag nach dem anderen abbekommst, dann ist es schon eine ziemliche Herausforderung, einfach nur wieder aufzustehen, geschweige denn aufzuspringen. Aber du hast eine Geheimwaffe. Du weißt, wer die Macht und Kontrolle über alles hat. Du weißt, wer am Ende gewinnt. Also ruf Gott um Hilfe und spring wieder auf.

26. Juli

Ich bin immer bei euch, bis das Ende dieser Welt gekommen ist! (Matthäus 28,20)

Er gibt sich selbst

Es gibt eine Geschichte von einem Mann, der tief im Dschungel Afrikas auf Safari war. Sein Führer ging mit einer Machete voraus und schlug die Pflanzen und das dichte Unterholz ab. Der Reisende war verschwitzt und müde und fragte frustriert: „Wo sind wir? Wissen Sie, wo Sie mich hinführen? Wo ist der Weg?" Der erfahrene Führer blieb stehen, drehte sich zu dem Mann um und antwortete: „Ich bin der Weg."

Wir stellen oft die gleichen Fragen, oder? Wir fragen Gott: „Wohin führst du mich? Wo ist der Weg?“ Und genau wie dieser Führer verrät er es auch nicht. Er gibt uns vielleicht ein oder zwei kleine Hinweise, aber mehr auch nicht. Wenn er es uns verraten würde, würden wir es dann verstehen? Würden wir begreifen, wo wir stehen? Nein, denn genau wie dieser Reisende haben wir keine Ahnung vom Dschungel. Also gibt uns Jesus anstatt einer Antwort etwas viel Besseres: Er gibt sich selbst.

Zum Nachdenken

Warst du schon mal auf einer Wanderung mit einem nervigen Führer, der jedes Mal, wenn er stehen blieb, ein Dutzend schlechte Witze riss? Manchmal ist es nicht das Ziel, weshalb wir eine Reise in Erinnerung behalten, sondern die Art der Gesellschaft unterwegs. Du wirst nie einen besseren Führer finden als Jesus.

27. Juli

Ich will dich preisen, denn du ... bist mir zur Rettung geworden. (Psalm 118,21; ELB)

Versöhnt leben

Nichts kann einem so Angst machen, wie wenn man sich der Gnade nicht bewusst ist. Wenn du Gottes Vergebung noch nicht angenommen hast, dann bist du dazu verdammt, Angst zu haben. Nichts kann dich von dem nagenden Bewusstsein befreien, dass du deinen Schöpfer missachtet hast und seinen Anweisungen ungehorsam warst. Keine Pille, keine Motivationsrede, nichts, was man besitzt, kann das Herz eines Sünders beruhigen. Du kannst die Angst vielleicht unterdrücken, aber du wirst sie nicht los. Das kann nur Gottes Gnade bewirken.

Hast du die Vergebung durch Jesus angenommen? Wenn nicht, dann tu es. „Wenn wir aber unsere Sünden bekennen, dann erfüllt Gott seine Zusage treu und gerecht: Er wird unsere Sünden vergeben und uns von allem Bösen reinigen" (1. Johannes 1,9). Du kannst ein ganz einfaches Gebet sprechen. In etwa so: „Vater im Himmel, ich brauche Vergebung. Ich gestehe, dass ich mich von dir abgewendet habe. Bitte vergib mir. Ich lege meine Seele in deine Hände und setze mein Vertrauen auf deine Gnade. Amen."

Jetzt hast du Gottes Vergebung empfangen, dann lebe auch versöhnt! Wenn Jesus dich befreit, dann bist du wirklich frei.

Zum Nachdenken

Was bedeutet es, durch Jesus befreit zu sein? Was bedeutet es, versöhnt zu leben? Es heißt, dass du weißt, dass du Gott deine Fehler gestanden hast. Es bedeutet, Angst und Schuld hinter sich zu lassen. Es bedeutet, in seinem Plan Frieden zu finden. Es bedeutet, ihm zu vertrauen und jeden Tag die Wahrheit zu sprechen und zu leben.

Und Gottes Friede, der all unser Verstehen übersteigt, wird eure Herzen und Gedanken im Glauben an Jesus Christus bewahren. (Philipper 4,7)

Vollkommener Friede

Ein Leben für Gott kann ein Leben erfüllt von Frieden sein. Kein zufälliger, wackliger, irdischer Friede, sondern *sein* Friede. Aus dem Himmel. Gott bietet dir die gleiche Ruhe an, die auch seinen Thronraum erfüllt.

Glaubst du, er kämpft gegen Ängste? Meinst du, er ringt manchmal die Hände oder bittet seine Engel um Magentabletten? Natürlich nicht. Ein Problem ist für Gott keine größere Herausforderung als ein Ast für einen Elefanten. Gott genießt den vollkommenen Frieden, weil er die vollkommene Macht genießt.

Und er bietet dir seinen Frieden an. Einen Frieden, der „eure Herzen und Gedanken im Glauben an Jesus Christus bewahren" wird. Paulus benutzt hier ein Bild aus dem Militär. Die Philipper, die in einer Garnisonsstadt lebten, waren an römische Wachsoldaten gewöhnt. Bevor irgendein Feind hereinkommen konnte, mussten sie an diesen Wachen vorbei. Genau das bietet Gott dir an. Sein übernatürlicher Friede überschattet dich und bewacht dein Herz.

Zum Nachdenken

Lies mal Philipper 4,4–7. Paulus sagt, wir sollen Gott alle unsere Sorgen und Bitten bringen. Nur wenn wir sie zu ihm bringen, werden wir in unseren Gedanken und im Herzen Ruhe finden. Es gibt Frieden und es gibt *vollkommenen* Frieden. Entscheide dich für den Frieden, den dein Schöpfer dir gibt.

29. Juli

Gib wieder acht auf das, was er dir sagt, und nimm dir seine Worte zu Herzen! (Hiob 22,22)

Gottes Sprache

Es gibt keine Sprache, die Gott nicht spricht. Was eine amüsante Frage aufwirft. Welche Sprache spricht er mit dir? Damit meine ich nicht Deutsch oder Englisch, sondern das, was sich tagtäglich in deinem Leben abspielt.

Manchmal spricht Gott die „Sprache des Überflusses". Ist dein Bauch voll? Ist dein Kleiderschrank voll? Ist dein Geldbeutel voll? Sei nicht so stolz auf das, was du hast, dass du dabei verpasst, was er dir damit sagen will. Könnte es sein, dass du viel hast, damit du viel geben kannst?

Oder was ist mit der „Sprache des Schmerzes"? Ein Dialekt, den wir versuchen zu vermeiden. Aber wir wissen beide, wie deutlich Gott in Krankenhausfluren und Krankenbetten spricht. Wenn wir Probleme haben, scheinen seine Worte eine ganz neue Bedeutung und Wichtigkeit zu bekommen. Will Gott dir durch deine Probleme etwas sagen?

Gott spricht jede Sprache – auch deine. In welcher Sprache spricht er gerade mit dir?

Zum Nachdenken

Wir können Gott vielleicht nicht mit unseren Ohren hören, aber er hat viele andere Wege, um mit uns zu sprechen. Wie spricht er mit dir? Hast du beim Beten einen starken Eindruck von seinem Willen? Hast du das Gefühl, dass er die Ereignisse in deinem Leben lenkt? Was auch immer es ist, lerne seine Sprache verstehen, damit du seinen Willen erkennen kannst.

30. Juli

Denke daran, dass du mir schon früher dein Erbarmen und deine Liebe bewiesen hast! (Psalm 25,6)

Unser Abba

Vor Kurzem haben meine Tochter Jenna und ich einige Tage in Jerusalem verbracht. Eines Nachmittags gingen wir hinter einer orthodoxen jüdischen Familie her – einem Vater mit drei kleinen Töchtern. Eines der Mädchen, vielleicht vier oder fünf Jahre alt, fiel etwas zurück und konnte ihren Vater nicht mehr sehen. „Abba!", rief sie nach ihm. Er sah sie und nahm sie sofort an der Hand.

Als die Ampel grün wurde, ging er mit ihr und ihren Schwestern über die Kreuzung. Mitten auf der Straße bückte er sich, nahm sie auf den Arm und sie gingen weiter.

Ist das nicht genau das, was wir brauchen? Ein Abba, der uns hört, wenn wir rufen? Der uns an der Hand nimmt, wenn wir schwach sind? Der uns heil über die großen Kreuzungen unseres Lebens bringt? Brauchen wir nicht alle einen Abba, der uns auf den Arm nimmt und uns nach Hause trägt? Wir brauchen alle einen Vater.

Zum Nachdenken

Hattest du so einen Vater, der dich immer rufen gehört hat, der dir bereitwillig durch die schwierigsten Zeiten deines Lebens geholfen hat? Oder war dein Vater zu beschäftigt oder zu distanziert, um sich um dich zu kümmern? Egal, wir haben alle einen Vater im Himmel, der uns in seine Arme nimmt. Wir dürfen ihn „Abba" nennen.

31. Juli

Gott hat uns nicht zu einem ausschweifenden Leben berufen, sondern wir sollen ihn mit unserem Leben ehren.
(1. Thessalonicher 4,7)

Zünde kein Streichholz an

Das Internet ist eine wunderbare Sache, aber es hat auch viele Fallen. Pornografie ist eine davon. Für viele, viele Männer ist das ein großes Problem. Sie denken, ein kurzer Blick macht nichts. Sie glauben, sie könnten jederzeit aufhören. Bei denjenigen, die das können, bleiben die ungewünschten Bilder aber trotzdem im Kopf. Bei denjenigen, die das nicht können, fängt so die Sucht an.

Man kann nicht mit dem Feuer spielen, ohne sich zu verbrennen. Also zünde erst gar kein Streichholz an. Die Bibel sagt nicht, wir sollen gegen sexuelle Sünden *ankämpfen* oder damit *ringen*. Sie sagt ganz klar: „Flieht die Unzucht!" (1. Korinther 6,18; ELB). Nur weil ein Mädchen sich extra so anzieht, damit sie deine Aufmerksamkeit bekommt, heißt das nicht, dass du hinschauen musst. Nur weil Bilder auf dem Bildschirm erscheinen, heißt das nicht, dass du sie anklicken musst. Mach die Augen zu und pass auf deine Gedanken auf! Die Gedanken, die du heute zulässt, wirst du morgen ausleben. Nutze das zu deinem Vorteil. Willst du in Zukunft gute Beziehungen? Dann denk an die Stärken deiner Freundschaften. Willst du in Zukunft einen stärkeren Glauben haben? Dann denke jetzt über Gottes Wort nach. Du bist, was du denkst.

Zum Nachdenken

Männer funktionieren visuell. So hat Gott uns geschaffen. Deshalb, liebe Mädchen, helft uns ein bisschen und zieht euch nicht zu aufreizend an. Und ihr Jungs, wenn ihr ein Problem mit Pornos habt, dann sprecht mit jemand darüber, der euch helfen kann. Je länger ihr wartet, desto schwerer wird es, da wieder rauszukommen.

August

Doch nicht nur dafür sind wir dankbar. Wir danken Gott auch für die Leiden, die wir wegen unseres Glaubens auf uns nehmen müssen. Denn Leid macht geduldig. Geduld aber vertieft und festigt unseren Glauben, und das wiederum gibt uns Hoffnung.

RÖMER 5,3–4

Er wird euch die Kraft geben, im Glauben festzubleiben und das Ziel zu erreichen, sodass ihr vor ihm bestehen könnt, wenn er kommt. (1. Korinther 1,8)

Gott ist noch nicht fertig mit dir

Gott ist noch nicht fertig mit dir. Du denkst vielleicht, dass er das ist. Du denkst vielleicht, dass du das Maximum erreicht hast, dass sich dein Charakter und dein Glaube nicht mehr weiterentwickeln werden, dass aus dir nie mehr werden wird als das, was du jetzt bist, dass du nie viel erreichen wirst. Du denkst vielleicht, dass Gott sich für die wichtigen Aufgaben jemand anders ausgesucht hat. Wenn ja, dann denk noch mal scharf nach.

„Deshalb bin ich auch ganz sicher, dass Gott sein Werk, das er bei euch begonnen hat, zu Ende führen wird, bis zu dem Tag, an dem Jesus Christus kommt“ (Philipper 1,6). Hast du gesehen, was Gott hier tut? Er tut sein Werk in dir. Hast du auch gesehen, wann er damit fertig ist? Wenn Jesus wiederkommt.

Du kannst nicht wissen, was Gott in dir tut und was er noch tun wird. Er formt dich immer noch innerlich, damit du ihm äußerlich Ehre bringst. Du kannst dir gar nicht vorstellen, was er Wunderbares vorhat. Gott ist noch nicht fertig mit dir!

Zum Nachdenken

Denk mal an einige der großen Überraschungen in deinem Leben. Vielleicht ein Weihnachtsgeschenk, von dem du dachtest, dass deine Familie es sich nicht leisten konnte, oder der Missionseinsatz im Ausland, von dem du nie dachtest, dass du ihn mitmachen würdest. Gott hat noch mehr schöne Überraschungen für dich, sowohl in Bezug auf das, was du sein wirst, als auch auf das, was du tun wirst. Lass ihn an dich ran!

2. August

Lass dich nicht von Zorn und Wut überwältigen, denn wenn du dich ereiferst, gerätst du schnell ins Unrecht. (Psalm 37,8)

Mit Wut umgehen

Wut. Das ist der Lärm der Seele. Der unerbittliche Eindringling in deine Ruhe. Je lauter die Wut wird, umso verzweifelter bist du.

Du denkst vielleicht: *Du hast ja keine Ahnung, wie schwer mein Leben ist!* Und da hast du recht, das habe ich wirklich nicht. Missbrauch? Verrat? Ablehnung? Missachtung? Ich kenne deine Geschichte nicht. Aber ich weiß genau, wie mies deine Zukunft sein wird, wenn du nicht lernst, mit deiner Wut umzugehen.

Wenn man die Welt der Wütenden einmal wie mit Röntgenstrahlen durchleuchtet, sieht man einen Tumor der Bitterkeit: schwarz, bedrohlich, bösartig. Der Krebs der Seele. Seine tödlichen Zellen wachsen ums Herz und zerstören es. Du kannst nicht ändern, was gestern war, aber deine Reaktion darauf kannst du sehr wohl ändern. Du kannst die Vergangenheit nicht ändern, aber deine Reaktion darauf sehr wohl. Die Bibel hat die Lösung: „Mit Bitterkeit, Jähzorn und Wut sollt ihr nichts mehr zu tun haben … Seid vielmehr freundlich und barmherzig, und vergebt einander, so wie Gott euch durch Jesus Christus vergeben hat" (Epheser 4,31–32).

Zum Nachdenken

Wenn dich jemand verletzt, ist es ganz normal, dass du wütend wirst. Aber wenn du wütend *bleibst*, dann tust du nur dir selbst damit weh. Wenn du vergibst, sagst du damit nicht, dass das, was geschehen ist, in Ordnung ist. Du sagst damit, dass du nicht zulässt, dass es dir dein Leben zerstört.

3. August

Kommt, wir wollen ihn anbeten und uns vor ihm beugen; lasst uns niederknien vor dem Herrn, unserem Schöpfer!
(Psalm 95,6)

Anbetung: etwas ganz Persönliches

Anbetung. Wie funktioniert das eigentlich? Was macht und sagt man, wenn man Gott anbetet? Wir wissen nicht, wie wir es anstellen sollen. Anbetung ist eine schwierige Sache.

Deshalb hat Gott uns die Psalmen gegeben – ein Lobpreisbuch. Diese Sammlung von Liedern und Gebeten wird von einem roten Faden durchzogen: Es ist die Sehnsucht nach Gott. Manche Psalmen klingen trotzig. Andere ehrfürchtig. Manche muss man singen. Andere muss man beten. Manche haben eine sehr persönliche Sprache. Andere lesen sich, als würde die ganze Welt sie beten.

Schon alleine diese Vielfalt will dich daran erinnern, dass Anbetung etwas ganz Persönliches ist. Es gibt keine geheime Formel dafür. Was dich anspricht, kann für jemand anderen albern sein. Manche Leute heben gerne die Hände, wenn sie Gott anbeten. Andere schließen lieber die Augen und denken still über

Gott nach. Jeder betet ihn anders an. Und jede Form der Anbetung schätzt Gott.

Zum Nachdenken

Ist dir Anbetung unangenehm? Vielleicht liegt das daran, dass du versuchst, es „richtig" zu machen. Lies mal die Psalmen. Schau dir an, auf wie viele verschiedene Arten Menschen Gott angebetet haben. Singen, beten, musizieren, malen, über ihn nachdenken ... Er schätzt jede Art, auf die du ihn ehrst!

4. August

... weder Hohes noch Tiefes oder sonst irgendetwas können uns von der Liebe Gottes trennen, die er uns in Jesus Christus, unserem Herrn, schenkt. (Römer 8,39)

Du bist etwas ganz Besonderes

Willst du wissen, wann Gott dich liebt? Nicht nur am Ostersonntag, wenn du das Hemd in die Hose gesteckt hast und die Frisur sitzt. Nicht nur, wenn du gut drauf bist, motiviert und bereit, es mit den Problemen der Welt aufzunehmen. Nicht nur dann. Du weißt, wie er an diesen Tagen über dich denkt. Und sogar *du* magst dich dann, nicht wahr?

Willst du wissen, was er über dich denkt, wenn du alles anschnauzt, was sich bewegt? Wenn deine Zunge so scharf ist, dass sie Felsen spaltet? Wie denkt er dann über dich?

Kann irgendetwas dich von der Liebe trennen, die Jesus für dich empfindet?

Gott hat diese Frage beantwortet, bevor du sie gestellt hast. Und damit du seine Antwort sehen kannst, hat er den Himmel mit einem Stern erleuchtet. Damit du seine Antwort hörst, hat er die Nacht mit dem Gesang eines Engelschores erfüllt. Und damit du ihm glaubst, hat er getan, was sich niemand je hätte träumen lassen. Er wurde Mensch und lebte unter Menschen. Er hat dir die Hand auf die Schulter gelegt und gesagt: „Du bist etwas ganz Besonderes."

Zum Nachdenken

Nichts kann dich von der Liebe Gottes trennen. Seine Hand hält dich fester als der beste Superkleber. Ganz gleich, was du sagst, denkst oder tust, du kannst seiner Liebe nicht entkommen. Er sieht dich und lächelt. Du wirst für immer etwas ganz Besonderes für ihn sein.

5. August

Was wir jetzt leiden müssen, dauert nicht lange und ist leicht zu ertragen in Anbetracht der unendlichen, unvorstellbaren Herrlichkeit, die uns erwartet. (2. Korinther 4,17)

Nur eine kurze Zeit

Wenn du dein Leben hier auf der Erde und dein Leben im Himmel in Sandkörnern messen müsstest, wie groß wären die beiden Haufen? Der Himmel bestünde dann aus jedem einzelnen Sandkorn von jedem Strand der Welt – und noch mehr. Und dein irdisches Leben bestünde aus einem Hundertstel von einem

Sandkorn. Willst du wissen, mit welcher Formulierung man die Länge deines Lebens hier auf der Erde bezeichnen könnte? Mit „nicht lange".

Hat das nicht auch Paulus gesagt? „Was wir jetzt leiden müssen, dauert *nicht lange*… in Anbetracht der unendlichen, unvorstellbaren Herrlichkeit, die uns erwartet." Der Apostel ist „ausgepeitscht worden. Unzählige Male hatte ich den Tod vor Augen." Er schreibt: „Fünfmal habe ich von den Juden die neununddreißig Schläge erhalten. Dreimal wurde ich von den Römern ausgepeitscht, und einmal hat man mich gesteinigt. Dreimal habe ich Schiffbruch erlitten; einmal trieb ich sogar einen Tag und eine ganze Nacht hilflos auf dem Meer" (2. Korinther 11,23–25). Mit Paulus' Worten ausgedrückt, ist das leicht zu ertragen und dauert nicht lange.

Wie wäre es, wenn du die gleiche Einstellung hättest? Wie wäre es, wenn du die schweren Zeiten nur als ein einzelnes Sandkorn sehen würdest und den Himmel als einen endlosen Strand?

Zum Nachdenken

Wir alle *werden* Probleme haben. Das hat Jesus uns gesagt. Und wir *werden* verletzt werden. Daran gibt es keinen Zweifel. Aber in einem Monat, einem Jahr – und ganz sicher von der Ewigkeit her betrachtet – wirst du dich kaum noch an den Stress und den Schmerz erinnern. Halt durch. Es wird so viel besser werden.

Und wenn einer von dir verlangt, eine Meile mit ihm zu gehen, dann geh zwei Meilen mit ihm! Gib jedem, der dich um etwas bittet, und weise keinen ab, der etwas von dir leihen will. (Matthäus 5,41–42)

Die zweite Meile gehen

Jesus fordert dich auf: Diene denen, die dich hassen; vergib denen, die dich verletzen. Wähle den untersten Platz, nicht den obersten; diene, statt dich bedienen zu lassen. Zahle heim – aber nicht mit Bösem, sondern mit Liebe.

Zu biblischen Zeiten hatten römische Soldaten das Recht, Juden dazu zu zwingen, für eine Meile ihr Gepäck zu tragen.[7] Mit einem einfachen Befehl konnten die Soldaten einen Bauern von der Feldarbeit oder einen Händler aus seinem Geschäft rufen.

In einem solchen Fall, sagt Jesus, „gebt mehr als verlangt". Wenn die Meile zu Ende ist, geht noch weiter. Überrascht den Soldaten, dass es ihm die Schuhriemen kräuselt, indem ihr sagt: „Ich habe nicht genug für dich getan. Ich gehe noch eine Meile." Tut mehr, als verlangt wird. Und tut es mit Freude und Liebe!

Wie kannst du die Sache mit der zweiten Meile in deinem Leben umsetzen? Wenn deine Eltern sagen, du sollst die Küche sauber machen, dann räum auch noch dein Zimmer auf. Wenn deine Schwester dir dein bestes T-Shirt wegnimmt, biete ihr noch ein weiteres an. Du wirst sie schockieren. Und Jesus wird lächeln.

Zum Nachdenken

Die zweite Meile zu gehen klingt vielleicht wie eine unüberwindbare Aufgabe. Aber das ist es nicht. Je öfter du das tust, umso mehr werden dir die verblüfften Reaktionen derjenigen, die du auf diese Weise überraschst, gefallen. Was noch wichtiger ist: Mit jeder Extra-Meile wird dein eigenes Herz wärmer und du kommst Jesus ein wenig näher.

7. August

Nachdem ihr diese Botschaft im Glauben angenommen habt, gehört ihr nun Gott. Er hat euch sein Siegel aufgedrückt, als er euch den Heiligen Geist schenkte, den er jedem Glaubenden zugesagt hat. (Epheser 1,13)

Das Siegel des Heiligen Geistes

Als ich auf dem College war, habe ich einmal in einer Staubsaugerfabrik gearbeitet. Wir haben Staubsauger vom Stecker bis zur Bürste zusammengebaut. Der letzte Arbeitsschritt am Fließband war „Verpacken und Versenden". Bis dahin hatte die Firma schon viele Arbeitsstunden und Dollar in das Gerät gesteckt. Also gaben sie sich große Mühe, ihr Produkt zu schützen. Sie wickelten es dick in Blisterfolie, packten es zwischen Styroporteile, umwickelten den Karton mit reißfestem Klebeband, druckten den Bestimmungsort auf und zurrten die Ladung auf dem Lkw mit Gurten fest. Die Staubsauger waren sicher.

Aber verglichen damit, wie Gott für seine Kinder sorgt, war es, als hätten die Arbeiter die blanken Staubsauger in den Lkw geworfen. Gott versiegelt uns mit dem sichersten Siegel überhaupt:

mit seinem Geist. Er steckt uns in eine geistliche Waffenrüstung, umgibt uns mit seinen Engeln und wohnt selbst in uns. Noch nicht einmal Staatsoberhäupter werden so beschützt.

Jesus hat einen extrem hohen Preis für dich bezahlt, deshalb will er dich nicht ungeschützt durch die Welt gehen lassen. „Er ist wie ein Siegel, das Gott euch aufgedrückt hat, und er verbürgt euch die endgültige Erlösung“ (Epheser 4,30; GN). Du fällst vielleicht mal hin – ganz bestimmt sogar –, aber du wirst niemals aus dieser Sicherheit rausfallen.

Zum Nachdenken

Was ist das Kostbarste, das du hast? Dein Notebook? Dein Smartphone? Das Moped, das du mit deinem sauer verdienten Geld selbst bezahlt hast? Ganz gleich, wie wertvoll dir diese Dinge auch sind, du bist noch viel wertvoller für Gott. Du gehörst ihm.

8. August

Gott! Du bist mein Gott, dich suche ich! Ich sehne mich nach dir mit Leib und Seele. (Psalm 63,2; GN)

Bist du zufrieden?

Zufrieden? Tja, das sind wir oft nicht. Oder? Wir kaufen das neueste Notebook, das schickste Smartphone, das beste Haarpflegemittel. Und oft planen wir zwei Wochen später schon die nächste Anschaffung. Wir machen Urlaub in Mallorca und tanken Sonne, Freude und gutes Essen. Aber noch vor dem Rückflug graut uns schon wieder vor dem Ende der Ferien – und wir planen gleich die nächsten.

Wir Menschen sind nie zufrieden. Als Kinder sagen wir: „Wenn ich nur endlich Teenie wäre!" Als Teenie sagen wir: „Wenn ich nur endlich erwachsen wäre!" Als Erwachsene sagen wir: „Wenn ich nur endlich verheiratet wäre!" Als Ehepartner sagen wir: „Wenn wir nur endlich Kinder hätten!"

Wir sind nie zufrieden. Warum ist es so schwer, zufrieden zu sein? Weil es auf dieser Erde nichts gibt, was unser innerstes Verlangen stillt. Wir sehnen uns danach, Gott zu sehen. Und so lange wird nichts uns wirklich befriedigen.

Zum Nachdenken

Manche Leute beschreiben die Sehnsucht nach Gott als Loch im Herzen. Kannst du es fühlen? Du versuchst, dieses Loch mit Besitz, mit Freunden, mit Spaß, mit Essen, mit Aktivitäten zu füllen. Das kann vorübergehend helfen, aber nicht auf die Dauer. Fülle es stattdessen mit Gott. Er ist der Einzige, der dir Zufriedenheit geben kann.

9. August

Wer auf das hört, was ihm beigebracht wird, ist erfolgreich; und wer dem Herrn vertraut, der findet Glück.
(Sprüche 16,20)

Das Geschenk der Sexualität

„Deshalb warne ich euch eindringlich vor jeder verbotenen sexuellen Beziehung! Denn mit keiner anderen Sünde vergeht man sich so sehr am eigenen Körper wie mit sexueller Zügellosigkeit"

(1. Korinther 6,18). Paulus schrieb diese Zeilen an Leute in Korinth, die sexbesessen waren.

Keine Botschaft stellt sich so sehr gegen den Strom der allgemeinen Meinung wie diese. Du kennst die Sex-Bekenntnisse der heutigen Zeit: „Ich tu, was mir passt. Mein Körper gehört mir." Weißt du, was Gott dazu sagt? „Nein, tut er nicht. Er gehört mir."

Du musst verstehen, dass Gott nicht gegen Sex ist. Schließlich hat er das Ganze ja erfunden. Er betrachtet sexuelle Intimität genauso wie ich unsere Familienbibel. Sie wurde uns von der Familie meines Vaters vererbt, ist einhundert Jahre alt und 18 Zentimeter dick. Für mich ist sie unschätzbar wertvoll. Wenn ich also etwas brauche, um draufzusteigen, nehme ich ganz sicher nicht diese Bibel. Wenn bei meinem Bett ein Fuß abbricht, dann lege ich nicht die Familienbibel darunter. Wir heben sie uns für besondere Ereignisse auf und bewahren sie an einem besonderen Ort auf.

Betrachte Sex einmal genauso – als ein heiliges Geschenk, das an einem besonderen Ort zu einem besonderen Anlass geöffnet wird. Der besondere Ort ist die Ehe und der besondere Anlass ist mit deinem Ehepartner.

Zum Nachdenken

Die Verführungskraft der körperlichen Anziehung ist stark. Junge Frauen und Männer (und auch ältere) hatten von Anfang an dagegen zu kämpfen. Vertraue Gott in diesem Punkt, denn das kurzfristige Vergnügen ist die langfristigen Konsequenzen nicht wert. Wenn du in eine verführerische Situation kommst, dann halte dich an den Rat von Paulus: Flieh!

Denke bei jedem Schritt an ihn; er zeigt dir den richtigen Weg und krönt dein Handeln mit Erfolg. (Sprüche 3,6)

So einfach ist Gebet

Ich durfte bei meinem Vater auf den Schoß klettern … wenn er Auto fuhr! Vor einem halben Jahrhundert hat das niemanden gekümmert. Vor allem nicht auf dem flachen Land eines Ölfeldes in West-Texas, wo es mehr Kaninchen als Menschen gab.

Ich habe es geliebt. Ob es mir etwas ausgemacht hat, dass ich nicht übers Armaturenbrett schauen konnte? Oder dass meine Füße einen halben Meter über dem Gas und der Bremse baumelten? Überhaupt nicht. Ich half meinem Vater, den Transporter zu fahren. Ob ich keine Angst hatte, in den Graben zu fahren? In der Kurve umzukippen? In ein Schlagloch zu fahren? Nein, nicht im Geringsten. Mein Vater hatte seine Hände gleich neben meinen und seine Augen waren wachsamer als meine. Ich hatte keine Angst. Auf dem Schoß des Vaters kann jeder Auto fahren.

Und in dieser Position kann auch jeder beten. Beten heißt, sich ruhig auf Gottes Schoß zu setzen und die Hände auf sein Lenkrad zu legen. Er regelt die Geschwindigkeit und passt in den engen Kurven auf – und sorgt für die sichere Ankunft. Und wir bringen ihm unsere Bitten; wir bitten Gott: „Bewahre mich vor diesem Leiden!" (Markus 14,36). Vor der Krankheit, dem Verrat, der Ablehnung, dem Konflikt oder der Unsicherheit. So einfach ist Gebet.

Zum Nachdenken

Gott macht es dir leicht. Du brauchst keinen Termin, um mit ihm zu reden. Du musst keinen Antrag ausfüllen oder deine Fragen vorab schriftlich einreichen. Beten ist so einfach, wie auf den Schoß des Vaters zu klettern. Versuch es doch gleich einmal.

11. August

Der Himmel verkündet Gottes Größe und Hoheit, das Firmament bezeugt seine großen Schöpfungstaten. (Psalm 19,1)

Der Sternenmacher

Wenn du in einer klaren Nacht einmal weit entfernt von jeder Stadt bist, dann schau mal zum Himmel. Dieser Schleier von weißem Licht ist unsere Galaxie, die Milchstraße. Einhundert Milliarden Sterne.[8] Und unsere Galaxie ist eine von Milliarden anderen![9] Wer kann sich so ein Universum ausdenken, ganz zu schweigen von der unbegrenzten Zahl von Universen?

Das kann niemand. Aber versuchen wir es trotzdem einmal. Stell dir einmal vor, du fliegst mit einem Jet mit mörderischen tausend Kilometern pro Stunde durch unser Sonnensystem. Nach 16,5 Tagen erreichst du den Mond, nach 17 Jahren fliegst du an der Sonne vorbei, und nach 690 Jahren bist du zum Abendessen auf dem Pluto gelandet. Nach fast sieben Jahrhunderten hast du noch nicht einmal unser Sonnensystem verlassen, geschweige denn unsere Galaxie.[10]

Unser Universum ist Gottes bester Missionar. „Der Himmel verkündet Gottes Größe und Hoheit." Ein Gebäude setzt einen Erbauer voraus, ein Bild einen Maler. Legen die Sterne nicht auch einen Sternemacher nahe? Setzt die Schöpfung nicht einen Schöpfer voraus? Sieh nach oben. Wenn Gott eine Milliarde Galaxien machen kann, kann er dann nicht auch etwas Gutes aus dem Schlechten in deinem Leben machen und deinem kleinen Leben einen Sinn geben? Natürlich kann er das. Er ist schließlich Gott.

Zum Nachdenken

Such dir eine klare Nacht aus – vielleicht ja heute Nacht. Such dir eine Stelle, von der aus du all die Sterne wirklich gut sehen kannst. Sieh sie dir genau an – nicht nur kurz, sondern betrachte sie richtig gründlich. Meinst du, sie sind „rein zufällig" entstanden? Oder glaubst du, Gott hatte etwas damit zu tun?

12. August

Wir alle aber stehen mit unverhülltem Gesicht vor Gott und spiegeln seine Herrlichkeit wider. Der Herr verändert uns durch seinen Geist, damit wir ihm immer ähnlicher werden und immer mehr Anteil an seiner Herrlichkeit bekommen.
(2. Korinther 3,18)

Gott-Reflektor

Was macht der Mond? Er erzeugt kein Licht. Ohne die Sonne wäre der Mond nichts als ein pechschwarzer, pockennarbiger Brocken. Aber wenn er an der richtigen Stelle ist, dann strahlt der Mond. Der Mond reflektiert das größere Licht.

Was würde passieren, wenn du deinen Platz als „Gott-Reflektor" einnehmen würdest? Also jemand sein würdest, der das Licht

Gottes reflektiert? Das ist wahrscheinlich eine große Herausforderung. Sind wir nicht alle ab Werk auf Egoismus programmiert? *Ich will eine Freundin, die mich glücklich macht, und Freunde, die mich immer nach meiner Meinung fragen. Ich will Klamotten, die mir stehen, und Computerspiele, die mir Spaß machen, und eine Familie, die mich bedient. Ich, ich, ich …*

Wie kannst du zum „Gott-Reflektor" werden? Indem du vom Ich-Fokus zum Gott-Fokus wechselst. Befolge den Rat von Paulus: „Wir alle aber stehen mit unverhülltem Gesicht vor Gott und spiegeln seine Herrlichkeit wider. Der Herr verändert uns durch seinen Geist, damit wir ihm immer ähnlicher werden und immer mehr Anteil an seiner Herrlichkeit bekommen." Sein Licht verändert dich.

Zum Nachdenken

Spieglein, Spieglein an der Wand, wer ist der Würdigste im ganzen Land? Ob du es glaubst oder nicht, aber es sind nicht du und ich. Es ist er. Gott. Er ist die Sonne für dich. Deine Aufgabe ist es nur, dich in die richtige Position zu bringen, um seine Herrlichkeit widerzuspiegeln.

13. August

Wenn schlimme Tage kommen, nimmt der Herr mich bei sich auf, er gibt mir Schutz unter seinem Dach … (Psalm 27,5; GN)

Gottes Haus

Ganz gleich, wie sehr wir unser Zuhause lieben, manchmal gibt es Momente, in denen wir nur noch wegwollen, nicht wahr? Aber

David, der Mann nach dem Herzen Gottes, schrieb: „Um eines habe ich den Herrn gebeten; das ist alles, was ich will: Solange ich lebe, möchte ich im Hause des Herrn bleiben“ (Psalm 27,4).

Was ist das für ein Haus Gottes, in das David möchte? Schreibt David hier von einem Gebäude? Sehnt er sich nach einem Haus mit vier Wänden und einer Tür, durch die er hinein-, aber nie wieder herauskommt? Nein, denn Gott „wohnt nicht in Tempeln, die Menschen gebaut haben“ (Apostelgeschichte 17,24). Wenn David schreibt, „in deinem Haus darf ich für immer bleiben“ (Psalm 23,6), meint er damit nicht, dass er sich von Menschen zurückziehen will. Er meint, dass er sich überall nach Gottes Gegenwart sehnt, ganz gleich, wo er ist.

Was ist so großartig daran, bei Gott zu sein? Du bist zu Hause, ganz gleich, wo du bist.

Zum Nachdenken

Zu Hause. Das ist der Ort, an dem du isst, schläfst, liest, chillst. Es ist gemütlich, weil es ein vertrauter Ort ist, weil dort deine Familie ist. Aber ein großer Teil deiner Familie ist auch immer bei dir, ganz gleich, wohin du gehst oder wo du wohnst. Gott ist dein Vater im Himmel, und du kannst in seinem Haus sein, ganz egal, wo du gerade bist.

Dem, der euch bewahren kann, damit ihr nicht fallt … gehört alle Ehre. (Judas 24–25)

Die Klettertour

Du und ich, wir sind auf einer großartigen Klettertour. Die Felswand ist hoch und das Risiko noch höher. Du hast den ersten Schritt gemacht, als du Jesus angenommen hast. Er hat dir seine Kletterausrüstung gegeben: den Heiligen Geist. Er hat dir ein Seil in die Hand gegeben: sein Wort.

Deine ersten Schritte waren selbstbewusst und kraftvoll, aber unterwegs kam die Müdigkeit und mit zunehmender Höhe auch Angst. Du hast den Halt verloren. Du hast die Konzentration verloren und bist gefallen. Für einen Augenblick, der dir endlos vorkam, bist du gestürzt, hattest keine Kontrolle, keine Beherrschung, warst orientierungslos, haltlos, bist gefallen.

Aber dann hat sich das Seil gespannt und deinen Fall gestoppt. Du hast im Gurt gehangen und gemerkt, dass er hält. Du hast nach dem Seil gegriffen und es war fest und zuverlässig. Und obwohl du deinen Bergführer nicht sehen kannst, kennst du ihn doch. Du weißt, dass er stark ist. Du weißt, dass er dich vor dem Absturz bewahren kann.

Also kletterst du wieder hoch.

Zum Nachdenken

Dein Glaubensweg fühlt sich oft wie eine Klettertour an. Am Anfang ist alles spannend. Unterwegs machst du erstaunliche Entdeckungen. Dann kommen die Erschöpfung, die Sorgen. Die

Ausrutscher und Abstürze. Die Aufregung, wenn du dem Ziel näher kommst. Und wenn du den Gipfel dann endlich erreicht hast? Es gibt nichts, was sich mit dieser Freude vergleichen lässt!

15. August

Mit meinem Lied will ich dich loben, denn du hast mir Gutes getan. (Psalm 13,6)

Wie man einen miesen Tag rettet

Hier ein Tipp, was du tun kannst, wenn mal wieder ein Tag total mies läuft: Bade in der Gnade Gottes. Lass deinen Tag von ihm mit seiner Liebe begießen. Er hat alle deine Schulden bezahlt. „Christus hat unsere Sünden auf sich genommen …" (1. Petrus 2,24).

Wenn du wütend bist auf deine kleine Schwester, schreitet Jesus ein: „Ich habe dafür bezahlt." Wenn du lügst und der ganze Himmel darüber stöhnt, wendet er ein: „Mein Tod hat diese Sünde weggenommen." Wenn du deinen Begierden nachgibst, angibst oder andere verurteilst, dann steht Jesus im himmlischen Gerichtssaal auf, zeigt auf das blutverschmierte Kreuz und sagt: „Ich habe mich schon darum gekümmert. Ich habe seine/ihre Sünden und die der ganzen Welt weggenommen."

Was für ein großartiges Geschenk er dir damit gemacht hat. Du hast den größten Jackpot in der Menschheitsgeschichte gewonnen und du hast keinen Cent für das Los bezahlt! Deine Seele ist in Sicherheit, deine Errettung ist dir so sicher wie das Amen in der Kirche. Dein Name steht in dem heiligen Buch, auf das es am Ende ankommt. Was brauchst du mehr?

Zum Nachdenken

Begreifst du, wie großartig diese Nachricht ist? Vielleicht hast du den Mathe-Test verhauen, aber du hast bereits jetzt schon das Ziel erreicht – das Ticket für die Ewigkeit gewonnen. Ganz gleich, wie viele Probleme dieser Tag mit sich bringt, du weißt, dass sie schon morgen nicht mehr von Bedeutung sind. Gott wird sich darum kümmern! Wenn das kein Grund ist, vor Freude an die Decke zu gehen, dann weiß ich auch nicht.

16. August

Gott allein ist beides: Gesetzgeber und Richter. Nur er kann verurteilen oder von Schuld freisprechen. (Jakobus 4,12)

Wenn es abwärtsgeht

In Josefs Leben ging es rasant bergab. Von seinen Geschwistern gedemütigt. In einen trockenen Brunnen hinuntergeworfen. Von seinen Brüdern hängen gelassen und als Sklave verkauft. Nach Ägypten gebracht. Es ging nur noch bergab. Sein guter Name und sein Status wurden ihm genommen. Alles, was er hatte, und alles, was er je glaubte, haben zu können, war weg. Einfach so.

So wie bei dir? Bist du mit deinen Freunden, deiner Hoffnung, deinem Glück am Ende? Bist du ganz unten durch?

Josef kam in Ägypten an und hatte nichts. Hatte keinen bekannten Namen, auf den er sich berufen konnte. Keine Familie, die ihm half. Er hatte alles verloren, bis auf eine Sache: seine Bestimmung. Er hatte Träume gehabt, die ihm gezeigt hatten, dass Gott etwas mit ihm vorhatte. Natürlich wusste er nichts Näheres. Aber Josef verlor nie den Glauben an den Gott, der an ihn glaubte.

Während er die schweren Ketten der Sklaventreiber trug, dachte er: *Ich bin zu mehr berufen als hierzu.* Gott hatte eine Bestimmung für Josef und daran glaubte der Junge.

Glaubst du, dass Gott eine Bestimmung für dich hat?

Zum Nachdenken

Hätte Josef es vom Sklavendasein zum zweitmächtigsten Mann Ägyptens geschafft, wenn er seinen Glauben an Gott und seine Bestimmung verloren hätte? Ich glaube kaum. Denk noch einmal über deine Träume für deine Zukunft nach. Auch wenn du jetzt Probleme hast, können deine Träume trotzdem wahr werden. Auch wenn dir nichts mehr bleibt als nur deine Bestimmung.

17. August

Seid fröhlich in der Hoffnung darauf, dass Gott seine Zusagen erfüllt. Seid standhaft, wenn ihr verfolgt werdet. Und lasst euch durch nichts vom Gebet abbringen. (Römer 12,12)

Versuch nicht, allein fertigzuwerden

Vor einigen Jahren wurde ein guter Freund von mir ins Leichenschauhaus gerufen, um den Leichnam seines Vaters zu identifizieren, der nachts von seiner Ex-Frau erschossen worden war. Die Schießerei war nur ein Ereignis in einer langen Reihe von Wutausbrüchen und familiären Gewaltszenen. Mein Freund erinnert sich noch daran, dass er neben dem Leichnam stand und beschloss: „Bei mir wird das aufhören."

Fass den gleichen Entschluss. Ja, es gibt einige traurige Kapitel in deiner Familiengeschichte. Aber deine Vergangenheit muss nicht deine Zukunft sein. Sprich mit Gott und erwachsenen Christen, denen du vertraust, über die Dinge. Bring es ans Licht. Was ans Licht kommt, wird heil. Bete nicht nur: *Herr, hilf mir zu vergeben*. Erzähle Gott und anderen die Einzelheiten, zum Beispiel so: *Jeden Tag, wenn ich aus der Schule komme, liegt Mama betrunken auf dem Sofa. Ich muss ganz alleine Essen machen, mich um meinen kleinen Bruder kümmern und Hausaufgaben machen. Das ist nicht richtig, Gott!*

Das ist sicher schwierig. Aber lass Gott sein Werk tun. Es gibt immer Hoffnung, wenn du dich für seine Zukunftspläne für dein Leben entscheidest.

Zum Nachdenken

Wenn du in einer schwierigen Situation bist, dann versuch nicht, alleine damit fertigzuwerden. Der Sinn von Gottes Familie ist, dass wir uns gegenseitig bei unseren Problemen helfen. Sprich mit Gott über das, was in deinem Leben gerade passiert, damit er dir einen Pastor, einen Lehrer, einen Freund oder einen anderen Christen zeigt, der dir helfen kann.

18. August

Was, aus Nazareth? (Johannes 1,46; Volx-Bibel)

Komm und sieh!

Philippus hatte gerade erst entschieden, ein Jünger Jesu zu werden. Er lief zu Nathanael und erzählte ihm, dass sie den gefunden hatten, von dem Mose geschrieben und von dem die Propheten gesprochen hatten. Es war ausgerechnet Jesus, der Sohn von Josef, der in Nazareth aufgewachsen war. Nathanael konnte nicht glauben, dass jemand so Bedeutendes aus einem so unbedeutenden, hinterwäldlerischen Ort kommen sollte. „Da sagte Nathanael zu ihm: ‚Aus Nazareth? Kann von dort etwas Gutes kommen?' Philippus antwortete: ‚Komm und sieh!'" (Johannes 1,46; EÜ).

Nathanaels Frage ist auch nach zweitausend Jahren noch aktuell. Nazareth, das ist heute vergleichbar mit dem Hinterkleinkleckersdorf im hintersten Winkel Deutschlands. Was kann von dort schon Gutes kommen? – Komm und sieh dir an, wie sich das Leben von Menschen verändert. Der Straftäter, der jetzt ein Wohltäter ist. Das verbitterte Herz, das jetzt voller Freude ist. Die Niedergeschlagenen, die jetzt Hoffnung haben.

Komm und sieh, wie die durchbohrten Hände Gottes die Herzen berühren, die Tränen aus dem traurigsten Gesicht wischen und die schlimmsten Sünden vergeben. Komm und sieh. Er weicht den Suchenden nicht aus. Er überhört keine Frage. Er fürchtet keine Suche. Komm und sieh, was einer aus Nazareth tun kann.

Zum Nachdenken

Manchmal kann aus einem bescheidenen Anfang etwas richtig Großes werden. Das hat Jesus bewiesen: In einem Stall geboren. In einem unbedeutenden Dorf aufgewachsen. Und dann der Retter der Welt! Schwer zu glauben? Beurteile ein Buch nicht nach seinem Einband und Jesus nicht nach seiner Herkunft. Komm und sieh lieber selbst.

19. August

Schau weder nach rechts noch nach links, damit du nicht auf Abwege gerätst. (Sprüche 4,27)

Achtung, Gefahrenzone

Sobald wir morgens aus dem Haus gehen, betreten wir eine Gefahrenzone. Wir alle kämpfen mit einem grimmigen Feind namens Versuchung. Keiner von uns ist immun dagegen. Der Teufel hat bisher jeden in Versuchung gebracht, angefangen bei Adam bis hin zu Jesus. Ersteren hat er mit Obst versucht, Letzteren mit Brot. Und dich? Vielleicht mit dem hübschen Mädchen aus der Parallelklasse, dem verlorenen Geldbeutel auf dem Gehweg oder der Lösung auf dem Blatt deines Banknachbarn.

Wir können uns gegenseitig helfen, diesen Kampf zu gewinnen. Mädchen können sich weniger aufreizend anziehen, um den Jungs zu helfen, ihre Augen und Gedanken unter Kontrolle zu behalten. Ein Kumpel kann dich fragen, wie es mit deiner Zeit mit Gott steht, und dir so helfen, „auf Kurs" zu bleiben. Ein Freund/eine Freundin kann dich fragen: „Bist du dir sicher, dass das eine gute Idee ist?", und dir so die Gelegenheit geben, eine Sache noch mal zu überdenken und eine bessere Entscheidung zu treffen.

Wenn Versuchungen drohen, deine Freunde zu Fall zu bringen, ermutige sie, sich an ihren Vater im Himmel zu wenden. Er hält seine Kinder liebend gerne an der Hand. „Der Herr hat Freude an einem redlichen Menschen und lenkt alle seine Schritte" (Psalm 37,23; GN). Er wird sie – und dich auch – aus der Gefahrenzone bringen.

Zum Nachdenken

Lies doch mal die klugen Worte von Paulus in 1. Korinther 10,1–13. Für dich und deine Freunde gibt es auch aus der brenzligsten Situation immer einen Ausweg. Aber der kommt nicht durch eure Willenskraft. Gott sorgt für den Ausweg. Halte Ausschau danach, schlag den Weg ein und dann schau nicht zurück.

20. August

Ich vertraue dir ja – hilf mir doch gegen meinen Zweifel!
(Markus 9,24)

Umgang mit Zweifeln

Jemand hat mal zu mir gesagt: „Ich fange an zu bezweifeln, dass es tatsächlich einen Gott gibt. Woher soll ich wissen, dass er nicht nur ein Produkt meiner Fantasie ist?"

Der Glaube an Gott ist kein blinder Glaube. Der Zweifel gehört dazu, auf dem Weg zu einer felsenfesten Überzeugung. Wenn du dir nicht ganz sicher bist, was du glauben sollst, dann bist du deshalb kein „schlechter Christ" oder bist gar verloren. Es ist völlig in Ordnung, solche kritischen Fragen zu stellen. Gott kann damit umgehen. Wie kann man also dahin kommen, einen so festen Glauben zu haben? Der Weg sieht für jeden anders aus, aber hier habe ich ein paar Vorschläge.

Das Weltall: Milliarden von Galaxien, die sich immer weiter ausdehnen. Bis wohin geht es? Wie hat es angefangen? *Die Erde*: So eine Vielfalt und Schönheit. Wie ist sie entstanden? Warum funktioniert alles so harmonisch? *Ethik*: Während der ganzen Menschheitsgeschichte war Mord immer böse und Mut immer gut. Wer hat uns eigentlich so programmiert? *Die Bibel*: Studiere ihre Weisheit. Erlebe ihre Geschichten. *Das leere Grab*: So viele, die behauptet haben, den auferstandenen Jesus gesehen zu haben, sind mit diesen Worten auf den Lippen gestorben. Wären sie tatsächlich bereit gewesen, für eine Lüge zu sterben? *Jesus*: Kein anderer Mensch in der gesamten Menschheitsgeschichte hat so viele Fragen aufgeworfen, keiner hat so viele Herzen berührt und so viele Antworten gegeben. Kann es sein, dass er der war, der er behauptete zu sein?

Zum Nachdenken

Fragst du dich, ob Zweifel und Glaube nebeneinander existieren können? Dann lies mal die Geschichte von dem Vater und seinem besessenen Sohn (Markus 9,14–27). Trotz seiner Zweifel war der Vater bereit zu glauben, dass Jesus seinen Sohn heilen konnte. Das war genug. Dein Glaube – auch wenn er von Zweifeln durchsetzt ist – wird auch genug sein.

21. August

Viele von denen, die in der Erde ruhen, werden erwachen, die einen werden für immer leben, die anderen erleiden für immer Spott und Schande. (Daniel 12,2)

Die Hölle hat einen Sinn

Hat die Hölle irgendeinen Sinn? Streich sie einmal aus der Bibel, aber nimm gleichzeitig auch die Vorstellung von einem gerechten Gott und dass man seinem Wort vertrauen kann heraus.

Wenn es keine Hölle gibt, dann ist Gott nicht fair. Wenn es keine Strafe für die Sünde gibt, dann sind Gott die Vergewaltiger, Räuber und Massenmörder unserer Gesellschaft auch egal. Wenn es keine Hölle gibt, dann sieht Gott die Opfer nicht und kehrt denen, die um Hilfe flehen, den Rücken zu. Wenn es keine Wut auf das Böse gibt, dann ist Gott nicht Liebe, denn die Liebe hasst das Böse.

Wer sagt, es gibt keine Hölle, der sagt, Gott ist ein Lügner und die Bibel nicht wahr. Die Bibel bekräftigt immer wieder, dass das Schicksal jedes Menschen auf eine von zwei Arten enden wird. Manche werden gerettet. Manche sind verloren. Gott zwingt uns weder zum einen noch zum anderen. Er überlässt uns die Entscheidung. Wofür entscheidest du dich?

Zum Nachdenken

Die Hölle. Ein Ort unvorstellbarer Qualen. Wie kann ein liebender Gott zulassen, dass es einen solchen Ort gibt? Andererseits: Wie könnte er es nicht? Wäre es gerecht, wenn diejenigen, die jeden Tag Böses tun und es nie bereuen, niemals irgendwelche Konsequenzen tragen müssten? Gott wäre es lieber, wenn die Hölle leer bliebe. Wir sollten alles dazu beitragen, dass das so wird.

Ihr habt ihn nie gesehen und liebt ihn doch. Ihr glaubt an ihn, obwohl ihr ihn auch jetzt nicht sehen könnt ... (1. Petrus 1,8)

Sieh nach oben

Vor einigen Jahren hat sich ein Soziologe einem Team von Kletterern bei einer Expedition angeschlossen. Dabei stellte er einen Zusammenhang zwischen der Bewölkung und der Zufriedenheit der Teammitglieder fest. Wenn der Himmel wolkenlos und der Gipfel in Sicht war, waren die Kletterer dynamisch und kooperativ. Wenn graue Wolken den Blick auf den Gipfel nahmen, waren die Kletterer mürrisch und egoistisch.

Genauso geht es uns auch. Solange wir den Blick auf Gottes Majestät gerichtet haben, ist unser Schritt beschwingt. Aber wenn wir uns auf den Schmutz unter unseren Füßen konzentrieren, dann fangen wir an, uns über jeden Felsen und jede Felsspalte zu beschweren, die wir überqueren müssen. Deshalb hat Paulus gemahnt: „... orientiert euch nach oben, wo Christus ist! Gott hat ihm den Ehrenplatz an seiner rechten Seite gegeben. Richtet also eure Gedanken nach oben und nicht auf die irdischen Dinge!" (Kolosser 3,1-2; GN).

Du bist auf dem Weg nach oben. Du wirst den Weg viel mehr genießen können, wenn du den Blick auf Jesus gerichtet hältst.

Zum Nachdenken

Es ist erstaunlich, wie viel unser Blick ausmacht. Kaltes Wetter und dunkle Wolken können uns in eine düstere Stimmung versetzen. An sonnigen Tagen scheint unsere Last leichter zu sein.

Deshalb lass dein geistliches Auge fest auf Gottes Majestät gerichtet. Dann erreichst du den Gipfel, noch ehe du es merkst.

23. August

Diesen Jesus also hat Gott vom Tod auferweckt; wir alle sind dafür Zeugen. (Apostelgeschichte 2,32; GN)

Sie konnten es nicht vergessen

Wir wissen nicht, wohin die Jünger gerannt sind, nachdem sie bei der Festnahme von Jesus aus dem Garten Gethsemane geflohen waren, aber wir wissen, was sie mitnahmen: die Erinnerung. Sie nahmen die atemberaubende Erinnerung an einen Mann mit, der sich selbst als keinen geringeren als Gott in Menschengestalt bezeichnete. Und sie bekamen ihn nicht aus ihren Köpfen. Sosehr sie es auch versuchten, sie konnten ihn nicht vergessen.

Wenn sie einen Leprakranken sahen, dachten sie an sein Mitgefühl. Wenn sie einen Sturm hörten, erinnerten sie sich an den Tag, an dem er einen solchen gestillt hatte. Wenn sie ein Kind sahen, dachten sie an den Tag, an dem er eines in den Arm genommen hatte.

Nein, sie konnten ihn nicht vergessen. Und deshalb kamen sie zurück. Und deshalb nahm die Gemeinde unseres Herrn ihren Anfang mit einer Gruppe von verängstigten Männern in einem Obergemach.

Was hast du Jesus in deinem Leben und im Leben der Menschen um dich herum tun sehen? Nimmst du diese Erinnerungen mit?

Zum Nachdenken

Für die Vergesslichen unter uns ist eine Liste eine wunderbare Art, dem Gedächtnis auf die Sprünge zu helfen. Mach doch jetzt gleich eine von den Dingen, die Jesus für dich getan hat. Bewahre sie gut auf, und ergänze sie immer wieder, wenn du neuen Segen erfährst. So wirst du es nie vergessen und dein Glaube bekommt Flügel.

24. August

Liebe ist immer bereit zu verzeihen, stets vertraut sie, sie verliert nie die Hoffnung und hält durch bis zum Ende.
(1. Korinther 13,7)

Glaub an andere

Alle anderen haben den Menschen abgeschrieben, der dir am Herzen liegt. „Er ist viel zu weit weg von Gott." „Sie ist zu schwierig … zu seltsam … zu negativ." Niemand betet für die Person. Aber du siehst, dass Gott vielleicht hinter den Kulissen am Werk ist. Vielleicht ist es noch zu früh, um das Handtuch zu werfen. Und du fängst an zu glauben.

Niemand glaubte so sehr an Menschen wie Jesus. Er sah in Petrus etwas, das es wert war zu fördern, etwas in der Ehebrecherin, das es wert war zu vergeben, und etwas in Johannes, das es wert war einzusetzen. Er sah etwas in dem Dieb neben sich am Kreuz, das es wert war, ihn zu retten. Und in dem durchgeknallten, blutrünstigen Extremisten sah er einen Apostel der Gnade. Er glaubte an Saulus, aus dem Paulus wurde, einer der wichtigsten Menschen der Christenheit.

Gib deinen „Saulus“ nicht auf. Gib ihm noch eine Chance, wenn die anderen ihn schon aufgegeben haben. Bleib stark. Nenn ihn deinen Bruder. Nenn sie deine Schwester. Erzähl deinem „Saulus“ von Jesus und bete für ihn. Und denk daran: Gott schickt dich nirgends hin, wo er nicht schon gewesen ist. Wer weiß, was du finden wirst, wenn du deinen Saulus erreichst …

Zum Nachdenken

Ist es nicht wunderbar, wenn unmittelbar bevor du aufs Spielfeld läufst oder auf die Bühne kommst, dir jemand ermutigend zulächelt? Wenn dir jemand zu verstehen gibt: „Ich glaube an dich. Du schaffst das!“ Irgendjemand da draußen braucht heute genau dieses aufmunternde Lächeln oder dieses herzliche Wort von dir.

25. August

Gebt acht, lasst euch nicht erschrecken! (Matthäus 24,6; EÜ)

Keine Panik

Diese Welt ist manchmal echt mies. Auf dieser Welt gibt es Durcheinander und Traurigkeit. Es gibt Hunger. Es gibt Krebs und Scheidungen und Tod. Und manchmal betest du für etwas, und dein Gebet wird nicht beantwortet, so wie du es möchtest.

Aber Jesus hat diese schlimmen Dinge vorhergesagt. Er hat gesagt: „In der Welt habt ihr Angst“ (Johannes 16,33). Das ist, als würde er uns sagen: „Brecht nicht in Panik aus, wenn es richtig dick kommt.“ Wenn er die Probleme vorhersagen kann, kann er sie auch lösen.

Irgendwo zwischen den blauäugigen Optimisten und den absoluten Schwarzsehern sind die nüchternen, ehrlichen Jünger Jesu, die nicht in Panik ausbrechen oder den Glauben verlieren, wenn Probleme kommen. Sie wissen, dass all diese Probleme der natürliche Ablauf von Ereignissen sind und Teil von Gottes Plan, den er schon vor sehr langer Zeit festgelegt hat.

Dein Auftrag ist es, zu vertrauen und durchzuhalten. Du steuerst darauf zu, in den Himmel aufgenommen zu werden, wo niemals wieder irgendetwas Schlimmes passieren wird.

Zum Nachdenken

Niemand mag schlechte Tage oder Nachrichten. Aber es ist tröstlich zu wissen, dass Jesus alles vorausgesehen hat. Er wusste, dass wir Ärger bekommen würden, wenn wir ihm nachfolgen, und er wusste, dass die Welt noch viel schlimmer werden wird, bevor er wiederkommt, um sie zu erlösen. Wir dürfen auf seinen – und unseren – Sieg vertrauen, der schon jetzt feststeht.

26. August

Der Herr… steht dir zur Seite und verlässt dich nicht. Immer hält er zu dir. (5. Mose 31,8)

Willkommen daheim

Mit sieben Jahren bin ich von zu Hause weggelaufen. Ich hatte die Nase voll von den Regeln meines Vaters und beschloss, dass ich auch alleine klarkommen würde, vielen Dank auch. Mit meinen Klamotten in einer Papiertüte stürmte ich zum hinteren

Gartentor hinaus und marschierte den Weg hinunter. Aber ich kam nicht weit. Am Ende des Weges fiel mir ein, dass ich Hunger hatte, also ging ich nach Hause zurück. Mein Vater hieß mich willkommen.

Es war zwar nur ein sehr kurzer Aufstand, aber es war trotzdem ein Aufstand. Und wenn mich jemand unterwegs angehalten hätte, hätte ich ihm wahrscheinlich erzählt, wie ich mich fühlte. Ich hätte vielleicht gesagt: „Ich brauche keinen Vater mehr. Ich bin zu groß für die ganzen Regeln in meiner Familie."

Ich habe keinen Hahn krähen gehört, so wie Petrus, nachdem er Jesus verraten hatte. Aber ich habe von meinem irdischen Vater gelernt, was Petrus von seinem himmlischen Vater gelernt hat. Unser Gott ist kein Schönwetter-Vater. Er hält nichts von „heute lieben, morgen verlassen". Ich kann mich immer darauf verlassen, dass er mich wieder willkommen heißt, ganz gleich, wie weit ich von ihm weg war. Und du kannst das auch.

Zum Nachdenken

Bist du schon mal von zu Hause weggelaufen? Machst du das manchmal heute noch? Vielleicht nicht im Wortsinn, aber durch dein Verhalten gegenüber anderen? Rebellierst du manchmal gegen deine Eltern, deine Lehrer oder Gott? Gott wartet mit offenen Armen darauf, dass du zurückkommst.

Einzigartig ist der Herr! Niemand im Himmel und auf der Erde ist ihm gleich. Sein Thron steht hoch über allen Thronen …
(Psalm 113,5–6)

Gott sieht, was wir nicht sehen können

Auf einer Reise nach England haben wir mit unserer Familie einmal ein Schloss besichtigt. Mitten im Garten war ein Labyrinth aus hohen Hecken angelegt. Die Hecken waren schlangenlinienförmig angelegt – und die Gänge dazwischen führten meist in eine Sackgasse. Wer sich erfolgreich durch den Irrgarten geschlängelt hatte, kam zur Tür eines hohen Turmes, der genau in der Mitte des Gartens stand. Könntest du unsere Fotos von dieser Reise angucken, würdest du vier von unserer fünfköpfigen Familie auf dem Turm sehen. Hmmm, irgendjemand irrte noch da unten umher. Rate mal, wer. Ich. Ich hatte mich grandios in dem Grünzeug verirrt. Ich konnte einfach nicht sehen, wo ich langgehen musste.

Aber dann hörte ich von oben eine Stimme. „Hallo, Papa!“ Ich schaute hinauf und sah Sara, die vom Turmerker herunterschaute. „Du läufst in die falsche Richtung“, erklärte sie mir. „Geh zurück und dann nach rechts.“

Meinst du, ich habe ihr geglaubt? Ich hätte es nicht müssen. Aber weißt du, was ich getan habe? Ich habe auf sie gehört. Ihr Blickwinkel war besser als meiner. Sie stand über dem Labyrinth. Sie konnte sehen, was ich nicht sehen konnte.

Meinst du nicht, wir sollten es mit Gott genauso machen?

Zum Nachdenken

Ein höherer Standpunkt hat einen Vorteil. Im Gegensatz zu Krabbelkindern können Teens über das Sofa schauen. Rettungsschwimmer können über den ganzen Strand schauen. Jemand, der sein Büro im dreißigsten Stock hat, kann über die Stadt schauen. Ein Flugzeugpilot kann Hunderte von Kilometern weit sehen. Und Gott? Er sieht alles in einem Augenblick – das ganze Universum genauso wie den nächsten Schritt, den du gehen sollst.

28. August

Das Wort wurde Mensch und lebte unter uns. (Johannes 1,14)

Er war erreichbar

„Das Wort wurde Mensch", schrieb Johannes. Anders ausgedrückt: Man konnte ihn anfassen, ihm nahekommen, er war erreichbar. Und außerdem war er auch noch ganz gewöhnlich. Wenn er heute unter uns leben würde, würdest du ihn wahrscheinlich gar nicht bemerken, wenn er durchs Einkaufszentrum gehen würde. Er würde weder durch seine Kleidung noch durch seine Frisur Aufsehen erregen.

Man kann ihn fast sagen hören: „Nenn mich einfach nur Jesus."

Er war die Art von Mensch, die man zu sich nach Hause einlädt, um gemeinsam Fußball zu schauen. Er würde auf dem Teppich mit deinem kleinen Bruder einen Ringkampf veranstalten, ein Nickerchen auf der Couch machen und mit euch grillen. Er würde über deine Witze lachen und selber welche machen. Und wenn du etwas erzählst, würde er dir zuhören, als hätte er alle Zeit der Ewigkeit.

Und eines ist ganz sicher: Du würdest ihn wieder einladen. Weil er so etwas an sich hat. So einen Frieden. So eine Macht. So eine Ausstrahlung. Etwas, das du brauchst.

Zum Nachdenken

Es ist zwar bereits vor zweitausend Jahren passiert, aber die Vorstellung ist auch heute noch unglaublich: Gott wurde Mensch. Kam vom Himmel zu den Menschen. Er liebt uns so sehr, dass er alles aufgegeben hat, um einer von uns zu werden. Wenn jemand so etwas tut, ist er es dann nicht wert, dass du ihn ein wenig näher kennenlernst?

29. August

Schon vor Beginn der Welt, von allem Anfang an, hat Gott uns, die wir mit Christus verbunden sind, auserwählt. (Epheser 1,4)

Auf dem Weg nach Hause

Stell dir die Gesichter der Kinder im Kinderheim „Cap Haiti“ vor. Unter ihnen ist Carinette, das Mädchen mit der Stupsnase, dem dichten Haar und einer Handvoll Fotos in der Hand. Auf den Fotos ist ihre zukünftige Familie abgebildet.

Carinette wurde adoptiert. Ihre Adoptiveltern sind Freunde von mir. Sie haben der Kleinen Bilder, einen Teddy, Müsliriegel und Kekse mitgebracht. Carinette hat die Süßigkeiten mit den anderen Kindern geteilt und den Leiter des Heims gebeten, auf ihren Teddy aufzupassen. Aber die Fotos hat sie behalten. Sie halten in ihr die Erinnerung an ihr zukünftiges Zuhause wach. In einem, höchstens zwei Monaten wird sie dort sein. Sie weiß, dass dieser Tag kommen wird. Ihr Vater kann jeden Moment erscheinen. Er war schon einmal da, um sie auszuwählen. Und er wird wiederkommen, um sie mit nach Hause zu nehmen. Bis dahin lebt sie mit der Erwartung ihres neuen Zuhauses im Herzen.

Kannst du nicht auch in so einer Erwartungshaltung leben? Dein himmlischer Vater hat dich auch schon einmal besucht – und dich ausgewählt. Du bist von ihm adoptiert. Noch bevor du wusstest, dass du adoptiert werden würdest, hatte er schon alle Papiere eingereicht und die Tapete für dein zukünftiges Zimmer ausgesucht.

Zum Nachdenken

Nach Hause zu kommen ist aufregend, auch wenn du noch nie dort warst. Genau wie Carinette schaust du dir in Gedanken die Bilder von all den wunderbaren Dingen an, die dich dort erwarten. Die Schwierigkeiten von heute sind viel leichter zu überwinden, wenn du weißt, welche Freude dich in der Zukunft erwartet.

30. August

Rächt euch niemals selbst, sondern überlasst die Rache dem Zorn Gottes. (Römer 12,19; NL)

Rache ist teuer

Ist dir schon mal aufgefallen, dass Kopfgeldjäger im Western immer alleine unterwegs sind? Das ist nicht schwer zu verstehen. Wer will schon mit einem Typ zusammen sein, der Rache zu seinem Lebensunterhalt macht? Wer will schon riskieren, sich bei so einem unbeliebt zu machen? Ich habe schon öfter einmal jemandem zugehört, der eine Schimpfkanonade losgelassen hat. Der andere dachte, ich höre ihm zu, aber in Wirklichkeit habe ich nur gedacht: *Hoffentlich lande ich nie auf seiner Abschussliste.* Diese Kopfgeldjäger sind mürrische Typen. Am besten lässt man sie in Ruhe. Wenn du dich mit wütenden Typen abgibst, fängst du dir vielleicht einmal eine Kugel ein. Vergeltung üben ist ein einsamer Beruf. Und auch ein sehr ungesunder.

Wenn du dich rächen willst, wirst du nie Ruhe finden. Wie auch? Zum einen wird dein Feind vielleicht nie ganz dafür bezahlen. Sosehr du auch davon überzeugt bist, dass du eine Entschuldigung verdient hast, so ist der andere vielleicht doch anderer Meinung. Du bekommst vielleicht nie auch nur im Geringsten dein Recht. Und wenn doch, wird es dann genug sein?

Es gibt noch einen anderen Weg. Leg die Pistole weg. Vergib. Das ist viel gesünder und viel cleverer.

Zum Nachdenken

Bist du ein moderner Kopfgeldjäger, der sich für jede kleinste Beleidigung rächen will? Wenn ja, dann bereite dich auf ein einsames und schweres Leben vor. Im Fernsehen mag das cool aussehen, mit dem gezückten Revolver die bösen Jungs zu jagen, aber in echt ist das ein langer und elender Weg. Überlass Gott die Vergeltung. Übe dich im Vergeben.

31. August

Der Herr ist mein Licht und mein Heil – vor wem sollte ich mich fürchten? Der Herr beschützt mich vor Gefahr – vor wem sollte ich erschrecken? (Psalm 27,1; NL)

Ein Leben ohne Angst

Es scheint, als sei die Angst in dein Zimmer gekommen und hätte sich häuslich niedergelassen. Sie ist übergroß und ist nicht bereit, dein Herz mit der Freude zu teilen. Also gibt die Freude nach und geht. Kann jemand gleichzeitig fröhlich sein und Angst haben? Klar denken und Angst haben? Zuversichtlich sein und Angst haben? Nein. Die Angst ist wie der Raufbold: frech, laut und unproduktiv. Die Angst treibt uns in eine Zelle und knallt hinter uns die Tür zu.

Wäre es nicht wunderbar, wenn wir einfach rausgehen könnten?

Stell dir einmal vor, dein Leben würde keine Angst kennen. Wie wäre es, wenn deine erste Reaktion auf eine Bedrohung Glaube statt Angst wäre? Wenn du mit einem Angstmagnet über dein Herz streichen und jedes kleinste Splitterchen von Furcht, Unsicherheit und Zweifel aufsammeln könntest? Stell dir einmal einen Tag vor, nur einen einzigen Tag ohne Angst zu versagen, Angst vor Ablehnung oder einer Katastrophe. Du kämst mit einem echten, selbstbewussten Lächeln in die Klasse. Du kämst ohne Angst, es zu vermasseln, auf die Bühne. Du würdest an deine Zukunft denken und wüsstest, dass alles gut werden würde.

Jesus fragt dich: „Warum hast du Angst?“ (nach Matthäus 8,26). Er ist dein Licht und dein Heil. Kannst du dir ein Leben ohne Angst vorstellen?

Zum Nachdenken

Wenn du Christ wirst, heißt das nicht, dass dir dann nie wieder etwas Schlimmes passieren wird. Manchmal scheint sogar das Gegenteil der Fall zu sein. Was meint Jesus also, wenn er dich fragt, warum du Angst hast? Er will sagen, dass er, ganz gleich, was dir auch bevorsteht, mit dir zusammen hindurchgehen wird. Du und Jesus – das ist ein unschlagbares Team.

September

Kommt alle her zu mir, die ihr müde seid und schwere Lasten tragt, ich will euch Ruhe schenken. Nehmt mein Joch auf euch. Ich will euch lehren, denn ich bin demütig und freundlich, und eure Seele wird bei mir zur Ruhe kommen.

MATTHÄUS 11,28–29; NL

... vergebt einander, so wie der Herr euch vergeben hat.
(Kolosser 3,13)

Wenn Verletzungen Haare wären ...

Wenn Verletzungen Haare wären, hätten wir alle ein Fell wie ein Bär. Denn Verletzungen gibt es doch wirklich reichlich: Wenn deine Freunde sich über deine Klamotten lustig machen, sind die Beleidigungen wirklich schmerzhaft. Wenn die Lehrer nicht sehen, dass du dir Mühe gegeben hast, tut es weh, vernachlässigt zu werden. Wenn deine Mutter dich bloßstellt … wenn deine Freundin dich abblitzen lässt … wenn dein Freund dich sitzen lässt … all das tut weh. Wie wirst du dann darauf reagieren?

Wenn du willst, kannst du dir ein Gefängnis aus Hass bauen. Jede Verletzung ist ein Stein in der dicken Wand. Bau dir gleich eine Einzelzelle. (Dann lockst du keine Mitbewohner an.) Häng dir an jede Wand einen großen Bildschirm, auf dem in Endlosschleife deine Verletzungen zu sehen sind. Ist das attraktiv? Nun, ich würde sagen, so was ist ziemlich abstoßend. Wenn du so mit dir umgehst, wirst du ganz sicher verbittert, niedergeschlagen und wütend werden.

Gib stattdessen die Gnade weiter, die dir geschenkt wurde. Wenn du das machst, bringst du damit keinesfalls zum Ausdruck: Das, was XY mir angetan hast, war okay. Ganz und gar nicht! Jesus heißt deine Sünden auch nicht gut, nur weil er dir vergeben hat. Gnade ist nicht blind. Sie sieht die Verletzung sehr wohl. Aber die Gnade entscheidet sich, den Blick vor allem auf Gottes Vergebung zu richten. Wo es an Gnade mangelt, gibt es Bitterkeit im Überfluss. Wo es Gnade im Überfluss gibt, wächst Vergebung.

Zum Nachdenken

In diesem Leben ist Schmerz so sicher wie das Amen in der Kirche. Du kannst ihn nicht vermeiden, aber du kannst bestimmen, wie du damit umgehst. Lass nicht zu, dass der Schmerz dein Herz vergiftet. Bitte Gott, dir zu helfen zu vergeben. Es geht nicht darum, die schlechten Dinge zu vergessen. Es geht darum, frei zu werden von der Last, mit der dich der Schmerz niederdrücken will.

2. September

Sucht die Nähe Gottes, dann wird er euch nahe sein.
(Jakobus 4,8)

Secondhand-Glaube

Geht es dir manchmal auch so, dass es dir schwerfällt, Zeit mit Gott zu verbringen? Es gibt so vieles, was uns davon ablenkt, in seine Nähe zu kommen. Es fällt uns schwer, uns zu konzentrieren. Und wir haben so viel zu tun. Statt selbst Zeit mit Gott zu verbringen und auf seine Stimme zu hören, lassen wir andere das für uns erledigen – und wir stützen uns dann auf ihre Erfahrungen. Sie sollen uns sagen, was Gott sagt. Werden unsere Pastoren nicht genau dafür bezahlt? Und wozu hat man schließlich gläubige Freunde?

Wenn deine geistlichen Erfahrungen aus zweiter Hand statt aus erster Hand sind, dann möchte ich dich mit folgendem Gedanken herausfordern: Machst du das in anderen Lebensbereichen genauso? Du gibst doch deinen Freunden nicht deine Konzertkarte und lässt dir dann erzählen, wie es war. Du lässt auch nicht andere für dich essen. Und du wirst ganz bestimmt nicht deinen Freund losschicken, um mit deiner Freundin tanzen zu gehen, oder?

Es gibt bestimmte Dinge, die kann dir niemand abnehmen. Eines davon ist, Zeit mit Gott zu verbringen.

Zum Nachdenken

Was würdest du denken, wenn deine beste Freundin nie Zeit mit dir verbringen will, sondern immer nur mit deinen anderen Freunden über dich spricht, um zu erfahren, was du so treibst? Hättest du das Gefühl, sie ignoriert dich und respektiert dich nicht? Wärst du verletzt? Jetzt stell dir einmal vor, was Gott empfindet, wenn du ihn aus deinem Leben streichst. Unser Glaube sollte kein Secondhand-Glaube sein!

3. September

Liebe ist geduldig und freundlich. (1. Korinther 13,4)

Freundlich sein

Wenn es eine Freundlichkeitsskala gäbe, wo würdest du da stehen? Wann hast du zum letzten Mal etwas Nettes für jemanden aus deiner Familie getan – deiner Mutter eine Decke geholt, den Tisch abgeräumt, Kaffee gekocht –, ohne darum gebeten worden zu sein?

Und jetzt denk mal an deine Schule. Wer wird dort am wenigsten beachtet? Wer wird von allen gemieden? Ein schüchterner Mitschüler vielleicht? Die mürrische Sekretärin? Jemand, der als Flüchtling aus einem anderen Land gekommen ist? Bist du freundlich zu dieser Person?

Freundliche Menschen sind vor allem im Stillen freundlich. Sie lassen den anderen Autofahrer an der Kreuzung oder die Mutter mit drei Kindern an der Kasse vor. Sie heben die umgefallene Mülltonne des Nachbarn auf. Und sie sind auch in der Gemeinde freundlich. Sie wissen, dass die Person in der Reihe hinter ihnen vielleicht die Person ist, der sie diese Woche ganz praktisch helfen sollen. Paulus schreibt: „Solange uns noch Zeit bleibt, wollen wir allen Menschen Gutes tun; vor allem aber denen, die mit uns an Jesus Christus glauben“ (Galater 6,10).

Zum Nachdenken

Ein freundlicher Mensch werden wir nicht, indem wir einen 10-Schritte-Plan befolgen. Freundlichkeit entsteht, wenn wir begreifen, wie viel Mitgefühl Jesus für uns hat und wie sehr wir einen Helfer brauchen. Je näher du Jesus kommst, umso freundlicher wirst du im Herzen sein.

4. September

Wer mir nachfolgen will, darf nicht mehr sich selbst in den Mittelpunkt stellen, sondern muss sein Kreuz täglich auf sich nehmen und mir nachfolgen. (Lukas 9,23)

Deine Berufung

Die Formulierung „sein Kreuz auf sich nehmen“ wird oft falsch verstanden. Wenn du fragst, was das bedeutet, wirst du Antworten bekommen wie: „Mein Kreuz ist mein kleiner Bruder, der Matheunterricht, meine Allergie, mein Stundenplan." Wir meinen oft, jede Art von Mühe oder Unannehmlichkeit ist ein „Kreuz". Wir glauben, Gott verteile Kreuze wie unsere Lehrer die Hausaufgaben. Niemand will sie. Jeder kriegt sie. Jeder muss ein Kreuz tragen, also sollten wir uns besser damit abfinden.

Aber mal ehrlich: Hat Jesus das Kreuz mit Unannehmlichkeiten und nervigen Dingen gleichgesetzt? Das Kreuz bedeutet so viel mehr. Es ist Gottes Werkzeug zur Rettung – der Beweis seiner Liebe zu uns Menschen. Sein Kreuz auf sich zu nehmen bedeutet also, die Last, die Jesus für die Menschen auf dem Herzen hatte, zu seiner eigenen Last, zu seiner eigenen Aufgabe zu machen. Jeder von uns hat sein Kreuz zu tragen – seine Berufung zu leben.

Ist es nicht toll, wenn du die Aufgaben entdeckst, die Gott dir gibt? Deine Berufung ist nichts Weltfremdes. Sie passt genau zu dir. Sie passt zu deinen Leidenschaften und bezieht deine Gaben und Talente ein. Ist das nicht wunderbar?

Zum Nachdenken

Wenn du versuchst herauszufinden, wie deine Zukunft aussehen könnte, fällt es dir vielleicht schwer, daran zu denken, dass Gott einen bestimmten Weg für dich in petto hat – einen Weg, der aufregend und erfüllend ist. Nimm deine Berufung an. Schau, wo deine Gaben liegen, wofür und für wen dein Herz schlägt. Und dann pack es einfach an!

Er gab mir ein neues Lied in meinen Mund, einen Lobgesang für unseren Gott. (Psalm 40,4)

Ein Lied der Hoffnung

Es war um 1860. Eine Mutter ging mit ihrer Tochter eine lange Reihe von Gefangenen auf und ab, die vor Kurzem befreit worden waren. Sie suchten nach Regina, der Tochter bzw. Schwester. Sie war vor fast zehn Jahren von Indianern gefangen genommen worden. Ob Regina unter diesen blassen, abgemagerten Gestalten war? Keines der Gesichter kam ihnen bekannt vor. Dann hatten Mutter und Tochter eine Idee … Sie gingen noch einmal langsam die Reihe entlang und sangen dabei ein Lied, das Regina aus ihrer Kindheit kennen musste. Plötzlich kam ein hochgewachsenes, schlankes Mädchen aus der Menge auf ihre Mutter zugerannt, umarmte sie und fing an, das Lied mitzusingen! Regina hatte ihre Familie nicht wiedererkannt, aber sie erinnerte sich an das Lied, das ihr als kleines Mädchen ins Herz gelegt worden war.[11]

Auch Gott legt seinen Kindern ein Lied ins Herz. Es ist ein Lied der Hoffnung und des Lebens. Manchmal verstummt dieses Lied. Verletzungen und bestimmte Ereignisse in unserem Leben bringen das Lied in uns zum Schweigen. Aber Gott ruft uns nach Hause – auch wenn wir es vermasselt haben. Auch wenn wir seit Jahren von seiner Familie getrennt sind. Wenn wir dann auf einmal seine Stimme hören, erwacht etwas in uns. Und wenn das geschieht, fangen wir wieder an zu singen.

Zum Nachdenken

Musik hat eine große Kraft. Sie inspiriert uns, bewegt uns, bringt uns sogar zum Weinen. Schreib mal auf, welche deine Lieblingslieder sind – und warum sie dir so viel bedeuten. Dann denk darüber nach, was Gott in dir zum Klingen bringt. Seine Musik bewegt mehr als das schönste Lied dieser Welt!

6. September

Mit zäher Ausdauer wollen wir auch noch das letzte Stück bis zum Ziel durchhalten. Dabei wollen wir nicht nach links oder rechts schauen, sondern allein auf Jesus. (Hebräer 12,1–2)

Schau auf Jesus

Es kommt ziemlich oft vor, dass ich mich morgens aus dem Bett quäle und dann aus dem Haus schleppe. Ich gehe joggen, weil ich nicht im Wartezimmer eines Herzspezialisten sitzen will. Da Herzerkrankungen in unserer Familie die Runde machen, drehe ich meine Runden um den Block. Die Sonne geht auf und ich laufe. Und während ich laufe, stöhnt mein Körper. Er ist nicht besonders kooperativ. Meine Knie tun weh. Meine Hüfte ist steif. Meine Knöchel schmerzen … Alles tut weh. Und wenn alles wehtut, dann habe ich drei Möglichkeiten. Erstens: sofort heimgehen. (Dann würde meine Frau mich auslachen.) Zweitens: so lange über meine Schmerzen nachdenken, bis ich mir einbilde, Schmerzen im Brustkorb zu haben. (Ein sehr angenehmer Gedanke.) Drittens: weiterlaufen und zuschauen, wie die Sonne aufgeht. Wenn ich sehe, wie es in Gottes Welt langsam hell wird, dann weicht auch meine düstere schlechte Laune. Der Schmerz lässt nach und die Gelenke werden locker. Alles wird besser, wenn ich den Blick zur Sonne richte.

Den Blick zum Licht richten, ist das nicht ein guter Rat, den auch der Verfasser des Hebräerbriefes gegeben hat? Schau hoch. Schau auf Jesus.

Zum Nachdenken

Lies mal Hebräer 12,1–12. Der Autor sagt dort ganz klar, dass wir manchmal mit unseren eigenen, fehlgeleiteten Sehnsüchten zu kämpfen haben und die Konsequenzen zu spüren bekommen. Die Lösung des Problems ist, uns auf unser perfektes Vorbild zu konzentrieren: auf Jesus, der sein Licht für uns leuchten lässt.

7. September

Leben wir aber im Licht, so wie Gott im Licht ist, dann haben wir Gemeinschaft miteinander. (1. Johannes 1,7)

Ehrlichkeit ist anziehend

Du hast nichts unternommen, wo du hättest eingreifen müssen. Du warst beleidigt, wo du hättest helfen können. Du hast geleugnet, anstatt den Fehler zuzugeben. Wenn du einen Fehler gemacht hast, dann sprich mit Gott darüber. Geh zu ihm, so wie du zu einer Person deines Vertrauens gehen würdest. Erklär ihm deinen Schmerz und geh mit ihm zusammen deinen Fehler noch einmal durch. Es kann sein, dass Gott dir auch einen anderen Christen zur Seite stellt. Im Jakobusbrief heißt es: „Bekennt einander eure Sünden und betet füreinander, damit ihr geheilt werdet“ (Jakobus 5,16).

Jakobus fordert uns also auf, unsere Sünden nicht nur vor Gott zu bekennen, sondern auch voreinander.

Ehrlichkeit ist anziehend. Es ist eine gute Sache, Ehrlichkeit einzuüben. Such dir einen Jugendkreis oder einen Hauskreis, in dem man ehrlich voreinander ist. Halte dich von Gruppen fern, in denen alle perfekt erscheinen – da würdest du ohnehin nicht reinpassen. Suche lieber die Nähe zu Menschen, die ihre Fehler zugeben und demütig sind. Denn in solchen Gemeinschaften kann Heilung geschehen.

Schuldbekenner erleben eine Befreiung, die Schuldleugner nicht kennen.

Zum Nachdenken

Wir brauchen einander. Ich spreche hier nicht von Pseudo-Freunden, die sich verkrümeln, sobald du mal eine Krise hast. Ich meine andere Christen, die hinter dir stehen. Sei ehrlich zu diesen Menschen. Sie sind Gottes Geschenk an dich.

8. September

Sei mutig und entschlossen! Lass dich nicht einschüchtern, und hab keine Angst! Denn ich, der Herr, dein Gott, bin bei dir, wohin du auch gehst. (Josua 1,9)

Zeit mit Jesus verbringen

„Die Mitglieder des Hohen Rats waren erstaunt, wie furchtlos und sicher Petrus und Johannes sprachen, denn sie konnten sehen, dass sie ganz einfache Männer ohne besondere Bildung waren.

Außerdem wussten sie, dass diese Männer dem engsten Kreis um Jesus angehört hatten“ (Apostelgeschichte 4,13; NL).

Petrus und Johannes hatten viele wunderbare Stunden in der Gegenwart Jesu verbracht. Und genau deswegen kam Schweigen für sie nicht mehr infrage. „Wir können nicht aufhören, von dem zu erzählen, was wir gesehen und gehört haben“ (Vers 20, NL).

Brauchst du eine Dosis Mut? Solange du auf der Stelle stehen bleibst, wird sich niemand beklagen. Hunde bellen keine parkenden Autos an. Aber sobald du Gas gibst (wenn du dich beispielsweise von Unehrlichkeit zu Ehrlichkeit oder von Gleichgültigkeit zu Mitgefühl bewegst), dann rechne damit, dass das Gekläffe losgeht. Rechne damit, kritisiert zu werden. Rechne damit, dass man sich über dich lustig macht.

Wie kannst du dich darauf vorbereiten? Ganz einfach: Mach es wie die ersten Jünger. Verbringe häufig und viel Zeit in der Gegenwart von Jesus. Denke über seine Taten nach. Halte dir seine Liebe vor Augen. Lerne seine Worte auswendig. Sprich mit ihm. Der Mut kommt, wenn wir mit Jesus leben. Wenn wir uns mit dem Leben Jesu beschäftigen, finden wir Kraft für unser eigenes Leben.

Zum Nachdenken

Fürchtest du dich vor morgen? Dann mach es wie Petrus und Johannes und verbringe Zeit mit Jesus. Rede mit ihm wie mit einem Freund und lies in der Bibel, was er gesagt hat. Jesus hat mehr Macht und Stärke als jeder andere, und er ist gerne bereit, dir davon etwas abzugeben.

9. September

Er ließ den Sturm zur leichten Brise werden und die tobenden Wellen legten sich. (Psalm 107,29; GN)

Eine Etage höher

Das Wort „heilig" bedeutet „ausgesondert". Der heilige Gott ist ein Wesen, das abgesondert ist – er wohnt auf einer ganz anderen Ebene als wir Menschen. Was uns Angst macht, macht ihm noch lange keine Angst. Was uns Sorgen macht, bereitet ihm noch lange kein Kopfzerbrechen.

Ich bin Pastor, kein Seemann, aber ich bin schon oft genug in einem Kahn herumgeschippert, um zu wissen, wie man in einem Sturm heil ans Ufer kommt. Man hält nicht Kurs auf ein anderes Boot. Und man starrt ganz bestimmt nicht auf die Wellen. Man richtet den Blick auf etwas, das vom Sturm nicht betroffen ist – etwa ein Licht am Ufer –, und fährt geradewegs darauf zu.

Wenn du den Blick auf Gott richtest, dann bist du auf jemanden fokussiert, der eine Etage über allen Stürmen des Lebens thront. Abschlussprüfung? Zerbrochene Freundschaft? Eine zerstrittene Familie? Er ist der, der den Sturm stillen kann. Bei ihm findest du Frieden.

Zum Nachdenken

Ist es nicht gut zu wissen, dass es noch eine Etage über dem ganzen Müll gibt, mit dem wir leben? Einen Ort, der heilig ist statt grausig? Einen Ort des Friedens? Dort wohnt Gott, und er will, dass du diesen Ort mit ihm genießt. Also richte deinen Blick auf ihn und paddle auf das Licht am Ufer zu.

Ich bin der Herr über alle Menschen, mir ist nichts unmöglich.
(Jeremia 32,27)

Lass dich nicht entmutigen

Wir brauchen die Gewissheit, dass Gott alles in der Hand hat. Wir brauchen die Gewissheit, dass es erst vorbei ist, wenn er es sagt. Wir brauchen die Gewissheit, dass die Fehler, Missgeschicke und Tragödien des Lebens kein Grund sind aufzugeben. Sie sind stattdessen ein Grund, fest im Sattel zu bleiben. Corrie ten Boom sagte einmal: „Wenn der Zug durch den Tunnel fährt und die Welt dunkel wird, springst du dann raus? Natürlich nicht. Du bleibst still sitzen und vertraust darauf, dass der Lokführer dich schon hindurchbringen wird."

Ja, du wirst etwas Falsches sagen, im Test die falsche Antwort aufschreiben oder dir den falschen Freund aussuchen. Es wird Tage – und Wochen – geben, die sich anfühlen wie das Ende der Welt, und du wirst entmutigt sein.

Und wie geht man mit Entmutigung um? Gibt es ein Heilmittel dagegen? Lies Gottes Geschichte. Lies sie immer wieder. Lass dich daran erinnern, dass du nicht der erste Mensch bist, der ratlos oder verzweifelt ist. Und du bist nicht der erste Mensch, dem geholfen wird. Lies seine Geschichte und denk daran, dass es deine Geschichte ist!

Zum Nachdenken

Du hast verschlafen. Den Bus verpasst. Die Klassenarbeit verhauen. Die Verabredung zum Mittagessen mit deinem Freund verpennt. Dein Schulheft mit den Hausaufgaben ist in die Pfütze gefallen. Ja, das ist entmutigend! Dann schau mal in die Bibel. Sie ist voller Geschichten über Menschen wie du und ich, und über die Siege, die Gott für sie errungen hat.

11. September

In der Liebe verwurzelt und auf sie gegründet, sollt ihr zusammen mit allen Heiligen dazu fähig sein, die Länge und Breite, die Höhe und Tiefe zu ermessen und die Liebe Christi zu verstehen, die alle Erkenntnis übersteigt. (Epheser 3,17–19; EÜ)

Er gab nicht auf

Lee Ielpi ist Feuerwehrmann der New Yorker Feuerwehr im Ruhestand. 26 Jahre lang hat er seinen Dienst getan. Sein Sohn Jonathan Ielpi war auch Feuerwehrmann. Als das World Trade Center am 11. September 2001 einstürzte, war er mittendrin.

Feuerwehrmänner halten immer zusammen. Wenn einer von ihnen beim Einsatz stirbt, lassen sie den Leichnam so lange dort liegen, bis einer kommt, der den Toten kennt und ihn mitnimmt. Lee wollte seinen toten Sohn finden. Er grub jeden Tag mit Dutzenden anderer Feuerwehrmänner auf diesem sechseinhalb Hektar großen Friedhof. Am 11. Dezember, drei Monate nach der Katastrophe, fand man seinen Sohn. Und Lee konnte ihn wegtragen.

Der Vater gab nicht auf. Warum? Weil die Liebe zu seinem Sohn stärker war als der Schmerz der Suche. Kann man das nicht auch von Jesus sagen? Warum hat er nicht aufgegeben? Weil die Liebe zu seinen Kindern größer war als der Schmerz des Weges, den er gehen musste.

Zum Nachdenken

Liebe ist nicht nur für gute Zeiten oder wenn es uns gerade passt. Liebe glaubt an Menschen, wenn es niemand mehr tut, und sie bleibt dran, wenn alle anderen längst aufgegeben haben. Sie ist lang und breit und hoch und tief. Sie gibt nicht auf. Und sie ist immer bereit, uns nach Hause zu tragen, so wie die Liebe von Jesus es tut.

12. September

Hat es uns nicht tief berührt, als er unterwegs mit uns sprach und uns die Heilige Schrift erklärte? (Lukas 24,32)

Feuer im Herzen

„Da gingen ihnen die Augen auf und sie erkannten ihn. Aber im selben Augenblick verschwand er vor ihnen. Sie sagten zueinander: ‚Brannte es nicht wie ein Feuer in unserem Herzen, als er unterwegs mit uns sprach und uns den Sinn der Heiligen Schriften aufschloss?'" (Vers 31–32; GN).

Ist das nicht cool? Sie wussten, dass Jesus bei ihnen gewesen war, weil sie ein Feuer in ihrem Herzen spürten. Gott offenbart seinen Willen, indem er dein Herz in Brand setzt. Er gab Jeremia ein brennendes Herz für verhärtete Herzen. Er gab Nehemia ein brennendes Herz für eine vergessene Stadt. Er gab Abraham ein brennendes Herz für ein Land, das er nie gesehen hatte. Er gab Jesaja ein brennendes Herz für eine Vision, der er nicht widerstehen konnte. Vierzig Jahre lang predigte Noah vergeblich, aber das konnte das Feuer in ihm nicht auslöschen.

Und du? Jesus kommt, um auch dein Herz in Brand zu setzen! Er ist wie eine brennende Fackel. Er wärmt die kalten Herzen, taut die erstarrten Herzen auf und entfacht die Glut. Jesus nachzufolgen ist keine langweilige Sache. Es ist die aufregende Entdeckung deiner Bestimmung!

Zum Nachdenken

Manche Menschen glauben: Christsein ist stinklangweilig, man sitzt die ganze Zeit nur in der Kirche und lernt altmodisches Zeug. Solche Leute haben nichts kapiert. Denn Gottes Liebe, seine Kraft und seine Leidenschaft breiten sich in dir aus wie ein Feuer. Es gibt nichts Aufregenderes als Jesus nachzufolgen! Es ist das wahre Leben. Wofür gibt Jesus dir ein brennendes Herz?

13. September

Die Ehe, die ich an diesem Tag mit dir, Israel, schließe, wird ewig bestehen. Ich schenke dir Liebe und Barmherzigkeit, ich schütze dich und helfe dir. (Hosea 2,21)

Die Entscheidung liegt bei dir

Trotz der Fülle an Informationen enthält die Bibel doch eine ganz einfache Geschichte: Gott hat den Menschen erschaffen. Der Mensch hat Gott abgelehnt. Gott gibt nicht auf, bis er den Menschen zurückgewonnen hat.

Gott flüstert. Er ruft laut. Er berührt uns sanft und zieht an uns. Wenn zwischen ihm und uns eintausend Schritte liegen, wird er bis auf den letzten Schritt auf uns zukommen. Aber diesen einen, den letzten Schritt überlässt er uns. Die Entscheidung liegt bei uns. „Denn wenn du mit deinem Mund bekennst: ‚Jesus ist der Herr!', und wenn du von ganzem Herzen glaubst, dass Gott ihn von den Toten auferweckt hat, dann wirst du gerettet werden" (Römer 10,9).

Du musst verstehen, dass es nicht Gottes Ziel ist, dich glücklich zu machen. Sein Ziel ist es, dich zu seinem Eigentum zu machen. Sein Ziel ist nicht, dir zu geben, was du dir wünschst; sein Ziel ist, dir zu geben, was du brauchst.

Zum Nachdenken

Oft flüstert Gott uns zu, ruft laut oder zieht an uns, ohne dass wir es merken. Hattest du schon mal den Impuls, unbedingt in den Gottesdienst zu gehen, bist dann aber doch zu Hause geblieben? Kam dir schon mal der Gedanke, jetzt einen bestimmten Menschen anzurufen, aber du hast diese Idee gleich beiseitegeschoben? Gott geht dir jeden Tag nach und lädt dich ein, ihm nachzufolgen und bei ihm zu sein.

14. September

Wir haben die ganze Nacht gearbeitet und nichts gefangen. (Lukas 5,5)

Versuch's noch mal

Petrus war die ganze Nacht ohne Erfolg fischen gewesen. Dann sagte Jesus zu ihm: „Versuch es noch einmal." Kennst du dieses Gefühl, keinen einen einzigen Fisch im Netz zu haben? Das Gefühl, dass alles umsonst war? Wonach hast du gefischt?

Nach Glauben? „Ich will ja glauben, aber …"

Nach Heilung? „Ich bin jetzt schon so lange krank …"

Nach Hoffnung? „Irgendwie ist alles egal …"

Du hast die ganze Nacht schwer gearbeitet und nichts gefangen. Du hast dich gefühlt wie Petrus. Du bist am gleichen Punkt angelangt wie er. Und jetzt fordert Jesus dich auf, fischen zu gehen. Er weiß, dass deine Netze leer sind. Er weiß, dass dein Herz müde ist. Er weiß, dass du am liebsten alles hinschmeißen und das Leben abhaken würdest. Aber er drängt dich: „Es ist noch nicht zu spät, es noch einmal zu versuchen!" Petrus hat sich entschieden, Jesus eine Chance zu geben: „Aber weil du es sagst, will ich es wagen!" (Vers 5).

Zum Nachdenken

Petrus gehorchte Jesus – und fing so viele Fische, dass seine Netze anfingen zu reißen. Was wird passieren, wenn du gehorchst und durchhältst? Was wäre der größte Segen, den du dir vorstellen kannst? Jesus geht gerne weit über das hinaus, was wir erwarten. Aber um diese Überraschung zu erleben, müssen wir glauben und gehorchen. Also: Hab Mut und wag es!

15. September

Hättest nicht auch du mit jenem, der gemeinsam mit dir in meinem Dienst steht, Erbarmen haben müssen, so wie ich mit dir Erbarmen hatte? (Matthäus 18,33; EÜ)

Gib den Segen weiter

Ein Diener schuldete seinem König mehr Geld, als er ihm jemals zurückzahlen konnte. Eher würde er ein Smartphone in seinen

Cornflakes finden als das nötige Kleingeld zu haben, um seine Schulden zu bezahlen. Also befahl der König, dass der Diener, dessen Familie und alles, was dieser hatte, verkauft wird, um die Schulden zu bezahlen. „Doch der Mann fiel vor dem König nieder und flehte ihn an: ‚Herr, hab noch etwas Geduld! Ich will ja alles bezahlen.' Da hatte der König Mitleid. Er gab ihn frei und erließ ihm seine Schulden" (Verse 26–27).

Der Diener eilte sofort zum Haus eines Mannes, der ihm einige Euro schuldete. Jetzt sollte man meinen, dass der glückliche und gerade überreich gesegnete Diener ebenfalls bereit ist, andere zu segnen, oder? Aber dies ist nicht der Fall. Er verlangte die sofortige Zahlung. Ja, er ignorierte obendrein die Bitten des Mannes, ihm eine Gnadenfrist zu gewähren, und ließ ihn ins Gefängnis werfen. Als das der König mitkriegte, ließ er seinen Diener ebenfalls ins Gefängnis werfen.

Wie konnte dieser Diener nur so hartherzig sein? Wir können nur darüber spekulieren, und ich rate mal, dass ihn die Gnade, die ihm gewährt wurde, nie wirklich berührt hat. Eigentlich ist es doch so: Wer begnadigt wurde, geht gnädig mit anderen um.

Zum Nachdenken

Wir werden jeden Tag gesegnet, aber manchmal merken wir das gar nicht mehr. Deine Eltern versorgen dich mit allem, was du brauchst. Dein Lehrer hat die Hausaufgaben noch einmal aufgeschoben. Deine Freundin hört sich geduldig deine Probleme an. Wer Gnade erfahren hat, ist gnädig mit anderen. Geh sicher, dass dich die Liebe und Großzügigkeit, die andere dir schenken, wirklich berührt – und dann gib sie weiter.

Befreit die Entrechteten und Schwachen, reißt sie aus den Klauen ihrer Unterdrücker! (Psalm 82,4; GN)

Wehr dich gegen Schikanen

Jesus hatte eine Rechnung zu begleichen mit Leuten, die andere schikanieren. Als eine Gruppe Pharisäer mit ausgestreckten Zeigefingern eine Ehebrecherin vor ihn zerrten, stand Jesus auf. Nicht, um zu predigen, denn er würde nur sehr wenige Worte sagen. Auch nicht, um seine Nachfolger etwas zu lehren, denn er wandte sich gar nicht an sie. Er stand vielmehr für die Frau ein. Er stellte sich zwischen sie und den wütenden Mob und sagte: „Wer von euch noch nie gesündigt hat, soll den ersten Stein auf sie werfen!“ (Johannes 8,7).

Wir sollten auch für die einstehen, die sich nicht selbst verteidigen können. „Baut die Mutlosen auf, helft den Schwachen“ (1. Thessalonicher, 5,14). Braucht jemand in deiner Schule oder in der Nachbarschaft deine Hilfe? Wende dich nicht ab, wenn jemand, der kleiner, jünger oder schwächer ist, von anderen schikaniert wird – egal, ob mit Worten oder Fäusten. Jesus hat uns gezeigt, wie es geht. Steh auf. Die Liebe wehrt sich gegen Schikanen.

Zum Nachdenken

Du willst nicht schikaniert werden. Wer will das schon? Ganz bestimmt auch nicht das Mädchen oder der Junge, die von einer Horde Halbstarker umzingelt sind. Oder der Klassenkamerad, der sich nicht schnell genug gegen verletzende Worte wehren kann. Wer wehrt sich gegen Schikanen? Du – weil Jesus es auch getan hat.

Seht euch die Vögel an! Sie säen nichts, sie ernten nichts und sammeln auch keine Vorräte. Euer Vater im Himmel versorgt sie. (Matthäus 6,26)

Gott ist fähig

Das Gewicht der Erde wird auf sechs Trilliarden Tonnen geschätzt (das ist eine Sechs mit 21 Nullen). Und trotzdem ist die Erdachse exakt um 23 Grad geneigt. Ein bisschen mehr oder weniger und die Polkappen würden schmelzen und die Erde würde in einer riesigen Flut untergehen. Obwohl die Erde sich am Äquator mit 1666 Kilometern pro Stunde dreht (oder mit 40 000 Kilometern pro Tag oder mit 14,5 Millionen Kilometern pro Jahr), fällt niemand von der Oberfläche hinaus in den Weltraum.

Ich will dir ein paar Fragen stellen: Wenn Gott in der Lage ist, den Sternen ihren Platz zu geben und den Himmel aufzuspannen wie ein Tuch, meinst du, er wäre auch nur annähernd in der Lage, dich auf deinem Lebensweg zu führen? Wenn Gott mächtig genug ist, die Sonne zum Leuchten zu bringen, könnte er dann nicht auch mächtig genug sein, Licht auf deinen Weg zu bringen? Wenn ihm der Saturn so wichtig ist, dass er ihm Ringe gibt, und die Venus, dass er sie glitzern lässt, besteht dann nicht vielleicht die geringste Chance, dass du ihm wichtig genug bist, dass er sich um deine Bedürfnisse kümmert?

Hast du dich schon einmal gefragt, ob Gott fähig ist, dein Leben zu beeinflussen? Die Antwort findest du in seiner Schöpfung.

Zum Nachdenken

Es ist erstaunlich, wie unser Universum beschaffen ist: nämlich haargenau so, dass wir auf diesem Planeten, den wir Erde nennen, leben können. Nur Gott hat die Macht und den Plan, um das zu vollbringen. Meinst du, er würde all das tun, und dann seine Kinder vernachlässigen? Ich glaube nicht.

18. September

Deshalb orientiert euch nicht am Verhalten und an den Gewohnheiten dieser Welt, sondern lasst euch von Gott durch Veränderung eurer Denkweise in neue Menschen verwandeln. (Römer 12,2; NL)

Zitrone oder Milch?

Ein Pfarrer lud mich einmal zu sich zum Tee ein. Ich hatte noch nie etwas vom englischen „High Tea" gehört. Unternehmungslustig wie ich war, nahm ich seine Einladung gerne an. Ich tat sogar begeistert beim Anblick des Tabletts mit Teetassen und Keksen. Aber dann kam der Augenblick der Wahrheit. Die Gastgeberin fragte mich, was ich in meinen Tee haben wollte: „Zitrone oder Milch?" Ich hatte keine Ahnung, wollte aber nicht unhöflich sein und vor allem nichts verpassen. So antwortete ich: „Beides."

Ihr Gesichtsausdruck ließ keinen Zweifel daran, dass ich irgendwie schieflag. „Man mischt Zitrone und Milch nicht in der gleichen Tasse", erklärte sie sanft, „es sei denn, Sie wollen Sauermilch."

Manchmal geben wir uns die größte Mühe, Gott und der Welt zu gefallen. Aber beides passt nicht zusammen. Jesus sagt: Wenn wir an ihn glauben, dann sollen wir gar nicht erst versuchen, Gott und der Welt zu gehorchen. Jesus sagt: „Deshalb hasst die Welt sie [die Jesusnachfolger], denn sie gehören nicht zur Welt, ebenso wie ich nicht zur Welt gehöre“ (nach Johannes 17,14; GN). Wenn es dein Ziel ist, allein Gott gehören zu wollen, wirst du nichts verpassen.

Zum Nachdenken

Wir machen uns so viele Gedanken darüber, was andere von uns denken. Wir wählen unsere Klamotten, unsere Sprache und unser Auftreten so, dass wir „dazugehören“. Wie wäre es, wenn du dir heute weniger Gedanken darum machst, was die Menschen um dich herum von dir halten, und dir stattdessen wichtiger wird, was Gott über dich denkt?

19. September

Denn euer Herz wird immer dort sein, wo ihr eure Schätze habt. (Matthäus 6,21; GN)

Hilfe, ich hab tausend Sachen zu tun!

Geht dir es auch so? Schule, Freunde, Freizeit, Termine – beschäftigt zu sein ist keine Sünde. Jesus war beschäftigt. Paulus war beschäftigt. Petrus war beschäftigt. Ohne Anstrengung und harte Arbeit erreichen wir nichts, was von Bedeutung ist. Beschäftigt zu sein ist an sich keine Sünde. Aber wenn wir damit beschäftigt sind, ununterbrochen Dingen nachzujagen, die uns ausgelaugt und leer zurücklassen, dann kann Gott das nicht gefallen.

Eine Ursache für unser Ausgelaugtsein ist, dass wir Dingen nachjagen, die uns niemals befriedigen können. Hast du dich auch schon mal dabei ertappt? Das neueste Smartphone, die besten Flirttipps, die coolsten Clips auf Youtube … Unser Vergnügen, unser Besitz und unser Stolz sind alles tote Dinge. Wenn du versuchst, in toten Dingen Leben zu finden, wirst du dich leer fühlen und unzufrieden sein. Konzentriere dich stattdessen darauf, Gott zu lieben und ihm nachzufolgen.

Zum Nachdenken

Scheint das Leben nicht manchmal echt kompliziert zu sein? Es gibt so viel zu tun, so viele neue Dinge auszuprobieren, so viele Menschen, denen man es recht machen will. Und all das macht so unzufrieden! Das muss nicht so sein. Entscheide dich doch für das Prinzip „weniger ist mehr". Und konzentriere dich zuallererst auf den, der letztlich Zufriedenheit schenken kann.

20. September

Weil ihr Gottes Barmherzigkeit erfahren habt, fordere ich euch auf, liebe Brüder und Schwestern, mit eurem ganzen Leben für Gott da zu sein. Seid ein lebendiges Opfer, das Gott dargebracht wird und ihm gefällt. (Römer 12,1)

Ein loderndes Feuer

Groll ist das Kokain der Gefühle. Er lässt unser Blut schneller fließen und wir haben mehr Energie. Aber wie bei Kokain braucht man auch von Groll immer häufiger immer mehr. Es gibt einen sehr gefährlichen Punkt, an dem sich Wut von einem Gefühl zu einer treibenden Kraft verwandelt. Ein Mensch, der versessen darauf ist, sich zu rächen, entfernt sich immer weiter von der Fähigkeit zu vergeben, denn ohne diese Wut zu leben hieße, ohne diese Energiequelle zu leben.

Kennst du jemanden, der im Groll gefangen ist, der immerzu wütend ist? Der Rachepläne schmiedet? Bist du es vielleicht selbst? In der Bibel findest du einen guten Rat: „Wenn ihr zornig seid, dann ladet nicht Schuld auf euch, indem ihr unversöhnlich bleibt. Lasst die Sonne nicht untergehen, ohne dass ihr einander vergeben habt" (Epheser 4,26).

Hass ist wie ein tollwütiger Hund, der über sein Herrchen herfällt. Rache ist wie ein loderndes Feuer, in dem der Brandstifter verbrennt. Bitterkeit ist wie die Falle, in die der Jäger selbst tritt.

Und Vergebung ist die Entscheidung, die alle befreien kann.

Zum Nachdenken

Hast du schon einmal Wut oder Hass wie eine Droge benutzt, die dir Energie verleiht und dir erlaubt, wütend zu bleiben? Ein solches Verhalten wird dir am Ende sehr schaden. Entscheide dich für Gottes Weg – und vergib. Lösche das Feuer der Wut, bevor es dich verbrennt.

Ich habe dich schon gekannt, ehe ich dich im Mutterleib bildete, und ehe du geboren wurdest, habe ich dich erwählt.
(Jeremia 1,5)

Gottes Autogramm

Wenn Gott in deiner Welt ist, dann bist du kein Unfall und auch kein Zufall. Du bist ein Geschenk für die Welt, ein göttliches Kunstwerk, signiert von Gott.

Eines der schönsten Geschenke, das ich je erhalten habe, ist ein Football mit den Autogrammen von dreißig ehemaligen Profi-Quarterbacks. An dem Ball selbst ist überhaupt nichts Besonderes. Soweit ich weiß, ist er aus einem Billig-Sportgeschäft. Was ihn so besonders macht, sind die Unterschriften darauf.

Das Gleiche gilt auch für dich und mich. Wenn du dir die Natur anschaust, dann sind wir Menschen nicht wirklich etwas Besonderes. Wir sind nicht die einzigen Wesen aus Fleisch und Blut, mit Haaren und einem Herzen in der Brust. Was uns besonders macht – was dich zu etwas Besonderem macht –, ist Gottes Handschrift in deinem Leben. Du bist sein Kunstwerk. Du bist nach seinem Bild erschaffen. Dein Wert liegt nicht in dem, was du tust, sondern darin, wem du gehörst.

Gott hat dich signiert. Das macht dich über alle Maße wertvoll!

Zum Nachdenken

Für Fans ist ein Autogramm das Wertvollste. Ein Fußball, der von Cristiano Ronaldo signiert ist? Eine Fankarte mit dem Autogramm von Rihanna? Für solche Dinge zahlen Menschen richtig viel Geld. Aber wer könnte sagen, was Gottes Autogramm wert ist? Siehst du es irgendwo? Nein, nicht mit deinen Augen. Aber es ist dennoch in dich eingraviert.

22. September

Achte auf deine Gedanken und Gefühle, denn sie beeinflussen dein ganzes Leben! (Sprüche 4,23)

Deine Gedanken beeinflussen dein Leben

Zwei verschiedene Arten von Stimmen buhlen heute um deine Aufmerksamkeit. Negative Stimmen füllen deine Gedanken mit Zweifel, Bitterkeit und Angst. Positive Stimmen geben dir Hoffnung und Kraft. Auf welche Stimme wirst du hören? Du hast die Wahl. Lässt du jeden, der an deine Tür klopft, ins Haus? Dann lass auch nicht zu, dass sich jeder beliebige Gedanke, der dir kommt, in deinem Kopf niederlässt. Nimm ihn gefangen und unterstelle ihn Jesus, so wie es Paulus rät: „Alles menschliche Denken nehmen wir gefangen und unterstellen es Christus" (2. Korinther 10,5).

Negative Gedanken können dir niemals Kraft geben. Wie oft hast du schon deine Note durch Jammern verbessert? Kann man Pickel wegjammern? Wozu also über deine Probleme und Schwierigkeiten klagen?

„Achte auf deine Gedanken und Gefühle, denn sie beeinflussen dein ganzes Leben!" Das ist ein guter Rat.

Zum Nachdenken

Gedanken können rasen. Abschweifen. Sich im Kreis drehen. Die Gedanken, die dir durch den Kopf gehen, sind wie Schafe – man muss sie in Schach halten. Treib die „schwarzen Schafe" in den Stall und mache die Tür zu. Und dann beschäftige dich mit den „weißen Schafen" – den positiven Gedanken. Sie geben dir neue Energie.

23. September

Stolz führt zum Sturz, Bescheidenheit aber bringt zu Ehren. (Sprüche 18,12)

Blinder Ehrgeiz

Erfolg um jeden Preis. Zu Lebzeiten noch zur Legende werden. Auf der Erfolgsleiter ganz nach oben klettern. Der Beste der Besten sein … Ist Ehrgeiz etwas Falsches?

Wir machen ehrgeizige Menschen gern zu Helden. Wir erheben sie zu Vorbildern und drucken Fotos von ihnen auf den Titelseiten unserer Zeitschriften ab. Und das nicht zu Unrecht. Die Welt wäre in einem erbärmlichen Zustand ohne Menschen, die davon träumen, nach den Sternen zu greifen. Ehrgeiz ist die Entschlossenheit, die Menschen dazu bringt, mit dem Normalzustand unzufrieden zu sein, und macht sie wagemutig, ihre Träume zu leben. Aber ohne Gottes führende Hand wird Ehrgeiz zur Sucht nach Macht und Ruhm – zu einem verzehrenden Hunger nach Erfolg. Und der wird den Menschen verschlingen, so wie ein Löwe seine Beute verschlingt. Gesunder Ehrgeiz ist keine verwerfliche Sache. Aber blinder Ehrgeiz ist ein riesiger Schritt weg von Gott. Wer um jeden Preis hoch hinaus will – und nur sein Ego befriedigen will –, wird bald abstürzen.

Zum Nachdenken

Wie sieht blinder Ehrgeiz in deinem Leben aus? Hast du für die Schule schon mal Texte aus dem Internet gezogen und sie als deine eigenen „verkauft"? Willst du unbedingt stets zu den Gewinnern gehören? Setzt du dich in der Schule extrem unter Druck und büffelst noch bis in die Nacht? Hast du schon mal jemanden runtergeputzt, um selbst besser dazustehen? Was auch immer es ist: Blinder Ehrgeiz ist schädlich. Beziehe Gott in dein Handeln und in deine Pläne ein. So wirst du einen gesunden Ehrgeiz entwickeln.

24. September

Wer aber von dem Wasser trinkt, das ich ihm geben werde, wird niemals mehr Durst haben; vielmehr wird das Wasser, das ich ihm gebe, in ihm zur sprudelnden Quelle werden, deren Wasser ewiges Leben schenkt. (Johannes 4,14; EÜ)

Bei Jesus ist die Quelle

Jeder Sportler wird mir zustimmen, dass eine Wasserflasche ein Muss ist. Wenn du deinem Körper die notwendige Flüssigkeit vorenthältst, wird er es dich wissen lassen: trockener Mund. Geschwollene Zunge. Schwindel und Erschöpfung.

Geistliches Wasser ist für einen Christen genauso ein Muss. Wenn du es deiner Seele vorenthältst, wird sie es dich wissen lassen. Ein ausgedörrtes Herz schickt dir verzweifelte Botschaften: Wutausbrüche. Wellen von Sorgen. Überwältigende Schuldgefühle und Angst. Meinst du, Gott will, dass du so lebst? Hoffnungslosigkeit, Schlaflosigkeit, Einsamkeit, Groll, Gereiztheit, Unsicherheit … all das sind Warnzeichen. Es sind Anzeichen einer tiefen inneren Dürre.

Behandle deine Seele so wie deinen Körper, wenn er Durst hat. Nimm einen großen Schluck. Kipp Flüssigkeit hinein. Füll dein Herz mit einer guten Ladung Wasser.

Wo findest du Wasser für deine Seele? Bei Jesus. Er sagt dir: „Wenn du Durst hast, komm zu mir und trinke! Wenn du mir vertraust, wirst du erfahren, was die Bibel sagt: Von einem solchen Menschen wird Leben spendendes Wasser fließen" (nach Johannes 7,37–38).

Zum Nachdenken

Du kennst das sicher: Nach einem langen Lauf oder einem anstrengenden Fußballspiel bist du am Verdursten. Du kannst es kaum erwarten, eine Flasche Wasser zu leeren. Genauso sollte es dir und mir eigentlich in Bezug auf Jesus gehen. Wenn dich das Leben durstig macht und austrocknet, dann ist er derjenige, der deine Seele wieder mit Hoffnung füllen kann.

Jubelt dem Herrn zu, ihr Völker der Erde! Dient ihm voll Freude, kommt zu ihm mit fröhlichen Liedern! (Psalm 100,1–2)

Grund zur Freude

„Wie geht's so?", fragt dich jemand. Und obwohl du von Jesus errettet wurdest, sagst du: „Na ja, könnte besser sein." Oder: „Bin nicht in den Sportkurs gekommen, den ich wollte." Oder: „Meine Eltern erlauben mir nicht, zu der Party zu gehen." Oder: „Lasst mich doch alle in Ruhe, damit ich mein Referat über Egoismus fertig krieg!"

Konzentrierst du dich so sehr auf das, was du nicht hast, dass du nicht mehr siehst, was du hast?

> Deinen Platz im Himmel kann dir niemand verwehren,
> dein ewiges Zuhause kann keine Scheidung zerstören.
> Jede Sünde im Leben ist im Meer versenkt,
> jeden Fehler hat Christus ans Kreuz gehängt.
> Mit Blut erkauft – für den Himmel gemacht,
> ein Kind Gottes – seine Braut in voller Pracht.
> Ist das nicht Grund, sich zu freuen, zu singen,
> für so viel Segen Gott Dank zu bringen?

Zum Nachdenken

Du kannst deine Zeit damit verbringen, über das nachzudenken, was du nicht hast. Oder du verbringst deine Zeit damit, über das nachzudenken, was du hast. Rate mal, welche von beiden Möglichkeiten dich glücklicher und zufriedener machen wird!

Wenn wir behaupten, sündlos zu sein, betrügen wir uns selbst. Dann ist kein Fünkchen Wahrheit in uns. (1. Johannes 1,8)

Ein Pflaster reicht nicht

Vor einiger Zeit hatte meine Tochter Andrea einen Splitter im Finger. Ich ging mit ihr ins Bad und holte eine Pinzette, Wundsalbe und ein Pflaster. Das gefiel ihr gar nicht. „Ich will nur ein Pflaster, Papa."

Manchmal sind wir so wie Andrea. Wir haben vielleicht einen Freund angelogen oder etwas anderes getan, was wir nicht hätten tun sollen. Dann bringen wir unseren Fehler zu Jesus, aber wir wollen eigentlich nur, dass er ihn unsichtbar macht – ihn mit einem Pflaster zudeckt. Wir wollen keine Behandlung. Wir wollen unsere Sünde verstecken. Aber ich frage mich, ob Gott, auch wenn er noch so gnädig ist, heilen wird, was wir verstecken wollen.

Wie kann Gott etwas heilen, das wir leugnen? Wie kann er etwas berühren, wenn wir es verdecken? Ein Pflaster nützt gar nichts, wenn der Splitter immer noch drin ist. Leugne deinen Fehler nicht. Bekenne ihm alles. Gib Gott die Gelegenheit, den Splitter der Sünde aus deinem Leben zu entfernen. Nur so kannst du wirklich heil werden.

Zum Nachdenken

Lass die vergangene Woche an deinem inneren Auge vorbeiziehen. Hast du Gott mit deiner Haltung oder dem, was du getan hast, verletzt? Hast du mit ihm darüber gesprochen und ihn um

Vergebung gebeten? Die Schuldgefühle, das schlechte Gewissen werden erst weggehen, wenn du das gemacht hast. Lass zu, dass Gott dich heilt.

27. September

Preist den Herrn ... Denn seine Güte zu uns ist übergroß und seine Treue hört niemals auf. (Psalm 117,1–2; GN)

Tauche ein in Gottes Güte

Gestern hast du es verbockt. Du hast gequasselt, als du zuhören solltest. Bist einfach gegangen, als du warten solltest. Hast aufgegeben, als du standhalten solltest. Du hast es versemmelt. Aber du wirst noch mehr versemmeln, wenn du zulässt, dass deine Fehler von gestern dir die Laune von heute vermiesen.

Gottes Güte ist jeden Morgen neu. Nimm sie in Anspruch! Lerne von den Bäumen im Olympic-Nationalpark im US-Bundesstaat Washington. Einige der Bäume dort sind Hunderte von Jahren alt, viel älter, als Bäume üblicherweise alt werden (so fünfzig bis sechzig Jahre). Ein Baumriese mit üppiger Krone ist sogar schon 700 Jahre alt! Wo liegt der Unterschied zu anderen Bäumen? Im Regen, der sie jeden Tag gießt. Die häufigen Wolkenbrüche halten den Boden feucht, die Bäume nass – und ein Blitzschlag ist aufgrund der Feuchtigkeit wirkungslos.[12]

Auch dich kann ein Blitz aus heiterem Himmel treffen: Das Bedauern schlägt zu, setzt dich in Brand und verzehrt dich. Wenn das passiert, dann lösche den Brand mit dem Regen der Gnade Gottes. Bade täglich in seiner Vergebung. Einmal im Jahr reicht nicht. Einmal im Monat ist zu wenig. Einmal pro Woche lässt dich immer noch vertrocknen. Du musst jeden Tag richtig mit diesem Lebenswasser begossen werden. Gott verspricht: „… ich werde Wasser auf Durstige ausschütten und das trockene Land mit Bächen bewässern … Sie werden wachsen wie Gras am Ufer, wie Weiden am Fluss." (Jesaja 44,3; NL).

Zum Nachdenken

So ist Gottes Güte – wie ein reinigender Schauer, der auch das letzte bisschen Trauer, Schuld und Bedauern wegwäscht. Wir brauchen sie, weil wir es immer wieder schaffen, Mist zu bauen. Was hast du gestern verbockt? Oder heute? Dann sprich doch jetzt gleich mit Gott darüber. Die Regenwolken sind schon im Anmarsch …

28. September

Denn wir sind Gottes Schöpfung. Er hat uns in Christus Jesus neu geschaffen, damit wir zu guten Taten fähig sind, wie er es für unser Leben schon immer vorgesehen hat.
(Epheser 2,10; NL)

Ein Leben mit Bedeutung

Von dir gibt es keine zweite Version, keine Kopie. Du wirst dir nie selbst in der Stadt begegnen. Du wirst nie jemanden treffen, der genau die gleiche Mischung aus Vorlieben und Sehnsüchten hat wie du.

Dein Leben rast in unwahrscheinlichem Tempo vorwärts, und wenn du nicht aufpasst, dann stellst du eines Tages fest, dass es an dir vorbeigerast ist. Manche Menschen kümmert das nicht. Wie die Maus im Hamsterrad rennen sie durch ihr Leben, ohne jemals innezuhalten. Sie leben und sterben und fragen sich nie: „Wozu eigentlich?" Sehnst du dich danach, dass dein Leben von Bedeutung ist? Willst du so leben, dass die Menschen um dich herum froh sind, dass es dich gibt?

Jeder von uns hat die Chance, etwas in dieser Welt zu bewirken. Was wäre, wenn wir das tatsächlich schaffen? Ist es möglich, dass wir die Welt mit unserer Hoffnung aufrütteln? Dass wir jeden Winkel der Erde mit der Liebe Gottes ausfüllen?

Hey, du bist von einem großen Gott erschaffen, um Großes zu vollbringen!

Zum Nachdenken

Gott hat einen Plan für dich. Einen großen Plan. Einen wunderbaren Plan. Du kannst ihn noch nicht erkennen? Macht nichts. Es gibt ihn, und er wartet darauf, von dir entdeckt zu werden. Also halte die Augen offen. Und bete dafür. Gott wird ihn dir Stück für Stück zeigen.

29. September

Aber alle, die ihre Hoffnung auf den Herrn setzen, bekommen neue Kraft. (Jesaja 40,31)

Geduld, Geduld!

Hast du ein Problem mit dem Thema Geduld? Wärst du gerne größer, schlanker, muskulöser – und zwar jetzt gleich? Willst du endlich Mathe kapieren – und zwar sofort? Oder eine Freundin oder einen Freund, und zwar auf der Stelle?

Du kennst sicher das Sprichwort „Gut Ding will Weile haben". Es braucht seine Zeit. Man kann es nicht erzwingen. Man kann nur abwarten, bis es so weit ist.

So ist es oft im Leben. Es liegt in unserer menschlichen Natur, dass wir etwas beschließen und uns dann kopfüber in die Sache hineinstürzen, um sie zu verwirklichen. Aber wenn wir Gott und seinem perfekten Zeitplan zuvorkommen, dann wird es eine Bruchlandung geben. Wenn wir dagegen geduldig auf ihn warten, dann wird er unsere Bedürfnisse genau im richtigen Moment erfüllen.

Wenn der Heiligen Geist in deinem Leben ist, dann hast du die Chance, Geduld zu einem festen Bestandteil deines Lebens zu machen. Zum Glück ist Gott mit mir und mit dir geduldig, und gesteht uns zu, Geduld zu üben.

Zum Nachdenken

Betest du, wenn du ungeduldig wirst? Wenn du das Gefühl hast, das Leben verläuft im Schneckentempo; wenn du ungeduldig mit den Hufen scharrst, dann ist es eine gute Idee, mit Gott zu reden. Er kann dir sagen, ob es jetzt an der Zeit ist, voranzupreschen oder abzuwarten. Du musst dir nur Zeit nehmen, um auf seine Antwort zu hören.

Denn er ist ja jedem von uns ganz nahe.
(Apostelgeschichte 17,27; GN)

Gott in der Tiefe finden

J. Jasper und sein kleiner Sohn Cooper hatten riesig viel Spaß mit dem Strandbuggy. Dann überschlug sich der Buggy. Bevor es ihm so richtig bewusst war, stand J. Jasper vor einer unfassbaren Aufgabe: Er musste einen Sarg aussuchen, die Beerdigung planen und sich dabei an den Gedanken gewöhnen, sein Leben von nun an ohne seinen einzigen Sohn zu leben. J. Jasper meinte zu mir: „Kein Buch der Welt kann dich darauf vorbereiten, wie es ist, wenn dein fünfjähriger Sohn in deinen Armen stirbt … Wir wissen jetzt, wie es ganz tief unten ist."

Ganz tief unten. Das ist der Ort der Ablehnung, der Erniedrigung und der Tragödie. Dort schwinden die Hoffnung und auch die Freunde. Was bleibt? Gott.

David fragt in Psalm 139: „Wohin sollte ich fliehen vor deinem Geist, und wo könnte ich deiner Gegenwart entrinnen?" (Vers 7; NL). Dann führt er verschiedene Orte auf, an denen er Gott gefunden hat: im Himmel, im Totenreich, im Sonnenaufgang, am äußersten Meer (Verse 8–9). Überall ist Gott.

Du wirst nie an einem Ort sein, an dem Gott nicht schon ist. Vor der Klasse stehen? In deinem Zimmer ganz alleine weinen? Ganz tief unten? Gott ist dort. Und er spendet den Trost und die Kraft, die nur ein himmlischer Vater spenden kann.

Zum Nachdenken

In einem Moment fühlst du dich überglücklich, im nächsten am Boden zerstört. Das Leben kann sich schneller überschlagen als ein Strandbuggy, und dann stecken wir ganz tief drin. Wir fragen uns, was da eigentlich passiert ist, und fühlen uns sehr einsam. Aber wir sind nicht alleine! Gott wird dich auch dort unten finden und dich mit seiner unendlichen Kraft wieder herausholen.

Oktober

Der Herr wird uns mit allem Guten beschenken.

PSALM 85,13; NGÜ

Jetzt ist es nicht mehr wichtig, ob ihr Juden oder Griechen, Sklaven oder Freie, Männer oder Frauen seid: In Christus seid ihr alle eins. (Galater 3,28)

Der Neue

„Ich habe in der Schule versucht, mich mit einem neuen Schüler anzufreunden. Er kommt aus einem anderen Umfeld als wir und die meisten anderen behandeln ihn wie Dreck. Jetzt machen sie sich über mich lustig, weil ich sein Freund bin. Das tut echt weh, aber er tut mir leid. Im Moment bin ich sein einziger Freund. Was soll ich tun?"

Und so habe ich diese Frage eines Schülers beantwortet: „Ich würde die Freundschaft mit dem neuen Schüler aufrechterhalten, ganz gleich, was die anderen sagen. Der Neue ist ein Unbekannter, aber du machst ihn bekannt. Die ersten dummen Witze tun immer weh, aber mit der Zeit verfliegen die Vorurteile, die Witze sind alt, und die anderen merken, dass ihr Spott gar nichts bewirkt. Die anderen sehen nur das Äußere und die Unterschiede. Du schaust offensichtlich tiefer und entdeckst Gemeinsamkeiten."

Im Himmel gibt es keine Unterschiede. Im Gegenteil. Es gibt dort kein Schwarz-Weiß-Denken, denn es ist egal, wo du herkommst, wie beliebt oder unbeliebt du bist, welche Kleidung du trägst, welche Musik du hörst, wie viel Taschengeld du bekommst. Im Himmel muss keiner mehr alleine sein!

Zum Nachdenken

Wenn Menschen etwas oder jemanden nicht verstehen, greifen sie an und schaffen Trennungen: Hier wir – dort die anderen. Aber ganz tief innen drin sind wir eigentlich alle gleich. Wir wollen lieben und geliebt werden. Unser Leben soll etwas bedeuten. Wir wollen, was Gott jedem anbietet: ein Mitglied seiner ewigen Familie zu sein.

2. Oktober

Wer meine Botschaft hört und an den glaubt, der mich gesandt hat, der wird ewig leben. (Johannes 5,24)

Für immer und ewig

Viele Christen leben in Sorge. Warum? Weil sie sich Sorgen um die Ewigkeit, um das Leben nach dem Tod machen. Sie *glauben*, dass sie errettet sind; sie *hoffen*, dass sie errettet sind, aber sie zweifeln immer noch daran und sind voller Fragen. Bin ich *wirklich* errettet? Nimmt Gott mich wirklich als Familienmitglied auf? Für immer?

Jesus hat da eine sehr klare Antwort drauf: „Ihnen gebe ich das ewige Leben, und sie werden niemals umkommen. Niemand kann sie aus meiner Hand reißen" (Johannes 10,28).

Jesus hat ein neues Leben versprochen, das man nicht wieder verlieren und das nicht beendet werden kann. Die Brücken hinter dir sind abgebrochen, der Sprung ist geschafft. Du gehörst ein für alle Mal zu Jesus! Es kann sein, dass dein Leben nicht immer rundläuft, aber das wird dich niemals von seinem Königreich fernhalten.

Zum Nachdenken

Zweifelst du manchmal an deiner Zukunft bei Gott? Tu es nicht. Lies mal die Verheißungen von Jesus in Johannes 3,16; 5,24; 10,28 und 11,25–26. Bei allem, was du in diesem Leben nicht weißt, gibt es doch etwas, was du weißt: Du hast eine gültige Eintrittskarte in den Himmel. Dort ist ein Platz für dich reserviert.

3. Oktober

Arme, die eure Hilfe nötig haben, wird es immer geben, ich dagegen bin nicht mehr lange bei euch. (Johannes 12,8)

Was wirklich wichtig ist

Jesus besucht zwei Schwestern. Die eine von ihnen, Maria, lässt alles stehen und liegen, um ihm zu Füßen zu sitzen. Die andere, Martha, hetzt sich ab, um das Haus sauber zu machen und eine Mahlzeit für ihre Ehrengäste zuzubereiten. Und sie ist nicht sehr erfreut darüber, dass ihre Schwester sie dabei alleine lässt. „Herr, siehst du nicht, dass meine Schwester mir die ganze Arbeit überlässt?“ (Lukas 10,40).

Marthas Leben war hektisch. Sie brauchte eine Pause. „Martha, Martha, du bist um so vieles besorgt und machst dir so viel Mühe. Nur eines aber ist wirklich wichtig und gut! Maria hat sich für dieses eine entschieden, und das kann ihr niemand mehr nehmen“ (Lukas 10, 41–42).

Brauchst du eine Pause? Machst du dir Stress, um andere zu beeindrucken oder sogar Gott? Es ist nicht falsch zu versuchen, gute Noten zu bekommen, dein Bestes in der Band zu geben oder in der Fußballmannschaft oder der Chemie-AG. Aber wenn der einzige Grund dafür ist, dass du versuchst, Eindruck zu schinden, dann lass es. Entscheide dich stattdessen dafür, Jesus zu Füßen zu sitzen. Gott beeindruckt die ungeteilte Aufmerksamkeit eines aufrichtigen Dieners mehr als das geschäftige Treiben eines angepissten Dieners.

Zum Nachdenken

Manchmal werden die Erwartungen der Eltern, Freunde und Lehrer einfach zu viel. Lass dich davon nicht stressen. Denk daran, dass das alles nicht von Gott kommt. Er will nicht, dass du nur für die Schule, einen Verein oder ein Ehrenamt lebst, sondern dass du ihm zu Füßen sitzt. Er ist das einzig Wichtige.

4. Oktober

Verlass dich nicht auf deine eigene Urteilskraft, sondern vertraue voll und ganz dem Herrn! (Sprüche 3,5)

Gott weiß es am besten

Das Problem mit dieser Welt ist, dass sie für uns Menschen nicht passt. Sie ist wie ein T-Shirt, das zwei Nummern zu klein ist. Für den Augenblick geht es schon, aber sie ist nicht maßgeschneidert. Wir sind dazu erschaffen, bei Gott zu leben, aber auf dieser Erde leben wir im Glauben an ihn. Wir sind für das ewige Leben gemacht, aber auf dieser Erde leben wir nur einen Augenblick.

Wir müssen Gott vertrauen. Wir müssen ihm nicht nur vertrauen, dass er das tut, was am besten ist, sondern dass er auch weiß, was die Zukunft bringt. Denk einmal über Jesaja 57,2 nach:

„Menschen, die dem Herrn die Treue halten, kommen um, aber niemanden kümmert das. Sie werden aus dem Leben gerissen, aber keiner schert sich darum. Der Herr will diese Menschen vor noch schlimmeren Zeiten bewahren. Sie haben ein aufrichtiges Leben geführt, nun ruhen sie in Frieden."

Was für ein abgefahrener Gedanke! Gott bewahrt sie vor noch schlimmeren Zeiten. Kann der Tod auch Gottes Gnade sein? Gut, dass wir das nicht zu entscheiden haben! Nur Gott weiß, was noch kommt. Vielleicht sollten wir besser ihn unser Leben bestimmen lassen.

Zum Nachdenken

Gehörst du auch zu den Menschen, die ständig alles besser wissen? Ich glaube, so wirken wir oft auf Gott. Wir sagen ihm ständig, was er jetzt zu tun hat und was jetzt passieren müsste. Dabei ist er der Einzige, der weiß, wohin wir alle gehen. Verstehen wir da nicht irgendwas falsch?

5. Oktober

Er gab mir ein neues Lied in meinen Mund, einen Lobgesang für unseren Gott. (Psalm 40,4)

Anbetung verändert

Gott lädt uns ein, in sein Gesicht zu schauen, damit er unseres verändern kann. Er gebraucht unsere Gesichter, um seine Herrlichkeit darin zu spiegeln. Diese himmlische Schönheits-OP ist nicht leicht. Der Bildhauer, der die vier Präsidentenköpfe in

Mount Rushmore gehauen hat, hatte es da leichter. Aber unser Gott kann alles. Er liebt es, die Gesichter seiner Kinder zu verändern. Mit der Berührung seiner Finger vertreibt er deine Sorgenfalten. Er sorgt dafür, dass statt Schatten von Scham und Zweifel Gnade und Vertrauen sich auf deinem Gesicht widerspiegeln. Er entspannt deinen verkrampften Kiefer und streicht deine gerunzelte Stirn glatt. Durch seine Berührung verschwinden Ringe der Erschöpfung unter deinen Augen und aus Tränen der Verzweiflung werden Freudentränen.

Wie? Durch Anbetung.

Du hättest etwas Komplizierteres erwartet, etwas Schwierigeres, oder? Vielleicht eine 40-tägige Fastenzeit oder die Evangelien auswendig lernen. Nein. Gottes Plan ist einfacher. Wenn wir singen, ihn loben und laut über seine Güte jubeln, tut uns das gut. Was in uns drin passiert, spiegelt sich außen wider. Gott verändert dein Gesicht durch Anbetung.

Zum Nachdenken

Es ist schwer, ein Nörgler zu sein, wenn man anderen Komplimente macht. Es ist schwer, sich Sorgen zu machen, wenn man vor Freude singt. Anbetung ist für uns eine ganz praktische Erinnerung an Gottes Herrlichkeit. Und sie hat die wunderbare Nebenwirkung: dass sie unsere Sorgenfalten in ein Lächeln verwandelt.

Lasst euch durch nichts vom Gebet abbringen, und vergesst dabei nicht, Gott zu danken. (Kolosser 4,2)

Gebet neu definiert

Paulus ermahnte die ersten Christen: „Hört niemals auf zu beten" (1. Thessalonicher 5,17), „Lasst euch durch nichts vom Gebet abbringen" (Römer 12,12) und „Hört nie auf, zu bitten und zu beten!" (Epheser 6,18).

Klingt das unmöglich? Fragst du dich: „Aber ich muss Hausaufgaben machen; meine Eltern erwarten, dass ich im Haushalt helfe; mein Trainer will, dass ich trainiere. Wie soll ich da den ganzen Tag herumsitzen und beten?"

Versuch es einmal so: Ändere deine Definition von Gebet. Stell dir Gebet weniger als eine Tätigkeit für Gott vor und mehr als ein Bewusstsein von Gottes Gegenwart. Versuche, ständig in diesem Bewusstsein zu leben. Mache dir seine Gegenwart immer bewusst, egal, wo du hingehst. Wenn du an der Bushaltestelle stehst, denke: „Danke, Gott, dass du an diesem Tag bei mir bist." Beim Einkaufen: „Herr, du liebst jeden einzelnen dieser Menschen, einschließlich mich. Danke." Bete deinen Schöpfer an, wenn du dein Zimmer aufräumst. Gebet ist nichts, was du auf deiner To-do-Liste abhakst. Gebet ist eine ständige Unterhaltung mit Gott.

Zum Nachdenken

Wie oft am Tag redest oder schreibst du mit deinen besten Freunden? Deine Beziehung zu Gott kann genauso sein und noch mehr. Er wird dir niemals sagen, du sollst jetzt dein Handy oder deine

Gebete ausschalten. Er ist immer erreichbar und hört immer zu. Er will dich hören.

7. Oktober

Der Herr ist denen nahe, die zu ihm beten und es ehrlich meinen. (Psalm 145,18)

Du bist nie alleine

Ist Gott weit weg? Wie kann Gott uns mit seiner Gegenwart berühren, helfen, heilen? Sollen wir eine Kerze anzünden, gregorianische Gesänge üben, einen Altar bauen, einen Sack voll Geld spenden? Was bringt die Gegenwart Gottes zu uns?

Gottes Geschenk ist seine Gegenwart. Sein größtes Geschenk an uns ist er selbst. Sonnenuntergänge sind atemberaubend. Ein türkisfarbenes Meer ist beruhigend. Ein neugeborenes Baby rührt uns zu Tränen. Aber wenn wir uns all das wegdenken – die Sonnenuntergänge, das Meer, das glucksende Baby – und nur noch Wüste sehen, hätten wir immer noch allen Grund, im Sand zu tanzen. Ja! Warum? Weil Gott bei uns ist.

Gott will, dass wir wissen, dass wir nie alleine sind. Niemals. Gott liebt dich viel zu sehr, um dich alleine zu lassen, deshalb tut er es nicht. Er lässt dich nicht alleine, nicht in deinen Ängsten, in deinen Sorgen, in deiner Krankheit oder im Tod. Also spring vor Freude.

Er ist ein persönlicher Gott, der es liebt, zu lieben, zu heilen und zu helfen. Er reagiert nicht auf einen Zaubertrank oder einen tollen Spruch. Er will mehr. Er will Ehrfurcht, Gehorsam und Herzen, die Hunger haben nach ihm. Und wenn er das findet, dann kommt er.

Zum Nachdenken

Fühlst du dich einsam und verlassen? Es sieht vielleicht nicht danach aus, aber deine Einsamkeit könnte auch eine Chance sein. Gott sehnt sich danach, dein Freund zu sein, derjenige, an den du dich in jeder Lage wendest. Er ist für dich da. Streck dich ihm mit Lob und Gebet entgegen. Er ist dir näher als du denkst.

8. Oktober

Wer aber so klein und demütig sein kann wie ein Kind, der ist der Größte in Gottes neuer Welt. (Matthäus 18,4)

Wer sich beugt ...

Eines Morgens beobachtete ein Mann an einem Berghang in den Schweizer Alpen zwei Gemsen, die sich auf einem schmalen Pfad entgegenkamen. Eine ging hinunter, die andere stieg hinauf. Dann kam der Punkt, an dem sie sich gegenüberstanden und nicht aneinander vorbeikamen. Sie wichen beide ein Stück zurück und senkten die Köpfe wie zum Angriff. Aber dann passierte etwas Wunderbares. Die aufsteigende Gemse legte sich auf den Pfad. Die andere stieg über sie hinweg. Dann stand die erste Gemse wieder auf und kletterte weiter hinauf. Der Mann stellte fest, dass das erste Tier höher hinauskam, weil es bereit war, sich tief zu beugen.

Was bei Gemsen funktioniert, gilt auch für uns Menschen. Wenn wir bereit sind, uns tief zu beugen, und andere auf ihrem Weg weiterkommen lassen, dann bekommen meistens beide Seiten, was sie wollen. Es ist eine Art der Demut. „Weder Eigennutz noch Streben nach Ehre sollen euer Handeln bestimmen. Im Gegenteil, seid bescheiden, und achtet den anderen mehr als euch selbst" (Philipper 2,3).

Unser Vorbild ist, wie immer, Jesus. „Er erniedrigte sich selbst und war Gott gehorsam bis zum Tod, ja, bis zum schändlichen Tod am Kreuz" (Philipper 2,8).

Zum Nachdenken

Du kannst auf ganz einfache Art Demut zeigen, zum Beispiel, wenn du bei McDonald's mit jemand anderem gleichzeitig zur Kasse kommst und sagst: „Bitte, geh vor." Oder wenn du jemandem die Tür aufhältst. Du merkst, dass sich das in deinem Leben verwurzelt, wenn du anfängst zu beten: „Gott, bitte führe mich, ich will dir folgen."

9. Oktober

Ladet alle eure Sorgen bei Gott ab, denn er sorgt für euch.
(1. Petrus 5,7)

Mach dir keine Sorgen

Sorgen lassen dich vergessen, wer das Sagen hat.

Wenn du dich zu sehr auf dich selbst konzentrierst, dann machst du dir Sorgen. Du fängst an, dir um viel zu viele Dinge Gedanken zu machen. Du machst dir Sorgen, dass …

deine Klassenkameraden dich nicht mögen,
deine Lehrer dir zu viel aufgeben,
deine Eltern dich nicht verstehen,
deine Freunde mehr Aufmerksamkeit bekommen als du.

Mit der Zeit wird dein Zeitplan wichtiger als der von Gott. Es ist dir wichtiger, selbst gut dazustehen, als ihm zu gefallen. Du fängst vielleicht sogar an, an Gottes Urteilsvermögen zu zweifeln.

Gott hat dich begabt. Das Gleiche hat er auch bei deinen Freunden getan. Wenn du dir Gedanken um die Begabungen deiner Freunde machst, dann wirst du deine eigenen Gaben vernachlässigen. Aber wenn du dich darum bemühst, mit deinen eigenen Gaben dein Bestes zu geben, dann könntest du sowohl dich als auch deine Freunde dazu inspirieren, Gott die Kontrolle zu überlassen. Er hat sie ja ohnehin.

Versuch es – und mach dir keine Sorgen.

Zum Nachdenken

Jemand hat einmal gesagt, sich einen Tag lang Sorgen zu machen sei anstrengender, als eine Woche lang zu arbeiten. Das glaube ich. Sorgen sind verschwendete Zeit und Energie. Und was noch schlimmer ist: Sie halten dich davon ab, Gott zu gefallen. Also hör auf, dir Sorgen zu machen.

10. Oktober

Wenn ihr euch nicht ändert und so werdet wie die Kinder, kommt ihr nie in Gottes neue Welt. (Matthäus 18,3)

Das Herz eines Kindes

Die Schlafenszeit ist für viele Kinder keine gute Zeit. Kein Kind versteht, warum es schon ins Bett soll, solange noch Energie im Körper und Stunden am Tag übrig sind.

Meine Kinder waren da keine Ausnahme. Vor vielen Jahren einmal hatten die Mädchen nach vielen Einwänden und unendlichem Meckern endlich ihre Schlafanzüge an und lagen in ihren Betten. Ich schlich mich ins Zimmer, um ihnen einen letzten Gutenachtkuss zu geben. Andrea, die fünf war, war noch wach, zwar nur gerade noch so, aber sie war wach. Als ich ihr einen Kuss gegeben hatte, öffnete sie die Augen noch einmal und sagte: „Ich kann es kaum erwarten, bis ich wieder wach bin!"

Was gäbe ich für diese Einstellung einer Fünfjährigen! Diese Leidenschaft fürs Leben, die kaum den nächsten Tag erwarten kann. Andreas Lebensmotto lautete: „Viel spielen, viel lachen und alle Sorgen dem Papa überlassen." Sie lebte aus einem endlos tiefen Brunnen des Optimismus, der von einer übersprudelnden Quelle gespeist wird: von Vertrauen. Wen wundert es da, dass Jesus gesagt hat, wir müssen so werden wie die Kinder, wenn wir in Gottes neue Welt kommen wollen?

Zum Nachdenken

Erinnerst du dich noch daran, wie es als kleines Kind für dich war, wenn du ins Bett musstest? War da Vorfreude auf einen neuen Tag zum Spielen? Du kannst dieses Gefühl der Freude wiedererwecken. Mach Folgendes doch zu deinem Motto: „Viel spielen, viel lachen und alle Sorgen dem himmlischen Vater überlassen."

Wenn ihr nur euren Freunden liebevoll begegnet, ist das etwas Besonderes? Das tun auch die, die von Gott nichts wissen.
(Matthäus 5,47)

Insider oder Outsider?

Du kennst die Problematik von Cliquen wahrscheinlich nur allzu gut. Das sind Menschen, die fest zusammenhalten, immer miteinander reden und zusammen abhängen. Und die Mitglieder einer solchen Clique behandeln alle anderen meistens, als hätten sie eine ansteckende Krankheit.

Vielleicht bist du gerade in einer solchen Clique. Oder vielleicht gibt es eine Clique, zu der du für dein Leben gerne gehören möchtest. Aber erfüllen Cliquen wirklich deine Erwartungen? Was nützt eine Gruppe, die alle anderen ausschließt?

Gott zeigt uns eine andere Möglichkeit. Er hat eine brennende Leidenschaft, alle seine Kinder aus jeder Dschungelsiedlung, jedem Stadtviertel, jedem Dorf und jedem Slum zu retten. Seine Vision beinhaltet „Menschen aller Stämme und Sprachen, aus allen Völkern und Nationen“ (Offenbarung 5,9). Er liebt Schwaben und Norddeutsche genauso wie Schwarzafrikaner oder Cowboys aus Texas. Er hat ein Herz für Mathe-Freaks und Fußballkönige.

Jesus hat wenig Sinn für Cliquen. Seine Arme sind für alle offen.

Zum Nachdenken

Du weißt sicher, wie schlimm es ist, der Außenseiter zu sein. Genau das passiert bei Cliquen – sie schicken dir die unausgesprochene Botschaft, dass du einfach nicht dazugehörst. Vergleiche das einmal mit der Botschaft von Jesus: Er lädt die ganze Welt ein, zu seiner Familie zu gehören.

12. Oktober

Wer gelassen und ausgeglichen ist, lebt gesund. Der Eifersüchtige wird von seinen Gefühlen innerlich zerfressen.
(Sprüche 14,30)

Schluss mit Eifersucht

Josef hatte ein Problem mit Eifersucht. Nicht mit seiner eigenen Eifersucht, sondern mit der seiner zehn großen Brüder. Ihr Vater verhätschelte Josef wie ein Schoßhündchen. Seine Brüder arbeiteten den ganzen Tag und Josef spielte den ganzen Tag. Sie bekamen Kleider aus dem Secondhand-Laden, und Josef bekam von Jakob einen handgenähten, bunten Mantel mit bestickten Ärmeln. Jakob behandelte seinen elften Sohn wie den Erstgeborenen. Seine Brüder spuckten verächtlich aus, wenn sie Josef sahen.

Die Brüder lösten das Problem ihrer Eifersucht, indem sie Josef in die Sklaverei verkauften. Nicht gerade die beste Lösung. Josef stieg in Ägypten in einem guten Job auf und wurde mächtig und er warf seine Brüder eine Zeit lang ins Gefängnis.

Der eigenen Eifersucht nachzugeben ist niemals eine gute Lösung. Behandeln deine Eltern deine kleine Schwester besser als dich? Hat dein Freund ein besseres Handy? Ist deine Freundin das beliebteste Mädchen bei den Jungs? Sauer auf deine Eltern oder deine Freunde zu sein ist keine Lösung. Wenn du der Eifersucht nachgibst, zerstört das Beziehungen und nimmt dir alle Freude. Du solltest dich besser auf das konzentrieren, was du hast, und nicht auf das, was du willst. Gott hat dir schon alles gegeben, was du brauchst.

Zum Nachdenken

Wenn wir eifersüchtig sind, dann ist das Alarmstufe Rot. Unsere Gedanken sagen: „Ich will mehr für *mich selbst* haben!" Können wir uns nicht über das freuen, was Gott jemand anderem gegeben hat? Sei kein Knecht der Eifersucht. Lebe mit einem dankbaren Herzen. Das ist Freiheit.

13. Oktober

Denn wie wir seinen Tod mit ihm geteilt haben, so haben wir auch Anteil an seiner Auferstehung. (Römer 6,5)

Worauf du dich verlassen kannst

Diese Welt zeigt uns, dass alles einmal ein Ende hat. Filme. Schultage. Ferien. Partys. Beziehungen. Das Leben. Aber Jesus hat etwas anderes gesagt. Und zwar, dass wir an seiner Auferstehung Anteil haben werden. Wow! Ist das nicht eine wunderbare Perspektive? Der Tod ist nicht das Ende von allem. Es geht weiter, da Jesus dich in dieses Wunder mit hineinnimmt. Es wird eine ewige Party im Himmel geben, ohne Einsamkeit, Kummer, Streit und all die anderen Dingen, die es dir im Leben oft schwer machen.

Der Tod von Jesus war nicht das Ende. Weil er aus dem Grab kam, wird auch für dich der Tod nicht das Ende sein. Weil wir uns auf die Auferstehung verlassen können, können wir uns auch auf den ganzen Rest verlassen.

Zum Nachdenken

Das ist die Antwort auf jede Frage nach Christus und dem christlichen Glauben. Jesus starb am Kreuz, sein toter Körper wurde in ein Grab gelegt, das geschlossen wurde, und am dritten Tag hat er den Stein zur Seite gerollt und kam heraus in die Sonne. Wer kommt sonst ins Leben zurück? Wir, wenn wir das Leben auf dieser Erde loslassen und zu Jesus in den Himmel gehen.

14. Oktober

Denn so, wie ihr jetzt andere verurteilt, werdet auch ihr verurteilt werden. Und mit dem Maßstab, den ihr an andere legt, wird man euch selber messen. (Matthäus 7,2)

Nicht verurteilen

Hasst du das nicht auch, wenn andere dich verurteilen? Wenn sie sich über dich lustig machen, weil du vielleicht eine Klassenarbeit verhauen hast, aber sie nicht wissen, dass du zu krank warst zum Lernen? Wenn sie beleidigende Bemerkungen über deine Schuhe machen und nicht kapieren, dass deine Familie nicht so viel Geld für Kleidung ausgeben kann? Wir müssen aufpassen, dass wir es nicht genauso mit anderen machen.

Ist jemand zu laut? Vielleicht hat die Person Sorge, wieder übersehen zu werden. Ist jemand zu still? Vielleicht ist da Angst, wieder zu versagen. Zu langsam? Vielleicht ist die Person hingefallen, als sie sich beeilt hat. Nur der, der auch ihre Vergangenheit, also die ganze Geschichte kennt, kann sie beurteilen.

Wir kennen aber nicht nur die Vergangenheit nicht, sondern wir kennen auch die Zukunft nicht. Wir können auch kein Buch beurteilen, für das noch gar nicht alle Kapitel geschrieben sind. Genauso wenig können wir ein Gemälde beurteilen, während der Maler noch den Pinsel in der Hand hält. Somit können wir auch keinen Menschen aufgeben, solange Gottes Werk an ihm noch nicht fertig ist. „Deshalb bin ich auch ganz sicher, dass Gott sein Werk, das er bei euch begonnen hat, zu Ende führen wird, bis zu dem Tag, an dem Jesus Christus kommt" (Philipper 1,6).

Zum Nachdenken

Nur wenige Menschen verstehen dich wirklich. Meistens sind es deine Freunde. Selten vielleicht auch deine Eltern. Also kannst du nicht davon ausgehen, dass du alle anderen verstehst. Die anderen schlagen sich wahrscheinlich mit Dingen herum, die du dir gar nicht vorstellen kannst. Mach es dir zum Ziel, sie zu verstehen, sie kennenzulernen statt über sie zu urteilen.

15. Oktober

Doch Gott erklärt uns aus Gnade für gerecht.
(Römer 3,24; NL)

Du bist frei

Barabbas saß mit Wut im Herzen und Blut an den Händen im Gefängnis und wartete auf seine Hinrichtung. Er war aufsässig, gewalttätig, ein Unruhestifter, ein Mörder. Er war schuldig und auch noch stolz darauf.

Wir Menschen sind wie Barabbas. Wir sind Sünder, auch du. Sicherlich nicht, weil du wie Barabbas gemordet hast, sondern einfach nur, weil du ein Mensch bist. Wir Menschen rebellieren hin und wieder gegen Gott. Hast du schon mal gebrüllt: „Ich will mein Leben selbst bestimmen!"? Oder Gott gesagt, er soll sich nie wieder blicken lassen, weil etwas anders gekommen ist, als du dir erhofft hattest? Barabbas hatte den Tod verdient. Aber statt eines Hinrichtungsurteils hört er die Worte: „Du kannst gehen. Du bist frei. Sie haben Jesus im Tausch für dich genommen."

Was ist da passiert? Gnade ist passiert. Und genauso wirst du auch freigesprochen und nicht verurteilt. Jesus ist deine Brücke zu Gott. Egal, was dich von Gott trennt, Jesus macht dich frei!

Zum Nachdenken

Sind wir nicht alle Superrebellen wie Barabbas? Selbstsüchtig statt selbstlos. Lieber geile Garderobe als Gottes Geist. Magst du dich selbst so leiden? Dank Jesus kann das funktionieren. Er hat das „schuldig" in unserer Lebensakte durchgestrichen und stattdessen „begnadigt" darübergeschrieben. Das ist Freiheit, die du nirgendwo anders bekommst.

16. Oktober

Warum solltest du das Wasser deiner Quelle nach draußen vergießen und dich mit anderen Frauen einlassen?
(Sprüche 5,16; NL)

Was kann es schon schaden?

Er mag dich *wirklich*. Du magst ihn *wirklich*. Was ist schon dabei, wenn ihr Sex miteinander habt? Was kann es schon schaden?

Eine gute Frage. Es ist wichtig, darüber nachzudenken, wie du reagieren wirst, wenn so eine Situation kommt – und zwar, *bevor* sie kommt. Denk darüber nach, was du dann sagen wirst und wie du dich entscheiden wirst. Entscheide dich jetzt schon.

Sex außerhalb der Ehe heißt: Wir tun so, als könnten wir unseren Körper jemandem hingeben, ohne dass es unsere Seele beeinflusst. Das können wir aber nicht. Unser menschliches Wesen ist so verflochten, dass, was auch immer den Körper betrifft, auch unseren Verstand und unser Herz im Tiefsten betrifft. Wenn man sich zu schnell zu nahekommt, folgen unweigerlich Scham und Schuldgefühle. Dazu kommt noch die Angst vor einer ungewollten Schwangerschaft oder ansteckenden Krankheiten. Das ichbezogene Motto „Solange es niemandem schadet" klingt zwar ehrenhaft, aber in Wirklichkeit kann sehr viel Schaden entstehen, wenn man bei sexuellen Versuchungen die Beherrschung verliert.

Gott hat den Sex erfunden, und er will, dass du ihn genießt – zu seinen Bedingungen – im Rahmen des Ehebundes. Sex braucht Beständigkeit und ist ein zärtlicher Augenblick, in dem man mit dem Körper fortführt, was man mit dem Verstand und der Seele schon begonnen hat. Es ist etwas, bei dem niemand verletzt werden soll. Etwas, das Mann und Frau Freude und Gott Ehre bereitet.

Zum Nachdenken

An sexuellen Empfindungen ist nichts falsch – Gott hat sie dir gegeben. Es kommt nur darauf an, was du damit machst und wann du es machst. Es ist klug, sich zu überlegen, was man glaubt und was Gott gefällt, bevor man in eine heiße Situation kommt. Und dann halte daran fest, ganz egal, was kommt.

17. Oktober

Warum habt ihr Angst? Habt ihr denn kein Vertrauen zu mir?
(Matthäus 8,26)

Erinnere dich an Gottes Güte

„Mitten auf dem See brach plötzlich ein gewaltiger Sturm los, sodass die Wellen ins Boot schlugen. Aber Jesus schlief" (Matthäus 8,24).

Was für eine Szene. Die Jünger schreien vor Angst und Jesus träumt süß. Auch Donnerkrachen bringt Jesus nicht zum Erwachen. Sein sanfter Schlaf beunruhigt die Jünger. „Lehrer, kümmert es dich nicht, dass wir untergehen?" (Markus 4,38; GN). Sie fragen nicht nach seiner Kraft, seinem Wissen oder seinen Fähigkeiten. Sie stellen seinen Charakter infrage: „... kümmert es dich nicht ...?"

So ist die Angst. Die Angst zermürbt unser Vertrauen in Gottes Güte. Und sie unterdrückt unsere Erinnerung. Die Jünger hatten allen Grund, Jesus zu vertrauen, denn: „Er heilte alle Arten von Krankheiten und Leiden" (Matthäus 4,23), das hatten sie gesehen. Sie hatten erlebt, wie er einen Leprakranken durch eine einfache Berührung und einen Diener durch seinen bloßen Befehl geheilt hatte (Matthäus 8,3+13).

Erinnerten sie sich an das, was Jesus schon getan hatte? Vielleicht nicht. Angst verursacht eine Art geistlichen Gedächtnisverlust. Sie lässt uns vergessen, was Jesus für uns getan hat und wie gut Gott ist.

Zum Nachdenken

Einen ganzen Monat lang hast du für dein Gesangssolo geübt und es sitzt alles perfekt – aber wenn du dann auf die Bühne kommst, könntest du vor Angst all die vielen Proben vergessen haben. So ähnlich ist es auch mit uns und Gott. Deshalb ist es gut, ihn anzubeten. Das ist eine Art geistliche „Probe“ – eine Methode, um uns immer wieder an seine unglaubliche Macht und Liebe zu erinnern.

18. Oktober

Wir haben ganz verschiedene Gaben, so wie Gott sie uns in seiner Gnade zugeteilt hat. (Römer 12,6; GN)

Was sind deine Stärken?

Es gibt Dinge, die wir gerne tun würden, aber einfach nicht können. Ich würde zum Beispiel gerne singen. Für andere zu singen würde mich glücklich machen. Das Problem ist nur, dass meine Zuhörer nicht annähernd so glücklich wären, da sie sich entweder die Ohren zuhalten oder einen Katzenjammer über sich ergehen lassen müssten.

Paulus gibt uns in Römer 12,3 einen guten Rat: „Überschätzt euch nicht, sondern bleibt bescheiden.“

Anders ausgedrückt: Sei dir deiner Stärken bewusst. Ich habe für mich herausgefunden, dass Singen nicht meine Stärke ist. Wie ist das bei dir? Wenn du etwas erklärst, verstehen es andere dann? Wenn du eine Gruppe leitest, folgen dir die Menschen? Wenn du etwas organisierst, läuft es dann besser? Wobei bist du am produktivsten? Ein wichtiger Teil der Teenie-Jahre ist es, auszuprobieren, worin man richtig gut ist und was einem am meisten Spaß macht. Finde deine Stärken heraus und konzentriere dich dann darauf. Wenn du dich nicht auf deine Stärken konzentrierst, verhinderst du damit vielleicht, dass du die ganz besonderen Aufgaben erfüllst, zu denen Gott dich beruft. Predigen? Schreiben? Singen? Bete für deine Zukunft und lass dich von Gott zu den Gaben führen, die er dir gegeben hat, um sie zu gebrauchen.

Zum Nachdenken

Herauszufinden, wie deine Zukunft aussehen könnte, kann sehr schwer erscheinen. Du hast vielleicht das Gefühl, dass Gott dich vergessen hat und du gar keine Begabungen hast. Das stimmt nicht! Manchmal dauert es nur länger, bis man sie herausfindet, also hab Geduld. Gott wird dir zur rechten Zeit deine Stärken und deine Zukunft zeigen.

19. Oktober

Jesus zog sich jedoch immer wieder zum Gebet in die Wüste zurück. (Lukas 5,16; NL)

Auf „Pause" klicken

Jesus kennt die Hektik des Lebens. Sein Terminkalender war vollgestopft mit den Bitten der Menschen. Sie brachten Jesus nicht nur kranke Körper und verlorene Seelen, sie kamen einfach, wann immer es ihnen gerade passte.

Kennst du das? Hast du auch hin und wieder das Gefühl, dass andere Leute über dich und deine Zeit bestimmen wollen? Sie sagen dir, wann du zu essen hast, zu welcher Party du am Wochenende gehen sollst, welchen Beruf du mal ergreifen sollst, wo du dich in der Gemeinde einbringen sollst und so weiter.

Mach es wie Jesus. „Am nächsten Morgen verließ Jesus das Haus und zog sich in eine einsame Gegend zurück" (Lukas 4,42). „Einsam" heißt nicht zwangsläufig auch „trostlos", es heißt nur „ruhig". Jesus suchte Frieden. „Ich muss mich zurückziehen, um nachzudenken, zu überlegen, meinen Weg zu überdenken." Er legte die Zeit dafür fest und wählte einen Ort dafür aus. Entschlossen klickte er auf den PAUSE-Button seines Lebens.

Gott ruhte nach sechs Tagen Arbeit und die Welt brach nicht zusammen. Warum glauben wir dann, sie würde zusammenbrechen, wenn wir das tun?

Zum Nachdenken

Du bist kein Superheld. Du brauchst Zeit zum Ausruhen und Krafttanken, zum Chillen und um den Stresslevel runterzufahren. Um zu beten und Gott zu loben. Wenn sogar Jesus eine Pause brauchte, solltest du dir vielleicht auch eine gönnen.

20. Oktober

Liebe Freunde, rächt euch niemals selbst, sondern überlasst die Rache dem Zorn Gottes. Denn es steht geschrieben: „Ich allein will Rache nehmen; ich will das Unrecht vergelten", spricht der Herr. (Römer 12,19; NL)

Kein Platz für Rache

Auch deine Feinde passen in Gottes Plan. Dass ihr Herz noch schlägt, ist der Beweis: Gott hat sie noch nicht aufgegeben. Sie sind vielleicht außerhalb seines Willens mit ihrem Verhalten, also außerhalb dem, was Gott für gut erachtet, aber nicht außerhalb seiner Reichweite. Du ehrst Gott, wenn du sie nicht als seine Fehler, sondern als seine Projekte betrachtest.

Rächen und Heimzahlen gehören auch nicht zu deinen Aufgaben. Egal, welche Motivation dahintersteckt. Gott hat den einzigen Richterstuhl im himmlischen Gericht inne. Er trägt die Richterrobe und teilt seine Autorität mit niemandem. Rache gibt es für Gott nicht. Gedanken wie „Gott, hast du gesehen, was sie mir angetan hat? Ich glaube, du bestrafst sie vielleicht zu wenig oder zu spät" verdrängen Gott von seinem Richterstuhl.

Jesus hat so auch nicht gedacht. Niemand hatte ein besseres Verständnis von Recht und Unrecht als er, der vollkommene Sohn Gottes. „Wenn er beleidigt wurde, gab er es nicht zurück. Wenn er leiden musste, drohte er nicht mit Vergeltung, sondern überließ es Gott, ihm zum Recht zu verhelfen" (1. Petrus 2,23; GN).

Nur Gott kann gerecht richten. Die Rache ist seine Aufgabe. Überlass deine Feinde dem vollkommenen Richter.

Zum Nachdenken

Das Verlangen, sich an denen zu rächen, die einem Unrecht getan haben, kann sehr stark sein. Er hat dir dein Sweatshirt weggenommen. Sie hat dir deinen Freund weggenommen. Sie haben das Schlimmste verdient, was du ihnen zufügen kannst, und noch mehr! Aber das ist eine Forderung, die wir nicht stellen dürfen. Gott ist der Richter. Lass ihn bestimmen.

Denn das Gebet eines Menschen, der nach Gottes Willen lebt, hat große Kraft. (Jakobus 5,16)

Drück den „Gebetsschalter"

Einer unserer brasilianischen Gemeindeleiter hat Jesus während eines Aufenthaltes in einem Drogen-Reha-Zentrum kennengelernt. Zu seiner Therapie gehörten täglich dreimal eine Stunde Gebet. Die Patienten mussten nicht beten, aber sie mussten zum Gebetstreffen kommen. Dutzende von Drogensüchtigen auf Entzug verbrachten sechzig Minuten am Stück auf den Knien.

Ich war platt, als er mir dies erzählte, und musste ihm gestehen, dass meine Gebete kurz und eher förmlich waren. Er lud mich ein (oder sollte ich sagen, er forderte mich heraus?), mit ihm zu beten. Wir knieten auf dem Betonboden unseres kleinen Gottesdienstsaals und fingen an, mit Gott zu reden. Nein, anders. Ich redete, er weinte, schluchzte und flehte. Er schlug mit den Fäusten auf den Boden, streckte die Faust zum Himmel, bekannte jede einzelne Sünde, einmal und noch einmal. Er zitierte so ziemlich jede Verheißung aus der Bibel, so als ob Gott daran erinnert werden müsste.

Unser leidenschaftliches Gebet geht Gott zu Herzen. „Denn das Gebet eines Menschen, der nach Gottes Willen lebt, hat große Kraft." Das Gebet ändert nichts daran, wer Gott ist. Aber das Gebet beeinflusst den Lauf der Geschichte. Bildlich gesprochen: Gott hat zwar die Leitungen für seine Macht in dieser Welt verlegt, aber er will, dass wir auf den Knopf drücken. Stell dir eine Lampe vor: Ihr Licht scheint nur, wenn du sie auch anschaltest.

Zum Nachdenken

Weinen, schreien, flehen – das ist nicht deine Art zu beten? Gott verlangt nicht, dass du für ihn eine Show abziehst. Aber er will sehr wohl, dass du deine wahren Gefühle zeigst. Also keine Zurückhaltung. Such dir einen Zeitpunkt und einen Ort – wie zum Beispiel jetzt gerade –, um ihm alles zu geben, und dann schau zu, was er daraus macht.

22. Oktober

Gott allein ist beides: Gesetzgeber und Richter. (Jakobus 4,12)

Lass Jesus den Richter sein

Obwohl du wusstest, dass es nicht gut war, hast du mit deinen Freundinnen nach dem Tanzen noch kräftig einen getrunken. Oder vielleicht waren deine Eltern weg, und du hast eine Stunde lang im Internet Sachen angeschaut, von denen du wusstest, dass du sie nicht anschauen solltest. Du hast es versaut und Gott deine Schuld bekannt. Du weißt, dass er dir vergeben hat, aber es fällt dir schwer, dir selbst zu vergeben.

Herzlich willkommen vor dem Schamgericht. Sieh dich einmal um. Entdeckst du irgendjemanden, den du kennst? Erkennst du den Richter in seiner langen, schwarzen Robe? Das bist du. Der Staatsanwalt kommt dir auch irgendwie bekannt vor. Schon wieder du. Jetzt schau mal zu den Schöffen*. Ups. Nur du. Alle schauen dich böse an und entscheiden auf „schuldig". Wenn es um Scham geht, sind wir selbst unser schärfster Richter.

* Das sind ganz normale Bürger, die als eine Art ehrenamtliche Richter mit bei einem Prozess sitzen, da Deutschland ein demokratischer Rechtsstaat ist.

Nachdem er sich den Fall der Ehebrecherin angehört hatte, erklärte Jesus: „Dann verurteile ich dich auch nicht… Geh, aber sündige nun nicht mehr!" (Johannes 8,11). Wenn Jesus das Urteil gesprochen und sie für nicht schuldig erklärt hat, was meinst du, wird er dann über dich sagen?

In solchen Augenblicken musst du dir selbst folgende Frage stellen: Wer ist der bessere Richter: Ich oder Jesus?

Zum Nachdenken

Wenn du wissen willst, was für ein Richter Jesus ist, dann nimm deine Bibel und lies die ganze Geschichte von der Ehebrecherin in Johannes 8,1–11. Will er sie verurteilen – oder dich? Nein. Er will nur, dass wir aufhören, das Falsche zu tun, und stattdessen das Richtige tun. Mitgefühl und Weisheit. Das ist mein Richter.

23. Oktober

Herr, ich danke dir dafür, dass du mich so wunderbar und einzigartig gemacht hast! Großartig ist alles, was du geschaffen hast – das erkenne ich! (Psalm 139,14)

Du bist Gottes Erfindung

Modeschöpfer erzählen uns: „Wenn du unsere Jeans trägst, dann bist du jemand. Unser Markenname auf deinem Hintern vertreibt alle Bedeutungslosigkeit." Für kurze Zeit kann dich die Mode aus der Bedeutungslosigkeit befreien und du fühlst dich wahnsinnig gut und bedeutend. Aber dann passiert das Schlimmste überhaupt – die Mode wechselt und du fühlst dich wieder unbedeutend.

Die Angst vor der Bedeutungslosigkeit erschafft genau das, wovor sie sich fürchtet. Beispiel: Wenn ein Fußballer am Elfmeterpunkt steht und sich immer wieder sagt: „Den verschieße ich bestimmt", was wird dann wohl passieren? Er wird ihn verschießen. Wenn du den ganzen Tag nur vor dich hin murmelst: „Ich werde nie etwas bewirken. Ich bin nichts wert", was wird dann wohl passieren? Du verurteilst dich selbst zu einem düsteren Leben.

Was noch schlimmer ist: Du widersprichst Gott. Nach seiner Aussage bist du „kunstvoll gebildet" (Psalm 139,15). Du bist „wunderbar und einzigartig gemacht" (Psalm 139,14). Wenn du Gottes Gedanken über dich zählen könntest, wären sie „zahlreicher als der Sand am Meer" (Psalm 139,18).

Warum liebt er dich so sehr? Aus dem gleichen Grund, weshalb ein Maler seine Bilder liebt und ein Bootsbauer seine Schiffe. Du bist seine Erfindung.

Zum Nachdenken

Wann hast du dir das letzte Mal große Mühe gegeben, um etwas ganz Besonderes zu erschaffen? War es ein Bild? Ein Referat? Ein Schokokuchen? Eine besondere sportliche oder musikalische Leistung? Wenn du dir große Mühe mit etwas gibst, dann ist es dir wichtig. Sehr wichtig. Genauso denkt Gott über dich.

Bleibt genau auf dem Weg, den er euch mit seinen Geboten gewiesen hat. Dann werdet ihr am Leben bleiben und es wird euch gut gehen. (5. Mose 5,33)

Mit Gott durch dick und dünn

Gott führt uns durch Umstände hindurch. Durch das Rote Meer, wieder auf trockenen Boden (2. Mose 14,22), durch die Wüste (5. Mose 29,5), durchs finstere Tal (Psalm 23,4) und durchs tiefe Meer (Psalm 77,20).

„Durch" ist eines von Gottes Lieblingsworten: „Wenn du durchs Wasser schreitest, bin ich bei dir, wenn durch Ströme, dann reißen sie dich nicht fort. Wenn du durchs Feuer gehst, wirst du nicht versengt, keine Flamme wird dich verbrennen" (Jesaja 43,2, EÜ).

Wo musst du heute durchgehen? Durch Ärger mit den Eltern? Durch eine kaputte Freundschaft? Eine Fünf in einem Fach? Was auch immer dir bevorsteht, Gott ist schon hindurchgegangen und er wird mit dir hindurchgehen. Es ist vielleicht kein leichter Weg. Es geht vielleicht nicht schnell. Aber Gott verspricht, bei dir zu sein und deinen Weg Schritt für Schritt zu erleuchten. „Dein Wort ist wie ein Licht in der Nacht, das meinen Weg erleuchtet" (Psalm 119,105).

Zum Nachdenken

Hast du schon mal nachts ganz alleine einen langen Spaziergang gemacht – ohne Licht? Das kann schon ein bisschen unheimlich sein – oder auch sehr unheimlich! So ähnlich ist es, wenn wir durchs Leben gehen, ohne dass uns Gottes Licht den Weg weist.

Deshalb lies jeden Tag in der Bibel und sprich mit ihm. Du wirst feststellen, dass die Reise dann viel einfacher wird.

25. Oktober

Denn du hast eine Zukunft, und deine Hoffnung wird nicht enttäuscht werden. (Sprüche 23,18)

Unmögliche Träume

Zweifeln deine Eltern an deinen Träumen? Ich meine nicht das, was du nachts träumst, sondern das, was du mit offenen Augen träumst. Träume, eine Tänzerin, ein Taucher oder Diplomat zu werden, ein Arzt, der den Armen hilft, oder Missionar in Afrika. Ohne die Unterstützung deiner Eltern scheint das unmöglich.

Dabei vergessen wir oft, dass „unmöglich" eines von Gottes Lieblingsworten ist. Er hat unmögliche Träume. Warum? Wenn du einen möglichen Traum verwirklichst, dann gehört die Ehre dir. Aber wenn du einen unmöglichen Traum verwirklichst, dann gehört die Ehre Gott. Das zeigt der Welt, dass es immer noch einen unglaublichen Gott gibt, der im Leben der Menschen wirkt. Das fängt mit Träumen wie deinem an.

Auch wenn es dir scheint, als würden deine Eltern deine Leidenschaft ausbremsen, könnte es auch sein, dass sie nur etwas dringend nötige Weisheit zu deinen Plänen hinzufügen. Zweckmäßigkeit und Logik sind nicht immer schlecht. Zweifel ist vielleicht nur getarnte Vorsicht.

Letzten Endes musst du dich fragen, wessen Traum du verfolgen willst – deinen, den deiner Eltern oder Gottes Traum? Gottes Träume sind immer größer, besser und unglaublicher.

Zum Nachdenken

Ja, Eltern können einem die Träume ganz schön vermiesen. Aber meistens meinen sie es nur gut. Sprich immer wieder mit ihnen und mit Gott über deine Ziele. Tu das mit einer Extra-Portion Geduld und Beharrlichkeit. Wenn Gott hinter deinem Traum steht, dann wird er zu seiner Zeit auch Wirklichkeit werden. Wenn nicht, dann hat er etwas Besseres für dich.

26. Oktober

Wirkliche Liebe ist frei von Angst. Ja, wenn die Liebe uns ganz erfüllt, vertreibt sie sogar die Angst. (1. Johannes 4,17–18)

Mit Liebe getränkt

Wir haben Angst vor Ablehnung, also gehen wir mit der Masse. Wir haben Angst, nicht dazuzugehören, also probieren wir ein bisschen Hasch. Wir haben Angst, uns abzuheben, also ziehen wir das an, was alle anderen auch anziehen. Aus Angst, uns nicht abzuheben, tragen wir das, was sonst keiner trägt. Aus Angst, alleine zu bleiben, schlafen wir mit jedem. Aus Angst, nicht geliebt zu werden, suchen wir an den falschen Stellen nach Liebe.

Aber Gott spült diese Ängste weg. Wer mit Gottes Liebe getränkt ist, verkauft sich nicht selbst, um die Liebe anderer zu gewinnen. Er verkauft sich noch nicht einmal, um Gottes Liebe zu gewinnen.

Meinst du, du brauchst das? Denkst du: *Wenn ich weniger fluche, mehr bete, weniger Alkohol trinke, mehr lerne … wenn ich mir mehr Mühe gebe, dann liebt Gott mich mehr?* Kannst du Satans Gestank hinter diesen Worten riechen? Wir müssen alle an uns arbeiten, aber wir müssen nicht um Gottes Liebe kämpfen. Wir ändern uns, weil wir schon von Gott geliebt sind. Mit einer vollkommenen Liebe.

Zum Nachdenken

Lies mal 1. Johannes 4,16–21. Das sind einige der wichtigsten Sätze über die Liebe, die je geschrieben wurden. Ertappst du dich manchmal dabei, wie du versuchst, Gottes Liebe durch Leistung zu gewinnen? Was sagen dir diese Verse über die vollkommene Liebe und Gottes Liebe zu uns?

27. Oktober

Als Jesus aus dem Boot stieg und die vielen Menschen sah, hatte er Mitleid mit ihnen und heilte die Kranken.
(Matthäus 14,14)

Er spürt und heilt unsere Wunden

Das griechische Wort für Mitgefühl ist „splanchnizomai", was dir nicht viel sagen wird, es sei denn, du hast das Fach *Splanchnologie* belegt. Falls ja, dann weißt du, dass Splanchnologie die Lehre von den Eingeweiden ist.

Wenn Matthäus schreibt, Jesus hatte Mitleid mit den Menschen, meint er damit nicht, dass sie ihm ein wenig leidtaten. Der Ausdruck, den er verwendet, ist viel plastischer und stärker. Matthäus sagt damit, dass Jesus das Leid der Menschen in seinen Eingeweiden spürte. Er spürte, wie der Behinderte hinkte. Er spürte die Schmerzen der Kranken. Er spürte die Einsamkeit des Leprakranken. Er spürte die Scham der Sünder.

Jesus hat alles gespürt, was du gespürt hast, und noch mehr. Ablehnung. Demütigung. Qualen. Hinrichtung am Kreuz mit Nägeln in Händen und Füßen. Wenn du ihn in dein Herz lässt, dann spürt er auch deinen Schmerz. Und wenn er deinen Schmerz fühlt, dann kann er nicht anders, als ihn zu heilen.

Zum Nachdenken

Wenn du den schlimmsten Tag deines Lebens erlebst, dann glaubst du, dass niemand das verstehen kann, nicht einmal Jesus. Aber denk daran, dass er Gott ist. Er lebt in dir. Er versteht. Teile deinen Schmerz mit ihm. Niemand kann ihn so lindern wie er.

28. Oktober

Betrüger und Lügner aber haben nichts in meinem Palast zu suchen – sie sollen mir nicht unter die Augen kommen!
(Psalm 101,7)

Lügen kann tödlich sein

Kennst du die Geschichte von Hananias und Saphira (Apostelgeschichte 5,1–11)? Die beiden haben versucht, die Gemeinde und Gott zu belügen, und beide sind deshalb gestorben. Ich habe schon öfter gehört, wie Menschen bei dieser Geschichte nervös gelacht und gemeint haben: „Ich bin froh, dass Gott die Menschen heute nicht mehr tot umfallen lässt, wenn sie lügen." Ich bin mir nicht sicher, ob er das wirklich nicht mehr tut.

Mir scheint, dass die Folge von Betrug immer noch der Tod ist. Vielleicht nicht körperlich, aber trotzdem der Tod. Der Tod von Beziehungen (Lügen sind wie Termiten in den Wänden jeder Freundschaft oder Ehe). Tod des Gewissens (das Tragische an der zweiten Lüge ist, dass sie einem immer leichter fällt als die erste). Tod der Karriere (frag einmal den Studenten, der seinen Abschluss nicht bekam, weil er betrogen hatte, ob diese Lüge nicht tödlich war).

Man könnte noch den Tod der Intimität, des Vertrauens, des Friedens, der Glaubwürdigkeit und der Selbstachtung hinzufügen. Aber der tragischste Tod, den unsere Lügen nach sich ziehen, ist vielleicht die Folge, die sie für unsere Aussagen über Jesus haben. Am Ende unseres Lebens, wenn wir bei Gott vor Gericht stehen, ist es die Frage, ob dann die Aussage eines Lügners gilt. Schon hier in dieser Welt zählt das ja nicht.

Zum Nachdenken

Lies mal die Geschichte von Hananias und Saphira. Meinst du auch, dass Gott heute über ein paar Lügen hinwegsieht? Dass Schwindeln keine Konsequenzen hat, ganz gleich, ob kleine oder große Lügen? Wenn wir Gott ungehorsam sind, dann schaden wir damit nicht nur uns selbst, sondern auch den Menschen um uns herum, und zwar manchmal auf eine Art, die wir uns gar nicht vorstellen können. Mach es den anderen leichter – sag einfach die Wahrheit.

Er beschützt alle, die sich selbst nicht helfen können. Ich war in großer Gefahr, doch der Herr hat mir herausgeholfen!
(Psalm 116,6)

Gott ist in unserer Mannschaft

Als ich noch jung war, ließen wir Kinder in unserer Straße immer alle Schulbücher fallen, sobald wir zur Haustür reinkamen, und waren sofort wieder draußen zum Spielen. Der Junge von gegenüber hatte einen Vater, der für sein Leben gerne Football spielte. Sobald er von der Arbeit nach Hause kam, riefen wir alle nach ihm, damit er mit uns spielte. Fairerweise fragte er immer: „Welche Mannschaft verliert gerade?" Dann spielte er dort mit, und das war seltsamerweise meistens meine Mannschaft.

Allein seine Anwesenheit beim Spiel veränderte den ganzen Spielverlauf. Er war selbstbewusst, stark und vor allem hatte er einen Plan. Wir standen um ihn herum und er erklärte: „Okay, Jungs, wir machen das jetzt so …" Die gegnerische Mannschaft stöhnte, wenn wir mit der Besprechung fertig waren. Wir hatten nicht nur einen neuen Plan, wir hatten auch einen neuen Anführer.

Er brachte neues Leben in unsere Mannschaft. Genau das tut Gott für uns. Wir brauchten kein neues Spiel, wir brauchten einen neuen Plan. Wir mussten nicht unsere Positionen tauschen, wir brauchten einen neuen Mitspieler. Dieser neue Mitspieler ist Jesus Christus, Gottes Sohn.

Zum Nachdenken

Hast du dich schon mal so gefühlt, als wärst du auf der Verliererseite, ohne große Hoffnung, dass sich daran noch etwas ändert? Ganz gleich, wie sehr du dich auch bemühst, den Ball auf das gegnerische Tor zuzubewegen, es geht immer rückwärts? Es gibt jemanden, der einen Spielplan hat, der extra für dich entworfen wurde. Vertraue ihm dein Leben an.

30. Oktober

Um Christus allein geht es mir. Ihn will ich immer besser kennenlernen und die Kraft seiner Auferstehung erfahren ... Dann werde ich auch mit allen, die an Christus glauben, von den Toten auferstehen. (Philipper 3,10–11)

Die andere Seite des Flusses

Jesus sah, dass die Menschen in ihrer Angst vor dem Tod gefangen waren. Er erklärte ihnen, dass sie den Strom des Todes nicht zu fürchten brauchten. Aber sie glaubten ihm nicht. Er berührte einen Jungen und rief ihn ins Leben zurück. Seine Nachfolger waren noch nicht überzeugt. Er hauchte Leben in den toten Körper eines Mädchens. Die Leute waren immer noch skeptisch. Er ließ einen toten Mann vier Tage lang im Grab liegen, bevor er ihn herausrief. War das jetzt genug?

Anscheinend nicht. Er musste erst selbst in den Strom des Todes steigen und darin untertauchen, bevor die Menschen ihm glaubten, dass der Tod besiegt war.

Aber danach, als er am anderen Ufer wieder herauskam, war es höchste Zeit zu singen und zu feiern!

Hast du Angst vor dem Strom des Todes? Hab keine Angst. Jesus hat uns gezeigt, dass es auf der anderen Seite ein Ufer gibt, und dass er die Macht hat, uns dorthin zu bringen.

Zum Nachdenken

Die Menschen haben meistens Angst vor dem Unbekannten und die meisten von uns haben noch keine Erfahrungen mit dem Tod gemacht. Jesus dagegen schon. Er hat das alles schon hinter sich. Er sagt: „Wer aber sein Leben für mich einsetzt, der wird es für immer gewinnen" (Matthäus 16,25). Ich vertraue auf den, der die Macht über den Tod hat.

31. Oktober

Doch der Herr ist treu. Er wird euch stärken und vor dem Bösen beschützen. (2. Thessalonicher 3,3; GN)

Das Gute siegt

Hast du schon mal 1. Mose 3 gelesen? Das ist das Kapitel, in dem es darum geht, wie das Böse in die Welt kam. Die Katastrophe kam in Gestalt von Luzifer, dem gefallenen Engel. Und Satan „läuft wie ein brüllender Löwe um euch herum" und richtet Unheil unter Gottes Kindern an. Er bringt Prediger wie den Apostel Paulus ins Gefängnis. Er quält die Freunde von Jesus mit Krankheiten, so wie Lazarus. Er wird dich mit der Lüge angreifen, dass niemand dich liebt.

Aber Satans Strategie trifft ihn letztlich selbst. Paulus schrieb in der Gefangenschaft mehrere Bücher der Bibel. Der Friedhof, auf dem Lazarus lag, wurde zum Schauplatz für eines der großartigsten Wunder, die Jesus gewirkt hatte. Und du wirst verstehen, dass Gott dich mehr liebt, als du dir je vorstellen kannst. Aus bösen Absichten wird letztlich etwas Gutes.

Wir können dankbar sein, dass das „Saure", das der Teufel austeilen möchte, immer von Gottes „Süßem" übertrumpft wird, der uns „vor allen bösen Angriffen schützen und in seine neue Welt im Himmel aufnehmen" wird (2. Timotheus 4,18).

Zum Nachdenken

Das heutige Datum verbinden viele mit Halloween. Halloween kommt aus Amerika und steht für Süßigkeiten, verkleidete Kinder und Fantasiemonster, aber mit den wahren Kreaturen der Finsternis ist nicht zu spaßen. Verlass dich besser auf einen liebenden und rettenden Gott, der dem Bösen ein Ende macht, wo und wann immer es auftaucht.

November

Ihr werdet die Wahrheit erkennen,
und die Wahrheit wird euch befreien!

JOHANNES 8,32

Ein Hitzkopf schürt Zank und Streit, ein Geduldiger aber schafft Versöhnung. (Sprüche 15,18)

Wenn dich Kleinigkeiten nerven

Gibt es Tage, an denen du dich schnell über Kleinigkeiten aufregst, sodass dir sogar deine Freunde aus dem Weg gehen? Was sollst du nur mit all der Wut tun, die dich an diesen Tagen packt?

Ich frage mich, wie der Grand Canyon entstanden ist. Vielleicht waren es am Anfang nur ein paar Tropfen. Wie ein unterirdischer, tropfender Wasserhahn oder ein sanfter Regen in einer ruhigen Nacht. Ganz langsam, aber sicher kam immer mehr Wasser zusammen. Dann: Unwetter. Gewitter. Güsse aus dem Himmel, die sich in den wilden Colorado River entleerten, der den Grand Canyon in das Land grub.

Auch unser Zorn baut sich langsam auf. Nervige, störende Kleinigkeiten sind es, die uns wie ständiges Tropfen ärgern und schließlich richtig wütend machen. „Verschwinde!" *Tropf.* „Das machst du immer!" *Tropf.* „Sag mir nicht, was ich zu tun habe!" *Tropf.* Der Druck und der aufgestaute Ärger bringen uns schließlich zum Explodieren und entladen sich in einem Wutanfall, einem Schwall von Worten, der unsere Freunde, unsere Familie und unseren Frieden mit sich reißt.

Warte nicht, bis sich alles zu einem reißenden Strom gesammelt hat. Kümmere dich um das Tropfen. Geh jede Kleinigkeit, die dich nervt, mit Gebet und Vergebung an – und zwar *bevor* die Wut in deinem Leben einen Canyon gräbt und du dann auf der einen Seite stehst und alle anderen auf der anderen Seite sind.

Zum Nachdenken

Hast du ein Problem damit, deine Wut zu kontrollieren? Bring es zu Gott. Er weiß, wie er dir helfen kann und was dich wirklich nervt. Er kann auch durch einen gläubigen Freund, einen Lehrer oder jemanden aus deiner Familie zu dir sprechen. Sprich mit ihnen, bevor der nächste Ansturm von Wut kommt.

2. November

Nur eins erwartet Gott von euch: Ihr sollt an den glauben, den er gesandt hat. (Johannes 6,29)

„Ich bin der Weg"

Manche Historiker stecken Jesus Christus mit Mose, Mohammed, Konfuzius und anderen religiösen Führern in eine Schublade. Aber Jesus weigert sich, seinen Platz mit anderen zu teilen. Er erklärt: „Ich bin der Weg, die Wahrheit und das Leben. Niemand kommt zum Vater außer durch mich" (Johannes 14,6, NL). Er hätte es auch politisch korrekt ausdrücken können: „Ich kenne den Weg" oder: „Ich zeige euch den Weg." Aber er spricht hier davon, wer er ist: *Ich bin der Weg.*

Viele zucken bei diesem Absolutheitsanspruch zusammen. Wie kann es nur *einen* Weg in den Himmel geben? Dank Internet kommen Menschen aus verschiedenen Ländern und Kulturen näher zusammen. Die Welt scheint dadurch zu schrumpfen. Wie kann es da nur einen Weg in den Himmel geben? Irgendwie klingt das, was Jesus da gesagt hat, heutzutage fast schon primitiv. Aber wie können alle Religionen zu Gott führen, wenn sie so verschieden sind? Auf anderen Gebieten lassen wir so etwas

Unlogisches auch nicht zu. Wir behaupten zum Beispiel nicht, dass alle Straßen nach London führen oder alle Schiffe nach Australien fahren.

Jesus hat uns einen einzigartigen Weg freigeräumt: Er kam nicht für die Starken, sondern für die Schwachen; nicht für die Gerechten, sondern für die Sünder. Du betrittst seinen Weg, wenn du bekennst, dass du ihn brauchst, nicht, wenn du alles selbst versuchst. Er stirbt und du lebst. Er lädt dich ein – und du glaubst.

Zum Nachdenken

Hast du Freunde, denen es schwerfällt, das anzunehmen? Fällt es dir selbst schwer? Jesus will niemanden ausschließen. Er macht nur ganz klare Ansagen. Er ist Gott. Kein anderer. Der Weg führt nur über ihn. Keine Abkürzungen oder Umleitungen. Ein Gott. Ein Weg. Du musst dich entscheiden.

3. November

Er ist es, der den Himmel geschaffen hat. Er gab der Erde ihre Form und legte ihre Fundamente. (Jesaja 45,18)

Der Gott, den du brauchst

Glaubst du an „Glücksbringer", die dir helfen, eine Klassenarbeit zu bestehen? Bittest du Schutzengel, auf dich aufzupassen? Liest du Horoskope, um zu erfahren, was dir die Zukunft bringt? All das brauchst du nicht! Du brauchst dich nicht mit einem minderwertigen Gott abzumühen, einem Ersatz-Gott. Nein, was du brauchst, ist ein Gott, der 100 Milliarden Sterne in unsere Galaxie und 100 Milliarden Galaxien ins Universum setzen kann. Du brauchst einen Gott, der aus zwei Handvoll Zellen 75 bis 100 Milliarden Nervenzellen machen kann, das Ganze in einen Schädel platziert und dann Gehirn nennt.

Und du brauchst einen Gott, der, obwohl er so unvorstellbar mächtig ist, doch ganz kleine, zarte Schneeflocken machen kann und sich um die kleinsten Lebewesen kümmert. Du brauchst einen Gott voller Macht und voller Liebe.

Zum Nachdenken

Von Zeit zu Zeit verlassen wir alle uns auf minderwertige Götter: Status, Beliebtheit, Geld, Noten, ein teures Handy, die „richtigen" Freunde. All das, von dem wir glauben, dass es uns trägt. Aber keiner dieser Götter wird uns langfristig befriedigen. Wir brauchen keinen Gott am anderen Ende des Regenbogens – wir brauchen den Gott, der den Regenbogen erschaffen hat.

4. November

Kommt zurück zum Herrn, eurem Gott, denn er ist gnädig und barmherzig, seine Geduld ist groß und seine Liebe grenzenlos. (Joel 2,13)

Alles, was nötig ist

Wie weit soll Gott gehen, um deine Aufmerksamkeit zu bekommen? Wenn du mal wieder anderes als ihn für wichtiger hältst, soll er dir dann nachgehen oder dich deinen vermeintlich wichtigeren

Dingen überlassen? Was hoffst du, wird er wählen? Was, wenn er dich in ein anderes Land bringt, um seine Aufmerksamkeit zu bekommen? (So wie Abraham.) Oder wie wäre es mit einer Reise im Bauch eines Fisches? (Du kennst doch die Geschichte von Jona?) Oder was wäre, wenn er zulassen würde, dass du heftige Probleme bekommst (so wie Hiob?)

Gott tut alles, was nötig ist, um unsere Aufmerksamkeit zu bekommen. Ist das nicht die Botschaft der Bibel? Gott geht dir unaufhörlich nach. Gott ist auf der Suche. So wie er das Gebüsch nach verlorenen Schafen durchsucht, sucht er auch dich. Hast du schon einmal darüber nachgedacht? Dein Kranksein, die vielen Hausaufgaben, die Ablehnung, die du erfährst – all das könnte Gott gebrauchen, um dir zu sagen: „Es wird Zeit, zu mir zurückzukommen und wieder Zeit mit mir zu verbringen."

Bist du nicht froh, dass er immer noch da ist?

Zum Nachdenken

Gott wird dich nicht *zwingen*, mit ihm zu leben. Dazu ist er viel zu sehr Gentleman. Aber er hat unzählige Wege, um dir zu zeigen, dass etwas in deinem Leben fehlt. Du erlebst eine Krise nach der anderen? Dahinter könnte der Teufel stecken, der darauf aus ist, Zerstörung anzurichten. Aber es könnte auch die Hand des Himmels sein, die dir den Weg nach Hause zeigen will.

All euer Tun – euer Reden wie euer Handeln – soll zeigen, dass Jesus euer Herr ist. (Kolosser 3,17)

Dein Tun ehrt Gott

Immer ist etwas zu tun. Morgens Schule. Mittags die Spülmaschine einräumen. Nachmittags Hausaufgaben machen. Am Wochenende Zeitungen austragen, Babysitten, im Haushalt helfen. Hört das denn nie auf? Ist das überhaupt wichtig für Gott?

Gott hat dir deine Pflichten als etwas Gutes zugeteilt. Noch bevor er Adam eine Frau und Kinder schenkte, ja, noch bevor er ihm die Hosen anzog, gab Gott Adam etwas zu tun. „Gott, der Herr, setzte den Menschen in den Garten von Eden. Er gab ihm die Aufgabe, den Garten zu bearbeiten und zu schützen" (1. Mose 2,15). Gott beruft alle, die dazu körperlich in der Lage sind, den Garten zu bebauen, den er ihnen gibt. Er würdigt deine Pflichten, also würdige du Gott, indem du deine Pflichten erledigst. „Alles, was ihr tut und was ihr sagt, soll zu erkennen geben, dass ihr Jesus, dem Herrn, gehört. Euer ganzes Leben soll ein einziger Dank sein, den ihr Gott, dem Vater, durch Jesus Christus darbringt" (Kolosser 3,17, GN).

Alles, was du tust, tue so, als würde Jesus deine Klassenarbeit benoten oder dein Referat anhören. Und dann danke Gott für die Aufgaben, die er dir gibt, und die Gelegenheit, die Welt ein wenig zu verändern. Auch wenn das durchs Abspülen geschieht.

Zum Nachdenken

Die Toilette sauber zu machen oder Hausaufgaben zu machen hat nichts Glanzvolles an sich. Ein Großteil deiner Pflichten ist genau das. Aber weißt du was? Du ehrst Gott und betest ihn an, wenn du deine Pflichten richtig gut erledigst. Ganz banale Dinge bekommen dann auf einmal Bedeutung. Dein ganzes Tun wird etwas Wunderbares. Gott freut sich darüber.

6. November

Er wird alle ihre Tränen trocknen, und der Tod wird keine Macht mehr haben. Leid, Klage und Schmerzen wird es nie wieder geben; denn was einmal war, ist für immer vorbei.
(Offenbarung 21,4)

Vorfreude auf den Himmel

Findest du das Leben manchmal einfach … langweilig? Das wird sich eines Tages ändern.

Im Himmel wirst du dich nicht langweilen, weil du dort ein anderer Mensch sein wirst. Langeweile entsteht aus „Unkraut", das im Himmel nicht wächst. Da ist das Unkraut der *Ermüdung*: Deine Augen werden müde, wenn sie immer das Gleiche sehen. Das Unkraut der *Abstumpfung*: Die Informationsflut stumpft dich ab. Schlimme oder auch frohe Nachrichten bekommst du über das Internet zuhauf. Da passiert es schnell, dass du gar nicht mehr richtig mitfühlst. Das Unkraut der *Ichsucht*: Du verlierst das Interesse, sobald andere und nicht du im Rampenlicht stehen. Das Unkraut der *Unlust*: Bedeutungslose Dinge rauben dir deine Lust am Aktivsein. Aber im Himmel wächst kein Unkraut. Dort hast du einen wachen Verstand und lauter spannende Aufgaben, die Gott Ehre machen.

Oh ja, im Himmel gibt es was zu tun! „Alle Einwohner werden Gott dienen" (Offenbarung 22,3). Und was heißt dienen anderes, als verantwortungsvolle Tätigkeiten auszuüben? Vielleicht überwachst du einmal die Umlaufbahn eines entfernten Planetensystems … oder entwirfst ein Wandgemälde in der himmlischen Stadt … oder beaufsichtigst die Ausbreitung einer neuen Pflanzen- oder Tierart? Was macht der Schöpfer anderes, als Dinge zu erschaffen? Und was machen seine glücklichen Kinder anderes als ihm zu dienen?

Zum Nachdenken

Langweilige Tage. Die hat jeder. Wir können auch nicht viel dagegen tun. Es gehört eben zum Leben dazu. Aber vielleicht fällt es dir ein wenig leichter, wenn du daran denkst, was auf dich wartet. Das Beste kommt noch. Der Himmel wartet auf dich.

7. November

Säet Gerechtigkeit und erntet nach dem Maße der Liebe!
(Hosea 10,12; LU)

Frieden und Liebe säen

Willst du ein Wunder erleben? Dann pflanze ein Wort der Liebe tief ins Herz eines Menschen. Gieß die Saat mit einem Lächeln und Gebet und schau zu, was passiert.

Mach deiner Freundin heute ein Kompliment. Danke deinem Kumpel für sein gutes Vorbild. Schreib deinem Lehrer am Ende des Halbjahres einen aufmunternden Brief. Back Plätzchen für die alleinerziehende Mutter und ihre Kinder in deiner Nachbarschaft. Hilf deinem Bruder bei den Hausaufgaben. Nimm deine

Mutter in den Arm, bevor du morgens zur Schule gehst. Frag deinen Vater, wie sein Tag war.

Samen des Friedens und der Liebe zu säen ist wie wenn man Bohnen in die Erde steckt. Man weiß nicht, warum es funktioniert, man weiß nur, dass es funktioniert: Irgendwann keimen die Sämlinge und Frieden und Liebe wachsen und vermehren sich.

Vergiss das nicht. Unterschätze niemals die Macht eines Samenkorns.

Zum Nachdenken

Ein einziges Samenkorn wird, wenn man es richtig pflegt, irgendwann zu einem großen Baum. Mit ganz einfachen Mitteln kannst du einen ganzen Wald aus Frieden und Liebe um dich herumpflanzen. Säe ermutigende Worte. Gieße sie jeden Tag mit Freundschaft und Gebet. Und dann schau zu, wie die Bäume in den Himmel wachsen.

8. November

Jesus Christus musste mit denselben Versuchungen kämpfen wie wir, doch im Gegensatz zu uns hat er nie gesündigt. ... daher dürfen wir mit Zuversicht und ohne Angst zu Gott kommen. (Hebräer 4,15–16)

Er kennt das alles

Willst du nicht mit Gott reden, weil du glaubst, dass er deine Probleme nicht versteht? Die Bibel sagt jedoch, dass er sie sehr wohl versteht: „Dieser Hohe Priester versteht unsere Schwächen, weil ihm dieselben Versuchungen begegnet sind wie uns, doch er wurde nicht schuldig“ (Vers 15; NL).

Es ist, als ob der Verfasser des Hebräerbriefes genau wusste, dass wir sagen werden: „Gott, du hast gut reden da oben. Du hast ja keine Ahnung, wie hart das Leben hier unten ist!“ Also verkündet er, dass Jesus uns sehr wohl verstehen kann. Schau dir noch einmal genau an, was er schreibt. *Jesus.* Kein Engel. Kein Botschafter. Jesus selbst. *Er versteht unsere Schwächen.* Nicht manche Schwächen. Nicht die meisten Schwächen. Sondern alle Schwächen. *Weil ihm dieselben Versuchungen begegnet sind wie uns.* Er hat jede Verletzung, jeden Schmerz, jeden Stress und jede Belastung mitgemacht und weiß, wie uns das die Kraft nimmt.

Auf jeder Seite hämmern uns die Evangelien diese Wahrheit ein: Gott weiß, wie du dich fühlst. Wenn du sagst, du kannst nicht mehr, dann weiß er, was du meinst. Wenn du den Kopf schüttelst, weil der Abgabetermin für dein Referat unmöglich einzuhalten ist, schüttelt er auch den Kopf. Wenn deine Pläne von Menschen durchkreuzt werden, die andere Pläne haben, nickt er verständnisvoll.

Er kennt das alles.

Zum Nachdenken

Nervt es dich, wenn deine Eltern oder Freunde sagen: „Ich verstehe dich“, aber dich in Wirklichkeit eben nicht verstehen? Bei Jesus passiert das nie. Er versteht dich *wirklich.* Er hat das alles selbst erlebt, und wenn er in dir lebt, durchlebt er es alles noch einmal.

Gottes Geist hat mich geschaffen, der Atem des Allmächtigen hat mir das Leben geschenkt. (Hiob 33,4)

Der Auftrag zu lieben

Schlaues Kerlchen, dieser Paulus. Ihm ist etwas aufgefallen an der Art und Weise, wie wir mit anderen umgehen. Er hat das zwar in Bezug auf die Ehe gesagt, aber der Grundsatz trifft auf jede Beziehung zu. „Wer nun seine Frau liebt, der liebt sich selbst" (Epheser 5,28). Es gibt einen Zusammenhang zwischen dem, wie du dich selbst siehst, und dem, wie du andere siehst. Wenn du mit dir selbst im Reinen bist – wenn du dich selbst magst –, kommst du auch mit anderen gut aus.

Und das Gegenteil trifft genauso zu. Wenn du dich selbst nicht magst, wenn du dich schämst, verlegen oder wütend bist, werden andere Menschen es merken.

Warum ist das so wichtig? Weil Jesus uns gesagt hat, die beiden wichtigsten Gebote sind: „Du sollst den Herrn, deinen Gott, lieben von ganzem Herzen, mit ganzer Hingabe und mit deinem ganzen Verstand!" (Matthäus 22,37) und „deinen Mitmenschen wie dich selbst!" (Matthäus 22,39). Gib dir selbst eine Chance! Du bist unendlich wertvoll, ein Geschöpf Gottes mit dem *Auftrag* zu lieben. Deine Aufgabe ist es, ganz zu lieben, mit Herz, Hingabe und Verstand – und das schließt auch dich selbst mit ein.

Zum Nachdenken

Du hast Fehler gemacht. Du versagst immer wieder. Niemand scheint dich zu schätzen. Das verstehe ich. Aber Gott vergibt dir, liebt dich, glaubt an dich und hat einen wunderbaren Plan für dein Leben. Kannst du es dir leisten, die eine Meinung über dich, die wirklich zählt, zurückzuweisen? Liebe ihn. Liebe andere. Liebe dich selbst – weil er es dir aufträgt.

10. November

Der Herr ist denen nahe, die zu ihm beten und es ehrlich meinen. (Psalm 145,18)

Hilfe naht!

Heilung beginnt dann, wenn wir etwas dafür tun. Heilung beginnt, wenn wir uns danach ausstrecken. Gottes Hilfe kommt zu denen, die sie suchen. Wenn wir nur herumsitzen und darauf warten, dass Gott uns sieht, passiert vermutlich nichts. Manchmal ist der Sinn unserer Probleme der, uns näher zu Gott zu bringen. Damit wir zu ihm beten. Damit wir ihn loben. Damit wir rufen: „Gott, tu doch etwas!" Wir müssen um seine Hilfe bitten und darauf vertrauen, dass er handeln wird.

Die Bibel ist voll von Berichten, in denen Gott radikalen, risikobereiten Glauben ehrt. Als Noah die Arche gebaut hatte, wurde Leben gerettet. Als Mose den Stab erhob, teilte sich das Meer. Als die Jünger von Jesus Brot und Fisch austeilten, wurden Tausende satt. Und wenn du im Glauben zu Gott rufst, damit er dir den Mut gibt, offen mit einem Freund zu reden oder einen kranken Angehörigen zu heilen, dann kannst du darauf bauen, dass erstaunliche Dinge passieren werden. Gott ist immer bei dir und bereit einzugreifen. Der erste Schritt liegt bei dir.

Zum Nachdenken

Hast du schon einmal darüber nachgedacht? Vielleicht hast du Gott in letzter Zeit nicht beachtet. Vielleicht sollen deine Probleme nur bewirken, dass du wieder mit ihm redest. Er löst deine Probleme vielleicht nicht genau so und zu dem Zeitpunkt, wie du es gerne hättest. Das macht nichts. Aber du bist in der richtigen Richtung unterwegs.

11. November

Wenn zwei von euch hier auf der Erde meinen Vater im Himmel um etwas bitten wollen und darin übereinstimmen, dann wird er es ihnen geben. (Matthäus 18,19)

Gebet als Waffe

Mose und das Volk Israel haben einmal gegen die Amalekiter gekämpft. Moses Strategie dabei war seltsam: Er schickte Josua als Anführer der Armee in den Kampf. Mose stieg auf den Berg, um zu beten. Aber er ging nicht alleine. Er nahm seine beiden Kommandanten Aaron und Hur mit.

Während Josua mit dem Schwert kämpfte, führte Mose einen geistlichen Kampf. Aaron und Hur standen links und rechts von ihm, um seine Arme in diesem Gebetskampf oben zu halten. Die Israeliten behielten die Oberhand, weil Mose betete. Mose behielt die Oberhand, weil er in Gemeinschaft mit anderen betete.

In welchem Kampf stehst du heute? Mobbing? Ängste? Streit mit deinen Geschwistern? Zieh heute nicht alleine in den Kampf. Erzähl Christen in deiner Familie oder deinem Freundeskreis davon, damit sie „deine Arme stützen können“, indem sie für dich und mit dir beten. Und sag es Gott. Wenn er auf deiner Seite kämpft, dann wirst du ganz sicher die Oberhand behalten.

Zum Nachdenken

Was ist deine erste Reaktion auf Herausforderungen, ganz gleich, ob es ein körperlicher, seelischer oder geistlicher Kampf ist? Stürzt du dich sofort hinein? Läufst du weg und versteckst dich? Mose tat das Richtige. Um einen Kampf zu gewinnen, muss man zuerst die Streitkräfte zusammenrufen und beten.

12. November

Aus seinem göttlichen Reichtum hat er uns immer und immer wieder mit seiner grenzenlosen Liebe beschenkt.
(Johannes 1,16)

Unendliche Gnade

Geht Gottes Gnade jemals zu Ende?

Tunk einmal einen Schwamm ins Meer. Kannst du damit alles bis auf den letzten Tropfen aufsaugen? Hol einmal ganz tief Luft. Hast du jetzt den ganzen Sauerstoff aus der Atmosphäre gesogen? Reiß ein Blatt von einem Baum. Hast du dem Wald jetzt alles Laub genommen? Schau zu, wie eine Meereswelle gegen den Strand rollt. Werden die Wellen irgendwann aufhören?

Natürlich nicht. Sobald eine Welle am Strand ausläuft, baut sich schon wieder die nächste auf. Und dann die nächste und die nächste. Das ist ein Bild für Gottes unendliche Gnade. *Gnade* ist nur ein anderes Wort für seinen überströmenden, überflutenden

Vorrat an Stärke und Schutz. Sie kommt nicht in einzelnen Tropfen auf uns, sondern ergießt sich in gigantischen Strömen, eine Welle nach der anderen. Wir haben uns noch kaum vom letzten Brecher erholt, da überrollt uns schon wieder der nächste.

„Gnade um Gnade" heißt es in Johannes 1,16 (Luther-Übersetzung). Wage es, deine Hoffnung auf die beste Nachricht überhaupt zu setzen: Wenn Gott die Herausforderung zulässt, schenkt er dir auch die Gnade, ihr zu begegnen.

Zum Nachdenken

Probleme mit der Freundin/dem Freund, mit Krankheit, Einsamkeit, mit den Eltern? Manchmal türmen sich die Probleme zu einem gigantischen Berg auf, sodass du das Gefühl hast, dass auch Gott sie nicht mehr im Griff hat. Glaub das bloß nicht! Sein Vorrat an Gnade geht *niemals* aus. Er hat mehr als genug davon, um jedes Problem zu lösen, jede Träne abzuwischen und jede Frage zu beantworten.

13. November

Herr, ich danke dir dafür, dass du mich so wunderbar und einzigartig gemacht hast! (Psalm 139,14)

Gib dein Bestes

Antonio Stradivari war ein italienischer Geigenbauer aus dem 17. Jahrhundert, dessen Name mit den besten Geigen der Welt in Verbindung gebracht wird. Er hat einmal gesagt: Wenn er beim Bau einer Geige nicht sein Bestes geben würde, würde er Gott um etwas berauben, denn er könne Stradivaris Geigen nicht ohne Antonio bauen.

Der italienische Geigenbauer hatte recht: Gott konnte ohne Antonio Stradivari keine Stradivari-Geigen bauen. Stradivari hatte bestimmte Gaben, die kein anderer Geigenbauer hatte.

Genauso gibt es auch bestimmte Dinge, die nur du tun kannst, sonst niemand. Vielleicht bist du ein Computer-Genie. Vielleicht kannst du toll malen. Vielleicht kannst du gut mit Tieren oder kleinen Kindern umgehen oder besonders gut niedergeschlagene Menschen aufbauen. Wahrscheinlich hast du deine größten Gaben noch gar nicht entdeckt. Aber es gibt Dinge, die *nur du* kannst, und du lebst, um sie zu tun. Im großen Orchester des Lebens spielst du ein ganz bestimmtes Instrument und eine ganz bestimmte Melodie. Und du bist es Gott schuldig, dein Bestes zu geben, um sie zu spielen.

Zum Nachdenken

Kennst du die Gaben, die Gott dir gegeben hat? Nimm ein Blatt Papier und schreib ein paar Sachen auf, die du besonders gut *kannst*. Und jetzt mach noch eine zweite Liste mit den Dingen, die du besonders gern *tust*. Gibt es eine Übereinstimmung? Das könnte ein erster Schritt sein herauszufinden, was du am besten kannst und womit du Gott ehren kannst.

Wer nun mit Jesus Christus verbunden ist, wird von Gott nicht mehr verurteilt. (Römer 8,1)

„Nicht schuldig"

Wenn du dich schon mal gefragt hast, wie Gott wohl auf dein Versagen reagiert, dann häng dir folgende Worte groß an die Wand: „Dann verurteile ich dich auch nicht … Geh, aber sündige nun nicht mehr!" (Johannes 8,11). Es sind die Worte, die Jesus zu der Frau sagte, die man mit einem Mann im Bett erwischt hatte, der nicht ihr Ehemann war. Lies seine Aussage noch mal. Denk darüber nach. Lerne sie auswendig.

Oder noch besser: Nimm Jesus mit hinein in den Mist, den du getan hast. Lade ihn ein, bei dir zu sein, wenn du ihm die Dinge erzählst, die du verbockt hast. Der Tag, an dem du deine Eltern angelogen hast. Der Tag, an dem du im Laden etwas mitgehen lassen hast. Der Tag, an dem du deine Jungfräulichkeit aufgegeben hast.

Und dann hör ihm zu. Hör genau zu. Er spricht zu dir: „Ich verurteile dich nicht."

Und sieh genau hin. Er hinterlässt dir eine Botschaft. Und die hat nur zwei Worte: „Nicht schuldig."

Zum Nachdenken

Vielleicht hast du es vermasselt. Richtig fett. Lass dich nicht von der Schuld runterziehen. Bring dein Versagen zu Jesus. Bekenne ihm alles. Bitte ihn, dir zu vergeben. Und dann hör auf die Worte, die so viel Hoffnung schenken: „Dann verurteile ich dich auch nicht … Geh, aber sündige nun nicht mehr!"

Deshalb lassen wir uns von dem, was uns zurzeit so sichtbar bedrängt, nicht ablenken, sondern wir richten unseren Blick auf Gottes neue Welt, auch wenn sie noch unsichtbar ist.
(2. Korinther 4,18)

Der Meisterweber

Vor über hundert Jahren gab es in England ein Grubenunglück, bei dem viele Minenarbeiter ums Leben kamen. Ein Bischof wurde gebeten, den Trauernden Beistand zu leisten. Als er vor dem Grubeneingang stand, sagte er: „Für uns ist es sehr schwer zu verstehen, warum Gott so ein schreckliches Unglück zulässt, aber wir kennen ihn und wir vertrauen ihm und alles wird gut werden. Zu Hause habe ich ein altes Lesezeichen, das mir meine Mutter einmal geschenkt hat. Es ist aus einem bestickten Stück Seide, und wenn ich es von der falschen Seite betrachte, sehe ich nur ein Wirrwarr von Knoten und Fäden, die sich wild kreuzen. Es sieht aus, als wäre es völlig chaotisch. Man könnte meinen, es sei von jemandem gefertigt worden, der keine Ahnung gehabt hatte. Aber wenn ich es dann umdrehe und es von der richtigen Seite betrachte, dann sehe ich die wunderschön gestickten Worte: GOTT IST LIEBE.

Wir sehen das hier heute von der falschen Seite", tröstete er die Anwesenden. „Eines Tages werden wir es von der anderen Seite sehen und alles verstehen."

Und das werden wir. Bis dahin solltest du dich weniger auf die verworrenen Fäden und mehr auf die Hand des Meisterwebers konzentrieren.

Zum Nachdenken

Wie verworrene Fäden. Ist das nicht eine gute Beschreibung dafür, wie sich das Leben manchmal anfühlt? Missverständnisse in Beziehungen. Ärger in der Schule. Einzelne Fäden, die scheinbar nicht zusammengehören – heute. Aber vielleicht erkennst du später einmal, warum all das notwendig war und dass alles von der Hand des Meisterwebers geführt wurde.

16. November

Aber jetzt seid ihr vom Dienst der Sünde frei geworden und dient Gott. (Römer 6,22; GN)

Kein Chaot mehr

Bevor ich Jesus kannte, war mein Leben chaotisch und ichzentriert. Ja, ich wusste nicht einmal, dass ich ein Chaot war, bis ich ihn kennengelernt habe. Dann kam er auf den Plan. Bildlich gesprochen räume ich jetzt auf, was ich vorher in die Ecke geworfen habe. Was ich zuvor vernachlässigt habe, beachte ich jetzt. Aus Unordnung wurde Ordnung. Natürlich gab und gibt es immer noch Momente, in denen ich es vermassele, aber im Großen und Ganzen hat er mein Lebenshaus in Ordnung gebracht.

Plötzlich stelle ich fest, dass ich Gutes tun will, zum Beispiel meine Freunde ermutigen. Wieder in das alte Chaos zurückkehren? Ganz bestimmt nicht! „Aber Gott sei Dank! Ihr seid nicht mehr hilflos der Sünde ausgeliefert, sondern ihr hört von ganzem Herzen auf das, was euch gelehrt worden ist. Denn nachdem ihr von der Herrschaft der Sünde frei geworden seid, könnt ihr jetzt Gott dienen und das tun, was ihm gefällt“ (Römer 6,17–18).

Wer will schon ein egoistischer Chaot sein? Mit Gott zu leben und Gutes zu tun fühlt sich so viel besser an!

Zum Nachdenken

Machst du dir manchmal Gedanken über dein Leben? Wie ist das, wenn du nah bei Jesus bist und nach seinen Vorstellungen lebst? Und wie ist es, wenn du das nicht tust? Ich weiß nicht, wie es dir geht, aber mein Leben ist ohne Jesus chaotisch. Mir ist es lieber, wenn er das Chaos aufräumt. Wie geht es dir damit?

17. November

In den frühen Morgenstunden kam Jesus auf dem Wasser zu ihnen. Als die Jünger ihn sahen, schrien sie vor Entsetzen, denn sie hielten ihn für ein Gespenst. (Matthäus 14,25–26)

Verpass das Licht nicht

Es gibt immer mal wieder ein Unwetter. Dann schaue ich in den schwarzen Himmel und sage: „Gott, bitte schick ein bisschen Licht."

Das Licht kam zu den Jüngern. Sie waren in einer stürmischen Nacht auf dem See, als eine Gestalt auf dem Wasser auf sie zukam. Das hatten sie nicht erwartet. Vielleicht hatten sie gehofft, dass Engel herabkämen oder sich der Himmel öffnen würde. Wir wissen nicht, worauf sie warteten. Aber eines ist sicher: Dass Jesus übers Wasser gelaufen kam, damit hatten sie nicht gerechnet. Und weil Jesus auf eine Art zu ihnen kam, die sie nicht erwartet hatten, hätten sie beinahe die Antwort auf ihre Gebete verpasst.

Wenn wir nicht genau hinschauen und hinhören, riskieren wir, den gleichen Fehler zu machen. Drohen riesige Wellen dein Lebensboot zum Kentern zu bringen? Gott ist schon unterwegs. Seine Lichter in deinen finstersten Nächten sind so zahlreich wie die Sterne am Himmel, wenn du nur danach Ausschau hältst.

Zum Nachdenken

Ist jemand, der dir nahestand, weggezogen oder gestorben? Hat dich jemand, dem du vertraut hast, sitzen lassen? Dein Leben fühlt sich vielleicht manchmal wirklich an, als wärst du in einem bedrohlichen Sturm. Wenn das so ist, dann verpass Gottes Licht nicht. Er überrascht dich vielleicht auf ungewöhnliche Weise, aber er wird ganz sicher zu dir kommen.

18. November

Ich habe gelernt, mit dem zufrieden zu sein, was ich habe.
(Philipper 4,11; NL)

Zufriedenheit ist eine Entscheidung

In seinem Buch „Money: A User's Manual" (Eine Gebrauchsanweisung für Geld) erzählt Bob Russell von einem Bauern, der mit seinem Bauernhof nicht mehr zufrieden war. Er meckerte über den See auf seinem Land, nach dem er ständig schauen musste. Und über diese fetten Kühe, die über seine Weide streunten. Und immer nach den Zäunen schauen und die Tiere füttern – wie nervig das war!

Er rief eine Maklerin an und plante, das Land zu verkaufen. Einige Tage später rief die Maklerin zurück, um sich die

Zustimmung des Bauerns geben zu lassen, eine Anzeige in die Zeitung zu setzen, um jemanden zu finden, der diesen Hof kaufen möchte. Sie las dem Bauern die Anzeige vor. Darin wurde ein wunderschöner Bauernhof in idealer Lage beschrieben, ruhig gelegen, umgeben von Hügeln, mit saftigen Wiesen um einen kühlen See, mit wohlgenährtem Vieh darauf. Der Bauer sagte: „Lesen Sie mir die Anzeige noch einmal vor."

Nachdem er sie ein zweites Mal gehört hatte, antwortete er: „Ich habe meine Meinung geändert. Ich werde meinen Hof nicht verkaufen. Nach so einem Ort habe ich mein Leben lang gesucht."

Zum Nachdenken

Geht es uns nicht auch manchmal so wie diesem Bauern? Wir jammern über unsere Familie, unsere Freunde, die Schule, unsere Klamotten. In Gedanken jammern wir sogar über Gott. Aber wenn wir die Sache mit den Augen eines anderen sehen könnten, würden wir vielleicht merken, dass wir genau das haben, wonach wir schon immer gesucht haben.

19. November

Denn das Gebet eines Menschen, der nach Gottes Willen lebt, hat große Kraft. (Jakobus 5,16)

Verzweifelter Glaube

Große Glaubenstaten entspringen nur selten ruhigen, kühlen Überlegungen.

Es war keine kühle Logik, als Mose am Ufer des Roten Meeres stand, seinen Stab hob und erwartete, dass das Wasser zurückweichen würde. Es war keine zuversichtliche Gemeindeleitung, die in einem kleinen Zimmer in Jerusalem für die Freilassung von Petrus betete. Es war ein ängstlicher, verzweifelter Haufen Gläubiger, die mit dem Rücken zur Wand stand. Es war eine Gemeinde, die keine Wahl mehr hatte. Es war eine Gemeinschaft, die nichts mehr hatte und die um Hilfe flehte. „Doch während Petrus im Gefängnis saß, betete die Gemeinde inständig für ihn zu Gott" (Apostelgeschichte 12,5; NL). Und dabei waren sie noch nie stärker gewesen. Sie beteten Petrus regelrecht aus dem Gefängnis.

Gebete, bei denen uns keine Wahl mehr bleibt, sind oft am wirkungsvollsten. Die Wirkung von impulsivem Handeln kann sich wie ein Lauffeuer ausbreiten. Aber natürlich nur, wenn wir uns dabei auf Gottes Zündstoff verlassen, der das Feuer entfacht. Am Anfang jeder großen Glaubenstat steht oft mehr als nur ein Funke verzweifelten Glaubens.

Zum Nachdenken

Würdest du deinen Glauben als verzweifelten Glauben beschreiben? Haben deine Gebete den Stempel „Das ist meine allerletzte Chance"? Gott hört jedes Wort von dir. Aber am meisten bewegen ihn deine Gebete, wenn du ihn ernsthaft anflehst und dein Glaube sowohl aus dem Herzen als auch aus dem Verstand kommt.

20. November

Wenn jemand der Erste sein will, muss er den letzten Platz einnehmen und allen dienen. (Markus 9,35; NL)

Sei Letzter, nicht Erster

Wir stehen ständig vor Entscheidungen, die alle mit der Frage zu tun haben, wer zuerst kommt: die anderen oder ich? Wenn du dich auf dem Schulhof zu den Außenseitern stellst statt zu den beliebten Leuten. Oder wenn du den Samstag bei deiner Großmutter im Altenpflegeheim verbringst statt beim Shoppen. „Wer mein Jünger sein will, der verleugne sich selbst, nehme sein Kreuz auf sich und folge mir nach" (Matthäus 16,24; EÜ).

Hier die überraschendste Zutat für einen großartigen Tag: Selbstaufgabe.

Gehen wir alle nicht genau vom Gegenteil aus? Großartige Tage gedeihen auf dem Boden unserer Selbstverwirklichung, also dann, wenn wir selbst groß rauskommen. Sich selbst verleugnen? Hast du schon einmal eine Anzeige gelesen, in der stand: „Verleugne dich selbst und du wirst die beste Zeit deines Leben haben!"?

Jesus könnte das geschrieben haben. In seiner Welt sind die Geringsten die Größten (Lukas 9,48), die Letzten die Ersten (Markus 9,35) und die besten Plätze die ganz hinten (Lukas 14,8–9). Verwechselt er da irgendwas? Was meinst du?

Zum Nachdenken

Es ist nicht leicht, anderen zu dienen, wenn sich unser Interesse zum großen Teil um uns selbst dreht. Übung hilft. Was kannst du in den nächsten zehn Minuten tun, um jemand anderes wichtiger zu nehmen als dich selbst?

21. November

Wenn Gott für uns ist, wer kann dann gegen uns sein? (Römer 8,31)

Gott ist für dich

„Wenn Gott für uns ist, wer kann dann gegen uns sein?" Paulus fragt nicht nur: „Wer kann gegen uns sein?" Diese Frage könntest du vermutlich leicht beantworten: Krankheiten, Katastrophen, Menschen, Pickel. Stress mit der Schule. Hinter jeder Ecke lauert irgendeine Krise. Wenn Paulus gefragt hätte: „Wer kann gegen uns sein?", wäre es leicht, unsere Feinde alle aufzuzählen, aber schwer, sie zu bekämpfen. Aber das hat er nicht gefragt. Seine Frage war: „*Wenn Gott für uns ist*, wer kann dann gegen uns sein?"

Gott ist für dich. Selbst wenn deine Eltern dich vergessen, dein Lehrer dich übersieht und deine Geschwister sich für dich schämen, kannst du doch mit einem einfachen Gebet den Schöpfer des Universums erreichen – Gott!

Ganz gleich, wie mies dein Leben gerade läuft, du hast jemanden auf deiner Seite, der mit deinem stärksten Gegner fertig werden kann. Selbst am schlimmsten Tag deines Lebens ist das ein Grund zur Hoffnung.

Zum Nachdenken

Dick und Doof. Mickey und Minnie. Batman und Robin. Wenn du in Schwierigkeiten bist, dann ist es hilfreich, einen Partner zu haben, der bedingungslos zu dir hält und Seite an Seite mit dir kämpft. Und wenn dieser jemand Gott ist, dann kannst du ganz sicher sein, dass der Sieg letztlich dir gehört.

22. November

Leben wir, dann leben wir für den Herrn, und sterben wir, dann sterben wir für den Herrn. Ganz gleich also, ob wir leben oder sterben: Wir gehören dem Herrn. (Römer 14,8)

Von Angesicht zu Angesicht

Mein Vater lag im Krankenhaus. Es ging dem Ende zu. Ginger hatte in der Sonntagsschule eine Grußkarte gebastelt und brachte sie ihm mit ihrer Mutter zusammen persönlich vorbei.

Irgendwie kam es, dass Ginger einen Moment alleine mit ihm war und ihm eine Frage stellte, die nur ein sechsjähriges Kind stellen konnte: „Wirst du sterben?"

Er berührte Gingers Hand und forderte sie auf, näher zu kommen. „Ja, ich werde sterben. Aber wann, weiß ich nicht."

Sie fragte ihn, ob er Angst hatte wegzugehen. „Weggehen heißt, dass ich in den Himmel komme", sagte er ihr. „Dann werde ich bei meinem Vater im Himmel sein. Ich bin bereit, ihn von Angesicht zu Angesicht zu sehen."

In diesem Moment kamen meine und ihre Mutter zurück. Ginger sah ihn mit einem breiten Lächeln an und er lächelte zurück und zwinkerte ihr zu.

Ein Mann, der dem Tod nahe war, zwinkerte bei dem Gedanken an sein Ende. Viele Jahre später erzählte Ginger mir von jenem Tag. Mein Vater hatte ihr etwas darüber beigebracht, wie man Problemen ins Auge sieht, ja, sogar dem Tod. „Das Schlimmste, was uns passieren kann", schrieb sie, „ist, dass wir ‚unseren Vater im Himmel von Angesicht zu Angesicht sehen'."

Zum Nachdenken

Wenn du vor einer großen Herausforderung stehst, was wäre das Schlimmste, das passieren könnte? Versagen, sitzen bleiben, der Verlust eines geliebten Menschen? Das Gute ist, dass das Schlimmste in den meisten Situationen gar nicht eintrifft. Und dass Gott auch aus dem Schlimmsten etwas sehr Gutes machen kann. Und wenn du an das Allerschlimmste denkst, an den Tod und ans Sterben, dann ist das Schlimmste eigentlich das Beste, was uns einmal passieren kann: für ewig bei Gott zu sein.

23. November

Wir sind sein Werk... (Epheser 2,10)

Gottes Kunstwerk

Vor über hundert Jahren machten einige schottische Fischer Pause in einer Kneipe an der Küste. Einer der Männer gestikulierte wild, schlug dabei mit der Hand gegen das Tablett der Bedienung, sodass die Teekanne gegen die weiß gestrichene Wand flog. Der Kneipenbesitzer sah sich den Schaden an und meinte: „Jetzt muss ich die ganze Wand neu streichen."

„Vielleicht nicht", meinte ein Fremder. „Lassen Sie mich daran arbeiten."

Da er nichts zu verlieren hatte, stimmte der Besitzer zu. Der Mann holte Stifte, Pinsel und Farbe aus einer Kiste und machte sich an die Arbeit. Langsam, aber sicher entstand ein Bild: ein Hirsch mit einem großen Geweih. Der Mann signierte das Bild, bezahlte seine Mahlzeit und ging. Sein Name war Sir Edwin Landseer. Er war ein bekannter Maler von Jagdszenen.

Durch Sir Edwins Hände wurde aus einem Versehen ein Kunstwerk. Gottes Hände machen das Gleiche, immer und immer wieder. Um uns seine Liebe zu zeigen, macht er aus einem schlimmen Fleck ein wunderbares Kunstwerk.

Zum Nachdenken

Wenn du an all den Schlamassel denkst, den du schon verzapft hast, siehst du vielleicht nur Chaos. Am liebsten würdest du alles überstreichen und von vorne anfangen, so wie der Kneipenwirt. Aber Gott sieht, was du nicht sehen kannst. Er sieht eine Leinwand mit einmaligen Möglichkeiten. Wenn er sich in deinem Leben an die Arbeit macht, dann ist das Ergebnis atemberaubend.

24. November

Ich bin Jahwe! (2. Mose 6,2; ELB)

Gott ist fantastisch

Für die Israeliten war der Name „Jahwe" zu heilig, um ausgesprochen zu werden. Jedes Mal, wenn sie „Jahwe" sagen mussten, ersetzten sie das Wort durch „Adonai", was „Herr" bedeutet. Wenn sie den Namen schreiben mussten, dann nahmen die Schreiber vorher ein rituelles Bad und zerstörten hinterher die Feder, mit der sie geschrieben hatten.

Behandelst du Gott mit so viel Respekt? Stehst du mit ehrfürchtigem Staunen vor ihm? Ich frage mich manchmal, ob wir das Staunen nicht verloren haben. In unserer Gesellschaft werden die modernen Berühmtheiten verehrt. Ganz gleich, ob es ein Filmstar, eine Rock-Ikone oder ein großer Sportler ist, wir jubeln laut, wenn er oder sie auf der Leinwand, der Bühne oder dem Spielfeld erscheint. Beten wir Gott mit der gleichen Hingabe an?

Mose sang: „Wer ist wie du, herrlich und heilig? Wer vollbringt so große, furchterregende Taten? Wer tut Wunder – so wie du?" (2. Mose 15,11). Die Israeliten wagten nicht einmal, seinen Namen auszusprechen. Da dürfen wir es sicher wagen, ihm unsere Liebe, Anerkennung und unseren Respekt zu zeigen.

Zum Nachdenken

„Fantastisch" ist heutzutage ein viel gebrauchtes Wort. Das neue Kleid von Ally? *Fantastisch*. Die Pizza zum Mittagessen? *Fantastisch*. Heute keine Hausaufgaben auf? *Fantastisch*. Vielleicht sollten wir aber mal darüber nachdenken, was wirklich fantastisch ist – nämlich Gott. Nichts kommt auch nur annähernd an ihn heran.

Worte haben Macht: sie können über Leben und Tod entscheiden. (Sprüche 18,21)

Eine positive Macht

Nathaniel Hawthorne kam völlig geknickt nach Hause. Er hatte soeben seinen Job beim Zoll verloren. Aber seine Frau reagierte gar nicht besorgt, sondern überraschte ihn mit der freudigen Antwort: „Jetzt kannst du endlich dein Buch schreiben!"

Er sah das nicht so positiv. „Und wovon sollen wir leben, während ich schreibe?" Zu seinem Erstaunen öffnete sie eine Schublade und zeigte ihm ein Geldbündel, das sie von ihrem Haushaltsgeld zur Seite gelegt hatte. „Ich habe schon immer gewusst, dass du ein Genie bist", antwortete sie. „Ich habe schon immer gewusst, dass du ein Meisterwerk schreiben würdest."

Sie glaubte an ihren Mann. Und weil sie das tat, schrieb er. Und weil er schrieb, steht heute in jeder Bibliothek in Amerika eine Ausgabe von Nathaniel Hawthornes Roman „Der scharlachrote Buchstabe".

Du hast die Macht, mit deinen Worten das Leben eines Menschen zu verändern. „Worte haben Macht: sie können über Leben und Tod entscheiden." Nutze diese Macht weise, dann kannst du vielleicht bald darüber staunen, was deine Worte in einem anderen hervorbringen.

Zum Nachdenken

Die Bibel sagt: „Ermahnt und ermutigt einander immer wieder" (Hebräer 3,13). Mark Twain sagte einmal: „Von einem guten

Kompliment kann ich zwei Monate lang leben." Zweifelst du an der Macht der Worte? Ermutige andere mit deinen Worten, dann wirst du die Welt verändern.

26. November

Ein Mensch kann immer nur menschliches Leben zur Welt bringen. Wer aber durch Gottes Geist geboren wird, bekommt neues Leben. (Johannes 3,6)

Frei von Leid

Vielleicht sind deine Eltern und Geschwister das Paradebeispiel einer kaputten Familie: nur Streit, Chaos und Scheidung. Vielleicht hast du rohe Gewalt erlebt: Wut und Missbrauch. Und jetzt musst du dich entscheiden. Willst du über deiner Vergangenheit stehen und etwas verändern? Oder lässt du dich von deiner Vergangenheit beherrschen und schiebst Entschuldigungen vor?

„Wenn ich woanders geboren worden wäre …", „Wenn ich besser behandelt worden wäre …" Vielleicht hast du das schon einmal gesagt. Vielleicht ist es auch dein gutes Recht, das zu sagen. Wenn ja, dann lies mal im Johannesevangelium, was Jesus gesagt hat: „Ein Mensch kann immer nur menschliches Leben zur Welt bringen. Wer aber durch Gottes Geist geboren wird, bekommt neues Leben."

Jesus versteht deinen Schmerz, weil er ihn selbst erlebt hat. Er bietet dir eine Alternative zu Erniedrigungen und Verletzungen. Liebe ihn. Lebe für ihn. Streck dich nach ihm aus, damit du seine Worte hören kannst, die er einmal zu einer Frau gesprochen hatte, die im Elend lebte: „Meine Tochter, dein Vertrauen hat dir geholfen. Geh in Frieden und sei frei von deinem Leiden!" (Markus 5,34; GN).

Zum Nachdenken

Wenn du dein Vertrauen auf Jesus setzt, gibt es immer einen Grund, morgens aufzustehen, ganz gleich, wie schrecklich der Tag ist, der vor dir liegt. Der Glaube ist die Waffe, die jeden Feind überlebt. Er gibt deinem Leben einen Sinn. Lass die Vergangenheit hinter dir. Setz dein Vertrauen auf Jesus und den Neuanfang, den du dann bekommst.

27. November

Freut euch zu jeder Zeit! Hört niemals auf zu beten. Dankt Gott für alles. Denn das erwartet Gott von euch, weil ihr zu Jesus Christus gehört. (1. Thessalonicher 5,16–18)

Eine dankbare Haltung

Wenn du nur lange genug und gründlich genug suchst, findest du immer einen Grund zum Meckern. Also hör auf zu suchen! Konzentriere dich auf Gottes Gnade. Und …

Zähle Gottes Gaben. Führe Buch über seine Güte. Zähle deine Gründe auf, dankbar zu sein, und sag sie dir immer wieder: „Freut euch zu jeder Zeit! Hört niemals auf zu beten. Dankt Gott für alles. Denn das erwartet Gott von euch, weil ihr zu Jesus Christus gehört."

Achte einmal auf die Absolutheit dieser Worte. Freut euch *zu jeder Zeit*. Hört *niemals* auf zu beten. Dankt Gott für *alles*. Lerne von Sidney Connell. Als ihr nagelneues Fahrrad gestohlen wurde, rief sie ihren Vater an und erzählte ihm die schlechte Nachricht. Er dachte, seine Tochter wäre völlig aufgebracht. Aber Sidney weinte nicht. Sie fühlte sich geehrt. „Papa“, sagte sie stolz, „sie hätten so viele Fahrräder stehlen können und haben sich meines ausgesucht.“

Mach die Dankbarkeit zu deiner Grundeinstellung, dann wirst du merken, dass du sogar für Probleme dankbar sein kannst.

Zum Nachdenken

Nimm dir ein Blatt und einen Stift und schreib zehn Dinge auf, für die du dankbar bist. Leg los – ich warte so lange. Gar nicht schlecht die Liste, oder? Du wirst dich wundern, wie sehr sich das Leben verändert, wenn du über diese Liste nachdenkst statt über deine Probleme. Versuch es zumindest mal. Du wirst überrascht sein!

28. November

Er ist blind, damit Gottes Macht an ihm sichtbar wird.
(Johannes 9,3; GN)

Das Leben ist wie ein Milchshake

Wenn du einen Schokomilchshake trinkst und schwärmst: „Mmmh, ist der gut!“, was sagst du damit? Dass die Eismaschine gut ist? Oder das Eis? Oder der Schokosirup? Die Milch? Der Becher? Der Strohhalm? Nein, nichts dergleichen. Das *Gute* passiert erst, wenn all diese Bestandteile zusammenkommen: Die

Maschine rührt das Eis, Schokosirup und Milch kommen dazu, das Ganze wird kräftig umgerührt und dann kannst du es mit dem Strohhalm genießen. Es ist das Zusammentreffen aller Teile, das das Gute bewirkt.

Die Bibel verlangt nicht, dass wir eine Hungersnot, einen Herzinfarkt oder einen Terroranschlag gutheißen sollen. Es sind schreckliche Tragödien. Aber jede Botschaft der Bibel fordert uns heraus, darauf zu vertrauen, dass Gott diese Ereignisse mit anderen Zutaten mischen wird, sodass etwas Gutes dabei herauskommt. Aber die Definition von „gut" müssen wir Gott überlassen. Unsere Definition umfasst: Gesundheit, Erfolg und Beliebtheit. Und seine? Im Fall seines Sohnes gehörten zum guten Leben Schwierigkeiten, Stürme und der Tod. Aber aus alldem hat Gott das Beste überhaupt gemacht: seine Herrlichkeit und unsere Errettung.

Zum Nachdenken

Unser Leben ist ein wenig wie so ein Milchshake. Verschiedene Zutaten werden zusammengemischt. Manche dieser Zutaten sind für sich betrachtet ziemlich unscheinbar. Manche – wie Ablehnung, Enttäuschungen und Versagen – sind, wenn sie geschehen, schrecklich. Aber Gott schüttelt alles durch und gießt dann etwas aus, das wunderbar und gut ist.

29. November

Betrinkt euch nicht mit Wein; sonst ruiniert ihr damit euer Leben. Lasst euch stattdessen vom Heiligen Geist erfüllen.
(Epheser 5,18; NL)

Nur ein Drink?

Ein Freund schiebt dir ein Bier zu. Ein Klassenkamerad bietet dir einen Joint an. In Gedanken suchst du nach Begründungen und Entschuldigungen. Die Argumente schießen aus dem Boden wie Unkraut nach einem Sommerregen. *Es schadet doch niemandem. Ich werde schon nicht erwischt. Ich bin auch nur ein Mensch.*

Du hast schon so viele Vorträge über die Gefahren von Alkohol und Drogen gehört, dass dir fast der Schädel platzt. Aber könnte an diesen Warnungen nicht was dran sein? Du solltest ihnen besser Glauben schenken. Ich kenne das aus meiner eigenen Familie. „Nur einen" macht es beim nächsten Mal leichter, wieder Ja zu sagen. Aus zweimal wird schon eine Gewohnheit. Aus einer Gewohnheit wird schnell eine Sucht, etwas, das du nicht mehr im Griff hast.

Natürlich passiert das nur anderen, nicht dir. Aber was ist, wenn du mit deinem „einen Mal" das Vorbild für deinen Freund bist, und der dann zum Alkoholiker wird? Und wie sehr schmerzt der eine Joint, den du rauchst, deinen himmlischen Vater, der zuschaut?

Tu allen einen Gefallen und tausch den einen Drink gegen die Weisheit des Einen ein.

Zum Nachdenken

Nicht jeder wird süchtig – aber der Augenblick, in dem du denkst, dir kann das nicht passieren, ist der Augenblick, in dem du am anfälligsten dafür bist. Wenn du dich schon mit etwas befüllen willst, dann lass dich mit Gottes Geist füllen. Das wäre übrigens eine sehr gute Gewohnheit.

30. November

Für die Menschen ist wichtig, was sie mit den Augen wahrnehmen können; ich dagegen schaue jedem Menschen ins Herz.
(1. Samuel 16,7)

Gott sieht ins Herz

„Denn ich urteile nach anderen Maßstäben als die Menschen. Für die Menschen ist wichtig, was sie mit den Augen wahrnehmen können; ich dagegen schaue jedem Menschen ins Herz."

Diese Worte wurden für alle Außenseiter und Ausgestoßenen der Gesellschaft geschrieben. Gott kann sie alle gebrauchen. Mose rannte vor der Strafe davon. Jona rannte vor Gott davon. Rahab führte ein Bordell. Gott hat sie alle gebraucht.

Und David? Gott sah einen Teenager, der ihm in der Pampa hinter Bethlehem diente, dort, wo sich Langeweile und Anonymität treffen. Und durch die Stimme seines Bruders rief Gott: „David! Komm rein. Hier ist jemand, der dich sehen will." Das menschliche Auge sah einen schlaksigen Teenager hereinkommen. Aber: „‚Das ist er', sagte der Herr zu Samuel, ‚salbe ihn!'" (1. Samuel 16,12).

Gott sah, was niemand sonst sah: ein Herz, das sich nach Gott sehnte. Trotz all seiner Fehler sehnte sich David nach Gott wie eine Amsel nach dem Sonnenaufgang. Letzten Endes war das alles, was Gott wollte oder brauchte. Andere beurteilen dich vielleicht nach deinem Gewicht oder deinen Klamotten. Aber Gott nicht. Er sieht das Herz. Und wenn er jemanden findet, dessen Herz ganz auf ihn ausgerichtet ist, dann ruft er ihn in seinen Dienst.

Zum Nachdenken

Du hast Übergewicht? Akne? Störrisches Haar? Bist zu groß oder zu klein? Zu ungeschickt? Mathematisch unbegabt? Bist zu langsam, um mit witzigen Bemerkungen zu kontern? All das zählt bei Gott nicht. Er sieht in dein Herz. Erlaube ihm, dein Herz zu gebrauchen.

Dezember

Denn uns ist ein Kind geboren! Ein Sohn ist uns geschenkt! Er wird die Herrschaft übernehmen. Man nennt ihn „Wunderbarer Ratgeber", „Starker Gott", „Ewiger Vater", „Friedensfürst".

JESAJA 9,5

Denn nach dem Willen meines Vaters wird jeder, der den Sohn sieht und an ihn glaubt, für immer leben. (Johannes 6,40)

Gottes Absichten kennen

Wir erfahren Gottes Plan für unser Leben, indem wir Zeit mit ihm verbringen. Der Schlüssel, um Gottes Absichten kennenzulernen, ist, eine Beziehung zu ihm zu haben. Eine *persönliche* Beziehung. Gott wird mit dir anders sprechen als mit anderen. Nur weil Gott mit Mose durch einen brennenden Busch gesprochen hat, heißt das nicht, dass wir uns jetzt alle neben einen Busch setzen und darauf warten sollen, dass Gott spricht. Gott hat einen Fisch benutzt, um Jona zu überzeugen. Heißt das, dass wir unsere Gottesdienste ins Aquarium im Zoo verlegen sollten? Nein. Gott zeigt jedem von uns sein Herz auf ganz persönliche Art.

Deshalb ist es so wichtig, regelmäßig Zeit mit Gott zu verbringen. Wir werden seine Pläne für uns nicht nach einem kurzen Plausch oder einem gelegentlichen Besuch bei ihm verstehen. Wir lernen seinen Willen kennen, wenn wir jeden Tag mit ihm unterwegs sind und mit ihm reden. Beim Frühstück. Im Bus. Im Unterricht. Beim Fußballtraining. Bevor du das Videospiel spielst. Wenn du ins Bett gehst.

Wenn du lange genug mit ihm unterwegs bist, dann wirst du seine Absichten kennen.

Zum Nachdenken

Atmen geht ganz automatisch. Du brauchst Luft zum Leben, aber du denkst während des Tages nicht groß darüber nach, wie sie in deine Lungen kommt. Du atmest einfach. So sollte deine Beziehung zu Gott sein: automatisch. Du denkst nicht groß darüber nach, mit Gott zu sprechen; es passiert einfach, den ganzen Tag lang.

2. Dezember

Das eine aber wissen wir: Wer Gott liebt, dem dient alles, was geschieht, zum Guten. (Römer 8,28)

Hilfreiche Schwierigkeiten

Normalerweise sehen wir das nicht so, aber unsere Schwierigkeiten können hilfreich für uns sein. Sie helfen uns, zu den Menschen zu werden, die Gott aus uns machen möchte. Er benutzt unsere Probleme, um unseren Charakter zu entwickeln.

Jakobus sagt: „Betrachtet es als Grund zur Freude, wenn euer Glaube immer wieder hart auf die Probe gestellt wird. Denn durch solche Bewährungsproben wird euer Glaube fest und unerschütterlich. Bis zuletzt sollt ihr so unerschütterlich festbleiben, damit ihr in jeder Beziehung zu reifen Christen werdet und niemand euch etwas vorwerfen kann oder etwas an euch zu bemängeln hat" (Jakobus 1,2–4).

Die Schwierigkeiten von heute machen dich morgen zu einem besseren, stärkeren Menschen. Von der Auster können wir viel lernen: Wenn ein Sandkorn in die Auster eindringt und sie deswegen Schwierigkeiten bekommt, tröstet sie sich nicht etwa mit shoppen gehen. Nein. Sie scheidet eine Substanz aus, die das Sandkorn in eine Perle verwandelt. Jede Perle einer Auster ist ein Sieg über einen Eindringling.

Und wie gehst du mit Schwierigkeiten um? Du kannst vertrauen, weil du weißt, „dass Gott bei denen, die ihn lieben, alles zum Guten führt" (Römer 8,28; EÜ).

Zum Nachdenken

Die Worte aus Römer 8,28 sollten dir viel Mut machen. Gott führt *alles* zum Guten. Er verursacht die Probleme nicht immer, aber er weiß etwas damit anzufangen. Dein Leid ist nicht umsonst. Eines Tages wird es dich zur Freude führen.

3. Dezember

Wir setzen unser Vertrauen nicht auf menschliche Anstrengung. (Philipper 3,3; NL)

Gottes vollkommener Plan

Stehst du unter Druck? Druck von den Eltern, die gute Noten sehen wollen, damit du einen guten Schulabschluss machst, der dir hilft, deinen Wunsch-Ausbildungsplatz oder einen Platz in deinem Wunsch-Studiengang zu bekommen? Druck von deinen Klassenkameraden, das Richtige zu sagen und anzuziehen? Druck von deinen Freunden, nicht so viel auf die Eltern zu hören und mehr mit ihnen abzuhängen?

Und dann ist da ganz sicher noch der Druck, den du dir selbst machst. Vielleicht willst du immer der/die Beste sein. Klar ist es schwer, alle zufriedenzustellen. Aber genau das ist dein Ziel. Du musst einfach vollkommen sein. Das will Gott doch schließlich, oder?

Aber Gott hat eine viel bessere Idee: „Denn nur durch seine unverdiente Güte seid ihr vom Tod errettet worden. Ihr habt sie erfahren, weil ihr an Jesus Christus glaubt. Dies alles ist ein Geschenk Gottes und nicht euer eigenes Werk" (Epheser 2,8). Das heißt, du kannst nichts dazu beitragen. Null. Im Gegensatz zu deinem Seepferdchen-Abzeichen ist die Errettung völlig unverdient. Ein Geschenk.

Zum Nachdenken

Wenn du dich immer weiter zum Perfektionismus antreibst, hast du ein Problem: Du wirst das Ziel nie erreichen. Gut sein? Vielleicht. Gestresst sein? Ganz sicher. Aber vollkommen? Never. Für deine Errettung kannst du nichts *tun*. Glaube einfach. Das ist Gottes vollkommener Plan für dich.

4. Dezember

Hütet euch vor der Habgier! (Lukas 12,15)

Besitzt dich dein Besitz?

Im Jahr 1900 wollte der durchschnittliche Bürger in den USA 72 Dinge haben, von denen er 18 für lebensnotwendig hielt. Heute will der durchschnittliche Mensch 500 Dinge haben, von denen er 100 für lebensnotwendig hält.

Unsere Versessenheit auf Besitz hat einen hohen Preis. Achtzig Prozent der Menschen kämpfen mit unbezahlten Rechnungen. Viele geben 110 Prozent des Geldes, das sie haben, aus, um ihre Schulden zu bezahlen. Auch wenn du vermutlich noch nicht selbst für deinen Lebensunterhalt sorgen musst, wird dir das Thema nicht unbekannt sein. Vielleicht träumst du bereits von einem eigenen Auto, oder kannst es nicht erwarten, dir die neueste Spielekonsole, das neueste iPhone oder die neuesten Markenschuhe zu kaufen?

Wer kann da schon auf dem neuesten Stand bleiben? Wir vergleichen uns nämlich oft nicht mehr mit unseren Nachbarn, sondern mit den Stars im Fernsehen oder dem Model auf dem Zeitschriftencover. Hollywoods Glamour-Welt erweckt bei dir vielleicht den Eindruck, als käme dein Schmuck aus dem Kaugummiautomaten. Wenn wir immer glauben, wir brauchen mehr, werden wir dann jemals genug haben? Nein. Deshalb warnt uns Jesus: „Hütet euch vor der Habgier!“

Zum Nachdenken

Nimm dir einen Augenblick Zeit, um über deinen Besitz nachzudenken. Wie viel davon brauchst du wirklich? Kostet es dich Zeit, dir diese Dinge zu verdienen, damit zu spielen, dich um sie zu kümmern, sie aufzuräumen oder zu reparieren? Zeit also, die du sonst mit Gott, deiner Familie oder Freunden verbringen würdest? Wir glauben, wir besitzen diese Dinge. Aber sehr oft besitzen sie uns.

Und genauso lasst eure guten Taten leuchten vor den Menschen, damit alle sie sehen können und euren Vater im Himmel dafür rühmen. (Matthäus 5,16; NL)

Freundlichkeiten verteilen

Gegen Ende seines irdischen Lebens war Jesus einmal zum Essen bei seinen Freunden Lazarus, Martha und Maria. Aber für Maria war es nicht genug, ihn nur zum Essen einzuladen. „Da nahm Maria ein Fläschchen mit reinem, kostbarem Nardenöl, goss es über die Füße Jesu und trocknete sie mit ihrem Haar. Der Duft des Öls erfüllte das ganze Haus“ (Johannes 12,3). Jesus nahm das als großzügigen Ausdruck ihrer Liebe an. Eine Freundin gab ihm ihr kostbarstes Geschenk.

Mach es wie Maria.

In deiner Nachbarschaft lebt ein älterer Mann, der gerade seine Frau verloren hat? Eine Stunde deiner Zeit würde ihm vielleicht viel bedeuten. Manche deiner Schulkameraden haben keinen Vater? Kein Papa lädt sie somit ins Kino ein oder geht mit ihnen ins Stadion? Vielleicht kannst du sie zusammen mit deinem Vater einladen.

Oder wie wäre es damit? Schockiere jemanden in deiner Familie doch mal mit ein paar Freundlichkeiten. Mit etwas ganz Radikalem. Zum Beispiel: Mach Hausaufgaben, ohne zu jammern. Bring Kaffee ans Bett. Schreib eine kleine Liebesnotiz ohne besonderen Anlass. Tu jeden Tag etwas, wofür du nicht belohnt werden kannst.

Zum Nachdenken

Wir können nie wissen, wie viel solch eine Tat der Liebe für jemand anderes bedeutet. Ist es Trost? Wahrscheinlich. Oder Ermutigung? Ganz bestimmt. Vielleicht sogar noch mehr. Manchmal ist so eine von Gott inspirierte Geste genau das, was eine verletzte Seele braucht, um den Tag zu überleben.

6. Dezember

Macht nicht gemeinsame Sache mit Ungläubigen. Wie kann die Gerechtigkeit sich mit der Gesetzlosigkeit zusammentun? (2. Korinther 6,14; NL)

Der richtige Partner

Du träumst davon, eines Tages zu heiraten. Aber wie sollst du dir einen Partner fürs ganze Leben auswählen?

Der Mensch trifft in seinem Leben zwei große Entscheidungen. Die erste hat mit dem Glauben zu tun. Die zweite hat mit der Familie zu tun. Die erste bestimmt die zweite. Dein Gott bestimmt deine Familie. Wenn du selbst dein Gott bist, dann hast du das Sagen, weil deine Ehe dann nur zu deinem eigenen Vergnügen da ist, zu nichts sonst. Aber wenn Jesus Christus dein Gott ist, dann hat er das Sagen, weil deine Ehe dann zu seiner Ehre ist. Und er hat seine Meinung zu deiner Wahl eines Ehepartners. „Macht nicht gemeinsame Sache mit Ungläubigen. Wie kann die Gerechtigkeit sich mit der Gesetzlosigkeit zusammentun?"

Heirate jemanden, der Gott genauso oder vielleicht sogar noch mehr liebt als du. Je länger du mit einem ungläubigen Menschen befreundet bist, umso länger dauert es, bis Gott die Gelegenheit hat, den richtigen Partner in dein Leben zu bringen.

Zum Nachdenken

Dein Freund kommt, um mit dir einen Ausflug zu machen. Du willst shoppen gehen und er will paddeln gehen. Dann habt ihr ein Problem! Und genauso ist es auch, wenn du heiratest. Wenn das Ziel deines Partners ist, reich zu werden, und dein Ziel ist es, in den Himmel zu kommen, dann wird das eine lange, beschwerliche Reise.

7. Dezember

Wir haben einen Anwalt beim Vater – Jesus Christus, den Gerechten. (1. Johannes 2,1, NeÜ)

Gott hört dein Seufzen

Wusstest du, dass du bei einem Gerichtsverfahren gegen dich nicht selbst im Gerichtssaal anwesend sein musst? Manchmal kann dein Anwalt für dich sprechen. Er versteht etwas von Gerichtsverfahren und du nicht, und er spricht „Rechtsdeutsch", während du nach Worten suchst.

Auch wenn du vermutlich noch nie vor Gericht standst, so kannst du doch in ganz heftigen Schwierigkeiten stecken. Die Sorte Schwierigkeit, bei der du so fertig und kaputt bist, dass du nicht einmal mehr mit Gott reden kannst. Die gute Nachricht ist, dass auch du einen Anwalt hast, der vor deinem himmlischen Vater steht. Wenn du zu schüchtern bist, spricht Jesus für dich. Er tritt für dich ein, wenn du keine Worte mehr hast. Und du hast die Unterstützung vom Heiligen Geist, der „mit einem Seufzen, wie es sich nicht in Worte fassen lässt" für uns eintritt (Römer 8,26–27). Diese schrecklichen Laute, die aus deinem fertigen Inneren kommen können, wie zum Beispiel „Aaaaaah" – Hilf mir, Herr! Hol mich aus diesem Elend raus. „Auuuuu!" – Ich weiß nicht mehr, was ich tun soll. Der Schmerz ist zu groß. „Ooooooh!" – Ist da irgendjemand? Ist schon in Ordnung, so zu jammern und zu stöhnen. Der Heilige Geist beherrscht dieses „Jammer-Alphabet".

Gott versteht es, wenn du so fertig bist, dass du nicht mehr beten kannst. Ich könnte wetten, dass du mit Jesus als deinem Anwalt und dem Heiligen Geist als deinem Gebetspartner mehr gebetet hast, als du selbst annimmst.

Zum Nachdenken

Gott versteht dich. Wenn du nach ihm rufst, dann will er keine schönen Worte, mit denen du bei deinem Deutschlehrer Eindruck schinden könntest. Er sieht dein Herz.

8. Dezember

Den Erschöpften gibt er neue Kraft, und die Schwachen macht er stark. (Jesaja 40,29)

Die unsichtbare Welt

Ein Beispiel für echten Glauben stammt aus der Zeit des Nationalsozialismus. An die Wand eines KZs hatte ein Gefangener folgende Worte hineingeritzt:

„Ich glaube an die Sonne, auch wenn sie nicht scheint. Ich glaube an die Liebe, auch wenn sie sich mir nicht zeigt. Ich glaube an Gott, auch wenn er nicht spricht."

Ich versuche mir vorzustellen, wer diese Worte dort hineingeritzt haben könnte. Ich versuche mir die dürre, knöcherne Hand vorzustellen, die die Glasscherbe oder den Stein hielt, mit dem sie in die Wand geritzt wurden. Ich stelle mir vor, wie derjenige bei jedem Buchstaben im Halbdunkel geblinzelt hat. Wer konnte eine solche Überzeugung dort verewigt haben? Welche Augen konnten inmitten des Grauens Hoffnung sehen?

Darauf gibt es nur eine Antwort: Augen, die Paulus' Worte verstanden hatten. „Deshalb lassen wir uns von dem, was uns zurzeit so sichtbar bedrängt, nicht ablenken, sondern wir richten unseren Blick auf Gottes neue Welt, auch wenn sie noch unsichtbar ist. Denn das Sichtbare vergeht, doch das Unsichtbare bleibt ewig" (2. Korinther 4,18). Kannst du die unsichtbare Welt sehen?

Zum Nachdenken

Wie gut kannst du sehen? Kannst du über deine Probleme hinaus die Güte und Liebe dahinter sehen? Dort ist Gott. Er arbeitet hinter den Kulissen. Er ist dabei, deine Probleme von heute in eine strahlendere Zukunft zu arrangieren.

Ich sagte: „Ich will dem Herrn meine Vergehen bekennen!" Und wirklich: Du hast mir meine ganze Schuld vergeben!
(Psalm 32,5)

Die Brücke über die Schlucht

Es waren einmal zwei Bauern, die sich überhaupt nicht vertrugen. Eine tiefe Schlucht trennte ihre Ländereien voneinander. Als Zeichen ihrer gegenseitigen Abneigung baute jeder auf seiner Seite der Schlucht noch einen Zaun, um sich den anderen vom Leib zu halten.

Eines Tages lernte aber die Tochter des einen den Sohn des anderen kennen und die beiden verliebten sich ineinander. Sie waren entschlossen, sich von ihren unvernünftigen Vätern nicht abhalten zu lassen, rissen die Zäune nieder und bauten aus dem Holz eine Brücke über die Schlucht.

Genau das macht die Buße. Wenn wir unsere Sünden bekennen, können wir wieder in die Gegenwart Gottes kommen. Gibt es zwischen dir und Gott eine Schlucht? Versteckst du irgendetwas vor ihm? Neid? Eifersucht? Unehrlichkeit? Zweifel?

Erzähl es Gott gleich jetzt. Reiß den Zaun nieder. Bau eine Brücke zu ihm.

Zum Nachdenken

Lies mal Psalm 32. Was passierte David, als er seine Vergehen verschwieg? Was änderte sich, als er sie gestand? Fühlst du dich mit Menschen, die dir genug vertrauen, um dir alles zu erzählen, nicht auch enger verbunden? Genau das will Gott von dir.

Nachdem ihr eine Weile gelitten habt, wird er euch aufbauen, stärken und kräftigen. (1. Petrus 5,10; NL)

Gnade ist alles, was du brauchst

Paulus schrieb: „Doch damit ich nicht überheblich werde, wurde mir ein Dorn ins Fleisch gegeben, ein Bote des Satans, der mich quält und mich daran hindert, überheblich zu werden. Dreimal habe ich zum Herrn gebetet, dass er mich davon befreie. Jedes Mal sagte er: ‚Meine Gnade ist alles, was du brauchst'" (2. Korinther 12,7–9; NL).

Was für ein Vergleich. Das spitze Ende eines Dorns durchdringt die weiche Haut und steckt unter der Oberfläche fest. Auf Schritt und Tritt wird man an diesen Dorn im Fleisch erinnert. Die Krankheit im Körper. Die Trauer im Herzen. Der Vater, der auszieht. Die Fünf im Zeugnis. Die Sehnsucht, beliebter zu sein.

„Nimm es weg", hast du gebettelt. Die Wunde schmerzt ständig und weit und breit keine himmlische Pinzette in Sicht. Was du stattdessen hörst, ist: „Meine Gnade ist alles, was du brauchst."

Gottes Gnade ist keine sanfte Dusche, die das Problem wegspült. Sie ist ein wilder, reißender Strom, der dich von den Füßen reißt und dich in die Gegenwart Gottes spült.

Zum Nachdenken

Gottes große Gnade spült alles weg. Sie ist nicht mickrig, sondern megagroß. Sie ist kein Rinnsal, sondern ein reißender Strom. Sie ist nicht mini, sondern monumental. Sie begegnet dir jetzt und hier und rüstet dich mit Mut, Weisheit und Kraft aus. Also halte durch – die nächste Welle der Gnade kommt bestimmt!

11. Dezember

Schon vor Beginn der Welt, von allem Anfang an, hat Gott uns, die wir mit Christus verbunden sind, auserwählt. (Epheser 1,4)

Du bist auserwählt

Sehnst du dich danach, geliebt zu werden – ohne Wenn und Aber? Dazuzugehören? Vermutlich gibt es viele Tage, an denen du dich nicht geliebt fühlst. Vielleicht, weil du auf dem Schulhof oft alleine rumstehst, zu kaum einer Party eingeladen wirst und beim Schulsport immer als Letztes in die Mannschaft gewählt wirst. Alles, von Pickel bis Zahnspange, vermittelt dir das Gefühl, dass sich das niemals ändern wird.

Darauf reagierst du zwangsläufig. Vielleicht, indem du mehr isst oder dich abmühst? Abmühst, das Richtige zu sagen, das Richtige anzuziehen, die richtigen Leute zu begeistern. Hinter all dem steckt die brennende Frage in deinem Herzen: „Gehöre ich dazu?"

Gott hat die Antwort. Seine Gnade – seine unerhörte, überströmende Gnade, die bis zu den Sternen und wieder zurück reicht – ist die letztendliche Antwort. „Sei gesegnet, mein Kind. Ich liebe dich. Ich nehme dich an. Ich habe dich in meine Familie adoptiert."

Adoptierte Kinder sind auserwählte Kinder.

Zum Nachdenken

Denk mal einen Augenblick über Folgendes nach. Und achte darauf auf, dass du es verstehst, annimmst und genießt! In dir ist etwas, das Gott liebt. Wegen *dir* bekommt er große Augen und sein Herz schlägt schneller. Er hat dich *auserwählt*, um zu seiner Familie zu gehören. Zweifle nie daran. Vergiss das nie.

12. Dezember

Alles menschliche Denken nehmen wir gefangen und unterstellen es Christus, weil wir ihm gehorchen wollen.
(2. Korinther 10,5)

Gefangene Gedanken

Gedanken gefangen zu nehmen ist eine ernste Angelegenheit. Zumindest für Jesus. Erinnerst du dich an die Gedanken, die ihm durch Petrus eingeflüstert wurden? Jesus hatte gerade seinen Tod, sein Begräbnis und seine Auferstehung vorhergesagt, aber Petrus konnte diesen Gedanken nicht ertragen. „Da nahm Petrus ihn zur Seite, um ihn von diesen Gedanken abzubringen … Aber Jesus wandte sich von ihm ab und rief: ‚Weg mit dir, Satan! Du willst mich hindern, meinen Auftrag zu erfüllen. Du verstehst Gottes Gedanken nicht, weil du nur menschlich denkst!'“ (Matthäus 16,22–23).

Siehst du, wie entschlossen Jesus war? Da kommt ihm ein blöder Gedanke. Und er ist versucht, ihm nachzugehen. Dem Tod am Kreuz aus dem Weg zu gehen wäre nett. Aber was macht er? Er verabschiedet den Gedanken mit den Worten: „Mach dich vom Acker!“ Das ist, als würde er sagen: „Du hast keine Erlaubnis, in meinen Kopf zu kommen.“

Und wenn du es auch so machen würdest? Was wäre, wenn du jeden deiner Gedanken gefangen nehmen und Jesus unterstellen würdest?

Zum Nachdenken

Ich schätze mal, dass hin und wieder mal ein schräger Gedanke durch deinen Kopf huscht. Besonders, wenn du an der Kasse wesentlich mehr Wechselgeld zurückbekommst, als korrekt wäre, weil die Kassiererin sich vertan hat. Oder wenn jemand dich beleidigt hat. Kannst du auch so entschlossen reagieren wie Jesus? Versuch einmal, in dem Augenblick, in dem du den schrägen Gedanken bemerkst, „Weg mit dir!" zu sagen.

13. Dezember

Er wird dich behüten wie eine Henne, die ihre Küken unter die Flügel nimmt. (Psalm 91,4)

Gott, dein Beschützer

Auf dem College sind meine Freunde und ich einmal gerade noch einem dieser Stürme in West-Texas entkommen, der den Park, in dem wir den Samstagnachmittag verbrachten, heimsuchte. Als wir wegfuhren, bremste mein Kumpel plötzlich und zeigte auf den Rasen. Eine Vogelmutter saß im niederprasselnden Regen und hatte ihre Flügel über ihr Junges gebreitet, das aus dem Nest gefallen war. Der tobende Sturm hinderte sie daran, auf den Baum zurückzukehren, und so deckte sie ihr Kleines mit den Flügeln zu, bis der Wind nachließ.

Gott schützt dich vor Stürmen. Seine Flügel bedecken dich, sogar in Momenten, in denen du es vielleicht gar nicht bemerkst. Ein Mitschüler, der auf Ärger aus ist, kommt auf dem Schulhof direkt auf dich zu und wird von einem Lehrer aufgehalten. Ein Einbrecher bemerkt auf dem Weg zu eurem Haus die Polizei. Ein betrunkener Autofahrer bleibt mit leerem Tank liegen, bevor sich eure Wege kreuzen. „Denn Gott hat seine Engel ausgesandt, damit sie dich schützen, wohin du auch gehst“ (Psalm 91,11). Gott, dein Beschützer, passt auf dich auf.

Zum Nachdenken

Hast du das Gefühl, den Stürmen des Lebens ausgesetzt zu sein? Lies mal Psalm 91. Das ist eine wunderbare Verheißung von Gott. Wenn wir ihn lieben und anderen davon erzählen, wird er uns beschützen. „Wenn er zu mir ruft, antworte ich ihm. Wenn er keinen Ausweg mehr weiß, bin ich bei ihm. Ich will ihn befreien und zu Ehren bringen“ (Psalm 91,15).

14. Dezember

Wir aber danken Gott für seine unaussprechlich große Gabe.
(2. Korinther 9,15)

Gottes große Geschenke

Warum hat er das getan? Eine Hütte hätte genügt, aber er hat uns ein Haus gegeben. Musste er die Vögel mit Singstimmen versehen? War es nötig, dem Zebra Streifen und dem Kamel zwei Höcker zu geben? Warum hat er die Schöpfung mit so viel

Schönheit ausgestattet? Warum hat er sich solche Mühe gemacht, uns solche Geschenke zu machen?

Warum tust du es? Ich habe gesehen, wie du nach dem passenden Geschenk gesucht hast. Ich habe gesehen, wie du die Geschäfte abgesucht hast. Ich spreche nicht von den „Ich brauch schnell noch was"-Geschenken. Ich spreche von den ganz besonderen Menschen, für die du ein ganz besonderes Geschenk suchst. Warum machst du das? Du tust es, damit dem anderen das Herz stockt. Du tust es, damit ihm der Mund offen stehen bleibt. Du tust es, um diese Worte ungläubigen Staunens zu hören: „Das hast du für mich ausgewählt?"

Darum tust du es. Und darum hat es auch Gott getan. Wenn du das nächste Mal einen atemberaubenden Sonnenuntergang siehst oder eine bunte Blumenwiese dich sprachlos macht, dann hör hin, wie der Himmel dir zuflüstert: „Gefällt es dir? Das habe ich extra für dich gemacht."

Zum Nachdenken

Freust du dich, wenn du genau das richtige Geschenk für einen Freund oder jemanden aus deiner Familie gefunden hast? Freust du dich schon auf das Gesicht des anderen, wenn er dein Geschenk auspackt? Wenn du dieses Weihnachten Geschenke verteilst, denk mal daran, wie sehr sich Gott freut, wenn wir uns über seine Geschenke freuen.

15. Dezember

Wer an den Sohn Gottes glaubt, der hat das ewige Leben.
(Johannes 3,36)

Computer-Glaube

Weißt du, was Computer-Christentum ist? Du klickst auf die richtigen Buttons, gibst das richtige Passwort ein, tippst die richtigen Daten ein und schon kannst du deine Errettung ausdrucken.

Du erledigst deinen Teil und der göttliche Computer tut seinen. Man muss nicht beten (schließlich hast du ja die Kontrolle über die Tastatur). Keine emotionale Hingabe (wer will schon Schaltkreise umarmen?). Und Anbetung? Nun ja, Anbetung ist eine praktische Übung: Einfach ein paar Rituale eingeben und dann auf die Ergebnisse warten.

Computer-Glaube. Der entsteht, wenn man den lebendigen Gott durch ein kaltes System ersetzt. Oder unfassbar große Liebe durch Berechnung. Oder das größte Opfer von Jesus durch unsere mickrigen Errungenschaften.

Geht das, fragst du dich? „Du sollst den Herrn, deinen Gott, lieben von ganzem Herzen, mit ganzer Hingabe und mit deinem ganzen Verstand!" (Matthäus 22,37). Das ist echter Glaube.

Zum Nachdenken

Der Glaube an Gott ist so viel mehr als Logik und Regeln. Er ist keine nichtssagende Idee, mit der man sich beschäftigt. Computer-Glaube funktioniert nicht. Glauben heißt, eine Beziehung zu Jesus auf einer ganz persönlichen, intimen Ebene zu haben. Diese Beziehung ist lebendig. Der Ausdruck von Liebe.

Freut euch mit den Fröhlichen! Weint aber auch mit den Trauernden! (Römer 12,15)

Echte Liebe

In den Sommerferien, bevor ich in die achte Klasse kam, freundete ich mich mit einem Jungen namens Larry an. Er war frisch in unsere Stadt gezogen, und ich ermutigte ihn, in die Football-Mannschaft unserer Schule zu kommen. Das Ergebnis war gut und schlecht. Das Gute daran? Er wurde aufgenommen. Das Schlechte? Er spielte auf meiner Position. Ich versuchte, mich für ihn zu freuen, aber es war schwer.

Als die Saison schon einige Wochen lief, fiel Larry von einem Motorrad und brach sich den Finger. Ich erinnere mich noch genau an den Tag, als er an unserer Haustür stand, seinen geschienten Finger hochhielt und meinte: „Sieht so aus, als müsstest du jetzt spielen." Ich versuchte, Mitleid mit ihm zu haben, aber es war schwer. Für Paulus war es viel leichter, diesen Vers zu schreiben, als es für mich war, ihn umzusetzen. „Freut euch mit den Fröhlichen! Weint aber auch mit den Trauernden!"

Willst du wissen, ob du jemanden wirklich lieb hast? Achte einmal auf deine Gefühle, wenn diese Person Erfolg hat. Gott wird sich freuen. Ich hoffe, du freust dich auch.

Zum Nachdenken

Freust du dich, wenn deine Freunde Erfolg haben, oder ziehst du sie mit deinen Kommentaren eher runter? Hast du Mitleid, wenn deine Freunde schwere Zeiten durchmachen, oder „ermutigst" du sie mit billigen Klischees? Echte Liebe begegnet den Menschen dort, wo sie sind. So ähnlich, wie Jesus uns begegnet ist.

17. Dezember

Was wir jetzt leiden müssen, dauert nicht lange und ist leicht zu ertragen in Anbetracht der unendlichen, unvorstellbaren Herrlichkeit, die uns erwartet. (2. Korinther 4,17)

Der Meisterkomponist

Jedes Jahr an Weihnachten versammeln sich weltweit Musiker, um Georg Friedrich Händels berühmtes Oratorium „Der Messias" aufzuführen. Das ganze Werk ist über hundert Seiten lang. Stell dir vor, während er daran schrieb, hätte seine Frau eine einzelne Seite davon auf dem Küchentisch gefunden. Auf dieser Seite hätte ihr Mann nur einen Takt in einer Moll-Tonart geschrieben, einen Takt, der für sich allein gar nicht gut klingt. Stell dir nun vor, sie wäre mit diesem misstönenden Bruchstück in das Arbeitszimmer von Georg gekommen und hätte gesagt: „Diese Musik ergibt keinen Sinn. Du bist ein miserabler Komponist." Was hätte er dann gedacht?

Vielleicht das Gleiche, was Gott denkt, wenn wir ihm so einen Spruch an den Kopf knallen. Wir zeigen auf unser gebrochenes Bein, unsere geschiedenen Eltern, unseren kranken Bruder – und sagen: „Das ergibt keinen Sinn!" Aber wie viel von seiner ganzen Schöpfung haben wir denn gesehen? So viel, wie man sieht, wenn man durch ein Schlüsselloch schaut. Und wie viel von allen seinen Werken haben wir denn begriffen? Nur einen Bruchteil. Was ist, wenn Gottes Antwort auf die Frage nach dem Leid mehr Terabyte (ein Terabyte sind ungefähr 1000 Gigabyte) erfordert, als unsere grauen Zellen hergeben?

Denk mal darüber nach …

Zum Nachdenken

Weißt du eigentlich, wie genial Beethoven war, der sogar, als er taub war, noch wunderschöne Sinfonien komponierte – weil er das Zusammenspiel der Noten im Kopf „hörte"? Und jetzt multipliziere diese Genialität mit einer Milliarde oder noch mehr, dann fängst du an, eine ungefähre Vorstellung davon zu bekommen, was Gott tut, wenn er die Sinfonie deines Lebens komponiert.

18. Dezember

Heute ist für euch in der Stadt, in der schon David geboren wurde, der lang ersehnte Retter zur Welt gekommen.
(Lukas 2,11)

Das perfekte Geschenk

Ich weiß, dass wir nicht jammern sollen. Aber ganz ehrlich, wenn dir jemand an Weihnachten einen zwei Jahre alten Schokoweihnachtsmann schenkt und dann sagt: „Das ist für dich", erkennst du da nicht einen gewissen Mangel an Kreativität? Aber wenn dir jemand etwas von Herzen schenkt, freust du dich dann nicht auch über dieses Zeichen von Zuneigung? Die selbst gebackenen Plätzchen, die Karten für das Konzert deiner unbekannten Lieblingsband, ein selbst geschriebenes Gedicht … Solche Geschenke zeigen dir, dass derjenige das geplant, vorbereitet, darauf gespart und danach gesucht hat. Ein Last-minute-Geschenk? Nein, das hier ist ganz persönlich für dich.

Hast du schon einmal so ein Geschenk bekommen? Ja, hast du. Entschuldigung, dass ich dir die Antwort vorwegnehme, aber ich kannte sie schon, als ich die Frage gestellt habe. Du hast schon einmal das ganz persönliche Geschenk bekommen. „Heute ist *für euch* … der lang ersehnte Retter zur Welt gekommen."

Ein Engel sprach diese Worte. Die Hirten waren die Ersten, die sie hörten. Aber was der Engel ihnen sagte, sagt Gott jedem, der zuhört. „Heute ist *für euch* … der … Retter zur Welt gekommen." Jesus ist das Geschenk.

Zum Nachdenken

Hast du schon deinen Wunschzettel geschrieben? Und auch noch mal kontrolliert, ob wirklich alles draufsteht? Neben dem Aufschreiben von all den Dingen, die du *unbedingt* haben musst, solltest du dankbar sein für das eine Geschenk, das du schon hast – das schönste Geschenk von allen.

19. Dezember

Wir dürfen uns darauf verlassen, dass Gott unser Beten erhört, wenn wir ihn um etwas bitten, was seinem Willen entspricht.
(1. Johannes 5,14)

Bitten und glauben

„Ihr werdet alles bekommen, wenn ihr im festen Glauben darum bittet" (Matthäus 21,22).

Reduziere diese großartige Aussage nicht auf eine neue Xbox oder eine neue Gitarre, ein größeres Zimmer oder schönere Klamotten, mehr Hamburger oder Beliebtheit. Beschränke diese Verheißung nicht auf irgendwelche selbstsüchtigen Vergünstigungen und Vorteile. Was uns Gott verheißt, geht weit über irdischen Reichtum hinaus. Seine Träume sind viel größer als nur vorübergehende Vergnügungen und Besitztümer.

Gott will, dass du fliegst. Er will, dass du frei von deiner Schuld der Vergangenheit bist und fliegst. Er will, dass du frei von deinen Ängsten der Gegenwart bist und fliegst. Er will, dass du frei von der Sorge um deinen Tod bist und fliegst. Sünde, Angst und Tod, das sind die Berge, die er versetzt hat. Das sind die Gebete, die er beantworten wird. Das ist es, was er dir geben wird, wenn du um das bittest, was seinem Willen entspricht. Das ist es, was er so gerne für dich tun möchte.

Zum Nachdenken

Lies mal 1. Johannes 5,14–15. Das steht ziemlich weit hinten in der Bibel. Wenn wir Gott nahe genug sind, um zu verstehen, was er will, und dann darum bitten, dann können wir sicher sein, dass wir es bekommen. Das ist klasse! Das sollte in uns den Wunsch wecken, bei jeder Gelegenheit zu beten.

Sag den Israeliten: Der „Ich-bin" hat mich zu euch geschickt.
(2. Mose 3,14; NeÜ)

Gott ändert sich nie

Kennst du irgendjemand, der von sich selbst immer sagt: „Ich bin"? Ich auch nicht. Wenn wir „Ich bin" sagen, dann fügen wir normalerweise noch ein Wort hinzu. „Ich bin glücklich." „Ich bin traurig." „Ich bin stark." „Ich bin Max." Aber Gott sagt einfach ganz krass: „Ich bin", ohne irgendeinen Zusatz.

„Was bist du?", möchte man fragen. „Ich bin", antwortet er. Gott braucht kein Eigenschaftswort, denn er verändert sich nie. Gott ist, was er ist. Er ist, was er schon immer war. Sein unveränderliches Wesen hat den Psalmisten dazu veranlasst zu schreiben: „Du aber bleibst" (Psalm 102,27). Damit sagt er: „Du bist der, der ist. Du veränderst dich nie."

Im Leben gibt es so vieles, auf das man sich einstellen muss. Es scheint, als ob alles sich ändert. Jedes Schuljahr neue Lehrer und Stundenpläne. Neue Freunde, wenn die alten dich nicht mehr beachten. Ständig neue Gefühle, wenn dein Körper sich entwickelt. Neue Regeln, wenn du älter wirst. Ist es da nicht gut zu wissen, dass du auf etwas Dauerhaftes zählen kannst? Jahwe ist ein Gott, der sich nicht ändert.

Zum Nachdenken

Alles fängt irgendwann an, nicht wahr? Alles hat einen Anfang. Alles außer Gott. Er war, ist und wird immer sein. Sein unveränderliches Wesen und seine unwandelbare Liebe gehören zu den ganz großen Geheimnissen dieses Universums und zu den fantastischsten Geschenken unseres Lebens.

21. Dezember

Darum komm, wir haben allen Grund zu feiern. Denn dein Bruder war tot, jetzt hat er ein neues Leben begonnen. Er war verloren, jetzt ist er wiedergefunden! (Lukas 15,32)

Kein Preis ist zu hoch

Als unsere älteste Tochter, Jenna, zwei war, verlor ich sie einmal im Einkaufszentrum. Im einen Augenblick war sie noch bei mir und im nächsten war sie verschwunden. Ich bekam Panik. Plötzlich war nur noch eines wichtig: Ich musste meine Tochter wiederfinden. Das Einkaufen war vergessen. Meine Einkaufsliste war unwichtig. Ich schrie ihren Namen. Was die Leute dachten, war egal. Einige Minuten lang konzentrierte ich alle Energie auf eine Sache: mein verlorenes Kind zu finden. (Was ich übrigens auch tat. Sie hatte sich zwischen ein paar Jacken versteckt!)

Für Eltern ist kein Preis zu hoch, um ein Kind wiederzubekommen. Kein Kraftaufwand ist zu groß. Keine Anstrengung ist zu viel. Eltern werden alles tun, um ihr Kind wiederzufinden.

Gott auch.

Merk dir das. Gottes größtes Schöpfungswerk ist nicht das Universum; es ist der Plan, den er vor ewigen Zeiten gemacht hat, um seine Kinder zu retten.

Zum Nachdenken

Stell dir einmal vor, du hättest plötzlich deinen kleinen Bruder oder deine Schwester oder dein Lieblingshaustier aus den Augen verloren. Urplötzlich stehst du vor der Möglichkeit, dass du diese Person oder dieses Haustier, die/das du so liebst, vielleicht nie wiedersehen wirst. Du würdest fast alles tun, um sie/ihn oder es zurückzubekommen, oder? Dann hast du eine kleine Ahnung davon, was Gott für dich empfindet.

22. Dezember

Freut euch Tag für Tag, dass ihr zum Herrn gehört. Und noch einmal will ich es sagen: Freut euch! (Philipper 4,4)

Ein Brief der Freude

Geh mit mir einmal zweitausend Jahre in die Vergangenheit zurück. Reisen wir nach Rom, in ein düsteres, kleines Zimmer. Drinnen sitzt ein Mann auf dem Boden. Es ist ein älterer Herr mit hängenden Schultern und beginnender Glatze. Er trägt an Händen und Füßen Fesseln. Es ist der Apostel Paulus. Der Apostel, der nur an den Willen Gottes gebunden war, war jetzt in Ketten gebunden, in einem winzigen Häuschen, an einen römischen Soldaten gefesselt.

Paulus, der Gefangene, hat eine Botschaft. Er will sie verbreiten. Aber E-Mail gab es nicht. Facebook auch nicht. Also schreibt Paulus einen Brief. Es ist ganz sicher ein Beschwerdebrief an Gott. Es ist ganz bestimmt eine Liste von Dingen, über die er sich ärgert. Er hat allen Grund, bitter zu sein und zu jammern. Aber er tut es nicht. Stattdessen schreibt er einen Brief, der zweitausend

Jahre später immer noch als Freudenbrief bekannt ist – der Philipperbrief.

Wie kann ein Mann, mit Ketten gefesselt, von Freude schreiben? Die Antwort für ihn – und für dich – liegt in Jesus, durch den Freude in die Welt kam.

Zum Nachdenken

Paulus hatte schon alles erlebt: Drohungen, Folter, gesundheitliche Probleme, Gefangenschaft. Aber als er unter strenger römischer Bewachung dasaß und den Brief an die Philipper schrieb, war das überwiegende Gefühl die Freude. Lies es selbst und entdecke das Geheimnis.

23. Dezember

Ein Sohn ist uns geschenkt!... Man nennt ihn „Wunderbarer Ratgeber", „Starker Gott", „Ewiger Vater", „Friedensfürst". (Jesaja 9,5)

Alles, was du brauchst

Jedes Jahr an Weihnachten lese ich den folgenden Text von Roy Lessin, den ich vor einigen Jahren per Mail bekommen habe:

„Wenn wir mehr Informationen gebraucht hätten, hätte Gott uns einen Lehrer geschickt. Wenn wir mehr Technologie gebraucht hätten, hätte Gott uns einen Wissenschaftler geschickt. Wenn wir mehr Geld gebraucht hätten, hätte Gott uns einen Wirtschaftswissenschaftler geschickt. Aber weil wir Vergebung gebraucht haben, hat Gott uns einen Retter geschickt."

Findest du die Sprüche auf Weihnachtskarten kitschig? Vielleicht sind sie es. Aber diese einfachen Sätze können das Chaos durchdringen und uns an den eigentlichen Grund für dieses Fest erinnern. Gott wusste, was wir brauchen. Er wurde so wie wir, damit wir so werden können wie er. Die Engel singen heute noch und auch der Stern ruft uns heute noch zu ihm.

Und er liebt immer noch jeden Einzelnen so, als gäbe es nur ihn. Als gäbe es nur dich alleine zu lieben.

Zum Nachdenken

Die Weihnachtszeit kann ziemlich verrückt sein. Geschenkestress, Plätzchenbacken, Einkaufshype in den Fußgängerzonen … Aber nichts davon ist wirklich wichtig. Dass Gott ein Kind wurde, damit du bei ihm neues Leben finden kannst – das ist wichtig.

24. Dezember

Seine Herrschaft wird niemals enden. (Lukas 1,33)

Eine bescheidene Geburt

Sie sieht in das Gesicht des Babys. Ihr Sohn. Ihr Herr. Seine Majestät. Zu diesem Zeitpunkt der Geschichte ist es unter allen Menschen ein Teenie-Mädchen in einem stinkigem Stall, das am besten versteht, wer Gott ist und was er tut. Es kann seine Augen nicht von ihm abwenden. Irgendwie weiß Maria, dass sie Gott im Arm hält. Das ist er also. Sie erinnert sich an die Worte des Engels. „Seine Herrschaft wird niemals enden."

Er sieht überhaupt nicht wie ein König aus. Sein Gesicht wirkt etwas zerknautscht. Seine Stimme ist zwar kräftig und gesund, aber sein Weinen ist immer noch hilflos und durchdringend. Und er ist völlig abhängig von Maria.

Majestätisch inmitten des Alltäglichen. Heilig mitten im Dreck von Schafskot und Schweiß. Gott kommt auf dem Boden eines Stalles in diese Welt, durch den Körper eines Teenie-Mädchens und in Gegenwart eines Zimmermannes.

Bescheidener hätte diese Geburt nicht sein können. Sie hat die ganze Welt verändert – auch deine und meine.

Zum Nachdenken

Wenn du deine Geschenke auspackst, dann denk an den eigentlichen Grund für dieses Fest. Eine Geburt in einem Stall. Ein König in Gestalt eines Babys. Gott ist mitten unter uns.

25. Dezember

Merkst du es denn nicht? Noch stehe ich vor deiner Tür und klopfe an. (Offenbarung 3,20)

Platz für Gott?

„Wir haben leider keinen Platz für dich", gehört zu den traurigsten Worten auf dieser Erde. Egal, ob es um einen Platz im Auto für die Fahrt zum Fußballspiel oder sogar um einen Platz in der Mannschaft geht – diese Worte tun weh.

Jesus wusste, wie diese Worte klingen. Er war noch im Bauch seiner Mutter, als der Wirt sagte: „Wir haben leider keinen Platz für dich." Und als er am Kreuz hing, war das nicht die größte Ablehnung überhaupt? „Wir haben keinen Platz für dich in unserer Welt."

Sogar heute wird Jesus noch so behandelt. Er geht von Herz zu Herz und bittet darum, hereinkommen zu dürfen. Hin und wieder wird er willkommen geheißen. Der eine oder andere reißt seine Herzenstür auf und lädt ihn ein, darin zu wohnen. Und für diese Menschen hat Jesus eine großartige Verheißung: „Im Haus meines Vaters gibt es viele Wohnungen" (Johannes 14,2).

Was für eine wunderbare Verheißung! Wenn wir einen Platz für ihn in unserem Herzen haben, hat er einen Platz für uns in seinem Haus.

Zum Nachdenken

Maria war ein schwangeres Teenie-Mädel, und Josef war nicht viel älter, als der Wirt sie abwies. Jesus wurde in eine Familie hineingeboren, die Ablehnung sehr wohl kannte. Vielleicht ist das einer der Gründe, warum er so entschlossen ist, dich in seine Familie aufzunehmen.

26. Dezember

Plötzlich trat ein Engel Gottes zu ihnen, und Gottes Licht umstrahlte sie. (Lukas 2,9)

Keine gewöhnliche Nacht

Eine ganz gewöhnliche Nacht mit ganz gewöhnlichen Schafen und ganz gewöhnlichen Hirten. Vielleicht sagst du, das klingt langweilig. Wäre da nicht ein Gott, der nur zu gern ein „außer" vor das „gewöhnlich" hängt, wäre diese Nacht vielleicht völlig unbemerkt vergangen. Die Schafe wären schnell vergessen und die Hirten hätten einfach geschlafen.

Aber Gott platzt ins Gewöhnliche hinein, und in dieser Nacht packte er seine größte Überraschung aus.

Der nachtschwarze Himmel explodierte plötzlich vor lauter Licht. Bäume, die nur Schatten waren, waren plötzlich klar und deutlich zu sehen. Die schweigenden Schafe blökten vor Neugier. Im einen Augenblick schliefen die Hirten noch tief und fest, im nächsten rieben sie sich die Augen und starrten einem Außerirdischen ins Gesicht. Diese Nacht war überhaupt nicht mehr gewöhnlich.

Der Engel kam in der Nacht, weil man da das Licht am besten sieht und die Engel dann am meisten gebraucht werden. Und Gott kommt aus dem gleichen Grund in das Alltägliche hinein. Seine mächtigsten Werkzeuge sind die ganz einfachen Dinge.

Zum Nachdenken

Das Leben kann manchmal echt langweilig sein. Aber wenn du am wenigsten damit rechnest, erleuchtet Gott den Nachthimmel und kündigt etwas Unglaubliches an. Er hat schon seinen Sohn geschickt, um in einer Krippe zur Welt zu kommen. Muss ich noch mehr sagen?

Als Josef erwachte, tat er, was ihm der Engel befohlen hatte, und heiratete Maria. (Matthäus 1,24)

Ein Zuhause für Jesus

Josef musste die wichtigste Entscheidung seines Lebens treffen. Maria war schwanger, aber das Kind war nicht von ihm. Sein erster Gedanke war, Maria heimlich aus der Verlobung zu entlassen und ihr so die öffentliche Bloßstellung und Steinigung zu ersparen. Aber dann sagte ihm im Traum ein Engel, er solle keine Angst haben, Maria zur Frau zu nehmen.

Josef entschied sich. Er ließ seinen guten Ruf für eine schwangere Verlobte und ein uneheliches Kind sausen. Er stellte Gottes Plan über seinen eigenen. Anstatt sich selbst einen Namen zu machen, machte er ein Zuhause für Christus. Und weil er das tat, bekam er eine große Belohnung. „Josef gab ihm den Namen Jesus" (Matthäus 1,25).

Bis heute haben Millionen von Menschen diesen Namen ausgesprochen. Schau nur einmal auf die Person, die die allererste war: Josef. Von all den Heiligen, Sündern, Abtrünnigen und Predigern, die diesen Namen ausgesprochen haben, war Josef, ein Arbeiter und Handwerker aus einer Kleinstadt, der Erste. Er hielt den kleinen Prinzen des Himmels mit dem faltigen Gesicht im Arm und flüsterte vor Engeln und Schweinen: „Jesus … du sollst Jesus heißen."

Zum Nachdenken

Josef hat seine Entscheidung getroffen. Wie wirst du dich entscheiden? Wirst du Jesus in deinem Herzen ein Zuhause geben, auch wenn das für andere dumm aussieht? Ich hoffe sehr. Wenn ja, wird Gott dich dafür belohnen, wie du es dir gar nicht vorstellen kannst.

28. Dezember

Deshalb wünsche ich für euch alle, dass Gott, der diese Hoffnung schenkt, euch in eurem Glauben mit großer Freude und vollkommenem Frieden erfüllt, damit eure Hoffnung durch die Kraft des Heiligen Geistes wachse. (Römer 15,13)

Gott schenkt Hoffnung

Die Hoffnung des Himmels bewirkt in deiner Welt, in deinem Leben, das, was das Sonnenlicht im Keller meiner Großmutter bewirkt hat. Meine Vorliebe für Pfirsichkompott verdanke ich ihr. Sie hat sie selbst eingelegt und in einem Keller in der Nähe ihres Hauses in West-Texas gelagert. Der Keller war tief in die Erde gegraben, hatte eine Holztreppe, Sperrholzplatten an den Wänden und roch muffig. Als Junge stieg ich immer hinein und machte die Tür hinter mir zu, um zu sehen, wie lange ich es in der Dunkelheit aushalten würde. Dann saß ich schweigend da, hörte so lange auf meinen Atem und meinen Herzschlag, bis ich es nicht mehr aushielt, rannte dann die Treppe hinauf und riss die Tür auf. Das Licht strömte dann in den Keller. Was für eine Veränderung! Gerade eben noch konnte ich absolut nichts sehen – und plötzlich sah ich alles.

Genauso wie das Licht in den Keller strömte, strömt Gottes Hoffnung in deine Welt, in dein Leben. Er lässt einen Strahl der Heilung auf die Kranken fallen. Den Einsamen verspricht er Beziehungen. Den Verwirrten bringt er das Licht der Bibel.

Wenn du Gott hast, hast du immer Hoffnung.

Zum Nachdenken

„Ich hoffe, dass mein Fußballverein das Spiel gewinnt." „Ich hoffe, dass ich die Prüfung bestehe." Wir benutzen das Wort „Hoffnung" oft, wenn wir uns wünschen, dass etwas passieren soll. Aber die Hoffnung in Gott geht viel tiefer. Sie bedeutet, dass wir wissen, dass er alles in der Hand hat, dass er uns liebt und dass unsere Zukunft sicher ist in ihm.

29. Dezember

Die Liebe erträgt alles, verliert nie den Glauben, bewahrt stets die Hoffnung und bleibt bestehen, was auch geschieht.
(1. Korinther 13,7; NL)

Die Liebe erträgt alles

Wäre das nicht schön, wenn die Liebe so funktionieren würde wie ein Mittagessen bei McDonald's? Wie wäre das, wenn du dir bei den Menschen, mit denen du zusammenlebst, aussuchen könntest, was du von ihnen haben willst und was nicht? Was wäre, wenn deine Eltern das mit dir gemacht hätten? „Ich hätte gerne eine Portion gute Noten und das süße Babylächeln, aber ohne die Identitätskrise der Teenagerzeit und die Kosten, die ein Kind verursacht." Was wäre, wenn du das mit deinen Eltern gemacht hättest? „Bitte einen großen Löffel Taschengeld und Unterkunft und Verpflegung, aber ohne Regeln oder Bettzeiten, danke."

Und dein zukünftiger Ehepartner? „Hmm, ich glaube ich nehme ein Schälchen Gesundheit und gute Laune. Aber Umzüge aus beruflichen Gründen, Schwiegereltern und Wäschewaschen vertrage ich nicht."

Wäre es nicht toll, wenn die Liebe so funktionieren würde? Es wäre einfacher. Es wäre geschickter. Es wäre schmerzfrei und friedlich. Aber weißt du was? Es wäre keine Liebe mehr. Die Liebe erträgt nicht nur manche Dinge. Die Liebe erträgt alles.

Zum Nachdenken

Was sind die kleinen (oder auch nicht so kleinen) Dinge, die dich an deinen Familienangehörigen oder Freunden stören? Es ist nicht leicht, *alles* an den Menschen in unserem Leben zu ertragen. Aber genau dazu fordert Gott uns auf. Schließlich tut er das auch bei uns. Das ist Liebe.

30. Dezember

Alles, was auf der Erde geschieht, hat seine von Gott bestimmte Zeit. (Prediger 3,1; GN)

Stell dich der Zukunft

Wer geht schon ohne Überraschungen durchs Leben? Erinnerst du dich an Salomons Schlussfolgerung? „Alles, was auf der Erde geschieht, hat seine von Gott bestimmte Zeit" (Prediger 3,1; GN).

Gott schenkt uns unser Leben auf die gleiche Art, wie er das Universum lenkt: Was die Erde betrifft, verstehen wir diese Strategie. Die Natur braucht den Winter, um zu ruhen, und den Frühling, um wieder zu erwachen. Wir verstecken uns nicht in Bunkern, wenn die Bäume ausschlagen. Die Jahreszeiten der Erde erschrecken uns nicht. Aber unerwartete Phasen in unserem eigenen Leben schon. Der Umzug in eine andere Stadt. Die Trennung, von der du nichts geahnt hast.

Stehst du vor einer Veränderung? Bist du dabei, ein neues Kapitel aufzuschlagen? Die Botschaft des Himmels ist eindeutig: Wenn sich auch alles andere verändert, Gottes Gegenwart verändert sich nicht. Er überrascht dich vielleicht. Aber er will, dass du eines weißt: Du musst dich niemals ohne seine Hilfe der Zukunft stellen.

Zum Nachdenken

Denk einmal zurück an die großen Veränderungen in deinem Leben. Du hast sie überlebt, oder? Und wenn du dabei daran gedacht hast, dich an Gott zu halten, war es dann nicht auch leichter? Er war damals bei dir und er wird auch das nächste Mal bei dir sein. Jetzt wäre ein guter Zeitpunkt, um ihm dafür zu danken, dass er dich durch alle Phasen deines Lebens begleitet.

31. Dezember

Das ist das Ziel meiner Arbeit ... Christus, der mit seiner Macht in mir wirkt, schenkt mir die Kraft dazu. (Kolosser 1,29)

Jesus zur Welt bringen

Die Geburt von Jesus in einem Stall ist weit, weit mehr als nur eine Weihnachtsgeschichte. Es ist ein Bild dafür, wie nahe dir Jesus kommen will. Die erste Haltestelle auf seiner Reise war der Bauch seiner Mutter. Wie weit wird Gott gehen, um diese Welt zu berühren? Schau einmal tief in Maria hinein, dort findest du die Antwort.

Oder noch besser, schau tief in dich selbst hinein. Was er bei Maria getan hat, bietet er jedem von uns an! Er lädt jedes seiner Kinder ein, ihm so nahezukommen wie Maria. „Wenn du mich lässt, ziehe ich bei dir ein." Was ist das Geheimnis des Evangeliums? „Christus in euch, die Hoffnung der Herrlichkeit" (Kolosser 1,27; LU).

Jesus wuchs in Maria heran, bis er herausmusste. Jesus wird auch in dir heranwachsen, bis das Gleiche passiert. Er wird aus dir herauskommen, in deinen Worten, in deinen Taten, in deinen Entscheidungen. Jeder Ort, an dem du wohnst, wird ein Bethlehem sein, und jeder Tag, an dem du lebst, wird Weihnachten sein. Genau wie Maria wirst du Jesus zur Welt bringen.

Zum Nachdenken

Auf dich wartet ein ganzes neues Jahr. Ich hoffe, dass du darum betest, dass Jesus in dir heranwächst, und dass alles, was du sagst, denkst oder tust, immer mehr ihn widerspiegelt. Für dich und mich kann *jeder* Tag Weihnachten sein. Machen wir der Welt das größte Geschenk überhaupt: Bringen wir ihr Jesus.

Bibellesepläne

Du bekommst von deinen Lehrern sicher jede Menge Leseaufgaben, aber die Bibel ist das wichtigste Buch, das du je lesen wirst. Sie zeigt dir Gottes Plan für dein Leben, das, was richtig und falsch ist, und wie du in den Himmel kommst. Wenn das Leben auf dich einprasselt, kann die Bibel dir Antworten bieten, und deshalb ist es eine gute Idee, jeden Tag etwas daraus zu lesen.

Versuch es für den Anfang einmal mit einem der folgenden Lesepläne. Hake jeden Abschnitt ab, wenn du ihn gelesen hast. „30 Tage mit Jesus" gibt dir einen Einblick in das Leben von Jesus hier auf der Erde. Der Plan „In 90 Tagen durch die Bibel" beinhaltet alle wichtigen Ereignisse aus dem Alten und Neuen Testament, angefangen bei der Schöpfung in 1. Mose bis hin zur Offenbarung.

30 Tage mit Jesus

- ☐ Johannes 1,1–51
- ☐ Lukas 2,1–52
- ☐ Markus 1,1–11
- ☐ Lukas 4,1–44
- ☐ Johannes 3,1–36
- ☐ Lukas 5,1–39
- ☐ Johannes 4,1–54
- ☐ Lukas 6,1–49
- ☐ Lukas 7,1–50
- ☐ Lukas 8,1–56
- ☐ Markus 8,1–38
- ☐ Lukas 10,1–42
- ☐ Matthäus 5,1–48
- ☐ Matthäus 6,1–34
- ☐ Matthäus 7,1–29
- ☐ Lukas 14,1–35
- ☐ Lukas 15,1–32
- ☐ Lukas 16,1–31
- ☐ Johannes 8,1–59
- ☐ Lukas 17,1–37
- ☐ Lukas 18,1–43
- ☐ Johannes 9,1–41
- ☐ Lukas 19,1–48
- ☐ Lukas 20,1–47
- ☐ Johannes 10,1–42
- ☐ Johannes 11,1–57
- ☐ Markus 13,1–37
- ☐ Lukas 22,1–71
- ☐ Matthäus 27,1–66
- ☐ Lukas 24,1–53

In 90 Tagen durch die Bibel

- ☐ 1. Mose 1,1–2,3
- ☐ 1. Mose 3,1–24
- ☐ 1. Mose 6,9–7,24
- ☐ 1. Mose 8,1–9,17
- ☐ 1. Mose 17,1–22
- ☐ 1. Mose 22,1–19
- ☐ 1. Mose 25,19–34
- ☐ 1. Mose 27,1–28,9
- ☐ 1. Mose 37,1–36
- ☐ 1. Mose 41,1–57
- ☐ 1. Mose 45,1–28
- ☐ 2. Mose 1,8–2,15
- ☐ 2. Mose 3,1–4,17
- ☐ 2. Mose 5,1–6,13
- ☐ 2. Mose 12,1–42
- ☐ 2. Mose 13,17–14,31
- ☐ 2. Mose 20,1–21
- ☐ 4. Mose 13,1–33
- ☐ Josua 2,1–24
- ☐ Josua 6,1–27
- ☐ Richter 16,4–31
- ☐ 1. Samuel 1,1–28
- ☐ 1. Samuel 3,1–21
- ☐ 1. Samuel 10,1–27
- ☐ 1. Samuel 16,1–13
- ☐ 1. Samuel 17,1–58
- ☐ 1. Samuel 24,1–22
- ☐ 2. Samuel 11,1–12,25
- ☐ 1. Könige 3,1–28
- ☐ 1. Könige 17,8–24
- ☐ 1. Könige 18,1–46
- ☐ 2. Könige 2,1–18
- ☐ 2. Könige 4,8–37
- ☐ 2. Chronik 35,20–36,23
- ☐ Esther 2,1–23
- ☐ Esther 6,1–8,8
- ☐ Hiob 1,1–2,13; 42,1–17
- ☐ Psalm 23
- ☐ Psalm 51
- ☐ Psalm 100
- ☐ Psalm 121
- ☐ Psalm 145
- ☐ Sprüche 4,1–27
- ☐ Prediger 11,9–12,14
- ☐ Jesaja 53,1–12
- ☐ Daniel 1,1–21
- ☐ Daniel 3,1–30
- ☐ Daniel 6,1–28
- ☐ Jona 1,1–4,11
- ☐ Matthäus 1,18–2,23
- ☐ Matthäus 5,1–16; 6,1–7,12
- ☐ Matthäus 14,13–36
- ☐ Matthäus 21,1–17
- ☐ Matthäus 26,47–75
- ☐ Matthäus 27,15–66
- ☐ Matthäus 28,1–20
- ☐ Markus 1,1–20
- ☐ Markus 4,1–20
- ☐ Lukas 1,26–56; 2,1–20
- ☐ Lukas 10,25–42; 14,25–35

- ☐ Lukas 15,1–32
- ☐ Lukas 22,1–23
- ☐ Lukas 24,13–53
- ☐ Johannes 1,1–18
- ☐ Johannes 3,1–21
- ☐ Johannes 4,1–42
- ☐ Johannes 8,1–11
- ☐ Johannes 11,1–44
- ☐ Johannes 14,1–31
- ☐ Apostelgeschichte 1,1–11
- ☐ Apostelgeschichte 2,1–47
- ☐ Apostelgeschichte 8,26–40
- ☐ Apostelgeschichte 9,1–31
- ☐ Apostelgeschichte 11,1–18
- ☐ Apostelgeschichte 16,11–40
- ☐ Römer 3,1–31
- ☐ Römer 8,1–39
- ☐ Römer 12,1–21
- ☐ 1. Korinther 13,1–13
- ☐ 1. Korinther 15,1–58
- ☐ Epheser 2,1–22; 6,10–20
- ☐ Philipper 3,1–4,9
- ☐ Kolosser 3,1–4,1
- ☐ 1. Thessalonicher 4,1–18
- ☐ Hebräer 11,1–40
- ☐ Jakobus 1,1–27
- ☐ Jakobus 3,1–18
- ☐ 1. Petrus 1,3–25
- ☐ 1. Johannes 1,1–2,17
- ☐ Offenbarung 21,1–22,21

Quellen

Das Material für die Andachten wurde in Auszügen aus folgenden Büchern von Max Lucado entnommen und für diese Ausgabe stark bearbeitet:

Du wirst es schaffen, Gerth Medien, 2015
Wilde Gnade, Gerth Medien, 2013
Weil er dich liebt, Gerth Medien, 2014
Max on Life, Thomas Nelson, 2010
Grace for the Moment, Band 2, Thomas Nelson, 2006
Grace for the Moment, Band 1, Thomas Nelson, 2000

Anmerkungen

1 Shelly, Rubel: *The ABCs of the Christian Faith.* Wineskins, Nashville, TN, 1998, S. 21–22.

2 Nasby, A. Gordon, Hrg.: *1041 Sermon Illustrations, Ideas, and Expositions: Treasury of the Christian World.* Harper & Brothers, Ann Arbor, Michigan, 1953, S. 109.

3 Peterson, Eugene H.: *Run with the Horses: The Quest for Life at Its Best.* InterVarsity Press, Madison, Wisconsin 1983, S. 115.

4 Ben Houser: „For Brothers, Seeing is Believing", E:60 auf ESPN, 13. Mai 2009, http://sports.espn.go.com/espn/e60/columns/story?id=4159115.

5 Mahaney, C. J.: „Loving the Church", Tonaufnahme einer Predigt in der Covenant Life Church, Gaithersburg, MD, zitiert in Randy Alcorn: *Heaven.* Tyndale House, Wheaton, Illinois, 2004, S. xxii.

6 Caine, Christine: *Der Angst keine Chance: Mein Weg zu einem Leben ohne Furcht.* Gerth Medien, Asslar 2013.

7 Bruner, Frederic Dale: *The Christbook: Matthew – A Commentary.* Word Publishing, Dallas 1987, überarbeitete Neuauflage, S. 210.

8 Christofides, Andy: *The Life Sentence: John 3,16.* Paternoster Publishing, Waynesboro 2002, S. 11.

9 Gonzalez, Guillermo u. Richards, Jay W.: *The Privileged Planet: How Our Place in the Cosmos Is Designed for Discovery.* Regenery Publishing, Washington, D. C., 2004, S. 143.

10 „Liftoff to Space Exploration". NASA.

11 Leininger Craven, Tracy: *Alone, Yet Not Alone.* His Seasons, San Antonio, Texas, 2001. S. 19; 29–31; 42; 153–154; 176; 190.

12 Thomas, Gary L.: *Sacred Marriage: What If God Designed Marriage to Make Us Holy More Than to Make Us Happy?* Zondervan, Grand Rapids 2000, S. 46–47.